# HONESTAMENTE: SINCERAMENTE?

# Honestamente: Sinceramente?
### de Bruna Zielinski

Rocco

*Copyright* © 2021 *by* Bruna Zielinski

Todos os direitos reservados.
Direitos de publicação negociados através de
BABI DEWET

Direitos para a língua portuguesa reservados
com exclusividade para o Brasil à
EDITORA ROCCO LTDA.
Rua Evaristo da Veiga, 65 – 11º andar
Passeio Corporate – Torre 1
20031-040 – Rio de Janeiro, RJ
Tel.: (21) 3525-2000 – Fax: (21) 3525-2001
rocco@rocco.com.br
www.rocco.com.br

*Printed in Brazil*/Impresso no Brasil

Preparação de originais
DANIEL AUSTIE

CIP-Brasil. Catalogação na publicação.
Sindicato Nacional dos Editores de Livros, RJ.

Z63h

Zielinski, Bruna
   Honestamente : sinceramente? / Bruna Zielinski. – 1ª ed. – Rio de Janeiro : Rocco, 2021.

   ISBN 978-65-5532-092-3
   ISBN 978-65-5595-066-3 (e-book)

   1. Ficção brasileira. I. Título.

21-70000

CDD: 869.3
CDU: 82-3(81)

Camila Donis Hartmann – Bibliotecária – CRB-7/6472

O texto deste livro obedece às normas do
Acordo Ortográfico da Língua Portuguesa.

*Para todos os honestos e sinceros, e para todos aqueles que precisam aprender a magia das palavras*

# Capítulo 1

## Honestamente: Os fatos

Honestamente: não nasci odiando Leonardo Guimarães, mas odeio. Gostaria de dizer que o que importa aqui não é como eu passei a desprezá-lo, e sim como deixei de querer que um caminhão — assim, por acaso — passasse por cima da cabeça dele. Mas eu não posso dizer isso. Ele é um babaca.

— Isso só pode ser brincadeira — resmunguei para aqueles papéis idiotas em minhas mãos, desacreditado, no sofá do Jonathan.

— Eu só tô te entregando porque ele me pediu. — Yan deu de ombros enquanto se sentava ao meu lado, abrindo uma lata de cerveja.

— Ele se deu ao trabalho de comprar isso aqui? Tipo, sério? Convitinho da *Frozen*? Pra ir encher a cara com um monte de gente que eu não conheço? — perguntei, boquiaberto.

— Alivia — Jonjon pediu, com os olhos grudados na TV.

— Convitinho da *Frozen*, Jonathan?

— Ele disse que você gosta. E talvez seja uma chance pra vocês ficarem bem — sugeriu ele.

— Eu não acredito... Como o Leonardo é babaca. — Respirei demorado. — Eu tô tentando manter a paz, mas ele não tá colaborando.

— Sim, ele tem sido um babaquinha. E imaturo. Mas você não pode dizer que tá arrasando na maturidade. Vocês dois são orgulhosos.

— Jonathan, ele acabou de me mandar um convite da *Frozen*.

— Tá, eu sei. Mas eu não me lembro do momento em que você chegou nele e pediu desculpas por qualquer coisa que *você* tenha feito. Você não acha que fez *alguma coisa* pra que ele ficasse assim?

— Mesmo se tivesse feito, não tem como resolver qualquer assunto com alguém que faz de tudo pra criar mais discórdia.

— Aí já forçou — falou Yan enquanto coçava o pescoço, sua pele negra-clara reluzindo por causa do calor que fazia ali dentro.

— Ok, foi mal. Eu vou pra casa, isso não tem nada a ver com vocês — concluí, e aproveitei o clima quente para ir caminhando para casa. Talvez o início da noite pudesse me trazer alguma serenidade.

■ ■ ■

Chegando em casa, nem um pouco mais calmo, meus dedos foram sozinhos procurar o nome dele na minha agenda, me esquecendo que Leonardo odiava atender ligações. Ouvi um suspiro quando ele atendeu e não esperei que dissesse *alô* quando falei:

— Um convitinho da Frozen?

— Sim...?

— Qual a necessidade disso?

— *Feliz aniversário, Leo.* Nossa! Obrigado, Park. Você continua gentil — falou ele, primeiro tentando fazer aquela imitação ridícula da minha voz e, depois, parecendo realmente decepcionado.

Ah, merda.

— Bem... feliz aniversário — desejei, a contragosto.

E ele com certeza percebeu que não era espontâneo, porque repetiu:

— Nossa! Obrigado, Park. Você continua gentil.

Respirei fundo.

— Sobre o convite, vou ter que recusar. Você sabe que eu não gosto de dançar — disse com cordialidade.

— *Ahn...* Não é bem o que consta nos meus arquivos de memória — disse ele de um jeito debochado.

— Talvez seus arquivos estejam corrompidos — rebati, dando uma risadinha.

— Talvez minha memória esteja mesmo ruim, mas tenho fotos e vídeos de nós dois bebendo e nos divertindo, então...

Apertei a almofada em minhas mãos.

— Não tem nada a ver. Eu falei besteira, dancei, ri e passei vergonha, mas nunca fiz nada errado — tentei me justificar.

— Mas deveria. Ia te fazer bem, sabe? Você precisa transar — falou enquanto parecia se mexer do outro lado da linha.

— Minha vida sexual não é da sua conta — disparei, mantendo a compostura.

— Tá bem. Até porque você nem tem uma mesmo. — Ele riu. — Foi mal — disse, sem qualquer peso na consciência.

— Eu só queria deixar claro que eu sinto muito, mas vou ter que recusar o seu convite.

— Eu sabia que você não ia, só te convidei pra provar uma coisa pra mim mesmo: que você só se preocupa com o próprio umbigo.

— Nós não precisamos começar uma discussão agora.

— Não tô discutindo, tô sendo sensato.

— Ok, vou desligar.

— Tudo bem. Você nunca se importou com nada do que eu sinto, de qualquer forma — protestou.

E lá vinha ele fazer drama sobre absolutamente tudo.

— Leo, eu não sou obrigado a lidar com você falando merda sempre que pode, sabe? Batendo porta na minha cara, me ignorando e falando mal de mim por aí. Tem gente que eu nem conheço e que já me olha torto. Esperar que eu te trate com todo o carinho do mundo é burrice sua. Por mim, já deu, e eu estou perdendo a minha paciência.

— Mas você tá bravo?

— Tô desligando. Feliz aniversário.

— Você continua falando as coisas só da boca pra fora? Meu pai, você não muda mesmo.

— Tchau, Leonardo — falei, mas fiquei esperando ele dizer mais alguma coisa.

Ele tinha uma necessidade incansável de sempre ter a palavra final.

— E não vai mesmo na comemoração do meu aniversário, não é? Típico.

— Você me odeia. Você sabe que eu também te odeio. Por que eu iria?

— Pela amizade de quase três anos que a gente já teve? Porque hoje é um dia importante para mim e talvez eu quisesse você lá para animar nossos amigos? Porque é o mínimo do mínimo que você poderia fazer por mim?

— Eu não vou, Leonardo. Arrume um palhaço se quiser se divertir.

— Te vejo em algumas horas então, na Thunderstruck.
— Eu não vou.
— Vai, sim.
— Eu não vou no seu aniversário! Você sabe que eu não... — ergui um pouco a voz na tentativa falha de fazer ele entender.
— Até depois, Ben. Se cuide no caminho, *bebê*.
— *Bebê porra nenhuma!* — gritei. Mas só fui perceber que não fui ouvido segundos depois de ele já ter desligado na minha cara.

Respirei fundo. Eu nunca iria naquela balada *idiota* para celebrar o aniversário *daquele idiota*.

Mas era uma sexta-feira sem aula. Eu não tinha absolutamente nada para fazer. E fiquei no mínimo uns cinco minutos olhando para a parede da sala, pensando em tudo.

Principalmente em Leonardo Guimarães.

■ ■ ■

Éramos amigos desde o primeiro dia de aula da nossa licenciatura em Letras. Foi afeição à primeira vista.

Eu nunca fui de sair para dançar, odeio sentir que não estou no comando. Não sei lidar com as minhas inseguranças e acredito que só esquecer que elas existem não seja produtivo para mim, porque não aprendo a superá-las. Mesmo assim, ele me levava. A merda era que eu sempre acabava me divertindo mais do que deveria e me sentia simplesmente *livre*. Livre de todas as coisas que eu *preciso* aguentar.

É que essa é a realidade quando você cresce: você tem muito mais responsabilidades do que consegue administrar, mas mesmo assim o mundo não para de te mandar mil problemas e complicações, e todo tipo de percalços que essa merda desse tal de *destino* pode criar.

■ *Nota, em um post-it amarelo:* **Se o destino for uma pessoa, preciso encontrá-lo e desmaiá-lo na porrada.**

Odeio ter que admitir, mas eu adorava aquelas noites. E nossas risadas na cantina da faculdade. Nossas conversas de *horas* pelo celular e também no ônibus, na sala de aula, no meu apartamento, na cozinha do apartamento dele, nos nossos quartos...

Leo era uma pessoa incrível, mas parecia que vivíamos em mundos diferentes.

Sempre me esforcei para ser o melhor em tudo o que faço, inclusive por existir esse preconceito de que todos os descendentes de asiáticos são pequenos gênios, e isso sempre me perseguiu em cada uma de minhas pegadas: eu *tinha* que alcançar aquele preconceito que viam em mim.

Como descendente de coreanos, as pessoas simplesmente esperavam que eu fosse muito mais inteligente do que sempre fui, por causa daquele preconceito idiota. Contudo, e principalmente, eu nunca me contentei com o básico porque eu *precisava* atender às expectativas que meus pais depositavam em mim.

Honestamente: não sou um bom filho. Não valho o dinheiro que investem em mim. Eu não deveria estar vivendo essa situação. A cada centavo que gastam comigo, me desespero. Não consigo devolver o que me depositam e não mereço nada disso. Vivo na sombra de tentar fazer com que sintam orgulho de mim, mas sou insuficiente. Sou um cara de merda, um fracasso, cheio de defeitos que tento esconder, e é por isso que não falo muito sobre o que sinto de verdade, o que está lá no fundo do meu peito. Porque tudo o que me persegue é autodepreciativo.

Honestamente: não sou um bom filho. Nem bom amigo, nem bom aluno, namorado, neto, vizinho... Não sou bom em absolutamente nada.

Eu passava noites em claro, fazia tudo o que fosse necessário para tentar concluir minhas obrigações, porque eu *precisava* das coisas bem-feitas. Era o que esperavam de mim, era o que eu me cobrava alcançar. Eu estava desesperadamente tentando dar o meu melhor – e falhando, sempre.

Por outro lado, Leonardo não estava sequer tentando. Levava a vida do jeito que desse, *se* desse, e foda-se. Nunca fez questão de *ninguém* que se importava com ele, sequer mantinha contato, nem nos respondia fora da faculdade. Usava seus sentimentos contra nós e se aproveitava de todas as pessoas do jeito que queria e só *quando* era do seu interesse.

Era irresponsável, mentiroso, manipulador, folgado, preguiçoso, desleixado, mimado, debochado, egoísta... – e eu aceitava os seus defeitos assim como aceitava suas qualidades, porque é isso que amigos fazem. Não é ruim que eu tenha tentado achar um jeito de ignorar suas imperfeições, ruim foi entender que eu era o único dos dois que fazia isso. Eu o enchia de importância e todo o tipo de carinho que conseguia demonstrar, mas ele me deixaria de lado na primeira oportunidade que tivesse. Eu o considerava meu melhor amigo, enquanto, para ele, eu era *só mais um*.

Para ele, eu não era bom o suficiente. Me estimulou a beber, me convenceu a experimentar uns cigarros, a mudar a cor do meu cabelo, a colocar um piercing no nariz... Tudo, ele me incentivava a mudar tudo o que eu era e, de repente, vi que estava me convencendo a ser o melhor para diverti-lo. Despertou em mim o que eu mais odiava e não sabia como lidar: *expectativa*. Quem ele queria que eu fosse. E me machucou demais perceber que ele não gostava de mim, mas de quem eu poderia ser (e não sou).

Em todos os nossos trabalhos em dupla eu acabava fazendo algumas das obrigações dele – como na vez em que tivemos uma prova e ele se atrasou, porque estava bebendo e farreando por aí, enquanto deveria estar na aula –, eu tolerava seus atrasos, sua falta de interesse e todas as suas merdas. Porque, no fundo, sempre tive medo de que o mundo todo fosse me abandonar.

Em um desses trabalhos, tive que implorar mil vezes para que fizesse a maldita parte dele e ele relutou até o último dia, chegou literalmente dez minutos antes da aula com um pen drive para que eu juntasse todas as partes e terminasse tudo.

Descobri, por meio do Yan, que nós tínhamos feito o trabalho errado e não tínhamos sequer *pesquisado* o assunto que deveríamos estar, naquele instante, apresentando para a sala toda.

Eu não sei o que foi dito naquela aula, tremi até o último minuto. Eu tinha anotado errado. Por minha causa – e porque ele não prestou atenção quando o trabalho foi pedido – tínhamos feito a droga do trabalho errado! Meus olhos ardiam de pura aflição. No final, Jonathan foi um bom amigo e se apresentou antes, demorando bem mais do que o esperado só para me livrar de levar um zero.

"*Park...? Você me fez fazer o trabalho errado? Que merda é essa?*" Leonardo falara, incrédulo.

E eu só disse tudo o que eu precisava dizer, mas, é claro, com calma e tranquilidade. Ao menos acho que foi assim, não tenho certeza. Talvez eu não tenha sido muito gentil ou empático. Eu só precisava exteriorizar aquelas coisas, porque não gosto e nem sei mentir. Posso ter sido indelicado, admito. Mas honestidade só machuca quando alguém faz algo errado. A verdade e a justiça só incomodam quem é sujo.

No dia seguinte, fui conversar com ele, como sempre fizemos, deixar de lado a noite anterior, meus sentimentos indigestos e toda aquela porra de trabalho da faculdade. Então ele começou a me ignorar. Sei que posso ter errado em algo, mas no menor dos meus erros ele... me abandonou. Dali em diante fiquei bem mal. Depois de chorar por uma noite inteira me sentindo um lixo, percebi que o injusto era ele. Eu tinha cansado de ter o dobro de responsabilidades por causa de um babaca que só queria sugar tudo de mim, mas que, por outro lado, não se importava nem um pouco comigo. Alpinista social asqueroso.

Quando notei a raiva que ainda sentia dele, percebi que poderia ir em seu aniversário e dizer tudo o que estava entalado na minha garganta. Mas parte de mim estava triste, sentia falta da alegria inocente de quando estava perto dele.

Ele morava no mesmo condomínio que eu, no bloco verde, aqui ao lado. Éramos dois dos únicos seis homens na nossa turma. Já nos chamamos de irmãos, porque desejamos que fôssemos. E, então, não éramos mais nada.

Baguncei meu cabelo, jogando os fios tingidos de vermelho para todos os cantos. Leonardo Guimarães não era exatamente o que eu precisava na minha vida naquele momento. Então saí, fui ao mercado comprar chocolates, salgadinhos, todo tipo de porcaria, e um pouco de vinho também, porque vinho me faz dormir e eu precisava, urgentemente, de uma noite tranquila de sono.

■ *Nota, em post-it verde:* ***Se você estiver confuso, não beba. Apenas NÃO.***

Eu tinha bebido muito, mas muito mais do que deveria.
    No terceiro copo, senti falta do jeito que ele me olhava quando eu dormia no seu apartamento, aos sábados. Senti falta de *Super Smash Bros* e do *Mortal Kombat*. De jogar vergonhosamente *Just Dance* até um de nós cair – ou cansado, ou dando risada. De levá-lo para dar uma volta no meu carro em plena madrugada. De falar sobre nossas vidas amorosas despedaçadas. Éramos apenas dois fodidos felizes e melhores amigos.

Ele me abraçava quando ninguém estava por perto. Ele me dava iogurte quando acordava mais cedo aos domingos. Ele me ouvia falando, por horas, sobre como eu queria beijar a Viúva Negra. Ele me dizia como queria beijar, de forma nada hétero, o Soldado Invernal, porque ele parecia um cachorrinho perdido.

Honestamente: eu sentia saudade de ter o *meu* Leo.

E foi assim, *levemente* bêbado, que decidi que iria na festa de aniversário do meu antigo melhor amigo.

■ *Nota, em post-it azul:* **Lembrar de não sair de casa bêbado quando tiver algo para resolver. Não é uma boa ideia.**

■ ■ ■

Quando cheguei, sei lá como, na Thunderstruck, me debrucei sobre o balcão e pedi um copo. Energético com vodca sempre foi meu ponto fraco.

Precisava achar Leonardo. Dar pelo menos um abraço nele, desejar feliz aniversário, certo? *Sim* – minha consciência quase morrendo respondeu. Ou talvez um soco, quem sabe?

Não sei que música estava tocando, mas era boa. Meu corpo se embalava, eu sorria sem querer. E era divertido. Sabe? Danem-se os problemas da minha vida, minha faculdade, minha família, meu qualquer-coisa. *Eu estou vivo nesse momento e eu vou aproveitar tudo o que eu puder. É minha primeira e última vez por aqui, vivendo.* E ali, apesar de estar bêbado – o que é algo realmente ruim –, eu me sentia... vivo.

De longe, ouvi um berro típico de quando Yan estava se divertindo e observei meus amigos dançarem com a música. Além de Jonathan, Jorge, Micael e Yan, também estava ali a parte feminina do nosso grupo: Bianca – ex-namorada de Leonardo –, Helena – minha ex-namorada –, Maitê, e Lara – namorada de Jonathan.

E, claro, Leonardo. Era fácil vê-lo de longe, ele era bonito, alto, cabeludo.

O maldito ficava lindo de regata larga branca, cabelo comprido solto, chegando um pouco abaixo de seu queixo com aquele tom de preto que brilhava com suas discretas ondulações. Dava para ver a tatuagem do mapa-múndi em seu ombro, e sorri como se alguém mais pudesse me entender. Sei que ele tem várias outras tatuagens e provavelmente sou o único na nossa roda de amigos que sabe – ele não gostava de mostrar. E seu sorriso, porra, era tão bonito. Não exatamente a imagem. Só, sei lá, alguma coisa nele que era sincera e linda demais sempre que sorria.

*Nota de rodapé: Eu estava MUITO bêbado e não me responsabilizo pela forma vergonhosa como agi.*

Quando ele me viu, percebi que não conseguia acreditar que eu realmente tinha ido. Ele ajeitou a postura e fechou a cara. Continuei sorrindo quando ele colocou uma parte da franja para trás da orelha e deixou à mostra um de seus alargadores. Alargadores que tinha em ambas as orelhas, que eram bem grandinhas e se projetavam levemente para fora, o que eu achava bonitinho. Eu realmente só fiquei ali. Só ali, vendo como meu *ex-melhor amigo* era bonito.

Ele largou a garrafa de vodca que segurava, estendeu o braço e não tirou os olhos de mim, então tenho certeza de que nem sabia quem tinha segurado a garrafa. Veio contornando e, a julgar pelas bochechas e olhos avermelhados, estava pra lá de bêbado também.

Vendo seu rosto de perto logo ali em cima, nossa diferença de altura de exatos onze centímetros, a maneira como éramos díspares de todas as formas... meus olhos já pequenos se apertaram enquanto eu sorria. Ele era tão lindo. Tão incrivelmente lindo ao mesmo tempo que era também quem me causava mais aversão.

– Então quer dizer que o piercing no septo mais babaca da cidade veio me ver? – ele reclamou alto o suficiente para que eu pudesse ouvir.

E, com todas as mágoas, ódios e saudades que consegui reunir nesses sete meses desde que comecei a odiá-lo, o abracei. Leonardo ficou paralisado assim que me coloquei na ponta dos pés e deixei que meus braços circulassem o seu pescoço.

– Não só o piercing, como também o babaca que carrega ele por aí – brinquei, dando uma risadinha. – Parabéns, Leo. Feliz 22.

Depois de relaxar daquela pequena tensão, os braços dele se encontravam justos nas minhas costas, na região lombar, mas eu podia perceber como ele estava confuso. Me ergueu em seu abraço e senti um arrepio intenso. O cheiro irritantemente gostoso que desprendia dele, a silhueta do seu corpo se moldando a minha, o calor que vinha de seu peito quando se encontrava com o meu... *É complicado.*

— Você tá mais bonito do que deveria, considerando o filho da puta que você é — falei perto de sua orelha.

— Obrigado — respondeu, ainda esquivo, quando nos soltamos. — Você também não está de se jogar fora. Mas eu jogaria.

— Bom, eu só vim pra gente poder sair no soco como nós dois adoraríamos fazer, mas acho que cheguei meio tarde — falei e ele pareceu ficar aliviado, rindo contido.

— A gente ainda pode sair no soco até o final da noite — sugeriu naquele seu tom engraçado.

— Estou meio fora de forma, vamos ter que deixar pra outro dia — apontei.

— Bandeira branca por hoje? — propôs, me estendendo a mão, e eu a apertei, soltando logo em seguida.

— Só por hoje.

— Ótimo. O pessoal tá logo ali, deixa eu te levar — sugeriu, segurando meu pulso com cuidado.

Minha mente quebrou. Segurei, por impulso, sua mão e percebi como ele ficou desalinhado enquanto tentava encontrar um caminho para voltar. Uma pequena multidão havia se juntado ali, o open-bar tinha acabado de começar e todo mundo apareceu em uma fila desengonçada querendo beber. Gargalhei enquanto íamos para o segundo andar, porque era a única solução.

Assim que chegamos ao andar de cima, entrelacei meus dedos aos dele, só para ver como ele ia reagir. *Curiosidade.* Meu gesto foi bem recebido e seus dedos se adequavam à forma dos meus em uma demonstração boba de afeto que veio de repente, mas ele não conseguia sequer me encarar. Pela fresta de rosto que consegui ver através do cabelo, notei que ele estava agitado. Honestamente, muito confuso e muito agitado. Uma bobeira como aquela era o suficiente para deixá-lo inquieto.

Não era como se só estivéssemos de mãos dadas: ele ficou desconfortável como se estivéssemos, os dois, sem roupa.

Foi aí que pensei: *talvez Leo sinta alguma coisa estranha por mim.*

Logo, percebi: não fazia sentido que eu repentinamente tivesse vontade de provocá-lo. Não é uma coisa que se faça sem nutrir pelo menos algum nível de interesse.

Portanto, me dei conta: honestamente, sinto *muita* atração por ele. Demorei alguns segundos para processar aquela informação. Juro, demorei. Mas então olhei para suas costas, seus ombros largos, o cabelo escondendo uma pequena parte do seu pescoço, sua cintura fina e sua bunda que, apesar de não ser tão grande, estava agora apertada dentro daquela calça preta.

Travei no meio do caminho.

Então era por isso que me incomodava tanto odiar aquele cara. Quer dizer, eu detesto muita gente: atores, políticos, outros colegas de classe, mas nenhuma raiva me incomodava tanto quanto a raiva por Leonardo Guimarães. Não conseguia tirá-lo da cabeça e isso me deixava furioso. Porque, talvez, meu cérebro só estivesse tentando disfarçar a atração que eu sentia por ele como um falso senso de ódio.

E se eu só estivesse criando motivos para odiá-lo dentro da minha cabeça? E se não fosse tudo aquilo que eu achava que havia sido? E se fosse tudo um grande mal-entendido? Nós nunca conversamos de verdade sobre o que aconteceu no passado, mas e se eu só estivesse exagerando? E se *nós dois* estivéssemos?

Leonardo interrompeu a sua caminhada quando puxei seu braço.

– Tá tudo bem? – gritou para que sua voz superasse a música, colocando o outro lado do cabelo também para trás da orelha, mostrando o outro alargador.

Estudei linguagem corporal. Sei o que aquele gesto bobo de arrumar o cabelo quer dizer. Fraquejei. Senti seu cheiro quando se aproximou, minha pele toda suspirava e sei que não era só o álcool em meu sangue que me deixava vulnerável. Me tornei consciente de cada movimento que seus lábios faziam e aquilo me fez soltar sua mão. Seu rosto *fodidamente bonito* se aproximou na tentativa de falar algo no meu ouvido, mas eu não queria ouvir, não conseguia.

Tento ser o melhor em tudo o que faço e *precisava* ser o melhor a bagunçar a vida de Leonardo Guimarães.

– O que houve? – perguntou.

– Eu posso ser o seu presente por hoje se a gente não precisar falar sobre isso amanhã.

E, antes que ele pudesse dizer "o quê?", o joguei contra a parede. Sorri de canto enquanto minha língua tocava meu dente canino. Eu ia adorar colorir a noite dele. Seus olhos estavam desorientados e fixos em mim quando me aproximei e suas mãos estavam distantes de meu corpo. Então segurei seu rosto e roubei um beijo daqueles lábios macios.

Era só um selinho, mas quando nos olhamos, Leo parecia tão chocado que pensei: *missão cumprida, arruinei a festa*. Passei os últimos anos escondendo do mundo inteiro que sempre fui bissexual e ele, realmente, não fazia ideia de que eu tinha atração por homens. De que, principalmente, tinha atração por ele. A surpresa estampada no rosto e a forma ofegante com que respirava, puxando todo o ar que podia pela boca enquanto seu peito subia e descia alucinadamente, buscando palavras...

Honestamente: não acho que seja possível tirar aquela imagem da minha cabeça.

Ele tentou resmungar algo, mas o instinto correu no sangue e não demorou nem meio segundo para que suas mãos agarrassem minha cintura. Sorri, extasiado. Nossos lábios voltaram a se tocar em vários selinhos e deram lugar a alguma coisa em mim que incendiava. Quando sua língua estava prestes a tocar a minha, coloquei uma das mãos em seu peito para afastá-lo e ele me encarou brevemente desapontado.

— Vamos achar o pessoal — falei perto de sua boca, só para provocar, e lhe roubei outro beijo.

Leo tentou aprofundar nosso contato, mas neguei outra vez, sorrindo de um jeito canalha. Segurei sua mão e o puxei, vendo seu rosto completamente sem cor, a não ser a sua boca, que agora brilhava avermelhada. Ele nem conseguia reagir enquanto eu o guiava, mas percebi a forma que seu olhar se ajustava ao admirar meu corpo enquanto descíamos as escadas e tentávamos não cair. E eu adorei aquela sensação de ter poder sobre ele.

Quando chegamos na roda de amigos dele — que eram também os meus amigos —, alguns se surpreenderam em me ver, mas acabamos apenas comemorando e dançando em meio a sorrisos.

Vi Leo no canto bebendo da garrafa de vodca dele enquanto tentava tirar o gosto do meu beijo de sua boca, e fiquei feliz por tê-lo deixado desarranjado daquela forma. Adorei o jeito que ele balançou sua cabeça para os lados na tentativa falha de afastar a realidade de que seu maior desafeto havia-lhe roubado alguns beijinhos — e de que ele havia gostado.

Então, quem ficou desconfortável fui eu. Diferente de mim, Leonardo era honestamente bonito, as pessoas honestamente o notavam. Ele foi simpático em afastar todos que tentaram se aproximar e ficou na dele, dançando e se divertindo com nossos amigos. Yan, Jorge, Micael e Jonathan inventavam um milhão de passos de dança e riam um do outro sem parar. Nossas meninas, sempre tão sensuais, felizes e seguras de si. Juro que tentei acompanhá-los, mas não consegui porque fiquei impaciente.

Depois de alguns minutos, parecia que o momento em que nos esbarramos no segundo andar nunca tinha existido.

Eu queria chamar a sua atenção porque aquilo merecia, pelo menos, ser conversado. Éramos amigos, depois inimigos, e agora havíamos nos beijado e tudo ficava por isso mesmo? Encarei-o e esperei que sustentasse o olhar. Arisco, do outro lado da nossa rodinha de amigos, li em seus lábios o que disse: *"Eu não vou cair nessa."* Mas ele ia cair, sim.

Bebeu mais vodca e não tirou os olhos de mim por algum tempo. Fui até ele e pedi um gole. Nossos olhos não se desencontraram em nenhum momento, e ele esteve atento enquanto me encarou bebericando aquele líquido que queimou em minha garganta. Devolvi a garrafa, me ergui outra vez para poder alcançar sua orelha e percebi a forma com que apoiou sua bochecha suavemente na minha, se rendendo sem que eu tivesse feito absolutamente nada.

– Depois eu retribuo – agradeci em um sussurro.

Leo estava de olhos fechados e respirava fundo quando me distanciei. Engoliu em seco e ficou em silêncio, quase parado na pista de dança enquanto tentava manter a postura. Foi aí que eu tomei ciência de que não era só ele que estava agitado com aquela situação.

Honestamente: meu coração estava acelerado e eu queria brincar com ele a noite toda.

Minhas mãos suavam. Estava muito mais inquieto. Não só *queria*, eu *precisava* que ele brincasse comigo também. Ele jogou seus cabelos para trás com a mão e voltou a abrir os olhos somente a tempo de gesticular com os lábios: *"Eu te odeio."*

Sorri de um jeito sacana. *"Não odeia."*

Ele acenou positivamente com a cabeça, insistindo. Eu fiz o movimento contrário porque eu estava certo e ele, não.

Sei que começou a tocar alguma música conhecida porque lotaram a pista, pulando, cantando, erguendo os braços. O círculo em que estávamos organizados se desmanchou e ficou todo desconfigurado, mas todos bem mais próximos. A neblina densa de gelo seco se ergueu até preencher todo o espaço que sobrou, mal dava para enxergar, e as luzes pareciam tomar forma no meio de todos os dançarinos amadores que éramos.

Deixei que me empurrassem para perto de Leonardo e nossos peitos se tocaram. Uma de suas pernas estava no meio das minhas e me aproximei ainda mais, colado nele. Sua caixa torácica vibrou em uma palavra que consegui distinguir facilmente no momento em que passei um braço por sua cintura para segurá-lo junto de mim. "*Inferno*", foi o que ele rosnou.

Nossos amigos todos estavam perigosamente perto. Mas nenhum de nós dois conseguiu se importar enquanto embalávamos no ritmo da música. A adrenalina me tomou e esqueci como respirar quando senti sua mão direita me segurando discretamente.

Quando o encarei, ele mordia o lábio inferior, descansava os olhos em algum ponto distante até os abaixar novamente a mim e os desviar em seguida. Sem que ninguém percebesse o quanto estávamos próximos. Quando tentei beijá-lo e ele desviou, foi ele quem sorriu sem vergonha. Eu queria *desesperadamente* beijá-lo. Mas recuei quando percebi que se continuássemos todos iriam perceber. Ele não pareceu contente, mas os cantos de sua boca se ergueram.

Sinalizei com um olhar para que fôssemos até o bar e ele contraiu as sobrancelhas, me negando em silêncio. Encarei Leo até que conseguisse convencê-lo, e ele bufou antes de ir em direção ao bar. Contei até doze (porque esqueci o que vinha depois de doze) e fui atrás dele. Sentei ao seu lado nas cadeiras altas.

— Qual é a sua? – perguntou.

— Eu só estou comprando um drink pro aniversariante, isso é algum tipo de crime agora? – questionei e ele desviou o olhar. — Uma piña colada? Vai, você gosta. Uma dose de uísque, quem sabe?

— Obrigado, mas se eu beber mais vou acabar desmaiando – contou, deixando os braços sobre o balcão.

— Mas você fica uma gracinha bêbado, as bochechas rosinhas, a boca corada... – Fiz carinho em seu rosto com os nós de meus dedos.

Ele me evitou suspeitosamente rápido.
— Você fica muito oferecido quando tá bêbado.
— Eu só tô fazendo o que eu sinto vontade de fazer.
— E não tinha como escolher qualquer outra pessoa no meu lugar?
— Mas é você quem eu quero.
— Ok, você precisa *urgentemente* parar de flertar comigo antes que eu confunda as coisas. — Ele jogava o cabelo para trás outra vez, afastando-o de sua testa, como se sentisse calor demais.
Honestamente: eu queria tocar ele inteiro.
Com um braço, puxei o seu assento, senti as pernas de madeira causando atrito contra o chão quando exerci força contrária, mas foi o suficiente para trazer Leo para bem perto. Entre minhas pernas, o coloquei dentro do meu espaço pessoal. Ele não se mexeu. Me inclinei somente o mínimo para sussurrar em sua orelha:
— *Eu faria qualquer coisa pra tirar toda a sua roupa essa noite.*
Leo prendeu a respiração e ficou de olhos fechados enquanto eu sorria, ajeitando minha postura. Ele engoliu em seco, colocou o cabelo para trás da orelha, nervoso, e abriu os olhos devagar, sem olhar para mim.
— Quer saber? Acho que vou aceitar uma água, por favor — falou e eu ri.
A música tocava não muito perto de nós e as luzes e o neon contrastavam discretos com a escuridão em tons roxos, negros e avermelhados que o bar tinha. Pedi ao garçom a garrafa que Leo imediatante abriu, bebendo vários goles, nervoso.
— Você quer? — perguntou, apontando a garrafinha em minha direção. Me fiz de desentendido.
— Te ver pelado? Quero demais. — Passei meu braço por trás de suas costas, me aproximando insolentemente dele.
— A água, idiota — corrigiu e ri outra vez.
— Quero — repliquei, virando alguns goles sem parar de admirá-lo.
Quando terminamos a garrafa, ficamos nos encarando em silêncio. Um canto da minha boca se ergueu involuntariamente. Eu daria tudo para estar sozinho com Leo naquele mesmo minuto, e acho que meu olhar deixou isso bem mais explícito do que se eu tivesse somente falado.
Ele desceu de sua cadeira e me estendeu a mão, esperando a minha. Eu o guiei para um canto mais escuro. Empurrei-o contra a parede e percebi

como ele gostou da ideia. Via na penumbra o brilho dos seus olhos me afrontando enquanto suas mãos me convidavam a invadir o seu espaço.

Eu não sabia que beijar o Leo era tão gostoso. Sua boca era tão quente e sua língua tão carinhosa naquele nosso beijo lento que fiquei eufórico vergonhosamente rápido. Eu não sabia como era fácil deixar que aquele nosso toque se tornasse tão íntimo. Eu não sabia que ficaria tão sensibilizado pelo seu beijo, mas quando fui ver, eu estava contra a parede, seu corpo colado ao meu.

Nossos toques foram esquentando, e nossas respirações estavam tão confusas que só percebi que estávamos perdendo o controle quando ouvi sua voz:

— *Calma* — pediu baixinho, obviamente excitado.

Sorri e ficamos abraçados enquanto ele respirava com calma e tentava voltar ao normal. Fechei meus olhos e só o abracei, ouvíamos aquela música que nunca escutei e, de verdade, mesmo que eu conhecesse nem saberia dizer qual era.

— A gente tem que voltar antes que desconfiem — comentei depois de algum tempo.

— Você tem toda razão — ele dizia, tentando respirar devagar.

Quando voltamos, nossas pernas fracas e o corpo pesado, demorou pouco tempo para que soltassem lantejoulas e glitter, confetes metálicos e a rolha do champanhe voasse pelos ares. Tocaram uma música qualquer e, de repente, criaram um *parabéns para você*, todo mundo cantando junto, e ele dançando com a garrafa que ganhou.

Leo não parou de sorrir em momento algum.

E eu só percebi o quanto eu era pateticamente atraído por ele porque eu também não conseguia tirar os olhos dele, e, muito menos, parar de sorrir.

■ ■ ■

Dali em diante, lembro de ter ido ao fumódromo. Em algum momento, Leo também acabou indo, e depois de uns dois cigarros, o tabaco intensificou o efeito da bebida e perdemos a noção das coisas.

Todos os nossos amigos, àquele ponto, já nem sabiam direito quem eram, então foi bom. Eu e Leo não sabíamos de mais nada no mundo. Não conseguíamos ficar em pé sem bambear, nem andar em linha reta, e até erguer o braço tinha se tornado uma tarefa difícil, porque nossos corpos já não respondiam tanto assim às nossas ordens. Então, se ainda tínhamos alguma noção quando nos beijamos perto do bar, naquele minuto já não tínhamos mais nenhum resquício de coerência dentro da cabeça.

Minha última memória turva daquela noite foi de ter Leo em meus braços. Lembro de como me olhava quando tirei minha roupa, de como eu podia ouvir sua respiração no silêncio, ver detalhadamente cada particularidade de seu corpo com a luz acesa de seu quarto, o jeito que reagia e relaxava a cada beijo que eu distribuía por sua pele. No chão, as embalagens de camisinha usadas. Em seu ombro, o desenho do mapa-múndi. Pelo astronauta preso dentro de uma lâmpada no seu quadril. Pela fórmula estrutural da endorfina desenhada no lado esquerdo de suas costelas. Pela letra de "Highway to Hell" em suas costas. Pela palavra *Hellbound* rabiscada sobre o lado direito acima de sua bunda. Eu beijei e mordi cada pedaço daquela pele.

Depois, só me lembro de como sorriu quando tomamos banho, quando tirei seu cabelo molhado da frente do seu rosto e o secamos com o secador, apesar de estarmos completamente bêbados. Isso nos rendeu boas risadas e uma série de quase-tombos, não conseguíamos mais ficar de pé sem que o mundo girasse e a força gravitacional da Terra falhasse de diferentes formas.

Nos beijamos carinhosamente mais um trilhão de vezes e conversamos, rimos até cansar. E, depois de tudo, ainda dormimos abraçados como se fôssemos ser felizes para sempre. Mas não é bem assim que a banda toca e nós dois sabíamos que a merda não era termos transado enquanto nos odiávamos. A pior parte, com certeza, seria acordar no dia seguinte.

E foi, realmente, uma merda.

Honestamente,<br>
Benjamin Park Fernandes

# Capítulo 2

# Sinceramente?
# As consequências

Sinceramente? Acordar ao lado do maior babaca da cidade foi uma tragédia.

Com certeza, a pior das piores partes da pior desgraça que podia ter acontecido foi que gostei do nosso tempo juntos. Uma noite inteira acordados, trocando beijos e afagos. Fiquei quase meia hora fazendo carinho em seus cabelos antes de me levantar, e eu ainda o odiava.

Dez da manhã. Bebi o café que preparei na expectativa de que minha ressaca passasse logo. Quem sabe, acordar de repente e perceber que foi somente um pesadelo?

Mais uma coisa ruim? A mãe dele me perguntou por mensagens onde ele estava, porque não dormiu em casa. Devia ter mandando mensagem para todos os nossos amigos e, sem resposta, me procurou. E eu? Respondi que estava comigo porque conversamos até tarde e estávamos tentando dar um passo de cada vez. Não falei que estava bebendo e fumando cigarro até esquecer quem era, que estávamos transando até não aguentar mais. Sério? Eu ainda tive que livrá-lo de levar uma bronca? Eu devia deixar que um meteoro caísse na cabeça dele.

Até isso foi algo que me irritou por ele ter estragado: a minha relação com seus pais, especialmente, a sua mãe. Sei que pode soar esquisito, mas eu era realmente próximo a ela. Nos víamos quase todo dia e batíamos papo sempre sobre os estudos dela, que também me interessavam. Trocávamos informações e conversámos sobre artigos e livros que um ia indicando ao outro. Trocávamos mensagens todos os dias e ela me tratava como se fosse praticamente uma madrinha ou uma tia muito querida. Mas, depois que ele deu o showzinho dele e nos afastamos, aos poucos, também fui obrigado a ir me afastando de sua mãe.

Já não ficávamos mais horas conversando e a última vez em que a vi foi no estacionamento, e foi a coisa mais estranha do mundo, porque eu nem sabia direito como agir. Contudo, lá estava eu, defendendo-o e escondendo a verdade de sua mãe.

No próximo gole de café, aqueles cabelos vermelhos e amassados pararam na porta da minha cozinha.

Fungou o nariz, mania que tinha desde que colocou aquele piercing no septo. O rosto ainda inchado de um jeito gracioso, os olhos quase escondidos sob as pálpebras, que pesavam e escondiam o seu olhar. Ficou quieto, ali, coçando o braço em uma típica demonstração de desconforto. Não disse sequer *uma* palavra, mas o acompanhei com o olhar até se sentar à minha frente.

Ele falou na linguagem do silêncio.

Eu respondi calado.

Propositalmente, quando fui tomar minha xícara, fiz barulho enquanto fingia puxar o líquido para dentro de minha boca. Park me encarou diretamente e sustentei o olhar, cruzando meus braços, mas palavras? Nenhuma, até que tomei a iniciativa, sinalizando com a cabeça em direção às panquecas. E, que inferno, por que é que eu preparei café, panquecas e até separei iogurte para esse idiota?

— Come — falei.

— Tô sem fome — resmungou.

— Você tá de ressaca, é melhor comer. — Desviei o olhar. E não contei que menti para a sua mãe pelo seu bem.

Outra vez, quietude.

— Você quer conversar? — perguntou.

— Não.

— Mas eu acho que a gente deveria — falava daquele jeito mecânico de sempre.

— Eu passo.

— Eu te machuquei? — insistiu Benjamin.

— Não quero falar sobre isso agora.

— Leonardo... não complica — pediu e eu ergui as sobrancelhas, sem dizer nada. Porque me sentir mal por ceder meu corpo para quem mais me detestava era só *complicar*. Então, Park completou o show de horrores que era aquela conversa: — Você vai contar para alguém?

Sério? Ele completamente ignorou que não respondi a sua pergunta sobre ter me machucado e já estava se preocupando com o que as pessoas achariam de nós dois dormindo juntos? Não estava preocupado comigo, se me senti usado, se me machucou, nada disso — sempre vali menos do que seu ego.

— E você quer que eu conte? — perguntei. — Pensei que queria ter o prazer de usar isso contra mim até o dia do meu velório.

— Eu nunca faria isso. Não quero estragar a minha reputação e nem a sua.

Sinceramente? Quase vomitei quando disse a palavra *reputação*.

Benjamin Park Fernandes era o tipo de pessoa que só ligava para a própria glória — ele não podia manchar a sua *reputação*. Não conseguia passar dez minutos sem checar quantas curtidas recebeu em suas fotos, quantas pessoas tinham visualizado seus *stories* no Instagram, quantas pessoas conseguia com os seus tuítes. Suas notas na faculdade, suas experiências e conquistas no decorrer da vida... Queria tanto ser o perfeito centro das atenções que não passava de um grande idiota.

Sei que Benjamin tem medo do *abandono*. Sei tudo sobre ele. O que ninguém sabe é o tamanho do medo que eu sinto da *solidão*.

→ → →

Entendo que tudo na vida é passageiro.

Um amor eterno que dura uma semana. Uma família perfeita que se desmancha em dois dias. Uma amizade perpétua que acaba depois de dois anos e nove meses. Tudo isso acontece. *Acontece*, desmancha e se torna momento, *memória*. Todo momento é fadado ao fim, e as memórias preenchem nosso peito, escrevem nossa história, ficam depois que tudo se vai. Mas saber disso não significava que eu estava preparado para ser abandonado aqui.

Sinceramente? Não sei viver.

Não entendo como as pessoas conseguem. É tudo muito confuso e difícil e embaralhado. Todos os momentos acontecem e acabam ao mesmo tempo. Todas as coisas vêm e vão, mas eu fico. Nasci sozinho, fui mergulhado em um mar de lembranças a serem construídas, minutos passageiros e pessoas temporárias, para depois morrer sozinho. Estar *vivo* é estar *sozinho*. E a solidão me apavora.

Não gosto que percebam meu desespero com o simples ato de acordar dia após dia, mas contei a Benjamin sobre meus terrores, sobre estar exausto. Ele me contou sobre como gostaria de passar por aqui sem deixar rastros, em uma vida cinza, silenciosa, com o menor número de memórias e despedidas possível. Ele não queria conhecer pessoas novas para não sentir falta delas. Já eu preciso de sorrisos ao meu redor para sentir que estou preenchendo o livro que chamo de vida.

Há um vazio constante e crescente dentro de mim, todos os meus defeitos e problemas e todos os sentimentos – que não consigo governar.

Sinceramente? Não gosto de quem sou.

Não gostaria de ter um amigo como eu, com pensamentos obscuros e vontade de desaparecer. Alguém que quer tanto se encontrar que esconde tudo o que é por trás de piadas bobas, gargalhadas altas e relatos empolgados. Nem sempre que sorri estive feliz. Nem sempre que fui a algum canto foi porque queria. Eu só precisava ser uma festa em que as pessoas quisessem estar. Tinha que esconder minhas tristezas para que alguém gostasse de mim. Quem sabe assim eu gostasse um pouco mais de estar aqui.

Encontrar Benjamin foi algo que nunca esperei, e me fez um bem tão grande que não queria que ele fosse só uma memória. Tínhamos uma relação pura e forte de verdade, parecíamos irmãos, de tanta confiança e harmonia que havia entre nós. Éramos amigos, só amigos, sem nada disso de beijar na boca. Eu só queria que ele estivesse sempre por perto para jogar conversa fora, para rir, para qualquer coisa. Queria que fosse companhia, que ficasse.

Eu amava sua existência, seu jeito, seus gestos. Por ele fiz mais do que deveria, doei mais carinho do que eu tinha, mais sorrisos do que realmente faziam parte de mim. Dei tudo de mim porque queria que ficasse bem, e não afogado em suas inseguranças e pânicos infundados. Ele tinha medo de chamar atenção por ser a pessoa incrível que sempre foi; medo de falhar; de que seus pais o odiassem quando quis colocar um piercing e quando pintou o cabelo da cor que sempre sonhou; medo de não ser bom em nada... Mas eu achava seu nome sempre que procurava por sinônimos de perfeição, não havia qualquer coisa nele que pudesse mudar isso e, principalmente, não queria que temesse ser quem ele é.

Achei que ele fosse a melhor coisa que já me aconteceu e tornou-se meu melhor amigo. Aos poucos, fui me mostrando. Confiei nele para me amparar em alguns setores da minha vida que estavam desabando – *familiar, social, financeiro, acadêmico*.

Eu era um filho caçula tentando sobreviver sozinho, e, ainda que tivesse a ajuda da minha tia para pagar o apartamento que era dela – e ela me vendia em parcelas bem pequenas, enquanto eu ia, aos poucos, comprando os móveis, pagando minhas contas e todo o resto –, o mundo não me esperava estar pronto para começar a girar. A vida seguia enquanto eu batalhava pelo que é meu. Nunca cheguei a passar fome ou enfrentar alguma grande dificuldade, mas eu só não podia desistir. Nem por um segundo.

Eu não tinha alguém que realmente estivesse ao meu lado, que me ajudasse quando eu quisesse sumir ou precisasse fraquejar. Ele tinha os pais dele e não precisava fazer esforço para nada. Eles pagavam sua faculdade, deram o seu carro, pagavam a gasolina, seus livros, todos os seus gastos, e sua casa tinha sempre móveis novos e decorações bonitas. Enquanto isso, do lado de cá, eu tinha que pagar tudo sozinho, precisava ir devagar, tinha que fazer as contas no final do mês. Meu apartamento era frio e possuía poucos móveis, porque eu precisava sempre pensar na melhor forma de usar o meu dinheiro, vivendo sozinho. E até o meu corpo vivia com pouca energia, porque ficar cansado de tudo era só natural. Mas eu precisava aguentar.

Quando tudo começou a dar errado, me dei conta de que mal sei sobreviver e que só estou criando memórias ruins. Então tentei ser mais festa. Ser mais gargalhadas – e meus esforços de ser feliz foram ficando mais naturais. Tentei gostar de mim, dos acontecimentos, de tudo. Me doei mais aos sorrisos – a maioria, não meus. Queria que todo mundo sorrisse. Queria que o Park sorrisse. Queria dar às pessoas motivos para gostarem de mim e não me deixarem sozinho.

Mas Benjamin Park Fernandes nunca chegou a se importar, e sumiu da minha vida no primeiro tropeço que tivemos. Abandono e solidão são diferentes, porque o *abandono* é natural, de tudo que é seu e vai embora. *Solidão* é quando nada te alcança.

Sinceramente? Benjamin nunca fez questão de estar aqui.

Com o passar dos dias, fui percebendo sua indiferença. De como me falava um monte de ofensas, me dava ordens, me tratava com grosseria. Eu fazia tudo o que ele queria e o seguia para todos os cantos tentando animá-lo. Engolia meu choro quando me machucava, calava minha boca quando me ofendia. Eu sumia e aparecia quando ele queria. Mas ele só conseguia estar comigo quando não tinha mais ninguém por perto para julgá-lo.

Sinceramente? Park tinha vergonha de mim.

Porque, afinal, garotos de cabelos vermelhos e peito de aço não costumam gostar de garotos que usam cabelos longos para esconder lágrimas e tentam se defender com escudos e navalhas. Ele veio à Terra para conquistar o mundo. Eu continuava tropeçando em meus próprios pés enquanto tentava conquistar algumas pessoas. Eu era só o bobo da corte, perdido e exausto, querendo que todo mundo tivesse boas memórias, enquanto a minha própria vida estava péssima e tudo dava errado.

Park não me deixou ir embora na primeira oportunidade que surgiu. Eu é que olhei por outro ângulo e percebi que nunca estivemos perto. Que ele só gostava de me usar e pisar em mim como quisesse. Só me fez de idiota. Sugou o pouco que eu tinha. Não se preocupou quando me humilhou em frente a *todos* os nossos amigos no dia daquele trabalho infernal – não foi a primeira vez que fez aquilo, de gritar comigo, me xingar, mas foi a pior. Machucou de verdade. Eu nunca esperaria que alguém que gosta de mim pudesse falar aquelas coisas. Não se importou em me deixar de castigo chorando a noite inteira lembrando de cada absurdo que ele falou – e eu quase acreditei em tudo aquilo.

No dia seguinte, agiu como se cuspir palavras em mim fosse normal. Park é um babaca orgulhoso que nunca pede desculpas.

Eu me preocupava com memórias e pessoas. E ele? Com medalhas e reconhecimento. Biscoiteiro ridículo, farsante, coração de pedra. Ele e a honra dele. A reputação, os méritos, sua imagem. Estrelinha do cacete. Otário!

*Lista de Número #1* – **Defeitos de Benjamin Park Fernandes**:
→ *Mimado;*
→ *Arrogante;*

→ *Grosso;*
→ *Calculista;*
→ *Dissimulado;*
→ *Falso;*
→ *Hipócrita;*
→ *Narcisista;*
→ *Pedaço ambulante de chorume!*

A verdade era que ele não passava de um egoísta insensível com algum complexo de filho único e que não precisou e nem nunca aprendeu a se preocupar com qualquer outra pessoa. Nunca conheci ninguém tão desinteressado. Tudo sempre foi só sobre Benjamin Park Fernandes. Sobre ele e mais nada.
Ele nunca se importou com ninguém.

→ → →

Eu nem sabia mais do que estávamos falando naquele momento, fiquei tão irado que comia minha panqueca de frango como se só existisse isso no mundo.
— Você não vai contar pra ninguém, né? — Ele perguntou outra vez e eu puxei o ar pelo nariz furiosamente. Não respondi, somente o fulminei com o olhar. — Você vai?
Larguei minha panqueca no prato e deixei os braços sobre a mesa, fazendo barulho com os talheres que pularam, e continuei o afrontando.
E ele? Estava prestes a abrir a boca para perguntar outra vez se eu *faria o absurdo de manchar a reputação perfeita dele.* Antes que ele pudesse falar, interrompi:
— Não ouse. Eu quero que essa história toda morra aqui.
— Mas eu machuquei você?
Meus olhos rolaram para cima.
— Fisicamente? Não.
Será que não tinha ficado claro que, *emocionalmente*, ele tinha me causado vários danos? Será que ele não desconfiava que podia ter me magoado? Ele realmente pensava que tinha o direito de falar todas aquelas coisas para qualquer pessoa? Ele nunca cogitou que ele podia ter

me humilhado, sido verbalmente agressivo na frente de todo mundo? Ele sempre pensou que não fez nada de errado, de verdade?

— Eu fiz alguma coisa que você não gostou enquanto a gente transava? Meu desempenho não foi bom... sei lá, alguma coisa assim? Sinceramente? Eu poderia ter dormido com qualquer pessoa melhorzinha.

Fiquei em silêncio, balançando a cabeça, até que ele falou daquele jeito sonso de quem nem fazia ideia de como eu estava me sentindo e também não ligava:

— Eu só tô tentando conversar.

— A gente tinha combinado de não falar. Você mesmo disse que ia ser meu presente se a gente não precisasse conversar sobre isso no dia seguinte. A gente se odeia, ontem foi bom e acabou. *Isso* é um ponto final.

Benjamin abaixou a cabeça, seus olhos caminhavam pelo cômodo e ele parecia desconfortável.

E eu? Fiquei com dó.

*Inferno!*

Coloquei café em uma xícara e adicionei três colheres de açúcar. Duvido que ele saiba como eu gosto de tomar meu café, mas tentei não me magoar com isso também. Peguei água e aspirinas e coloquei em sua frente.

— Vai ajudar a melhorar — disse em pé, ao seu lado, tentando manter a calma.

Seus olhos se ergueram até me encontrar e brilharam à menor demonstração de afeto de minha parte. Me acompanhou até que eu me sentasse e não parou de me encarar com aquela carinha *maldita* de cachorro perdido.

— Obrigado.

Sinceramente? Eu ainda sentia falta dele.

— Depois você pode dormir mais um pouco na minha cama, mas tem que me prometer que vai pro seu apê até as três da tarde. — Cruzei os braços, tentando parecer intransigente.

— Eu prometo — disse, dando um sorriso discreto. E, que desgraça, por que ele tinha que ser tão bonitinho e, ao mesmo tempo, tão escroto?

— E não ouse deitar na minha cama sem antes tomar um banho — falei porque, bem, tomar banho também ajuda a curar ressaca. Mas ele não podia saber que eu me importava com ele.

Em resposta, Park sorriu em direção ao seu café da manhã. Comeu o que conseguiu. Sorriu para mim, colocando sua mão delicadamente sobre a minha, me encarando no fundo dos olhos. Meu cérebro apitou em sinal de alerta.

— Você tem certeza de que não quer falar sobre como você se sente?

Respirei fundo, relaxando na gentileza que demonstrou.

— Eu nem sei direito o que dizer — murmurei. Era muita coisa acumulada.

— Você se arrepende por ontem?

— Sinceramente, eu... *não* — respondi contrariado. — Você se arrepende?

— Honestamente, se ontem fosse se repetir, eu acabaria fazendo a mesma coisa. Por isso eu queria, sabe, esquecer todo o passado... deixar pra lá o que aconteceu.

— Eu não vou esquecer coisa nenhuma — falei com toda a sinceridade de dentro do meu peito.

Como eu ia ficar tranquilo com ele, enquanto ele nem tinha identificado os seus erros e nem se arrependido por ser um idiota comigo? Não era só questão de pedir desculpa, porque ele poderia fazer isso da boca para fora. A questão era que ele nem sabia que era errado e achava normal me tratar como já tinha me tratado no passado.

Ele ficou chocado e em silêncio, boquiaberto enquanto me encarava. E eu só bebi mais do meu café.

— Será que dá pra você não ser um escroto quando eu tô tentando ficar de boa? — falou Ben.

— Não.

— Cara... Sério?

— Não é só porque agora você quer apagar da sua cabeça o que aconteceu que eu vou conseguir fazer isso. Memórias não mudam e nada mudou — disparei.

— Você é um babaca — ele balbuciou, atônito. — Está desperdiçando a chance perfeita pra gente ficar tranquilo.

— Não ligo.

Benjamin me observou enquanto eu comia um pão de mel. Sorri, orgulhoso de ter negado o tratado de paz. Ele, em silêncio absoluto, começou a fechar a cara e a respirar ruidosamente.

— Eu odeio você — ergueu a voz.

— É recíproco.

— Não vou perder meu tempo, vou dormir até ficar bem e depois caio fora daqui. Agradeço a hospitalidade. — E saiu rosnando e batendo o pé em direção ao meu quarto.

— Essa cama é minha e você não deita nela sem tomar banho — ergui a voz da cozinha e ouvi ele indo furioso até o banheiro.

— Vai tomar no cu — resmungou entre meu quarto e o banheiro e depois bateu a porta.

Esperei alguns minutos. Fui até meu quarto procurar uma muda de roupas e uma toalha para ele e para mim.

Abri a porta sem anunciar.

— Ah, tá, não posso nem tomar meu banho em paz?

— Minha vez. — Me despi, abri o box e entrei.

Em reação, ele saiu da frente do jato de água, xingando até cansar. Só notei a ausência de sua voz irritante quando eu já tinha molhado o cabelo e o rosto. Então, contemplei sua expressão que me admirava com a boca entreaberta, os olhos pequenos abobalhados em minha direção. E eu odiava o imbecil que ele era.

Porém, o olhei com o cabelo carmim todo jogado para trás, as gotas descendo pelo seu corpo, seus lábios miúdos e curvados para baixo, a pintinha de beleza perto da boca úmida e outra no meio da bochecha, seus músculos desenhados pela água, aquele maldito piercing no septo, e só então percebi meus olhos também abobalhados em sua direção. E eu odiava o imbecil que eu era.

— Eu... eu acho que vou pra cama — anunciou e saiu todo sem jeito.

Demorei algum tempo com o coração acelerado e fui secar meus cabelos, tentando me acalmar. Jurei a mim mesmo que não iria dar bola para ele assim que saísse daquele banheiro, e precisei relembrar e recitar minha lista, *Defeitos de Benjamin Park Fernandes*. Quando percebi que funcionou, fui até meu quarto — ele estava sentando em minha cama, me olhando cheio de expectativa.

E eu? Só deitei no meu lugar.

— A gente não vai conversar? — ele quis saber, indignado.
— Não — falei, me virando para a parede.
— Mais essa agora. Eu realmente não sei o que fazer com você ou como eu devo agir. Falar com uma porta é mais fácil, porque pelo menos a porta abre e fecha. E você só se fecha, não tem nem como — murmurava continuamente, mas percebi que se colocava embaixo das cobertas.
— Você ainda tá relinchando do seu lado da cama ou é só impressão minha?
— Vai se foder — replicou.

Fechei os olhos e esperei o sono vir — e não veio. Não conseguia dormir com Benjamin na outra extremidade do meu colchão. Virei em sua direção na esperança de ele me olhar, mas acho que me ignorou de propósito.

Sinceramente? Mesmo que ele estivesse bem ao meu lado, senti falta do seu cheiro e da sua pele e... quem foi que inventou essa droga chamada saudade?

— Vem aqui — convidei baixinho.
— Eu não vou — ergueu a voz.
— Vem aqui comigo — falei mais alto do que ele.
— Que saco — reclamou, se aproximando. — O que é que você quer?

E, ah... Eu sinceramente o beijei na boca.

Ele hesitou, seus cílios abriam e fechavam, sua respiração desacelerava. Esperei que me afastasse ou dissesse qualquer coisa, mas não se mexeu. Segurei sua mandíbula, meu polegar sobre sua bochecha e o puxei para outro beijo, agora mais íntimo.

— Isso não quer dizer que eu goste de você — impliquei depois de ficarmos um tempo nos admirando.

Ele bufou, indo para longe.
— Vem cá — chamei.
— Não me encosta.
— Park, vem cá.
— Me deixa em paz.
— Benjamin Park!
— Eu já disse que eu não vou!

Fiquei observando suas costas, furioso comigo mesmo.
— *Inferno* — murmurei quando fui até ele e o abracei pelas costas.

Eu quis beijar seu ombro, mas me contive. Quis virá-lo para beijá--lo. Quis que ficássemos bem novamente. Mas só senti seu cheiro, o seu calor. E adormeci.

Sinceramente? Me odeio por gostar tanto desse idiota.

→ → →

Horas depois, acordei em um pulo com o pior som do mundo: a voz do Park.
— Três da tarde — falou, e demorei para processar.
Mas acabei entendendo rápido — ele bateu a porta do meu quarto com toda a força ao sair e depois bateu a porta da frente.
Sei que disse para ele ir embora às três, mas ele podia, pelo menos, fingir que esqueceu e só ficar debaixo das cobertas comigo. Ele tinha mesmo que ser um maníaco por regras como sempre foi? Precisava mesmo? Por isso que não gosto dele.
E ainda teve a audácia de sair batendo a porta.

→ → →

— Leoooooooo — Jorge gritou, animado, assim que atendi ao meu celular.
— Oi, Jorginho, como tá?
— Tô bem, só estou ligando para te convidar pra parte dois do seu aniversário no Bar do Brasa Brava, só os brothers. Vem logo, até depois, tchau — e desligou.
Atrasei alguns minutos na cama — que ainda estava com aquele cheiro nojento do Park. Abracei o travesseiro em que ele dormiu. Como é que alguém consegue ser tão perfeitinho desse jeito? Ele ainda dobrou as roupas que lhe emprestei e arrumou o seu lado da cama. Como se metade do meu quarto fosse agora de Park e seus encantos. Que raiva.
Apressei-me para chegar no bar, vinte minutos depois. Caminhava descendo a rua com toda a tranquilidade quando vi de longe os cabelos vermelhos e o olhar vazio de Benjamin Park Fernandes.
*Ah, pronto.*
Seu tornozelo estava apoiado no joelho, batia levemente um dedo sobre o cigarro aceso para se livrar das cinzas, usava o cabelo solto em uma franja uniforme, coisa que nunca fazia, pois sempre usava pomadas

para afastar os fios vermelhos de sua testa. Achei ridículo como ele conseguia ser intimidador e fofo ao mesmo tempo.

Puxando uma cadeira ao lado de Yan e Jorginho, todos comemoraram minha chegada. E Benjamin? Apagou a bituca de cigarro no cinzeiro e meteu as mãos nos bolsos da calça, relaxando na cadeira enquanto me desafiava com o olhar.

Acendi um Marlboro vermelho, tentando não me estressar, aproveitei para encher um copo de cerveja e beber uns três goles de uma vez.

— Será que o galã pode me dizer pra onde é que foi ontem? — perguntou Yanzão, brincando como se fosse minha mãe.

Park abaixou o olhar e engoliu em seco. Que droga. Eu não gosto de mentir, mas a vida me pede para fazer isso o tempo todo por proteção. Traguei lentamente e deixei que a fumaça saísse pelo meu nariz — o que sempre fazia Jorginho rir e me chamar de demônio.

— Eu passei muito mal. Um desgraçado por aí me levou até em casa pra eu poder tomar um banho e dormir. Mas ele, com certeza, só fez isso porque mora no mesmo condomínio que eu e não porque queria o meu bem — eu disse.

— Você fez isso, Ben? — Jorginho desconfiou. Vi pelo canto de olho que ele, sem levantar a cabeça e nem o olhar, acenou positivamente. Inútil, não era capaz nem de abrir a boca para contribuir com o disfarce. — Que bonitinho, cuidando do amiguinho dando pt!

— Leonardo não é meu amigo — foi a única coisa que ele falou desde que cheguei.

— Deus me livre e guarde — repliquei em alto e bom som.

— Parou por aí, vamos falar de outras coisas — Jonathan sugeriu.

— O Leo tá com uma cara tão boa pra quem passou mal a noite inteira — Micael observou. — Tá passando o que nesse rostinho? Sebo de carneiro?

— Faz milagres — Jorginho comentou.

— Óleo de coco — sugeriu Yan.

— Óleo de coco é bom pro cabelo — Jonathan falou e, àquele ponto, eu só bebia cerveja e fumava tranquilamente. Quando eles começavam aquele tipo de conversa, demorava para que voltassem à Terra.

— Ele tá fazendo dieta *low carb* — disse Micael.

— Olha ele todo avoado. Essa pele boa, cabecinha de vento... Eu tô achando é que o Leo transou — Jorginho sugeriu.

— *Transou!* — Yan exclamou.
Eu me engasguei com a cerveja por causa do susto que tomei com seu grito.
— Nossa, você claramente transou. Conta, quem é? — Jonjon quis saber.
— Ah... um boy lixo do Tinder — menti, terminando meu cigarro.
— Ih, então foi ruim o negócio? — Yan quis saber.
— O cara é um babaca, bateu arrependimento pós-sexo. E o sexo também não foi lá aquelas coisas. Bem mais ou menos, pra falar a verdade. Mixuruca — desdenhei.
Benjamin, que me encarava com as sobrancelhas cobrindo seu olhar indisposto, falou com a voz inexpressiva:
— Aposto que você só tá falando isso porque o pau dele é maior do que o seu.
Enfrentei-o em silêncio e preferi ignorá-lo. Eram só alguns centímetros e ele não tinha direito algum de falar disso na frente de todo mundo, ok?
— Eu vou aposentar esse meu lado bissexual, nem gosto tanto assim de homem — dei certeza.
— Ah, tá — Benjamin provocou. Eu só rolei os olhos.
— Mas vocês brigaram depois que o Leo passou mal? Ou... sei lá...? — Jonathan perguntou, todo sem jeito.
— Vocês vão ficar de boa algum dia da vida de vocês? Foi isso que o Jonjon quis saber e eu traduzi agora mesmo, em tempo real — Yan disse todo orgulhoso, bebendo mais cerveja.
Cocei minha nuca, incomodado.
— Hoje cedo a gente conversou e, assim, não quero mais que ele morra, só quero que quebre um braço, uma perna. Quer dizer, é um avanço. — Dei de ombros enquanto aquele robô de cabelo vermelho me olhava inexpressivo. — Não é, babaca? Fala alguma coisa aí.
— É — disse, contrariado. Ele era bom em muitas coisas, mas era péssimo em mentir. — Estamos tentando. — Ergui os cantos dos lábios no sorriso mais falso que já dei na vida. — É que nós dois temos muito o que dizer e pouca disposição para ouvir.
Dessa vez, quem abaixou o olhar fui eu. Ele era um idiota e tinha me machucado, mas eu também não ajudei na reconciliação.

— O problema aqui é que ele é capricórnio e eu sou sagitário. Park me odeia porque sou o inferno astral dele, já eu o odeio porque é inevitável — brinquei.

— Astrologia é idiotice — ele falou.

Revirei os olhos. Ele sempre tinha que dizer algo ruim.

— Bom, pelo menos estão tentando — Jonathan disse.

— Beleza, vamos comprar umas bebidas, porque o esquenta vai ser lá em casa — Yan já ia se levantando.

— Eu não posso beber, tô dirigindo. Tenho que pelo menos deixar o carro em casa pra ir de Uber — Park falou enquanto todos se colocavam em pé.

— Ah, então dá pra você dar uma carona pro Leo, aí vocês já vão conversando — Micael sugeriu.

— Na verdade, vou passar a tarde na minha tia, mas depois encontro vocês — menti e também me ergui.

— Então, até mais. — Jorginho veio me abraçar depois de nos cumprimentarmos com um toque de mãos.

Nos dispersamos rapidamente e eu fui para o ponto de ônibus. Para onde? Minha casa. Fazer o quê? Dormir. Então, vi o Nissan March preto do Park estacionando igual um louco assim que me viu, e desceu correndo do carro com aquele cabelo arrumado do jeito mais ridículo possível, que só me dava vontade de beijá-lo na boca.

— Sei que você tá indo pra casa e nas últimas vinte e quatro horas você já mentiu três vezes pra me proteger — disse parado em minha frente. — Uma para minha mãe, duas para nossos amigos.

Olhei para o horizonte como se ele não estivesse ali.

— Quem liga?

Benjamin murchou e caminhou devagar até se colocar ao meu lado, se apoiando na estrutura do ponto de ônibus.

— Fiquei puto porque achei que você tinha mentido pra minha mãe por maldade, mas entendi que é pelo meu bem. Eu queria agradecer. E perguntar se isso significa alguma coisa — discursou com a voz monótona.

— Não, e eu continuo não gostando de você.

— Mas ontem, nós...

— Tem gente no mundo inteiro que não se gosta e concorda em transar, uns até pagam por isso.

— Mas hoje você me beijou. Foi legal comigo de diferentes formas.
— Diferente de você, sou uma boa pessoa. E eu gosto do seu beijo, e daí?
— Mas, Leonardo... — E ficou em silêncio esperando que eu fizesse alguma declaração de amor para ele. Percebi que ele estava constrangido porque também não fazia questão de me olhar nos olhos.
— Que parte do "tem gente pagando pra transar" e "eu não gosto de você" você não entendeu? Eu posso transar com você e continuar te odiando.
— É que... se for assim, a gente podia fazer um acordo... — continuou falando mecanicamente, tentando que eu não o interrompesse.
— Mais uma palavra e juro que te dou um soco.
Park bufou, mas mesmo assim não me dei o trabalho de olhá-lo.
— Tá bom. Entra no carro — falou, destravando o alarme.
— O quê? Agora vai me sequestrar?
— Para de drama e vamos pra casa — alterou seu tom de voz, frustrado.
— Eu não vou pra *sua* casa.
— Eu tô falando do condomínio. Você mora lá também.
Fiquei quieto porque queria carona. Mas não a dele.
— Eu não vou entrar no seu carro.
Em resposta, ele abriu a porta do passageiro.
— Eu não te ofereci uma conversa, atenção, simpatia, meu amor e carinho. Eu só te ofereci uma carona.
— Não tá me oferecendo nada, mas tava oferecendo seu corpo todo pra transar comigo — debochei.
— Será que você consegue calar essa boca, ir tomar no cu e entrar nesse carro?
— *Como é que é?*
Park gargalhou, e entendi que estávamos brincando.
— Eu só queria te dar carona porque fiquei te devendo uma das coisas que você me fez. E não tô falando de tirar a minha roupa ou... — O fiz se calar quando ergui um braço e fingi ir na sua direção para agredi-lo. Ele se encolheu todo antes de soltar um riso.
— É por isso que você tá encalhado, você é um perfeito idiota — respondi.
— Obrigado pelo perfeito. Vem, entra aí.

Relutei, mas entramos no carro.

— Obrigado — respondi de forma debochada. — Pelo menos pra *isso* você presta.

— Ah, claro — resmungou. — E sexo mixuruca coisa nenhuma.

— Coitado.

— Meu pau é maior do que o seu — provocou e virou-se para me encarar.

— Me poupe.

— Você sabe que é verdade.

— Seu pau é feio e torto e liga logo a droga desse carro.

— Eu ligo o *meu* carro na hora que *eu* quiser — reclamou, trancando as portas.

— Será que eu preciso te lembrar que você dormiu no meu quarto, na minha cama, usando as minhas roupas... — Ia continuar minha listagem quando me interrompeu.

— É sério, é impossível gostar de você — falou e ligou o carro.

E aí? Ficamos em silêncio. À medida que os minutos se estendiam foi que percebi o quão erradas tinham sido as últimas vinte e quatro horas. Abri a janela ao máximo, o vento bagunçando meus cabelos. Eu quis passar a noite com a pessoa de quem mais guardo mágoa e rancor. O que estava acontecendo comigo?

Park fechou minha janela, me obrigando a tirar meu braço dali para o vidro subir. Eu não o olhei. Apertei o botão e abri a janela outra vez. Ele fechou. Eu abri. Ele fechou. Eu abri uma última vez, mas desisti quando fechou, por fim.

Ele estalou a língua e vi pelo canto do olho que se apoiou em sua porta, escondendo a boca, a perna nervosa contra o chão quando parou o carro no semáforo. Vesti o gorro do meu casaco e cruzei os braços. Estávamos em uma guerra silenciosa.

Ele bagunçou seus cabelos vermelhos e os jogou para trás, me deixando surpreso:

— Você tá usando perfume, Leo — reclamou quando o carro voltou a andar.

Aproveitei sua crítica para abrir a minha janela. Venci a guerra? Não, ele fechou outra vez a *minha* janela.

— Qual é o seu problema? — perguntei.

— Você está usando perfume, Leonardo — repetiu.

— Eu tô sempre de perfume, que mal tem isso?
— Tá me tirando toda a concentração, é esse o mal que tem isso — resmungou antes de balançar a cabeça.

Sinceramente? Meu peito ficou quentinho.

— Você pode parar o carro? — pedi assim que seu olhar veio ao meu, e seus olhos eram quase tão dóceis quanto a forma que minha voz soou. Park não hesitou e parou, desligando o veículo.

— No que você está pensando? — perguntei.

Deixou a cabeça pender até que apoiou a testa no volante, mirando o chão.

— Nesse momento... só em você.

Aquelas palavras aceleraram meu coração. Eu queria que ele falasse do tal acordo. Ele não podia propor aquilo outra vez? Eu era orgulhoso e tinha vergonha demais para admitir, mas queria estar com ele de novo, beijá-lo até esquecer do tempo. Não consegui abrir minha boca para dizer o que sentia — parte porque tinha medo de que minha atração por ele não fosse só física.

— Você vai na parte dois do meu aniversário hoje, não vai? — perguntei e me odiei em seguida, porque foi a única coisa que consegui falar.

E gostaria de dizer que eu não queria ele afastado e que talvez nós tivéssemos muita coisa para resolver e que eu não queria que ele desistisse de mim mesmo que eu fosse todo cheio de problemas e que no fundo eu sentia falta dele e que todo o ódio que eu mandava em sua direção era porque sentia saudade e estava magoado.

Em vez disso, só o convidei para a minha festa.

— Você quer que eu vá? — Se virou, me fitando. — De verdade?

Dei de ombros, desviando o olhar.

— Pelo menos vou ter com quem rachar o Uber.

Benjamin tamborilou os dedos sobre o volante antes de se mover na busca do meu olhar no dele.

— Você tem certeza?

E era difícil mentir olhando nos seus olhos, então só afirmei com a cabeça. Ele comprimiu os lábios quase como se fosse sorrir e ficou me olhando por algum tempo antes de ligar o carro e seguirmos em silêncio para o condomínio.

— Então, vou tomar um banho e me arrumar, e aí a gente sai em uma hora pra ir no Yanzão — ele falou assim que descemos do carro.

— Tá bem.

Tirei minha touca e deixei meus cabelos compridos passearem pelo meu rosto quando uma brisa veio. Eu queria que ele me achasse bonito, que achasse qualquer coisa, que me falasse qualquer coisa que consertasse os últimos sete meses, as últimas vinte e quatro horas. Queria que tivesse alguma mágica toda dele para me fazer parar de carregar essa fúria, essa mágoa e esse rancor que não vão embora. Que mostrasse que gostava pelo menos um pouco de mim. Que dissesse que não estou *sozinho*.

Ele mal me olhou antes de ir em direção ao seu bloco, e, no final, achei bom. Porque se ele fosse só um pouquinho mais atencioso comigo, ia reparar que meus olhos estavam vermelhos e úmidos. Ia entender que a única coisa que fiz quando entrei no meu quarto foi sentar na cama e chorar.

Sinceramente? Não queria odiar Benjamin Park Fernandes, mas odeio porque nem eu, e nem ele, gostamos de mim.

→ → →

Escutei tudo enquanto chorava em silêncio.

Escutei quando tocou a campainha do meu apartamento, quando bateu na porta, quando me chamou e me xingou antes de desistir e ir direto para a casa do Yan. Demorei no banho e pensei em não sair de casa. Mas meus amigos, as poucas pessoas que realmente ligavam para mim — quem sou por dentro, e não a parte externa, ou seja, meu corpo — estavam me esperando para comemorar minha vida.

Benjamin me desprezava e nunca gostou de mim — era o que eu achava. E sempre esperei estar errado.

Ele gostava um pouquinho de mim, não gostava?

Acabei me forçando a considerar uma nova lista.

*Lista de Número #2 — **Os "e se" de Benjamin Park Fernandes**:*
→ *E se eu estivesse chorando por sete meses à toa?*
→ *E se ele se importasse?*
→ *E se todas as coisas que estão confusas pudessem ser facilmente resolvidas com uma conversa?*
→ *E se ele só não souber como me tratar?*

→ *E se eu gostasse dele e ele de mim?*
→ *E se, ainda que a gente não desse certo na vida, pudéssemos dar certo na cama?*

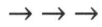

→ → →

Consegui me acalmar enquanto ia até a Thunderstruck, horas depois do esquenta que fizemos no Bar do Brasa Brava.
Encontrei meus amigos no fumódromo.
— Mica, *aquilo* veio? — perguntei enquanto Jorginho pulava em meu abraço.
Yan e Jonathan vieram me abraçar e me ergueram do chão enquanto eu esperava Micael me responder.
— *Aquilo* o quê? — ele quis saber.
Jorginho gargalhou:
— Obviamente, Benjamin.
— Até quando isso? — Micael perguntou.
— Leo, eu preciso te falar uma coisa — Jonathan ponderou. — A gente percebe que tá fazendo mal pros dois, mas eu acho que ficar cutucando tá machucando muito mais você do que ele.
Aquelas palavras me pegaram desprevenido.
— Sei lá... quem sabe tenha que vir de você botar todas as cartas na mesa até tudo se ajeitar — Jonathan aconselhou e eu nem sabia o que dizer. — O Ben reprime tudo o que sente, e não tô dizendo que sua vida é fácil e tranquila, mas quem sabe você devesse dar o pontapé inicial pra tocar no assunto das vezes em que ele pisou feio na bola contigo. Porque, se você não falar onde ele errou, ele nunca vai entender.
— Ou vocês podiam comprar uns *shots* de tequila, dar risada e, no outro dia, tá tudo suave — Yan sugeriu.
— Com o Yanzão de guru, quem precisa de inimigo, não é mesmo? — O caçula sugeriu. — Mas, sim! O Jonjon tem razão. Quem sabe não seja hora de tentarem se aproximar?
— Eu voto pela tequila — Yanzão falou.
Admiti, sinceramente:
— Vocês estão certos, inclusive na parte da tequila. — Pisquei para Yanzão, que comemorou. — Eu só... — cocei a nuca. — Eu só não sei se tô pronto pra falar sobre todas as coisas. É que, tipo... é complicado.

Eu... eu vou lá. Mas, é sério, eu ainda tenho um rancor do tamanho de um bonde por ele.

— Acho que você é o único aqui que consegue sair dessa jaula de espinhos que é sua e se livrar dessa casca que é dele, saca? — Jonjon sugeriu.

— Putz, poesia — Yan falou e o ignoramos.

— Sim, ele pode parecer... grosso, mas é o jeito dele. Você ficar magoado é o seu jeito. Por isso vale a pena você ir lá e dizer o que sente, pra não ficar levando machucado pra casa — Jorginho afirmou.

— A gente sabe que ele errou feio, mas foi sem querer. E a gente também sabe que você não reagiu da melhor forma e não tá ajudando em nada agora. Em momento algum você chegou nele e disse que ele não pode falar o que quiser pra você. Ele é babaca? Às vezes é, sim. Mas você também tem que aprender a dizer o que sente pra não parecer um dramático sem noção. Você tem que colocar limites em como as pessoas te tratam, Leo. Ninguém pode fazer o que quiser contigo, e você tem que aprender a falar — ponderou Micael.

— Ai, galera, deixa os caras — Yan reclamou. — Quando for a hora, eles vão acabar se acertando, pronto, acabou.

— O Ben é uma pessoa legal e todo mundo aqui sabe disso, por isso gostamos tanto dele. E você também gosta — Jonjon disse, me olhando no fundo dos olhos.

— Eu não gosto dele.

— Leo... — me encarou esperando que eu admitisse, mas não o fiz.

— Olha, tá certo. Eu vou lá ver o que dá pra fazer — concluí antes que falassem qualquer outra coisa.

Encontrei ele sozinho no bar, bebendo uma garrafa de Heineken. Seus olhos alcançaram os meus. Nenhum de nós estava bem o suficiente para ter uma conversa que pudesse acertar tudo. Mas arrisquei.

Sentei ao seu lado enquanto na pista longe dali tocava uma música. Coloquei minha cadeira perto da dele, e se ele não era capaz nem de me dizer *oi* na minha (segunda) festa de aniversário, eu realmente teria que tomar a iniciativa depois de ser xingado enquanto chorava horas atrás. Mas, quando abri a boca, o que saiu foi:

— Garçom, vê dois *shots* de tequila, fazendo favor.

Deus sabe que eu tentei.

— E eu tenho que supor que você vai beber os dois na minha frente porque é um sádico escroto celebrando o bolo que me deu hoje? — ele falou, tentando esconder a raiva no tom de voz.

Mas eu estava calmo, eu estava pleno.

— Eu dormi — menti.

— Eu bati na sua porta, toquei a campainha e te chamei até não aguentar mais. Então ou esse seu sono tá bem pesado ou você tá mentindo outra vez.

Ai, dá licença.

— Garçom, vê aí uns quatro *shots* de tequila e um copão de vodca com energético, fazendo favor. Hoje eu vou *precisar*.

Assim que meu pedido chegou, em silêncio absoluto entre nós, eu fiz o quê? Meti três *shots* na garganta de uma vez e tomei uns dois goles da minha vodca com energético para adoçar.

— Eu odeio que falem comigo nesse tom de voz, isso me ofende de verdade — confessei.

Ele abaixou o olhar.

E, assim como foi difícil para mim dizer aquilo, vi que ele relutou em dizer:

— Desculpa. Fiquei chateado.

— Vai, bebe a tequila, vamos tentar ficar de boa. Ainda é minha segunda festa de aniversário, certo?

Ele me encarou e foi domando seu orgulho aos poucos até aceitar a bebida que comprei para ele.

— Se você não queria vir comigo, era só ter falado antes. Não precisava me fazer pagar papel de idiota — falou e eu tive certeza de que nem tinha noção de que estava sendo indelicado.

— Eu precisava pensar, Park. Tem muita coisa acontecendo na minha cabeça — falei com toda a calma que me forcei a ter.

— Mas... é só sobre ontem ou tem mais alguma coisa?

— Um pouco de tudo. — Dei de ombros. — Às vezes a vida acaba saindo do controle.

— Sim, às vezes a gente acaba acordando na cama da pessoa que menos gosta, sabe? — Deu aquele sorriso de apertar os olhos.

— É — admiti. — Nada mixuruca.

— Nada mixuruca mesmo — sorriu, mas de um jeito mais sensual. — Pode ser que seja errado, mas eu pensei nisso o dia inteiro hoje.

— Também pensei. Às vezes me odiando porque te odeio, mas em outros momentos estava tudo bem, porque foi uma noite legal.
— Pena eu ter bebido tanto ontem e não conseguir me lembrar de todos os detalhes.
— E agora você tá sóbrio, por acaso?
— Tô longe disso — riu. — Mas *acho* que consigo andar sem cair, pelo menos.
— Os *shots* tão subindo agora e eu já não garanto andar sem cair, mas faz parte. Meu plano hoje é só beber e ficar tranquilo.
— Você ainda me odeia?
— Sim. E você?
— Eu me odeio e te odeio — respondeu, rindo. — Mas, sei lá, acho que é porque a gente é diferente demais e não consegue se entender. Eu te acho incrivelmente folgado, imaturo, falso e irresponsável, mas talvez eu só não saiba lidar. Mas, sim, te odeio.
— Nossa, que belezinha. — Estendi minha mão para ele, que a apertou. — Eu te acho mimado, insensível, arrogante e narcisista.
— Uau — ele brincou, me estendendo a mão outra vez. — Talvez eu seja.
— Talvez eu seja o que você falou também. Também me odeio e te odeio.
Rimos um pouco e ficamos nos encarando, mas, talvez pela bebida, não foi assim tão incômodo.
— Nossa... — Seus olhos contemplavam meu rosto delicadamente. — Eu só tô conseguindo lembrar da noite passada.
— Isso é uma coisa bem inapropriada de se dizer — falei com um sorriso sugestivo, porque, bem, flertar com Park me deixava tímido.
— É? — Sua boca se abria meio mole, pela bebida e pelas memórias.
— É, sim. Mas também me peguei lembrando de tudo, o dia inteiro hoje. — Dei de ombros. — Várias memórias inapropriadas.
— Eu pensei nisso muito mais do que gostaria — confessou. — Mas vida que segue, a gente tem muita coisa pra resolver até que, quem sabe um dia, a gente possa ficar outra vez, sem culpa. Porque eu adoraria. — Ele me olhou de soslaio com um meio sorriso despudorado.
Pensei um pouco e tive a certeza de que ainda me arrependeria. Mas não resisti. Acabei sugerindo:

— Se você ainda estiver a fim daquele lance sem compromisso, a gente pode trabalhar em um acordo em que ninguém precise saber do que a gente faz.
Ele se imobilizou, surpreso.
— Eu tô muito mais do que a fim – disse.
— Então vem cá – chamei baixinho enquanto me levantava da cadeira e esperei que me estendesse a mão, já sentindo arrepios e aquelas borboletinhas no estômago só de imaginar o que estávamos prestes a fazer.
Nós dois acabamos, bêbados, tropeçando de mãos dadas e rimos um do outro enquanto íamos procurar um canto escuro. Nos beijamos como se fosse natural assim que ficamos perigosamente perto. Eu o odiava ainda mais por fazer meu coração bater daquele jeito sem minha permissão.
Voltamos para perto de nossos amigos quando percebemos que estávamos perdendo o controle, dançamos todos juntos como se nada daquilo estivesse acontecendo e como se não fôssemos dormir juntos horas depois.
Sinceramente? Eu gostava de tudo sobre dormir com Benjamin Park. Só odiava a pessoa que ele era.
Só.

Sinceramente,<br>Leonardo Guimarães

## Capítulo 3

## Sinceramente?
## O Acordo Guimarães-Park

Sinceramente? Precisávamos ajustar os termos daquele acordo com urgência.

Ele estava me deixando confuso sobre o que estava rolando. Porque ninguém que me olhasse daquele jeito, com *aquele* sorriso, me tocando daquele jeito e se encantando com o meu rosto enquanto tudo acontecia, podia dizer que não gostava de mim. Park comeu e bebeu do meu corpo e já queria fazer outro banquete. Claro que eu queria tudo aquilo, óbvio que queria, e queria muito. Mas ele? Parecia ter encontrado o nirvana várias vezes. Será que ele gostava de mim? Ou só me achava bonito?

— Precisamos definir o que é permitido e o que é proibido nesse nosso acordo — falei enquanto ele deitava em meu ombro.

Ele me olhou, sustentando um sorriso bobo e riu baixinho, beijando meus ombros e pescoço, até que trouxesse seu rosto para perto do meu, me beijando devagar e jogando para longe uma mecha comprida de meu cabelo que grudava em meu rosto pelo suor.

Sinceramente? Benjamin podia ser carinhoso daquele jeito pelo resto da vida, não só quando estivesse bêbado.

E foi por eu também estar mais solto que segurei sua cintura, coloquei seu corpo sobre o meu e lhe dei um beijo longo, lento, cheio de carinhos e sorrisos.

— Precisamos combinar tudo certinho — concordou, rindo perto de minha boca, e me beijou outra vez.

— Certo. — Fui atrás do meu caderno e de uma caneta azul e ele protestou, dramático, como se eu nunca mais fosse voltar para perto dele. — Vamos ao que interessa.

— Vamos de novo agora? Eu quero — sorriu, subindo em meu colo outra vez. E, mesmo que nossos corpos estivessem *mortos*, sentir ele sem roupa em atrito com o meu corpo nu... hum, não tem bom senso que aguente.
— Não, seu oferecido, vamos cuidar do nosso acordo.
— Tá bem.
— Antes de tudo, acho que a gente deveria considerar uma cláusula especial de fidelidade. Porque, olha, tô confiando meu corpo pra você, não quero o risco de pegar qualquer doença vinda de outra pessoa que você eventualmente possa levar pra cama. Ainda que a gente sempre use camisinha, né?
— Eu não tenho paciência pra sair com mais de um, Leo — disse Ben, rindo. — Acho que seria estranho se a gente continuasse junto caso um de nós estivesse interessado em outra pessoa. Porque a gente junto é a última opção de dois azarados no amor, então se um de nós encontrar um contatinho, vamos manter um estepe pra quê?
— Concordo. Não estaríamos fazendo isso um com o outro se tivéssemos outras pessoas disponíveis — aderi, mexendo em seus cabelos.
— Então, se um de nós tiver interesse em alguém, acabou. Mesmo que nem chegue a rolar com esse alguém, não quero que você deite comigo pensando em outra pessoa e não quero fazer isso com você também.
— Sim.
— Ok, então seremos fiéis à nossa "não relação" até segunda ordem.
— Sim. A melhor inimizade colorida do planeta — comentou e concordei.
E então, depois de muita conversa tranquila e cheia de risadas, decidimos:

*Lista de Número #3 —* **O Acordo Guimarães-Park***:*
→ *É proibido: se apaixonar; se interessar por pessoas fora do acordo; deixar qualquer pessoa fora do acordo saber sobre o que fazemos; fetiches bizarros; deixar marcas em lugares visíveis.*
→ *É permitido, desde que consensual: beijos; alguns tapas de leve; mordidas; puxões de cabelo; imobilização de mãos e braços; tapar a boca; vendar os olhos; enviar e receber estímulos visuais (fotos e vídeos) e mensagens.*
→ *É permitido, com moderação: causar asfixia; palavrões e xingamentos; amassos em lugares inapropriados.*
→ *Importante:* **estalar os dedos** *ou* **dizer não** *significa* **pare!**

Park se sentou em meu colo, pegou o caderno e a caneta de minhas mãos quando terminei. Traçou duas linhas no final da folha e deixou sua assinatura em cima de uma. Depois passou para mim e, rindo, fiz o mesmo. Ele analisou a folha com seus olhos brilhantes e ainda embriagados. Nosso acordo estava selado.

— Perfeito — disse, abraçando o caderno antes de jogá-lo no chão.
— Você está muito cansado?
— Não muito, por quê? — perguntei, mesmo já sabendo da resposta.

Minutos depois, Benjamin sorriu quando caí exausto ao seu lado. Sorri em retorno e ficamos em um silêncio gostoso e cansado, atravessado por risos até que fomos tomar banho. No chuveiro, nos beijamos algumas vezes, mas meu cabelo não ajudava e caía em minha visão quando eu me abaixava até ele.

— Que nojo, esse cabelo seboso na minha boca — reclamou entre risadas.
— Eu, oficialmente, cansei de você.
— Eu tô brincando — falou, passando os braços por trás de minha cabeça e com um sorriso discreto.

Continuei olhando-o feio enquanto se aproximava dengoso do meu corpo, beijava minha clavícula, tentando subir para o meu pescoço, mas sua altura mediana não permitia. Ficou na ponta dos pés e tentou, desistindo, infeliz, em seguida. Eu sorri, olhando-o de cima antes de pegá-lo no colo e o grudar na parede para beijá-lo.

Sinceramente? Aquele acordo foi a pior ou a melhor coisa que já fiz na vida.

→ → →

Domingo de manhã, acordei com um tapa na cabeça.
— Você não vai fazer nada pra eu comer, não?

Sim, parecia que o único jeito de deixar esse homem de bom humor era deixando-o cansado, incessantemente. Passava umas horas, dormia, repunha as energias e quando acordava já estava insuportável.

Ignorei seu chamado.

— Eu tô com fome — tornou a reclamar e só levantei da cama com pressa porque se ficasse ali juro que daria um soco naquela cara bonitinha dele.

Fui fazer ovos mexidos, xingando-o em pensamentos quando ele apareceu usando um pijama meu.

— Me deixa fazer café, o seu é horrível. — Colocou a chaleira sobre a boca do fogão e acendeu.

— Sabe o que é horrível? Meu gosto pra macho — resmunguei de lado com minha voz matinal.

— Vá à merda você e seu pintinho frouxo.

— Meu pinto é bonito. Diferente desse seu pauzinho feio que dá até vontade de dar um tapa no coitado pra ver se reage.

— Engraçado que quando você rebolou em mim parecia que estava *adorando* ele.

— Se enxerga, transar com você é meu trabalho voluntário, caridade. Porque, sinceramente, se eu não fizesse isso, quem seria o idiota que ia te querer? — provoquei e eu juro que não estava falando sério.

Mas quando ele ficou quieto, colocando pó de café no coador, percebi como levou a sério o meu comentário, e me senti a pior pessoa do mundo.

— Cadê a garrafa? — perguntou ele, e estendi a garrafa térmica em sua direção, mas não a cedi quando segurou.

— Espero que você tome bastante café e coma bastante porque não vou fazer almoço tão cedo. *Nossos* planos pra hoje são somente ficar deitados e assistindo qualquer merda que acharmos interessante na Netflix — falei, soltando a garrafa finalmente.

Ele me provocava com o olhar e um meio sorriso.

— Ué, ficar comigo não era uma caridade?

— Você é gostoso, sabe, o único defeito é que você é você — disse olhando-o nos olhos, e percebi que ele entendeu ser brincadeira.

Terminamos de preparar o café da manhã em silêncio, já que não conseguiríamos manter uma conversa. Pensei que ficaríamos naquele estado de paz até que fôssemos assistir algo juntos, mas ele? Eis o que ele disse:

— Licença — disparou quando acabei de me sentar, parando ao meu lado e me encarando.

— *Surtou* — resmunguei, ignorando-o, pegando uma colher de ovos mexidos.

— Será que dá pro pinto pequeno me deixar sentar no seu colo? — desafiou.

— Mas que inferno! — Ergui a voz, deslocando meu assento só de ódio.

— Quem resolveu complicar as coisas foi você — reclamou.

E então? Sentou em minhas pernas, sem jeito, olhando para a mesa como se ele não tivesse acabado de me roubar um colo para sentar. Fiquei tão surpreso com o seu jeito estranhamente bobo de conseguir atenção que não consegui expulsá-lo de perto.

Sinceramente? Eu adorava aquele seu jeito zangado e bonitinho.

Ficamos, os dois, tão constrangidos trocando pequenos carinhos, um abraço lateral e um colo, que continuamos implicando um com o outro até que estivéssemos propriamente alimentados. Assim, se nossos rostos ficassem corados e a respiração ficasse abalada, podíamos colocar a culpa na raiva.

Levei a televisão da sala até meu quarto e nos metemos embaixo das cobertas para assistir a *Agentes da S.H.I.E.L.D.*, em silêncio. Não porque queríamos pesar o clima — mas porque, realmente, não sabíamos mais como conviver. Eu não sabia mais como dizer qualquer coisa que o fizesse rir, parecia que eu não conhecia mais aquele homem que já tinha sido meu melhor amigo. Sempre que me lembrava de tudo o que tinha acontecido, minhas mágoas voltavam e eu acabava repetindo em pensamento o quanto o odiava por tudo o que já me disse. E eu odiava, odiava de verdade. Odiava quem era e como me fazia ir de cara com a solidão. Mas, ao mesmo tempo, adorava seus beijos e seu corpo inteiro junto do meu.

Sinceramente? O que eu sentia não importava tanto assim quando a verdade absoluta era que ele não saía da minha cabeça.

Dois episódios depois em que só abríamos a boca para xingar ou elogiar personagens e acontecimentos, meu coração voltou a se agitar. Sua mão esquerda se moveu discreta até a minha direita, embaixo dos cobertores. Seus dedos tocavam minimamente os meus e, a princípio, eu não soube o que fazer. Nossos dedos brincando, nossas cabeças nas nuvens, meu peito fervendo de nervosismo. Continuamos olhando para a tela, como se nada estivesse acontecendo, até o momento em que aquele carinho mudo e curto parecesse natural.

— O acordo é... real? — ele quis saber.

— Sim... nós... *assinamos* — respondi sem jeito.

— Legalmente falando, uma folha de caderno não tem validade nenhuma.

— Não acho que isso importe agora — tentei desviar do assunto.
— É que, quando decidimos, não estávamos sóbrios, sabe?
Respirei fundo, tentando não ficar chateado.
— Você quer que essa droga seja real ou n... — perguntei seco, soltando sua mão.
— Eu quero — intercalou com a minha fala. — Eu quero que o acordo seja real.
Metade de mim escondeu um sorrisinho. A outra metade achava que era uma péssima ideia.
— Então, pronto.
Silêncio e Netflix agora? Não. Benjamin perguntou ligeiramente acanhado depois de minutos:
— O acordo não arruma a gente, não é?
Voltei minha mão para seu carinho e entrelaçamos os dedos. Eu queria que aquele papel assinado ajustasse tudo, que nossas mãos unidas levassem embora tudo o que eu sinto, que o calor da sua pele fosse o suficiente para manter meu coração aquecido e me fizesse acreditar em *companhia*. Mas me esquecer das minhas feridas nunca foi o meu forte. Esquecer do que já me falou e acreditar que ele nunca mais me machucaria era impossível.
— Não.
Ficamos em silêncio e me odiei por todos os sentimentos com os quais não sei lidar.
— Ainda temos tempo pra isso, não é? Pra ficar bem um dia — murmurou Park. No fundo, acho que ele também não acreditava que seria simples.
Nós dois não fomos feitos para dar certo.
— Quem sabe? — respondi.
Seu olhar era vago em direção à televisão e concordava em silêncio.
Pra mim era claro que estávamos tristes com as constatações. Dava para ver em seus olhos, transparente. Mas, aos poucos, os carinhos discretos em nossas mãos dadas foram nos dando calma e abrigo. Íamos ficar bem um dia. Um dia, quem sabe? Íamos, sim.
Depois de cinco minutos, nos esquecemos de tudo e só assistimos nossa série. De mãos dadas embaixo das cobertas.
Quando teve de ir embora, o acompanhei até a porta.

— Você pode ficar mais, se quiser — deixei escapar.
— Não posso deixar meus pais preocupados, já devia ter ido.
— Eles não ficariam bravos se soubessem que está aqui, ficariam?
— Leonardo. A gente não se olhava nos olhos até sexta. Como é que eu ia explicar que passei o final de semana inteiro com você?
— É só inventar qualquer coisa. — Dei de ombros.
— Não consigo inventar qualquer coisa mais convincente do que *ficamos bêbados e transamos loucamente*. E não posso dizer isso a eles — falou e riu, meio sem graça.
— Você podia dizer que percebeu que estava errado nos últimos sete meses e que não resistiu ao meu jeitinho. — Abri um sorriso falso.
— Ah, claro — ironizou.
E então ficamos ali, sem saber como nos despedir. Quer dizer, tínhamos mapeado nossos corpos inteiros, decorado o jeito exato, quando e como queríamos ser beijados. Era fácil com o álcool porque nos esquecíamos de uma série de coisas. Mas sóbrios, frente a frente, éramos só dois caras que não sabiam interagir.

Percebi que ele avançou ligeiramente em minha direção antes de se conter. Pensei em abraçá-lo e sei que pensou também. Eu tinha *aversão* a ele, mas agora estávamos... tendo um caso...? Eu deveria beijá-lo? Meu Deus, o que eu deveria fazer?

Park me encarava, tão vacilante e perdido quanto eu. Sua boca se abriu várias vezes, mas íamos falar o quê? Não tínhamos ideia. Devíamos dizer *tchau*? Socorro, o que é que eu deveria fazer para alguém de quem desgosto, mas que beijo na boca?

Ele abaixou o olhar, desistindo de se esforçar. Limpou as mãos nas roupas, me cumprimentou com um aceno de cabeça e virou-se para ir embora com seus cabelos vermelhos. E mesmo com o piercing que lhe dava uma cara de malvado, parecia tão pequenininho naquele momento...

Segurei-o pela cintura, o virei em minha direção. E, quase sem querer, dei um selinho em sua boca. Suas mãos estavam sobre meu peito quando nos encaramos, abrindo os olhos devagar.

— Não se acostume — impliquei, sorrindo.

Park me devolveu um sorriso travesso quando segurou em meu colarinho e me abaixou até o seu beijo.

Nossas línguas já se conheciam, mas agora era diferente. Estávamos tímidos, como se fosse nossa primeira vez. Sóbrio, a marca que seu beijo fazia em minha memória era mais profunda. Seu toque era tão mais real que parecia sonho. Sua respiração tocando minha pele e a cintura que segurei com carinho. Eu não podia mais dizer que estava bêbado e vacilando. Eu estava conscientemente beijando o garoto que mais odeio – e eu adorava aquela boca.

– Quem não deve se acostumar é você – contou em um riso, resvalando seus lábios úmidos nos meus. – Não pense que sou um brinquedinho que vai ficar sempre à sua disposição e que você pode fazer o que quiser comigo. – E me empurrou para longe de seu corpo, de súbito, com força.

Sinceramente? Sempre fui apaixonado por meninos malvados.

Disfarcei meu meio sorriso. Seria sensato concordar com o que disse e não reclamar da pequena violência de ter sido empurrado, mas quem eu queria enganar?

Levei minhas mãos até suas costas, em um convite mudo e demorado para um novo beijo. Um arrepio surgia de dentro de minha barriga. Voltei a beijá-lo com uma calma que foi se consumindo. De repente, percebi o quanto estávamos agitados, puxando cabelos, apertando músculos e distribuindo mordidas – e nada parecia errado. Só fui me dar conta de que estávamos indo rápido demais na frente da porta quando Benjamin já estava em meu colo.

Tentei me lembrar da realidade e interrompi nosso beijo, soltando-o ao chão sem aviso, o virando para a porta que abri e ele tropeçou nos próprios pés quando o empurrei para fora.

– Tchau, Park – provoquei, escondendo meu corpo dentro do apartamento.

Enfureceu-se em silêncio lá do corredor quando me encarou, abanou a cabeça e se virou para ir embora, até voltar para perto, dizendo:

– Ah, esqueci uma coisa.

– O que foi? – Deixei de lado o sorriso convencido para perguntar preocupado.

E ele só me mostrou dois dedos do meio.

E antes que dissesse qualquer coisa, bati a porta com toda a força em sua cara.

Sinceramente? Meninos malvados merecem outros meninos malvados e não há nada mais gostoso do que trocar perversidades.

→ → →

A primeira segunda-feira depois do acordo foi muito estranha.

Sinceramente? Eu não estava fazendo estágio em uma escola na região metropolitana da nossa cidade, como menti a ele que fazia.

Trabalho em um mercado na cidade vizinha, das 07h às 16h, todo dia. Mas não queria que o Park soubesse, porque eu me sentiria ridicularizado e diminuído por conta de todos os privilégios que ele tem e que eu nunca poderia sequer sonhar.

Ganhar um carro de presente, não precisar trabalhar, ter todos os gastos da faculdade pagos pelos pais, ter dinheiro sempre que quisesse sem precisar ralar para isso... Vivemos em mundos completamente diferentes e eu estava lutando para continuar a viver, enquanto ele podia tranquilamente aproveitar a sua vida fácil. Ele tinha tempo de se preocupar com notas e desempenho, mas eu só podia me preocupar com o que ia comer no dia seguinte e em quais dias venciam os boletos que eu precisava pagar para, simplesmente, poder sobreviver. Sozinho e sem qualquer ajuda.

Eu, com meu uniforme e crachá, subia e descia carregando fardos enormes de alimentos – que tinham chegado atrasados –, e daí vinha meu corpo razoavelmente em forma. Enquanto Benjamin Park ia à academia, eu passava o dia inteiro carregando peso.

As pessoas estavam comentando sobre a carne no açougue estar em falta, clientes quebrando produtos que não iam comprar, uma série de coisas com que tínhamos de nos preocupar, mas eu ia para lá e para cá cumprindo meu dever, enquanto minha cabeça ainda estava presa no final de semana. No Park, no Acordo Guimarães-Park, nos nossos beijos, carinhos e todo o resto.

Na hora do almoço, peguei meu celular e passei no mínimo cinco minutos olhando para a janela do nosso chat.

[14/04 17:06] Benjamin: Você quer carona hoje?
[14/04 17:10] Leonardo: Não.

Pensei em várias coisas que poderia dizer a ele. Mas as últimas mensagens que trocamos foram há sete meses, antes de eu voltar a me sentir *sozinho*. Então, acabei mantendo o silêncio que ele nunca tentou derrubar.

Sinceramente? Eu teria rompido aquele silêncio todo se soubesse o que dizer.

O problema era que somente dizer "ei, estou pensando em você" é muito vago e poderia fazê-lo acreditar que eu realmente me importava e que estava doido para vê-lo outra vez.

E estava? Estava.

Ele precisava saber disso? Não.

Foi bom que nunca soube, afinal. Quando cheguei na faculdade, pareceu que os sete meses foram só o treinamento e que a prova final vinha agora. Preferia passar outro semestre sem conversar com ele do que, agora que nos falávamos, não pararmos de discutir. E *tudo* virou motivo de briga.

Benjamin nunca perdia uma oportunidade de ser honestamente sincero, e eu odiava aquele homem.

A primeira discussão foi sobre os salgados da cantina, que nos fez ficar dez minutos discutindo sobre veganismo, processamento de carne animal, capitalismo e por aí vai. Nossos amigos nem souberam reagir ao perceber que, de repente, destruímos a nossa estabilidade de um semestre inteiro para piorar tudo.

No nosso grupo de nossos amigos, li:

[26/11 19:46] Benjamin: Escroto demais quem parece que vem pra aula mais interessado em se divertir e fazer amigos do que pra realmente estudar.

Tentei me conter, pensar que não era para mim. Mas o sorriso cínico que mandou em minha direção durante a aula, logo que enviou a mensagem, deixou claro.

Respondi:

[26/11 19:47] Leonardo: É que algumas pessoas conseguem tirar boas notas e ainda assim continuam pessoas legais e sociáveis, aí dá pra fazer as duas coisas. Não sei se você tá familiarizado com a ideia.

[26/11 19:47] Micael: jesus maria josé alguém ajuda
[26/11 19:47] Yan: cadê o corno do adm?
[26/11 19:47] Benjamin: O que quer dizer com isso, Leonardo?
[26/11 19:47] Leonardo: nada, fofo 😊
[26/11 19:47] Benjamin: Se quiser dizer alguma coisa, diga logo.
[26/11 19:48] Leonardo: amooor! Depois te respondo, tô mais interessado em estudar e tô prestando atenção na aula, beijooos! 😊
[26/11 19:48] Jorge: Ai meu pai isso não tá acontecendo pelo amor de Deus, parem!
[26/11 19:48] Yan: o adm é corno 👀
[26/11 19:49] Micael: mais 7 meses de silêncio pfvr é só o que peço 😩 😩 😩
[26/11 19:50] Benjamin: Nem tenho o que dizer, qualquer coisa que eu falar já vai ser motivo de choro, então a hora que você equilibrar teu emocional a gente conversa.

Meu sangue ferveu.

[26/11 19:50] Leonardo: A hora que você equilibrar qualquer coisa na sua vida você me avisa também... só espero que seja antes de todo mundo se cansar de você, babaca.
[26/11 19:50] Jonathan: Eu vou ter que dar ban nos dois ou é brincadeira isso aqui?

Do meu lado da sala, o vi com o celular em frente ao rosto e minhas mãos tremiam de raiva e vontade de gritar. Aí percebi que, ao ler a mensagem de Jonathan, Park riu. Porque trocar farpas comigo na frente dos nossos amigos o divertia de verdade.
Sinceramente? É esse tipo de pessoa que gosto de beijar na boca?
Depois, piorou. Estávamos no intervalo e eu já estava desconfortável, porque mesmo as brigas mais bobas mexem comigo. Então, enquanto conversava com Jorginho sobre My Chemical Romance – uma de minhas bandas favoritas, coisa que todos nós, os únicos seis homens da nossa turma de Letras, sabíamos –, Benjamin falou:
— Não entendo como alguém consegue gostar de uma parada que fez mal pra uma geração inteira e continua dizendo tranquilo que ainda é emo.

Ai, quer saber?
— Você tem alguma coisa a dizer, Park? — Encarei-o diretamente, diferente dele, que resmungava de lado. Dei um passo em sua direção só para lembrá-lo de que sou mais alto e que pelo menos isso ele era obrigado a respeitar. E eu amava ver ele erguendo a cabeça para me encarar.

— Não entendo como alguém gosta de um período que não só normalizava, mas também romantizava suicídio, autoflagelo, entre outras coisas. E muitos adolescentes iam todos pra essa vibe horrível e que, com certeza, ajudou a tirar várias vidas.

Pisquei lentamente e com dificuldade. O que tinha a ver?

— Primeiro, isso é um preconceito seu e isso nunca existiu. As músicas e o movimento todo foram baseados em autoidentificação, quem já era sensível e sentia todas aquelas coisas se unia para ter orgulho de quem era, e parecia quase um consolo saberem que não estavam... sozinhos. Você não pode presumir que uma banda matou adolescentes, é simplesmente ridículo e sem embasamento nenhum. Segundo, eles fizeram várias músicas falando sobre voltar para casa, sobre resistir e continuar cantando sem desistir. Agora, não me lembro de The Killers compondo músicas de conscientização contra suicídio. Inclusive, várias das suas bandas falam sobre uso descarado de drogas, e não tem como culpar os artistas. Música é música, e as pessoas vão acabar se reunindo para ouvir o que gostam e com o que se identificam, então pare de falar merda.

— De novo não — Yan resmungou, cansado, e os outros três nem tinham mais o que dizer.

— Mas tá na hora de superar essa bandinha que até já acabou, não acha, não? O tempo dela ficou no passado. Paramore também, Fall Out Boys, Panic! At The Disco... já foi.

— Claro, porque The Who foi lançado ontem, né?

— A diferença entre nossos gostos musicais é que, não importa a letra, eu escuto um som bom que é pra adulto, não essa coisa pra adolescente que você chama de música — sorriu, presunçoso.

Jorge olhava apavorado para mim e para Park, sem saber o que esperar. Micael estava prestes a se colocar no meio da discussão enquanto Jonathan estava meditando há horas ali em pé conosco e Yan mexia no celular.

Meu peito e minhas mãos já estavam tremendo. Sabia que ele estava sendo estúpido por prazer e aquilo me magoava profundamente. Me irritava comigo mesmo, também, por levar tudo para o lado pessoal mesmo sabendo que ele só queria me provocar e eu mordia a isca, sempre.

— A hora que você aprender a respeitar as pessoas e o que elas gostam, quem sabe sua vida melhore — falei qualquer coisa e saí, nervoso.

Jorge e Micael vieram atrás de mim, me encontraram abraçado com Bianca porque só mesmo ela para conseguir me acalmar. Tentei deixar de lado seus ataques, porque, afinal de contas, Benjamin sempre foi sincero e rude e sempre me machucou. Tentei perdoar, esquecer, ficar tranquilo quando voltamos para a sala de aula e sentamos todos próximos. Mas Benjamin fez de tudo para me provocar e eu rebatia, realmente chateado. O capeta ainda teve coragem de me perguntar se eu iria com ele de ônibus para casa, olha só. Claro que não fui.

Sinceramente? Quando cheguei em casa, só chorei enfurecido e pensei em rasgar aquele acordo imbecil.

→ → →

Ouvi os conselhos de Bianca Vieira, minha ex-namorada e atualmente uma de minhas melhores amigas:

— Bebê, acho que você devia demonstrar o quanto puder que só quer paz. Quem sabe ele se sinta mais à vontade para ser dócil.

Não contei sobre o Acordo Guimarães-Park. Mas considerei que talvez ela tivesse razão.

Na terça-feira, tentei falar sobre assuntos amenos com a galera. Tínhamos reunido todo o nosso grupo, além de nós, homens, também as meninas mais perfeitas do universo, Bianca, Maitê Santos da Silva, Lara Ribeiro e Helena Martins Apolinário — ex-namorada de Benjamin e que gostava muito mais de mim do que dele.

Era difícil todo mundo conseguir comentar sobre todos os assuntos quando tinha tanta gente para falar, e eu entendia isso. Mas em todas, *todas* as vezes em que abri a boca, Benjamin fez questão de me interromper. Ao ponto de que ficou claro que estava fazendo de propósito. Fiquei cabisbaixo de início e tentei me inserir na conversa outras vezes, dizendo a mim mesmo que era só coisa da minha cabeça. Mas fui obrigado a sair dali quando me veio a vontade de chorar.

Fui fumar em silêncio e, quando acabei meu cigarro, só fiquei perto de uma árvore em um lugar vazio no estacionamento, observando o céu estrelado.

Sinceramente? Nunca teria assinado aquele papel se soubesse quão mal me sentiria.

Benjamin chegou segundos depois para fumar comigo. Era a primeira vez que ficávamos sozinhos desde o acordo, e eu só queria poder ficar quieto.

— Quer um? — perguntou, me oferecendo um Marlboro.

E Park gostava de Winston. Estranhei.

— Obrigado. — Me senti na obrigação de aceitar, tentando demonstrar calmaria. Tinha *alguma coisa* rolando ali.

Percebi seu nervosismo porque suas mãos tremiam quando foi acender o próprio cigarro. Assim que me abaixei para que acendesse para mim, encostou a pequena brasa do seu fumo na ponta apagada do meu. E me olhava intensamente enquanto eu, ainda tímido e fingindo não perceber, me mantinha próximo para roubar do seu fogo.

Quando acendeu e ele expeliu a fumaça pela boca, fiz o mesmo e mal deu tempo de agradecer outra vez, porque Park me puxou para um beijo.

Minha mente dançou dentro de mim e eu não sabia como reagir a não ser tremer as mãos também, fugir do olhar e sentir meu rosto inteiro febril; o dele, todo vermelho. Meu peito apertou e me coloquei ao seu lado a observar a noite, como se nada tivesse acontecido – porque, se não tivesse me dado um selinho, eu não teria que reagir, e era isso o que eu fazia. Não reagia. Ficamos em silêncio, o que só me deixou mais nervoso. *Nos* deixou.

— Eu ainda sou um pouco emo até hoje — ele confessou, hesitante.

Entendi que era um pedido de desculpas ao seu jeito. Mas meu jeito era diferente do dele, e por isso falei:

— Se não quer que eu me magoe, é só não me magoar. Você sabe como eu sou. — Encolhi os ombros, odiando aquela sensação nojenta de fragilidade.

— Jonjon me disse ontem que exagerei e não achei que fosse o caso, mas hoje entendi. Só que eu não leio pensamentos, Leo, não sei dizer o que você sente. Eu não quero te magoar, então... se você puder... me ajudar e ir me dizendo o que está pensando... seria bem legal.

— Por que aquilo tudo ontem? Pensei que estávamos *quase* bem.

— Eu estava brincando e não imaginei que ia te machucar. — Soltou a fumaça ao lado. — A coisa doida sobre odiar é que é diferente de não gostar ou não ligar, porque nesses casos podia explodir a casa de todo mundo que não gosto ou não ligo que eu estaria nem aí. Mas ódio tem muito afeto envolvido, sabe...? Quer dizer que... eu me importo e que só não gosto de algumas coisas em você, mas... Honestamente: não quero que sua casa exploda.

— Sinceramente? Às vezes quero que a sua exploda — confessei e ficamos meio segundo em silêncio. — Mas já me sinto culpado em seguida, porque ódio realmente exige algum tipo de... carinho?

Benjamin riu de um jeito bonitinho e escondeu o sorriso na direção oposta. Que inferno de homem ridículo, soltando fumaça de um vício horrível, aquela cara de mau, sorrindo daquele jeitinho? Mudei de ideia, alguém traga a explosão para o bloco vermelho do condomínio e que a casa dele exploda *muito*.

— Você ainda tá chateado? — perguntou, me encarando com um brilho no olhar.

— Não mais. O lance das explosões deu um efeito especial — comentei tentando esconder um riso que escapou, e Benjamin se rendeu comigo àqueles três segundos em que ficamos serenos e mudos.

Sinceramente? Eu só queria um beijo, um só.

Park parecia querer a mesma coisa, mas ficamos sem jeito. Era uma situação completamente diferente de tudo o que já senti — a adrenalina de manter um segredo, a tensão de ter alguém que podia sanar todas as minhas vontades e sabia até o jeito perfeito de me beijar, e, ao mesmo tempo, era como se nem devêssemos estar perto um do outro.

Às vezes, me pego pensando que talvez eu só o odeie porque Benjamin não tem direito nenhum de me fazer sentir atraído por ele. Mas, mesmo assim, ele faz.

Sinceramente? Odeio esse homem porque ele é importante para mim.

Sinceramente,
Leonardo Guimarães

# Capítulo 4

# Honestamente:
# Os sorrisos

Honestamente: odeio esse homem porque ele faz meu peito ficar aquecido.

Quarta-feira à noite reunimos os seis caras e as quatro garotas na cantina, e, como sempre, todas as pessoas eram magnetizadas pelo Leo. Bianca sentava em seu colo para abraçá-lo, ele a chamava de amor da sua vida; Jorginho mexia em seu cabelo, ele fingia que o morderia; Helena lhe fazia uma pequena massagem nos ombros, ele deitava a cabeça em sua barriga; Micael colou adesivos em sua testa, Yan desenhou com canetinha vários corações e pirocas em suas mãos, Jonathan elogiou suas roupas, Maitê brincou que se casaria com ele, Lara disse que seu sonho era ter o cabelo hidratado e cheiroso como o dele. E toda essa interação humana se passou em menos de vinte minutos.

Não sinto ciúme porque não há nada entre nós e porque não faria sentido. O que sinto chama-se *admiração*. Ele sabe como arrancar sorrisos e pequenos amores de qualquer um. Eu gostaria de saber como me conectar com as pessoas como ele faz. Gostaria de não ficar agitado, saber demonstrar às pessoas como me importo com elas e que elas pudessem me entregar um pouco de afeto também. Eu gostaria de ser um pouco como ele.

Honestamente: sou a pessoa menos importante no nosso grupo de amigos, e se eu sumisse ninguém sentiria minha falta, mas tento fingir que isso não me afeta.

Decidimos ir até um barzinho depois das aulas, que acabariam às 20h10.

— Tudo bem, meninos de um lado e meninas de outro. Vamos, meninas — Leo disse, guiando as garotas para o estacionamento. Ele era o mais próximo de todas elas, de qualquer forma. Então, metade do bando foi no meu carro e metade no carro da Lara.

Sei que beijei Leo na noite anterior, aquele selinho besta para mostrar que estava arrependido, mas não trocamos sequer uma palavra depois e isso me deixava inquieto. Não tinha como colocar nosso acordo em prática quando até falar com ele me deixava nervoso. E quando falava, não tinha nada que eu conseguisse dizer que o fizesse ficar por perto. Eu não sabia como tratar aquele cara.

Mas eu juro que queria aprender.

No bar, eu ia só ficar ali, sozinho, rindo, me sentindo brevemente aceito no grupo. Nossos amigos estavam dançando em frente ao palco do karaokê, mas Leonardo, que já tinha bebido um pouco, veio ser dócil comigo. Sentou ao meu lado, sem propriamente me olhar, pediu batata frita e ficou ali, perto o suficiente para que eu pudesse ser demolido pelo seu perfume.

Honestamente: seu cheiro sempre fazia meu coração acelerar.

— Li por aí que batata frita cura caras amarradas — comentou animado em minha direção.

— E onde é que você leu isso? — perguntei com um sorriso curto e bobo. Ele estava tentando me deixar confortável e, só pela tentativa, já me senti cativado. Idiota.

— Eu que escrevi, anjinho. — Fingiu um sorriso em minha direção, jogando a cabeça de lado para tirar a franja da frente dos olhos.

Sorri ao olhá-lo de perto. O tom rosado que agora tinha o seu rosto, os olhos brilhantes e gentis, a boca corada e curvada em um sorriso, o nariz que tinha aquela pintinha, as outras pintinhas do lado esquerdo de seu rosto, a covinha do lado direito, os fios longos e escuros que deslizavam quando correu seus dedos por entre eles para tirá-los da frente. Ele era lindo demais, que merda.

— Então é isso que você escreve em vez de fazer os trabalhos da faculdade? — provoquei.

— Nossa, eu só queria te dar uma batatinha e é isso que eu ganho? É isso? — brincou.

— E você queria que eu reagisse como?

— Um mimo, quem sabe?

— Uma cerveja serve?

Leonardo me olhou dos pés à cabeça antes de umedecer os lábios com a ponta da língua e mostrar um sorriso safado.

— Preferia outra coisa, mas uma cerveja serve — sua voz curvava para um tom mais sensual e me vi constrangido.

Debrucei sobre o balcão e sorri sem jeito antes de checar minha calça e perceber o que só uma frase boba tinha feito comigo. Ele gargalhou e fiquei ainda mais embaraçado, o que ele compreendeu e acabou amenizando:

— Este rostinho vai ganhar uma cervejinha ou não? Pois eu queria uma e, se não for pra ganhar, vou comprar mesmo assim.

— Só vou te dar pra você beber por mim, já que nada de álcool pra mim hoje — falei, e sua cerveja chegou gelada junto com as batatas pouco depois.

— Não é uma batata do McDonald's, mas é gostosinha — concluiu.

— Obrigado pela cerveja.

— De nada — falei e fiquei sem saber o que fazer.

E ele, que sabia deixar quentinho o peito de qualquer um, aproximou a cumbuca de batatas até mim, mas recusei por educação, até que ele... bem... ele me deu comida na boca.

Um arrepio dominou meu corpo inteiro enquanto a temperatura da minha pele subia. Não me lembro de ter ficado tão agitado assim nos últimos dez anos por qualquer paquerinha. Era diferente porque ainda nos odiávamos, nossos amigos não estavam assim tão distantes, a tensão sexual entre nós era gigante e havia todas as nossas memórias, vontades, e as regras do nosso acordo... E uma delas era sobre manter sigilo.

Aquela inquietação diferente me inundava de sensações, e eu ainda não sabia como me adequar a elas. Um mês atrás, se me dissessem que ele me faria sentir assim, eu diria que era loucura. Agora, se dissessem que meus pulmões poderiam parar de funcionar a qualquer momento de tanto desaprender como é que se respira, eu seria o primeiro louco a acreditar.

Honestamente: Leonardo Guimarães era meu perigo favorito.

— Você não vai cantar no karaokê? — perguntou quando fiquei em silêncio absoluto. Permaneci reticente. — Você canta bem, acho que deveria ir lá e acabar com aqueles perdedores.

— Melhor não — rebati, acanhado.

— Se você se sentir confortável pra isso, você está entre pessoas que realmente gostam de você e *uma pessoa em especial* que te odeia — Leonardo me incentivava, seu tom meigo dançando em meus ouvidos.

— Ninguém aqui vai te julgar além de mim, e não é como se você se importasse muito com a minha opinião, de qualquer forma — brincou com um riso curto que me fez sorrir.

Ele era o único dali que já tinha me visto cantar, e sei que costumo ser elogiado por isso, mas não é como se eu conseguisse internalizar qualquer elogio que fizessem para mim. Só não acredito que eu seja bom em qualquer coisa. Mas olhei para nossos oito amigos que se divertiam, riam e passavam vergonha. Então, como era quarta-feira e estávamos praticamente sozinhos ali, tentei me incluir no grupo. Tudo bem se eu cantasse supermal, todos ali eram ruins.

Leo me olhou por cima do ombro com uma expressão motivadora. Pegou algumas batatas e as colocou em minha boca, fez um carinho curto em meu rosto e disse baixinho:

— Você sabe que é bom em tudo o que faz. Eles ficariam boquiabertos com todos os significados de perfeição que você carrega. Se... claro, quiser mostrar, principezinho. — Piscou um dos olhos, pegou a vasilha de batatas e foi para perto do karaokê, torcendo, cantando e dançando ridiculamente como todos os outros.

Fui deixado no balcão com o coração acelerado e ainda sentia em mim o rastro de seu carinho. No final, acabei indo. Assim que "Just Dance" acabou, peguei o microfone das mãos de Micael para que ele parasse de passar vergonha, e as gargalhadas cessaram por meio segundo ao me verem ali no pequeno tablado, mas voltaram a celebrar quando perguntei:

— Tem My Chemical Romance aqui?

— Ridículo! — Leo gritou, em uma mesa a uns três metros de nós.

— Deles só tem "Helena" — Maitê disse com um sorriso enorme no rosto.

— Serve — falei e correram para colocar a música antes que eu desistisse.

Em homenagem, apontei para Leo para oferecer-lhe a canção e ele rolou os olhos. Quando joguei um beijinho, me mostrou o dedo do meio.

Perdi a primeira frase, estava ocupado demais provocando-o, e de início ainda estava tímido. Mas à medida que as outras pessoas iam dançando, fui ficando mais calmo. Principalmente porque Leonardo, Bianca e Jorge começaram a cantar apaixonadamente a partir do refrão. Os três eram muito próximos e pareciam irmãos, além de serem os mais ingênuos entre nós. Fechei os olhos para me concentrar e de repente éramos todos emos de 2009, cantando em uníssono muitas partes — em outras, ficavam em silêncio para me ouvir cantar.

Lá perto dos dois minutos da música, Leo tomou o microfone da minha mão para cantar aquela parte mais grave e quase sussurrada:

— *Can you hear me? Are you near me? Can we pretend to leave and then we'll meet again...*

Me devolvendo o microfone, subi o tom:

— *When both our cars collide!*

Ele já ia voltar para o seu lugar na "plateia" quando segurei sua jaqueta e lhe pedi silenciosamente para que cantasse comigo. E nos trinta segundos restantes, fizemos um teatro ridículo e dramático. Ele fingindo me chacoalhar pelo colarinho e chorando de mentira ao cantar; e eu o puxando para perto como se não quisesse que fosse embora.

Honestamente: não queria.

Gargalhamos no final, recebi vários abraços, elogios, mais calor humano do que eu estava acostumado e não achei ruim. Contudo, o que mais me deixou contente foi quando me sentei à mesa em que Leonardo terminava as batatas, que me ofereceu, sorrindo admirado:

— Como eu disse, todo perfeitinho.

Não sei explicar o tamanho do sorriso que apareceu em meu rosto.

— Recebi ajuda. — Dei de ombros.

— Você já estava sendo incrível mesmo antes de eu chegar.

— Ok. Valeu. — Bebi um pouco de água e ficamos desconfortavelmente quietos até que vi no relógio que estava tarde. Leonardo tinha estágio cedo e talvez devesse ir para casa descansar. Foi muito difícil e parte de mim, honestamente, queria gritar, mas acabei dizendo: — Ei... você... vai querer carona pra casa?

— Não se for te incomodar.

— Você bêbado não me incomoda tanto — comentei e rimos.

— Sendo assim, a hora que você for o *eu bêbado* vai também, é só não deixar o *eu sóbrio* saber.

— Anotado. E, na real, eu estava pensando em ir logo.

— Então vamos. — Levantou-se e me ajudou a levantar como se me convidasse para uma dança.

Nos despedimos de todo mundo e fomos para o estacionamento. Quando entramos no carro, fiquei viajando em seu perfume e naquele seu lado mais fofo.

■ *Nota, em um post-it rosa:* **Lembrar de criar alguma resistência a Leonardo Guimarães.**

Colocamos qualquer coisa para tocar no rádio, pelo menos algum som que preenchesse o ambiente, já que não dizíamos um A. Não porque eu não quisesse, só não sabia o que dizer. Pessoas mudam muito em um mês. Em sete, aquele já nem era mais o Leonardo que eu conhecia. Não sabia se ainda gostava das mesmas coisas, se estava tudo bem com sua família, o que fazia para se divertir, qual era sua atual visão política e sobre o mundo todo que morava dentro de sua cabeça.

— "Helena" é uma das minhas favoritas — disse, jogando a cabeça em minha direção e só não a apoiou em meu ombro porque os bancos eram muito distantes para isso.

— E qual é a favorita?

— "Sing". Ela é tão gostosinha e motivadora, sabe? E você, tem alguma favorita deles?

— Do My Chemichal Romance... acho que "Mama".

— É a sua cara. — Riu.

— Se você quiser colocar alguma outra coisa para tocar, fica à vontade — falei.

— Não, assim tá bom, gosto de Of Monsters and Men também — contou antes de se balançar levemente no ritmo da música. Mas mudou para a próxima canção quando "I of the Storm" começou a tocar. — Essa não. Essa me faz chorar.

Ri do seu jeitinho e de como ficou feliz quando "We Sink" começou. Tão feliz que, em algum momento, roubou minha mão direita para perto de seu corpo, aproveitando que meu carro tinha câmbio automático. Deixei-o envolver meu braço, até porque não o usaria, de qualquer forma. E, sim, fiquei incrivelmente agitado com sua incrivelmente súbita demonstração de afeto.

— Você vai dormir lá em casa hoje, não vai? — convidou.
— E você quer que eu vá?
— Quero, sim.
— Posso pensar nisso — brinquei.
— Pensa com carinho. — Leonardo beijou meu ombro logo antes de eu decidir segurar seu joelho, queria que ele entendesse que eu realmente o odiava. O que queria dizer que me importava.
— Tá bem — falei.
— Posso tentar te convencer?
— Pode tentar, conseguir é outra história — desafiei, sorrindo.

Pensei que faria uma lista imperdível de motivos para me persuadir, que me chantagearia com alguma memória vergonhosa, pensei que seria qualquer coisa que não fosse o que fez. Sem qualquer pudor, senti ele guiar a minha mão a subir lentamente pelo tecido de sua calça, querendo que eu o tocasse enquanto meu olhar estava concentrado na estrada.

— Não sei se posso fazer isso — sussurrei.
— Mas você não está fazendo nada — segredou em resposta.
— Leonardo — chamei em alerta.
— Você pode estalar seus dedos a qualquer momento ou dizer claramente que não quer, que eu paro. Lembra do que combinamos?
— falava baixinho e, só de ouvir sua voz daquela forma, quase perdi o juízo, a um passo de ceder.

Então, fiquei assustado. E se aquilo tudo só fosse machucá-lo mais tarde?

Estalei os dedos e esperei que tudo se acalmasse.

— Desculpa, Leo. Eu realmente não consigo... Desculpa... de verdade.

Não sabia se estava estragando mais a situação negando ou se estragaria mais aceitando. Eu simplesmente não sabia e não queria magoá-lo. Ele ficou com as duas mãos sobre o colo, petrificado. Leonardo não me questionou, não reclamou, não disse absolutamente nada, e ficamos no silêncio mais incômodo de toda a minha vida.

Estacionei na primeira vaga que encontrei, sem pensar duas vezes. Ele ia começar a se justificar, mas nem o ouvi direito porque tirei meu cinto de segurança com pressa e segurei seu rosto. Eu lhe roubei um beijo desajeitado e não me arrependi.

— Tudo o que eu quero agora é poder estar com você... eu juro — falei, minha boca grudada na dele, meu olhar baixo e fixo em seus lábios. — Só queria deixar claro que só estalei os dedos porque você bebeu e eu estou sóbrio, Leo. Não posso fazer as coisas assim... do jeito desigual que estamos agora. Não quero te machucar. — Puxei-o para outro selinho, sentindo sua respiração na minha.

— Mas... se você esperar um pouquinho até eu ficar sóbrio, vai ficar tudo bem, não vai? — Segurou minhas mãos que permaneciam em seu rosto.

— Você tem certeza disso?

— Tenho, Ben — falou todo dócil e nos beijamos mais uma vez, e aquilo nunca ficava batido.

— Então vamos pra sua casa. — Me distanciei finalmente.

Mas assim que voltei a dirigir, ele puxou minha mão outra vez e a deixou em sua perna, só para se sentir mais próximo a mim. Foi escolhendo a música e cantarolava. Acabamos conversando sobre Of Monsters And Men, Paramore, e depois sobre The Kooks, Hozier, Panic! At The Disco e Mumford & Sons. E ficou tudo bem.

■ ■ ■

— Sabe o que eu acho? — ele perguntou de repente enquanto eu deitava em seu peito para ouvir os batuques que vinham dali. — Acho que as pessoas romantizam demais essa coisa de transar.

Sentei-me na cama, encarando-o, rindo.

— Leo, olha só o que te aconteceu de tanto convívio comigo. Você já tá falando igual a mim.

— Cala a boca, imbecil — reclamou, segurando minha mão.

— Não, eu concordo, romantizam demais. É uma coisa normal e é muito mais simples do que fazem parecer, não quer dizer que instantaneamente eu ame a outra pessoa. Eu mesmo já tava quase apelando pro Tinder, tudo sem protocolos.

— Confesso que quase comprei uns brinquedos de tanta preguiça de gente que eu tenho.

Rimos de nossas constatações. O mundo tinha que entender que não precisa de sentimento para ter sexo e não precisa de sexo para ter sentimento. Nem todo casal transa e nem todo mundo que transa forma

um casal. Ato sexual e relacionamento afetivo são coisas extremamente distintas. E nós só transávamos. Sem sentimentos.
— Agora seu brinquedinho sou eu. Me sinto lisonjeado — falei.
— Sim, um brinquedinho que se mexe, beija muito bem e, infelizmente, também fala — contou e gargalhei.
— Se estávamos dispostos a qualquer pessoa...
— Ou qualquer *coisa*, no meu caso — ele me interrompeu e nossos risos foram audíveis.
— Isso também... então nós dois juntos não é algo assim tão ruim. É bom demais, na verdade.
— Demais — disse em um sorriso, fechando os olhos e descansando confortavelmente a cabeça no travesseiro, enrolando uma mecha de cabelo nos dedos.

Fiquei quieto. Ele era diabolicamente lindo. Não resisti e acabei me aninhando em seu corpo, subindo manhoso até o seu rosto para o encher de carinhos nos cabelos e beijos demorados.

Na manhã seguinte, desliguei seu despertador às cinco da manhã e tentei acordá-lo gentilmente. Quase morri de dó quando resmungou com seu rosto inchado e amassado, cabelo bagunçado e corpo inteiro exausto. Me senti culpado por tê-lo deixado acordado até tarde. Mas ele me puxou para um abraço e me fez lembrar que também era sua vontade e que era um adulto responsável por seus atos.

— Vou fazer café enquanto você toma um banho pra tirar esse cheiro de bunda suja — impliquei.
— Que Deus te elimine no dia de hoje — resmungou, indo até o banheiro.

Tomamos café juntos e sem ter sobre o que conversar. Ofereci carona até seu estágio, mas ele negou. Nos despedimos com um selinho, mas ele me puxou para um abraço apertado. Saímos juntos do seu bloco antes de ele me dar um tapa na bunda.

— Agora some da minha frente — disse.

Rimos, cada um indo para um lado, e fiquei olhando-o ir embora com a mochila jogada no ombro. Quando se virou, acenei com um sorriso no rosto, me lembrando da noite anterior e de nossos chamegos. Mas fechei o semblante quando ele me mostrou o dedo do meio, de longe, sem motivo algum. Aí fui me lembrar de como ele era imaturo.

— Você é ridículo — falei.

Ele fez leitura labial, veio correndo até a porta do bloco vermelho me encontrar, brincando:
— Você não fale assim comigo, senão vou chorar.
— Depois eu te dou um colinho e fica tudo bem. Você fica uma graça todo manhoso, de qualquer forma — importunei, sugestivamente.
E ele suspirou, sinceramente decepcionado.
— Eu devia ter comprado um brinquedinho.
— Você tá querendo dizer que um brinquedinho te faria mais feliz do que eu te faço?
— Acorda, Park, você não é nenhum guru do sexo.
— Quer encerrar nosso acordo e ficar com o brinquedinho, já que é tão melhor do que eu?
— Um dia começa bem quando não são nem seis da manhã e já machuquei a masculinidade frágil de alguém — falou e fiquei sem resposta. Ele riu, divertindo-se. — Tchau, brinquedinho.
Sem querer, me vi gargalhando.
Honestamente: quando ele sorria, tudo parecia um pouco mais leve.

■ ■ ■

Gostaria que nossos beijos e transas mudassem alguma coisa em nós, mas, infelizmente, continuamos nós mesmos.
Eu ainda era o mesmo introvertido inseguro que não se encaixava em nenhum lugar e ainda remoía coisas que Leonardo falava brincando. Eu sei que ele só tinha dito aquelas coisas para responder a provocações e brincadeiras maldosas que eu comecei. Eu sei que eu o feri primeiro. Mas reli inúmeras vezes aquela mensagem:

[26/11 19:50] Leonardo: A hora que você equilibrar qualquer coisa na sua vida você me avisa também... só espero que seja antes de todo mundo se cansar de você, babaca.

E eu não parava de pensar que se ele não me quisesse, que idiota iria me querer?
Aqueles eram os momentos em que eu daria tudo para ser outra pessoa. Adoraria chegar em casa e não sofrer relendo mil vezes a mesma mensagem, repensando mil vezes a mesma brincadeira que ele fez no

final de semana. Não sei o que havia de bom em mim para que ele sentisse algum tipo de interesse, e quanto mais falava aquele tipo de coisa – que ele sabia que me machucava –, pior eu me sentia e mais eu acreditava. Afinal de contas, eu sempre achava que todo mundo se cansaria de mim e me abandonaria a qualquer momento. Ele jogou aquilo na minha cara de propósito.

Adoraria se não doesse, mas ninguém no mundo gostaria de estar comigo.

Chegamos mais cedo na aula e a maioria de nossos amigos foi chegando em seguida. Trocamos alguns olhares cúmplices e sorrisos sigilosos, deixando tudo o que eu sinto de lado, em um clima gostoso.

Contudo, em seguida me recordei do que não gostava dele, além dos comentários que fazia de propósito para me maltratar. Em dez minutos ele conseguiu me deixar com dor de cabeça.

Leo falava muito alto e *sem parar*. Tinha opiniões formadas sobre tudo, mas suas argumentações se baseavam em sentimentos próprios. Como se o mundo inteiro tivesse que agradá-lo. A verdade era que ele era um imaturo, escandaloso e dramático que fazia de tudo para me magoar, e sua personalidade me irritava profundamente. Ele agia como se *só ele* tivesse sentimentos.

Fiquei quieto para não discutir. Só fui relaxar quando o Jonathan chegou com a Lara.

– Professor de gramática, nota zero ou nota mil? – Bianca perguntou-lhe, estendendo um microfone imaginário.

– Uns setecentos, eu acho – Jonathan replicou, tirando sua mochila dos ombros e ajeitando os cabelos loiros com uma das mãos.

– Ele não leva jeito pra pessoas, mas é qualificado – Lara comentou, copiando inconscientemente o gesto do namorado e passando os dedos pelo seu cabelo com aquele corte Chanel.

– Finalmente, pessoas sensatas – resmunguei.

– Ok, defenda seu ponto de vista – Micael me pediu, e tive que falar.

– Ele tá aqui pra dar aula, não para ser a miss simpatia. O cara sabe um monte de coisa, a gente que tem que aprender que a personalidade dele é daquele jeito e acabou. Mas ele tem conteúdo, vamos fazer o quê?

– E você acha que só por isso ele tem o direito de ser um verdadeiro bosta, só porque tem conteúdo? É essa asneira que você está dizendo?

– Leonardo contrapôs e minhas mãos tremeram.

Eu nunca podia argumentar qualquer coisa que não fosse o que ele concordava, só podia falar e acreditar no que ele acreditava.
— É a minha opinião. — Dei de ombros.
Jorge fechou os olhos, suspirando.
— Admita, você é grosso igual a ele e aí você se identifica e quer defender — Leo falou e me mantive em silêncio por um momento, desafiando-o com o olhar antes de responder.
— Eu sou grosso porque não concordei com o príncipe incontestável?
Ele abriu a boca para me responder, mas Jonathan bateu na mesa.
— Parou por aqui. O cara sabe muita coisa, mas continua sendo relapso de vez em quando. Ninguém aqui vai discutir por isso, e os dois parem agora de levar tudo para o lado pessoal. Parecem duas crianças, que saco!
Leonardo negou com a cabeça e disse:
— Vou ficar quieto só pra não gastar saliva.
— Agradeço — falei, e Yan me deu uma joelhada por baixo da mesa.
No intervalo, a situação só piorou quando nossos amigos puxaram assunto sobre como algumas pessoas podiam ferir outras sem sequer perceber.
— Não adianta nada dizer que respeita e se importa com alguém, mas abrir a boca e só falar merda. Ainda que não seja a intenção, depois que já falou e já foi escroto, não vai adiantar ficar pedindo desculpa se a pessoa nem percebeu que foi babaca e nem tem controle do que ela mesma diz — falei, e juro que não estava direcionando aquilo para ninguém e nem falando de algo específico. Eu só falei e foi a única coisa que falei naquela conversa. — Sentimentos são coisas pessoais e intransferíveis, não adianta nada sentir e pensar se a mensagem não chega do outro lado ou se a pessoa só se expressa mal.
— Ai, dá licença, não tenho paciência pra isso. — De repente, Leonardo se levantou e saiu da sala.
Bianca e Jorginho foram atrás dele e eu fiquei onde estava, sem entender. Então me dei conta do que eu mesmo disse — algumas palavras machucam mesmo que não seja intencional. E, mesmo que ele nunca me pedisse desculpa por cada vez que me ofendeu, eu não me importava em demonstrar que estava arrependido, ainda que não tivesse feito nada errado.
Fui atrás dos três e os encontrei no estacionamento.

— Posso conversar com ele? — pedi a Bia.

Ela moveu os lábios: "Obrigada." Jorginho massageou meu ombro antes de sair e Leo continuava de costas com sua blusa de moletom, a gola escondendo parte de seu cabelo.

— Agora deu de mandar indireta pra mim, fofo? — falou quando se virou de braços cruzados.

— Que indireta? — perguntei, confuso.

— Você tava até agora falando que meus sentimentos são problemas meus e que não posso jogá-los em ninguém. Logo você, dizendo uma coisa dessas?

Honestamente: *quê?*

— Eu não disse... nada disso... e... não estava falando de você... eu juro — eu buscava o que dizer, mas nada parecia suficiente. — E mesmo se fosse isso, você não pode levar em consideração tudo o que eu digo como se fossem verdades absolutas. Às vezes eu só falo bosta mesmo.

— O tempo todo — afirmou, incisivo.

— Vai à merda. — Desafiei-o com o olhar e ele manteve um semblante incomodado, parecia analisar a conversa que tínhamos acabado de ter.

— Você é um imbecil, não posso me esquecer disso. — Leo olhou para o horizonte, o vento fresco de primavera acariciando seu rosto e fazendo seus cabelos dançarem.

Doía ouvir aquele tipo de comentário quando eu demonstrava preocupação indo atrás dele, querendo que ficasse bem. Engoli qualquer tristeza. Não era como se eu levasse meus sentimentos tão a sério a ponto de ter tempo de ficar chateado.

— Exato. Sou um imbecil — respondi.

— Repensando agora sobre meu brinquedinho. Quem sabe um de uns dezesseis centímetros, que você não tem — provocou, encolhendo os ombros.

Lá vem.

— Não sei o que você tá falando com seus treze centímetros mixurucas.

— Porque catorze e meio é o próprio Everest, não é mesmo? *Inacreditável* — ironizou e sorri quando voltou a me encarar.

— Estamos bem?

— Ainda te odeio.

— Ótimo — comentei, esticando a palma de minha mão em sua direção, por impulso.

Honestamente: eu precisava do seu toque para me agitar e acalmar.

Ele colou sua palma na minha e entrelaçamos nossos dedos na frente dos meus olhos. Queria que me abraçasse e pedisse desculpas sinceras por todos os comentários maldosos que fez nos últimos dias, que dissesse que era só brincadeira e que eu não deveria dar bola. Mas nada disso aconteceu. Assim como também não pedi desculpas por nada.

Bianca e Jorginho nos observavam à distância, então tive que me contentar com aquele *high five* um pouquinho mais íntimo, e logo nos soltamos e abrigamos nossas mãos nos bolsos das respectivas calças.

— Que bom que você também me odeia — falou. — Mas acho que a gente deveria tentar ser mais tolerante um com o outro. Pra ninguém sair machucado e pro nosso ódio ser algo saudável pra nós dois.

— Agora você disse uma coisa racional, o que me deixa brevemente impressionado — comentei e, em resposta, ele levou a mão até minha nuca, apertando meu pescoço por baixo da minha camiseta. — Ai, seu imbecil!

— Você concorda comigo ou não? — questionou sem tirar suas digitais de mim, apertando ainda mais minha pele em um beliscão.

— Concordo, eu concordo!

— Tá bem — disparou e me soltou.

Ficamos ali olhando o céu estrelado. Eu não tinha nada a dizer e nem ele. Tínhamos que tentar ficar bem para não nos machucar, mas não havia nada em mim, naquele momento, que fortalecesse o laço entre nós. Eu só queria ficar perto, sentindo meu corpo em ruínas, naquele desconforto gostoso que a ansiedade de estar perto dele trazia.

— Sabe o que eu acho? — Ele quebrou o silêncio.

— Não sei se quero saber.

— Não começa. Acho que quero parar de fumar.

— Eu também — confessei. — Sou meio hipocondríaco e fico neurótico em estar com câncer e também que meus pais surtariam se soubessem.

— Odeio quando meu cabelo, minhas roupas e minhas mãos ficam fedendo. E meus dentes já começaram a amarelar — reclamou.

— Então você só quer parar por estética, basicamente. Pra ficar cheiroso e com dentes bonitos. Câncer você nem liga — investiguei em um tom ameno, mas travesso.

— Tô nem aí, parceiro, quero mais é morrer — brincou, e eu odiava aquele tipo de brincadeira dele. — A gente podia parar junto.

— Acho que precisamos colocar uma cláusula no acordo, na aba de proibidos, porque só dizer que vamos parar de fumar não vai dar certo pra mim — admiti.

— Vamos criar uma aba só sobre tabagismo. No dia que um de nós fumar não rola nem um aperto de mão.

— Não tem como você saber se fumei ou não. A gente só se vê à noite — falei.

— Confio em você quando você se compromete. É só se comprometer. E outra, se eu te beijar e sentir gosto de bala Halls preta eu já vou suspeitar, você tá me ouvindo? — Leo apontou para mim.

— Digo o mesmo de você com a de cereja.

— Então, temos isso definido. Chega de fumar. — Tirou seu maço e o isqueiro e os jogou no lixo mais próximo, me esperando fazer o mesmo, e acabei cumprindo o combinado. — E sabe o que também seria legal?

— O quê? — perguntei, vendo-o sacar o celular para conferir o horário.

Guardou-o em seguida, me olhando no fundo dos olhos.

— Banheiro, em dez minutos — falou com simplicidade e continuou me encarando até que eu entendesse.

Um arrepio intenso veio até mim e senti cócegas dentro da barriga. Tentei evitar, juro, mas quando percebi já estava checando o Jorginho e a Bianca a distância com o olhar, meu rosto ardendo da temperatura que subiu e um sorriso meio acanhado, meio safado, erguendo minha boca.

Não respondi, olhando-o outra vez.

— Te vejo lá — disse e saiu, indo abraçar seus amigos.

Torci para que ele estivesse de brincadeira e não quisesse realmente me agarrar no banheiro, mas ainda assim me peguei checando o celular a cada três segundos, mesmo quando me encontrei com meus amigos na cantina. Ele, ali conosco, não me olhou nos olhos. Contudo, se retirou quando estava perto do horário combinado.

Minhas mãos tremeram quando fui atrás, um ou dois minutos depois, então as meti nos bolsos. Meu coração batia tão escandalosamente rápido que, se eu ficasse parado, daria para ver meu peito subindo e descendo.

Ao entrar no banheiro, Leo estava lá, digitando alguma mensagem no celular antes de propriamente me olhar. Fez sinal de silêncio com um dedo sobre a boca, apontando para uma cabine. Havia alguém ali. Não respondi. Indicou a cabine do canto, o espaço era bem maior e escondia completamente quem estivesse dentro. E eu, olhando para o que havia de incógnito em seu olhar, apenas segui suas instruções, as mãos ainda nos bolsos da minha calça para disfarçar a inquietude.

Entrei primeiro, devagar, me sentindo um adolescente, ou um criminoso. Leonardo trancou a porta atrás de si e senti uma tensão presa em minha garganta. Estávamos sozinhos e em segredo absoluto – enquanto devíamos estar com nossos amigos. Enquanto devíamos estar tentando reconstruir nossa amizade. Enquanto devíamos estar fazendo qualquer coisa que não fosse fugir de tudo para trocar carinhos dentro de um banheiro na faculdade.

Ele não me deu muita escolha. Seus olhos encontraram os meus, minha respiração hesitava, mas ele, não. Recuei para perto da parede, por instinto. Porque me senti sua presa, caçado, rendido. Suas mãos ergueram meu rosto e buscaram minha boca em um selinho.

Ele tinha um jeito de beijar que me deixava flutuando no tempo e espaço. Um selinho demorado, apertado contra a minha boca, e cessava suas investidas. Eu tinha tempo de contar até três e dizer a mim mesmo que não queria beijá-lo. Então eu ficava com raiva por um momento, culpando-o pelo imbecil que ele era, e no segundo seguinte eu o puxava pela barra de seu moletom para impedir que fosse embora.

■ *Nota, em um post-it amarelo:* **Eu odiava aqueles três segundos que eram o suficiente para me fazer ceder.**

No começo estávamos nervosos e sem jeito, e nosso beijo quase não parecia *nosso* de verdade. Porém, quando nos vimos totalmente sozinhos no banheiro, já não existia mais qualquer pudor, qualquer impedimento, qualquer outra coisa no planeta. Meus dedos se perdiam nos fios brevemente longos de sua nuca enquanto meu outro braço o trazia para mais perto, como se fosse possível. A cadência de movimentos que tínhamos era sempre lenta, de me fazer derreter, mas a excitação era tamanha que àquele ponto já começávamos a ser mais barulhentos, o beijo mais rápido, as mentes mais turvas. Percebendo, puxei seu cabelo para tentar respirar, recobrar um pouco de quem sou.

Nos separamos a contragosto – e quando digo contragosto, quer dizer, honestamente, *contragosto*. Ajeitávamos nossas roupas em silêncio antes de sair dali. Como entrei antes dele, pensei em sair primeiro, mas ele me impediu, olhando em meus olhos e segurando minhas mãos quando me deu um selinho simples e demorado. Seus olhos amendoados conversavam com os meus e me perguntaram, mudos, se estava tudo bem. Fiz que sim com a cabeça. Ele abriu um sorrisinho. Antes que eu pudesse dizer qualquer coisa, ele uniu minhas mãos e as beijou, e entendi que me pedia em silêncio que eu não me preocupasse e me acostumasse com aquele jeito intenso dele de ser.

Puxei-o pela cintura para um último beijo e saímos dali, arrumando cabelos e roupas em frente ao espelho. Ele sumiu banheiro afora. Eu sumi dentro de mim.

Honestamente: nunca pensei que um cara beijando minhas mãos pudesse me deixar tão agitado.

■ ■ ■

A aula havia acabado e Leo ia para perto do ponto de ônibus quando gritei:

— Ei, eu tô de carro!

Além dele, Jorginho, Bianca e Micael – seus cavaleiros do apocalipse – me analisaram. Sinto que perdi a cor, e não só por causa da noite amena.

— Obrigado...? – ele falou, meio confuso, meio apressado.

— Cuida desse menino, Ben, por favorzinho. – Bianca foi a primeira a se despedir de mim com um abraço, e seu cabelo castanho-claro tinha um cheiro incrível.

— E sem brigar! – Jorginho veio também me abraçar e, em seguida, Micael fazia o mesmo.

— Se ele colaborar, não terá briga alguma – importunei e ele bocejou, abanando a cabeça.

— Tchau, meus amores – despediu-se de seus...

De seus três melhores amigos.

Doeu pensar nisso. Que eles agora estavam em um lugar que eu gostaria que fosse meu.

Mas, ao mesmo tempo, não queria tanto assim, porque estava tudo estranho pouco antes de nos afastarmos. Preferia aquilo que tínhamos agora. Aquela... *inimizade colorida*.

— A Bia sabe das coisas que você gosta quando...? — perguntei, sem jeito.

— Ciúmes, *gatinho*? — provocou.

— Curiosidade, *gatinho* — corrigi.

Ele riu.

— Não sabe. E presumo que a Lena também não saiba de você — comentou, e eu soube que não tinha conduzido corretamente aquela situação. Não queria estar falando sobre nossas ex-namoradas quando, horas antes, estávamos nos agarrando no banheiro.

— Por aí — concluí.

Entramos no carro e deixei que escolhesse o que ouviríamos. — E não fiquei surpreso quando colocou para tocar sua playlist de músicas emo. Dessa vez, ouvia Fresno.

— Eu quero dormir com tantas cobertas hoje que pra sair de lá amanhã vão ter que me *escavar* — comentou, mexendo sem permissão no aquecedor do carro, só porque a noite estava um pouco mais fria.

— Então... sobre isso — tentei tocar no assunto, mas nenhuma frase parecia adequada. — Acho que devemos atualizar o nosso acordo, sabe? Aquilo sobre fumar e tal. Posso... te ajudar com isso hoje.

Leo entendeu o que eu estava pensando e fiquei constrangido. Principalmente porque me encarava diretamente enquanto eu fingia somente dirigir. Eu estava me convidando para ir dormir com ele e tinha ficado muito mais evidente do que eu gostaria que tivesse ficado. Passou o tempo, música tocando, silêncio entre nós e seu olhar constante.

— Park, como você vai explicar para os seus pais que vai dormir comigo pela terceira vez em menos de uma semana? — Ele soou racional e preocupado.

Fiquei cabisbaixo, soltando o ar dos pulmões.

— Tudo bem — respondi para que entendesse que não tinha ficado chateado com a sua negativa.

Honestamente: fiquei, sim, um pouco chateado.
— Eles ainda acham que nem nos falamos direito — emendou.
— Tá bem, eu já entendi.
— Park... — Sua mão veio parar em minha perna em uma massagem curta. — Em algum momento vamos ter que falar alguma coisa pra eles pra que a gente possa fazer o que quiser. É só isso que quero dizer.
— Não entendi — confessei depois de mudo por bastante tempo.
— As pessoas vão acabar percebendo que sumimos do mapa nos mesmos momentos. É inevitável. Por isso, eles precisam acreditar que estamos nos aproximando outra vez. Todo mundo precisa. Senão vão todos estranhar a quantidade de tempo que decidirmos passar juntos. O que quer dizer que...
— Que temos que fingir que estamos nos reaproximando — completei, afobado.
— E, quem sabe, acabamos ficando tranquilos no processo, né?
Tentei esconder um sorriso, mas sei que ele percebeu.
— Tem um lugar na mesa se quiser jantar lá em casa — convidei.
Em um sorriso mudo, aceitou.

A caminho de casa, meu coração acelerou como se eu não conhecesse aquele mesmo percurso, aquele cara ao meu lado, meu destino, meu carro, e até meu próprio corpo pareciam estranhos.

Eu estava levando Leonardo para dentro da minha casa depois de sete meses. Não quem acreditei ser meu amigo para todo o sempre. Sentia que estava levando-o para casa para que meus pais pudessem conhecer meu namorado. E, se Leonardo não sabia que eu não era heterossexual até dias atrás, meus pais não podiam nem sonhar com isso.

E acho que foi ali que comecei a pensar que nosso acordo não duraria muito tempo.

Eu sempre soube que todas as coisas um dia acabam.

Eu só não estava preparado para o que viria a seguir.

Honestamente,
Benjamin Park Fernandes

## Capítulo 5

# Honestamente:
# O jantar

Honestamente: um jantar surpresa com meus pais talvez não fosse uma boa ideia.

Não sei que tipo de curso ele deve ter feito, mas conseguiu perceber as mãos trêmulas que tentei disfarçar. Assim, ergueu o volume do rádio para que Arctic Monkeys preenchesse o vazio das palavras que não consegui dizer.

— Park, se você quiser, podemos fazer isso outra hora — Leo falou quando chegamos. Peito apertado e respiração errante por minha parte, mas eu não queria deixar para o futuro.

Eu estava morrendo de saudade do meu pote de drama e sorrisos bonitos. Tinha que aproveitar sua presença antes que encontrasse qualquer passatempo melhor do que eu, que não tenho nada de bom. Eu só teria o curto tempo até que percebesse e me abandonasse outra vez.

— Vamos, Guimarães. Quem vai fazer a janta hoje sou eu — tentei brincar para disfarçar toda a escuridão que se escondia dentro de mim.

— Opa, a chance perfeita pra você encher minha comida de veneno e eu poder morar debaixo da terra em paz — provocou ele, fingindo sobressalto e indo em direção ao bloco vermelho.

Abanei a cabeça ao seu comentário e o guiei para a primeira porta à direita no corredor. Abri, sentindo o suor brotar em meus dedos e, em seguida, falei:

— Mãe, pai. Temos visita.

Minha mãe, sentada no sofá e lendo algo ao celular, virou-se sem muita expressão, concentrada ainda em seus pensamentos, até que seus olhos — subitamente arregalados com a surpresa — encontraram o homem atrás de mim. E a magia daquele garoto era tamanha que o rosto dela se iluminou inteiro, como quem recebe um troféu.

— Boa noite? — ele disse rindo enquanto ela vinha apressada em nossa direção.

Tirei minha mochila do ombro e a segurei para baixo para esconder minhas mãos estremecendo. Ela me deu um curto beijo antes de se afundar nos braços de Leonardo e gritar:

— Leo! Eu não acredito! Você por aqui? Que saudade!

— Olha que gata você está! Como vai o mestrado?

— Menino. — Ela o soltou para encará-lo. — A próxima vez que eu ler a palavra "linguagem" eu juro que caio deitadinha no meu caixão!

Eles riram, ainda travados perto da porta.

Caminhei até o sofá para olhá-los e me apoiei no encosto, cruzando os braços e os tornozelos. Minha boca calada escondendo minha agitação. Ele é a pessoa mais bonita do planeta e eu não conseguia fazer muita coisa a não ser me deixar ser magnetizado por ele. Ele me faz de bobo. Ele me deixa nervoso. Ele me faz pensar nele o dia inteiro, e eu odeio quando isso acontece. Mas gosto tanto dele que não quero que vá embora.

Acompanhei com o olhar meu pai sair do quarto e ir encontrar Leo, àquela altura sendo puxado pela mão até a área entre a sala e a cozinha. Também o abraçou e os três conversaram entre sorrisos e saudade.

Eu sempre soube que meus pais gostavam do Leo e que ele gostava muito deles. Sei que sentiam falta de estarem juntos e isso foi uma das coisas que mais me fez gostar do Leo — entender que meus pais, que eram as coisas mais importantes para mim, se davam muito bem com ele.

Eu gostava de ver minha mãe conversando com ele por horas enquanto eu cozinhava. Meu pai, que era mais fechado, dando risada ao seu lado, enquanto comentavam sobre algum filme que assistiram. Eu via que a relação dele com meus pais era pura e verdadeira e isso, agora, fazia meu coração acelerar de verdade.

Não que eu estivesse pensando nisso, mas já disse a mim mesmo que nunca namoraria alguém que não tratasse meus pais com todo o respeito do mundo. Eu só namoraria alguém que tratasse meus pais como o Leo tratava. Mas eu não pensei em namorar o Leo, só para deixar bem claro. De jeito nenhum.

De repente os olhos dele vieram de encontro aos meus. Ele sabia que eu estava inquieto e seu sorriso diminuiu.

— Posso deixar minha mochila no seu quarto? — perguntou, e abandonei meu apoio.

— Claro, vem cá — convidei com um aceno de cabeça e seus passos copiaram os meus.

Lá dentro, tirou sua blusa de moletom e olhou ao redor, maravilhado, como se nunca tivesse entrado em meu espaço.

— Você tem uma cama de casal agora — murmurou, animado.

— Meus pais me deram há uns cinco meses.

— Que legal. Melhor coisa que tem é dormir em cama de casal. Se bem que eu durmo encolhido, então nem faz tanta diferença, né?

— É... eu também.

Não soube o que responder. Sentia meu coração bater na garganta e não queria que ele percebesse. Leonardo continuou me olhando e seu olhar invadia sem aviso as janelas da minha alma. Tenso, expelindo o ar de seus pulmões, me encarou como se eu não tivesse salvação, caminhou até mim e me envolveu. Seu abraço gerou sombra sobre meu corpo e me vi escondendo o rosto em seu peito. Sentindo seu cheiro. Seu coração batendo afobado.

— Tá tudo bem — me confortou em sussurro e me rendi.

Segurei-o firme junto a mim e não o deixei escapar. Não queria que percebesse minhas lágrimas caindo. Se eu fosse alguém melhor, ele não teria ido embora. Não quero que mais ninguém vá embora. Não quero que nada acabe. Não quero que os dias passem. Não quero deixar tudo escapar por entre meus dedos porque não sou bom o suficiente em nada. Dias mal vividos, amizades se desmanchando, cabelos brancos precocemente começando a nascer e eu não conseguia fazer com que nada esperasse por mim.

Honestamente: queria ser um bom menino que pudesse controlar o tempo.

Se pudesse, todos os meus momentos com Leo seriam revividos em câmera lenta, congelados para que eu pudesse permanecer em cada um dos meus fragmentos preferidos de memória. Para que ele não me abandonasse.

Se pudesse, o mundo seria mais gentil com um sujeito perdido e pequeno como eu. Um sujeito que engole o próprio choro, como eu. Um sujeito que acha que não deveria ter nascido, como eu.

Se eu tivesse uma máquina do tempo, os minutos passariam devagar e eu ainda estaria aprendendo a andar sobre dois pés antes que qualquer um conseguisse me deixar de lado e fingir que não existo.

Creio que percebeu o quanto eu precisava de um abraço porque estreitou o nosso. Fez carinhos em meus cabelos. Levei as duas mãos ao rosto para secar discretamente minhas lágrimas e fingi bocejar.

Quando nos soltamos, dava a crer que meus cílios molhados eram apenas resultado do meu bocejo, do sono, de qualquer coisa menos da minha cabeça confusa.

— Você pode tirar um cochilo enquanto decido o que fazer pra janta — sugeri.

— Não quer que eu te ajude? — quis saber.

Neguei com a cabeça. Ele me roubou um selinho, erguendo meu queixo com o dedo indicador.

E por ter me deixado ainda mais nervoso porque sabia me ler, saí apressado dali.

■ ■ ■

Na cozinha, acabei abrindo um sorriso.

Naquele momento, ele estava ali. Naquele minuto, estava tudo quase bem. Naquele instante, ele era só doçuras e dormia tranquilamente enrolado em minhas coisas, com o meu cheiro, no meu quarto.

Não podia ter uma máquina do tempo, mas, prestes a acabar, eu tinha o *agora*.

■ Nota, em um *post-it rosa:* **Leonardo é um agora. Por favor, aproveitar com moderação antes que acabe.**

■ ■ ■

Fiz frango xadrez porque sei que ele gosta. Yakissoba, batata frita e, de sobremesa, mousse de maracujá.

Fico aflito quando tenho que demonstrar afeto com palavras ou contato físico, mas demonstro carinho dando de comer às pessoas de que gosto. Não que eu gostasse daquele otário. Mas, quando fui acordá-lo, o cabelo todo jogado em um travesseiro enquanto abraçava outro e se escondia em minhas cobertas, parecia alguém que merecia comer suas comidas preferidas.

Parecia alguém por quem eu poderia facilmente me apaixonar. Mas ninguém pode saber disso. Nem eu. Porque vai que eu começo a pensar demais nisso e acabo me apaixonando mesmo? Nem que me paguem.

— Ô — chamei ali da porta e ele não acordou. Confesso, só sussurrei. Fingi sussurrar outra vez antes de ser *obrigado* a me sentar na cama, observando-o por algum tempo enquanto ressonava. Passeei meus dedos pelo seu cabelo comprido, vendo-o acordar lentamente. — Ei, dorminhoco... vamos jantar?

— Em que ano a gente tá? — perguntou confuso, a voz torcida de sono.

— 2018, imbecil — ri, afastando os últimos fios ainda grudados em seu rosto.

— Nossa, sonhei que era 2021 e eu tinha ficado devendo três anos das parcelas do apartamento e das mensalidades do condomínio pra minha tia. E aí ela veio e sabe o quê? — narrava, grogue, e mordi o lábio inferior para conter meu sorriso antes que virasse gargalhada.

— Hum?

— Ela exigiu o apartamento dela de volta. Porque cê sabe que isso pode acontecer, né? Ela só vai passar pro meu nome quando eu terminar de pagar pra ela, mas isso ainda vai levar uns 186 anos.

Deixei uma risadinha escapar enquanto ele se deitava com a barriga para cima. Esticando os braços preguiçosamente, ficou quieto e adormeceu outra vez. Sorri, tornando a distribuir cafuné para aquele rostinho exausto.

— Vamos, Leo, acorda. Caprichei na janta hoje e é sua obrigação se encher de comida e depois dizer que eu sou demais.

— Já vou — resmungou quando me levantei.

Fui até o banheiro, fiz xixi e lavei as mãos. Alcancei a cozinha e percebi que ele ainda nem tinha levantado. Voltei ao meu quarto e repeti baixinho:

— Ei, dorminhoco, vamos comer.

— Me deixa em paz, eu acordei agora, que inferno — reclamou, mesmo sem que eu tivesse apresentado qualquer indício de que queria discutir.

Levantou furioso. Brigar comigo era somente parte de seu instinto mais natural.

— Você sabe que fica meio insuportável quando acorda, não sabe? — perguntei, chateado.

Leonardo paralisou antes de me encarar.

— Eu? Você já experimentou fazer uma jornada de autoconhecimento? Se você soubesse o porre que você é quando acorda, nunca na sua vida você ia julgar alguém que acaba de despertar, seu babaca. Você realmente não sabe respeitar ninguém no planeta, né?

Lá vamos nós.

— A janta tá esfriando. — Cruzei os braços, decidido a não me ofender e nem ser sugado para dentro de mais uma discussão idiota em que eu sempre saía machucado.

— Será que dá pra você ser gentil comigo? Eu acabei de ter um pesadelo, cacete.

— Foi só um sonho e já acabou, vamos jantar e esquecer disso. — Entrei no quarto porque, se continuasse falando naquele tom, meus pais acabariam prestando atenção em nosso pequeno desentendimento.

— Pra você é fácil dizer, né? Meu apartamento é tudo o que eu tenho, e ele ainda nem é realmente meu. Se a minha tia resolver a qualquer momento me chutar de lá, eu tenho que sair mesmo já tendo pagado uma parte. E eu tenho que trabalhar de segunda a sexta pra conseguir manter aquilo lá em pé. Então, assim, eu gostaria muito que você tivesse um pouquinho mais de sensibilidade — cuspia as palavras, o semblante completamente fechado enquanto sussurrava furioso em minha direção.

— Sensibilidade? Leonardo, você teve um pesadelo, mas nada aconteceu. Eu só tô te dizendo que tá tudo bem e tô te chamando pra jantar, o que isso tudo tem a ver com sensibilidade?

— É a desgraça da minha vida! — exasperou.

— Por que você tá sempre na defensiva comigo? Não tô querendo brigar e não falei por mal, cara.

— Não estaria na defensiva se você não vivesse me atacando, como agora — reclamou.

— Eu não estou te atacando, Leonardo. Foi só um pesadelo e nada do que houve no teu sonho tá acontecendo. Só tô tentando te fazer esquecer isso. Quero teu bem, relaxa aí.

— Mais respeito comigo, Park!

Honestamente: nós não fomos feitos para conviver.

— Eu tô te respeitando, zé draminha. Eu tô, inclusive, preocupado e tentando ajudar, mas você acha muito mais fácil me tratar como lixo, não é?

— Zé draminha? Meu Deus, você tem noção do quão escroto você consegue ser? E *preocupado* coisa nenhuma. Você tá o tempo todo tentando passar por cima de mim, e isso me machuca de verdade! — Resmungos saíam ininterruptos de sua boca. Eu nem sabia o que dizer para que ele tentasse entender o meu lado.

— Meninos, o yakissoba vai esfriar — minha mãe falou, parando em frente à porta.

Não tirei os olhos dele. Ele me machucava demais sempre que descontava em mim todas as suas frustrações.

— Já vamos, mãe — respondi.

— Tem yakissoba? — ele se desmanchou para perguntar, como criança prestes a receber algum doce.

— Tem, o Ben fez pra você — ela falou e, ainda que nenhum dos dois me encarasse, continuei afrontando Leonardo. — Venha, tire um prato pra comer.

Quando saiu, continuei em silêncio para que ele percebesse como estava agindo. Eu tinha feito seus pratos preferidos para mimá-lo, tinha tentado ser legal enquanto, na primeira oportunidade, ele me maltratou, como sempre fez. Eu sei que eu tinha feito de tudo para irritá-lo nos últimos dias, que posso tê-lo machucado e que ele poderia até ter chorado, mas eu não fiz de propósito. Quanto a ele, ah, ele fazia de propósito, sim. Ele escolhia me tratar mal.

— Eu só queria te chamar pra jantar — falei sentindo meu lábio inferior tremer e meus olhos se inundarem. Virei em direção à porta e ia saindo.

— Ei, calma — murmurou, dócil. Mirei seu semblante perdido. — Espera. Por que yakissoba?

— Porque você gosta.

— Como você sabe? — quis saber, angustiado.

— Dois anos e nove meses, Leo... mesmo que... Ah, quer saber? Eu vou jantar — tentei me desvencilhar do assunto, chacoalhando a cabeça, para evitar digerir outras vezes os mesmos sentimentos antigos.

Nos servimos à mesa e Leonardo se sentou ao meu lado, com um sorriso nervoso aos meus pais em nossa frente, sem saber como se comportar.

— É tão bom ver o Leo com a gente — minha mãe comentou, animada. — A diferença que você faz na vida do Benjamin é notável.
Prendi a respiração. Parei de mastigar. Aquele comentário era tudo o que eu não precisava naquela noite.
— Obrigado, eu acho. — Leo deu um riso forçado e constrangido.
— Não que seja da nossa conta, mas fiquei preocupado quando o Leo parou de vir. O Jonathan falou que os dois tinham brigado e fiquei preocupado com o nosso menino — meu pai falou à minha mãe.
Era para ficar na memória, levar Leonardo lá em casa foi uma péssima ideia. Voltei a mastigar e continuei em silêncio, que sempre foi o que fiz de melhor: não dizer coisa nenhuma.
— Mas preocupado por quê? — Leo quis saber, tentando ser delicado, mas claramente curioso.
— Porque ele ficou muito pra baixo por uns tempos, não é? — minha mãe perguntou ao meu pai, que assentiu. — E ele passou um bom tempo sem sair de casa e sem trazer ninguém aqui. Ficamos com medo de... não sei... ele se fechar pro mundo, sabe?
— Bom... — Ele forçava o riso. — Isso que é doido, não é...? Porque a gente tem tantos amigos... não é, Park? — Leo continuava caçando o que dizer.
— Amizade igual a de vocês eu acho que o Ben nunca teve — minha mãe respondeu por mim, mesmo depois de eu terminar de mastigar.
Os olhos enormes dele estavam encantados em minha direção.
— Dava pra ver a diferença do Ben com o Leo pro Ben sem o Leo. — Tenho certeza de que meu rosto deveria ter uma cor estranha porque senti minha garganta fervendo e minhas mãos suarem, mas meus pais só diziam a verdade que eu não teria coragem de admitir. — Ele falava do Leo todo santo dia, o Leo estava sempre aqui em casa e de repente... parou tudo.
— Mas que bom que agora está tudo bem — minha mãe tentou findar o assunto.
— O Benjamin falava de mim pra vocês? — perguntou ele meio mole, surpreso.
— Falava de você pra todo mundo, Leo — minha mãe admitiu por mim. Àquele ponto, eu nem estava mais calado porque queria, mas porque meus pais nunca foram muito bons em me deixar falar.
Quieto, enchi meu copo de suco para acalmar meu peito em fúria.
— O que aconteceu pra vocês brigarem? — meu pai quis saber.

— Nós... nós nos desentendemos por causa de um trabalho da faculdade — contou, acanhado.
— Ai, isso é tão a cara do Ben — minha mãe falou em tom de desdém.
— Esse menino tem uma personalidade horrível, espero que não se ofenda e que o ignore sempre que possível — disse meu pai, dando risada.
E, de repente, aquela conversa virava mais uma das quais já havia me habituado — passavam a citar meus defeitos e a me diminuir em frente a quem quisesse ouvir, como se eu não estivesse ali.
— Na verdade... — Leo abria a boca e gaguejava, parecendo procurar o que dizer.
— Acho que o que houve entre nós não foi só um trabalho — ergui brevemente minha voz, ainda sentindo que não tinha direito de abrir a boca. Tentei me concentrar em beber outro gole de suco e voltar a comer para que não percebessem que eu não sabia me incluir em um grupo de conversa. — Nós dois somos muito diferentes e acho que nossas personalidades entraram em conflito em alguns pontos. Há mil coisas que não gosto nele e deve haver um trilhão de coisas que ele não gosta em mim. Mas é assim que a vida funciona, certo?
— O que quer dizer com isso...? — Leonardo tentava deduzir, confuso.
— Quer dizer que eu *odeio* mil coisas em você — confessei sem olhar nos olhos de ninguém.
— Benjamin Park! — Minha mãe exclamou, austera, para me censurar.
— Estou sendo sincero. Tem outras coisas no mundo que odeio — comentei e meu pai tentou me interromper, mas continuei falando assim que abriu espaço. — Como café, por exemplo. Odeio o gosto, a textura, o cheiro, a temperatura. Mas pra minha vida ficar mais fácil, preciso de café pelo menos três vezes por dia, todos os dias. — Dei de ombros.
Leonardo ficou em silêncio e sei que ele dizia algo como "surtou" ou "o que tem a ver?" em pensamentos.
— Você está dizendo isso agora, mas nós te vimos choramingando e cheio de saudade — meu pai contrapôs, intimidador.
— Eu nunca disse que não senti saudade, pai. Estou dizendo que o motivo para termos brigado foi porque odiamos várias coisas um no outro. Você não odeia diversas coisas em mim também? — perguntei a Leo, tocando em seu ombro e o olhando pela primeira vez naquela conversa. Vi gotículas de suor descerem por sua testa. Não era somente eu quem queria sumir daquela mesa, pelo que pude perceber.

— Eu... Sim...? — respondeu a contragosto.
— E está tudo bem. Não quero que a casa dele exploda nem que ele desapareça, só não gosto de algumas coisas nele. Eu... eu o quis por perto desde o dia em que nos conhecemos, e... tudo bem que ele não seja do jeito que eu quero, porque ele... ele é p-perfeito de... de um jeito só dele.
Senti na superfície de minha pele como ele ficou extasiado e suspenso no tempo enquanto me encarava. Meu rosto enrubesceu. Eu nunca tinha dito nada parecido diretamente para ele, e então estava dizendo, para meus pais, que sempre estive fascinado por ele.

— Olha a cara dele, ficou tão nervoso de dizer uma bobeira dessas que parece até que vai desmaiar — minha mãe tirou sarro e encolhi os ombros. Eu devia ter ficado quieto.

— Que bom que ele não é como você esperava, até porque ninguém nunca vai agradar completamente a ninguém. Não sonhe encontrar alguém como você, filho. Dois Benjamins não existem, e ainda bem — meu pai tentou fazer graça. Fingi sorrir.

— Eu me aproximaria de um segundo Benjamin se ele existisse, só no caso de o primeiro ficar sem muito tempo pra mim — Leonardo falou depois de refletir, roubando toda a atenção para si. — Sei que o primeiro Benjamin tem medo de ser abandonado, por isso o cutuquei sempre que consegui. Pra ele perceber que ainda estou aqui pra encher o saco. — Abaixou a cabeça com um sorriso tímido. — Há muitas coisas que não gosto nele, claro. Tem *mesmo*. Mas isso não me impediu de sentir sua falta durante esses sete meses. Senti sua falta todos os dias. Benjamin, o primeiro, sempre foi um chato, insuportável, mas também muito precioso. E ficar afastado do meu melhor amigo/quase irmão quase me matou de tristeza. E tédio. Então acho que eu daria conta de aturar um segundo se ele fosse mais ou menos parecido com esse aqui e me fizesse sentir de um jeito mais ou menos parecido.

Engoli uma bola corpulenta de saliva, borboletas escandalosas viajando em meu estômago. Era o pior dos piores momentos para aquela conversa toda, ainda mais com meus pais ali, dizendo tudo o que não deveriam dizer. Sei que nunca fui claro com eles sobre o que me deixava confortável ou não, mas eles bem que podiam ter um pouquinho de noção, pelo menos naquela noite. Eu me sentia minúsculo e estava prestes a sair correndo. Contudo, Leo estava ali e eu tive que fazer um esforço. Não podia perder aquela oportunidade de poder, quem sabe, ajeitar as coisas. Meu coração batia tão rápido que a única forma de disfarçar foi desconversar, dizendo:

— Nojo e desgosto. É o que eu te faço sentir.

— Isso também. Mas eu não fiquei dois anos e nove meses na tua cola só na base disso.

— Você é meio masoquista mesmo — contei.

— Vá caçar o que fazer, Park. Que pentelho, não sabe ouvir uma coisa bonitinha em silêncio que já quer reclamar, que saco — falou de um jeito que fez todos nós rirmos.

— Eu só... bem... eu senti sua falta — concluí, encarando meu prato cheio de yakissoba, porque não tinha coragem de encará-lo.

— Serve de ensinamento para a próxima vez que resolver ser imprudente e brigar. Pensa duas vezes no que faz, todos os seus atos têm consequências e você depois tem que arcar com elas. Pensa antes de agir, Benjamin — minha mãe me corrigiu, seca, e eu acenei com a cabeça, acatando sua ordem.

— Pelo amor de Deus — Leo exasperou-se quando meu pai ia me dar alguma bronca parecida. — Por isso que o Park fala pouco. O menino abre a boca e vocês fazem de tudo pra ele ficar quieto, mas que coisa!

Riu em seguida, de um jeito que não dava para saber se brincava ou falava sério, mas meus pais ficaram brevemente constrangidos, digerindo a parcela de verdade de suas palavras.

— Que bom que está tudo certo agora.

— Estamos dando um passo de cada vez — Leo respondeu à minha mãe. — Um dia chegamos lá.

Nossos olhares se encontraram e nossos sorrisos curtos e acanhados se desviaram de um jeito que fez parecer que sabíamos que ainda acreditávamos em nós. Conversamos sobre várias coisas enquanto comíamos, demos algumas gargalhadas e, em algum momento, a tensão aliviou e ficamos em um clima gostoso.

Leo, feliz ou infelizmente, se lembrou do menino malvado que era e resolveu me torturar enquanto meu coração tropeçava na batida. Embaixo da mesa, seus dedos exerceram pressão em minha coxa em uma provocação indecente. Revidei algumas vezes. Mas as conversas iam mudando e recordamos momentos e doçuras pequenas de nosso tempo de amizade. No final, os únicos carinhos eram curtos, castos, inocentes de nossas mãos dadas, dedos entrelaçados debaixo da mesa e sorrisos bobinhos.

– Filho, serve a sobremesa – ordenaram, e me levantei.

E uma mousse de maracujá era a ironia adequada para concluir meu relato, a sobremesa perfeita para aquele jantar: azedo, mas doce. Definitivamente doce.

Honestamente,<br>
Benjamin Park Fernandes

# Capítulo 6

# Sinceramente?
# A ligação

Sinceramente? A única coisa melhor do que mousse de maracujá era ouvir tudo aquilo dos Fernandes.

Sabe? Um sorriso abria entre minhas bochechas e meu peito ficava inexplicavelmente quentinho. Escutar sobre como Benjamin se sentiu e como me espalhava em relatos para todos os cantos, contando cheio de alegria sobre coisas a meu respeito e sentindo saudades minhas... aquilo me provou algo que eu precisava urgentemente acreditar.

Sinceramente? Eu estava errado sobre Benjamin Park Fernandes: ele era alguém muito mais precioso do que eu imaginava. E ele gostava um pouquinho de mim!

Aquilo realmente me chocou. Mas acho que, em parte, era culpa minha. Eu nunca acreditei que alguém gostaria de mim de verdade, nunca vi nada de bom em mim e era por isso que eu me esforçava tanto para ser aceito entre todas as pessoas: no fundo, eu seria o primeiro a me deixar sozinho se pudesse.

Eu me odiava até a última gota de sangue, e eu projetava esse ódio pelo mundo, achando que ninguém sentiria algo diferente disso por mim. Só assumia, assim como quem assume que amarelo com azul dá verde, que todo mundo me odiava, ou acabaria me odiando algum dia. Saber que ele ligava para mim, mesmo que vivesse me magoando de tempos em tempos e sendo muito rude e indelicado, fazia um carinho tão grande em minha alma que eu não conseguia parar de sorrir.

Assim que Park foi à cozinha atrás de nossa sobremesa, seu celular, sobre a mesa, começou a vibrar em um alarme que dizia MOUSSE DE MARACUJÁ, provavelmente para lembrá-lo de que poderia tirar da geladeira. Peguei seu celular para fazê-lo parar, e assim que parou, apertei o botão do meio só para acender a tela, checar que horas eram, já que eu, desatento, nem tinha me dado ao trabalho de prestar atenção no horário quando interrompi o alarme.

E a tela desbloqueou.

A princípio achei que aquele cara era mesmo uma anta. Imagina o perigo? Alguém que ele odeia com acesso total ao seu celular? Pelo amor de Deus, ele teve sete meses para descadastrar minha digital do maldito do aparelho e nem isso o jumento foi capaz de fazer.

Então, meu sorriso bobo morreu.

O aplicativo estampado na tela era o do grupo de conversa com nossos amigos. Mais especificamente onde dava para ler:

[26/11 19:50] Leonardo: A hora que você equilibrar qualquer coisa na sua vida você me avisa também... só espero que seja antes de todo mundo se cansar de você, babaca.

Aquilo, naquele momento, por outra perspectiva, doeu. Doeu porque não sei quantas vezes leu e releu aquela mesma mensagem até perder completamente o sentido de uma discussão infantil e se tornar literal. Eu disse, com todas as palavras, que tudo nele era errado e que as pessoas iam se cansar dele.

E ele se odiava.

E ele tinha medo de abandono.

E eu o machuquei onde mais doía.

O arrependimento fez meu corpo todo ficar estranho e quis chorar em resposta. Aquilo era o tipo de coisa que eu deveria falar para alguém que se isolou por meses e sentiu minha falta todos os dias? Era algo que eu deveria dizer a alguém que estava desesperadamente tentando encontrar seu lugar no mundo? Meu Deus, por que eu fui dizer aquilo?

Apressei-me em fechar o aplicativo como se aquilo fosse apagar o efeito que a mensagem deve ter causado nele. Mas quando os outros aplicativos abertos em segundo plano apareceram, a aba de ligações recentes se abriu na tela. Havia uma ligação para mim no dia 23 de novembro, meu aniversário, por causa do convite que enviei para provocá-lo. Mas, em agosto, havia uma ligação para o 188.

Prendi a respiração. Benjamin sempre falava em ter uma máquina do tempo, mas quem ficou preso em alguns segundos fui eu. Aquela pessoa com que eu convivia e achei conhecer era alguém que recorreu em silêncio ao Centro de Valorização à Vida.

E só ligam para aquele número aqueles que precisam de algum apoio psicológico urgente.

Bloqueei a tela outra vez e deixei o celular sobre a mesa, assustado.

Meu Deus, quem, afinal de contas, era aquele Benjamin Park Fernandes que eu não conhecia e por que inferno ele passou todo esse tempo?

Senti meu rosto perder a cor e acho que sua mãe percebeu, perguntando:

— O que houve?

— Hum? — murmurei, surpreendido. — Ah, nada, só tô pensando que amanhã tenho que acordar cedo — menti.

— Vida de adulto, infelizmente, tem dessas. Benjamin que devia tomar vergonha na cara e ir fazer alguma coisa da vida dele também — seu pai falou.

Eu quis chorar. Não bastava o próprio Benjamin viver construindo comentários autodepreciativos. Seus pais diziam coisas ruins sobre ele o tempo inteiro. E eu também dizia. E nossos amigos o faziam de vez em quando, porque Benjamin parecia não ligar.

Mas ligava.

E estava machucando mais do que qualquer um de nós poderia imaginar.

— Sabe o quê? Eu vou ajudar o Park — desconversei e fui apressado para a cozinha.

Ele estava na ponta dos pés, tentando alcançar o armário em cima da geladeira.

— Posso te ajudar? — perguntei com uma voz tão mansa que seus olhos brilharam cheios de doçura em minha direção.

— Claro — respondeu em voz baixa, devolvendo os calcanhares ao chão.

Peguei as taças bonitas e as coloquei sobre a pia, sem muito esforço. Minha estratégia era dar bastante carinho para amenizar toda a sua vida, mas certas coisas precisam ser conversadas. Ele era mais dos gestos. Eu sempre fui mais das palavras.

— Park... eu... — Me apoiei no balcão, segurando meus ombros, incerto de como agir. — Eu fui desligar o alarme que você colocou e seu celular destravou, mas foi sem querer. E aí... eu... vi seu histórico de chamadas.

Ele perdeu a reação.

— O que você viu? — questionou, apavorado.

Demorei a responder.

— Aquela ligação, Ben. — Ele permaneceu calado. — Você está bem?

— Eu... ag-gora eu tô, é só que... — Olhou rapidamente para a porta, em alerta, mas seus pais faziam barulho lá da mesa e não pareciam dispostos a se levantar. Voltou seu olhar a mim. — Não é o que você está pensando.

— Então o que é? — meu tom de voz quase se escondeu em minha garganta, em um sussurro preocupado e cheio de desespero, mas cauteloso.

— Eu... — Expeliu o ar dos pulmões, se preparando para confessar. — Muitas coisas ruins aconteceram naquele dia e eu não me senti muito bem dentro da minha pele. Várias coisas deram errado e... e vocês fizeram várias piadinhas bobas, mas que... naquele dia... só naquele dia, foi... mais difícil do que normalmente é. Eu juro que não estava tentando ir embora, eu não fiz nada. Eu só precisava de alguém pra mudar minha perspectiva porque não achei nada de bom quando olhei para mim. Mas passou. Eu só queria conversar. Eu juro.

— Você tem certeza de que não fez nada e nem tentou fazer nada? — quis me assegurar.

— Tenho. Eu só... eu precisava de ajuda pra lembrar o que é que havia de bom em mim, nem que fosse uma coisa só, tipo... tinha que ter pelo menos alguma coisa — tentou fingir que ria, mas fiquei sério.

— E qual das suas qualidades você lembrou? — perguntei, calando o que eu queria dizer. Ele era a desgraça da pessoa mais perfeita que já conheci na vida, de bonito, de inteligente, de engraçadinho, de tudo. Pena ele nunca ter acreditado fácil assim no que eu digo.

— Posso ser o merda que for, mas pelo menos eu cozinho bem — respondeu com um sorriso bonitinho e tão honestamente contente que sorri também.

— Não posso negar. Eu sou muito apaixonadinho por você cozinhando, principalmente pra me mimar — contei e vi seu olhar abaixar em outro sorrisinho. — Desculpa ter sido hostil agora há pouco, sobre meu pesadelo. Meus pensamentos às vezes são muito nublados pelos meus sentimentos, e eu preciso aprender a te tratar melhor. Também seria legal se você fosse me contando o que sente.

— Tudo bem — completou, tímido. — E... outra coisa que me ajudou naquele dia foi pensar em você. Porque... sabe, a voluntária que me atendeu me fez entender que, mesmo que você tenha se afastado, algum motivo devia ter para que você ter ficado quase três anos sendo meu amigo mais próximo. — Ele me olhou discretamente.

— Muitos motivos, né? Muitos mesmo. Três anos é muita coisa — segredei. — Eu não consegui assimilar a sua ausência e *nunca* te superei, cara. Você foi um amigo muito foda, e você continua sendo uma pessoa incrível, mesmo depois de nossa amizade ter acabado. Quer dizer, foi pelo seu jeito que eu quis ser seu amigo, afinal de contas — corrigi. — E vou te fazer engolir todas as coisas boas sobre você, ou você aceita, ou você aceita.

— Boa sorte — ridicularizou.

— Eu vou te dar um tapa — ameacei, claramente brincando. — Mas, agora, tá tudo bem?

— *Oh, cadê a mousse?* — Sua mãe pediu da mesa.

— Já vamos — ele respondeu e nos colocamos a servir as taças. — Foi só aquele dia e já faz tempo. Agora estou bem. — Pegou as colheres e duas taças e ia saindo quando o segurei pela cintura.

— Você está bem mesmo? — perguntei para ter certeza e senti seus músculos, completamente tensos, se relaxando.

— Agora sim, Leo. Eu nunca tentei fazer nada e eu só queria conversar, eu juro. — Respirou lentamente. — Eu estou bem.

Olhando no fundo de seus olhos, mudo, acreditei. Porque seus olhos me diziam a verdade.

— Tá bem — falei, encerrando aquela conversa de sussurros.

Pegamos as taças e voltamos à mesa, dando qualquer desculpa pela demora.

→ → →

Quando o jantar terminou, decidimos mutuamente que não tinha clima algum para dormirmos do jeito que gostávamos de fazer e que talvez tudo o que precisávamos fosse só dormir, literalmente.

— Boa noite — desejei em um abraço. Teria beijado ele bem devagar se seus pais não estivessem ali nos encarando, e Ben me segurou em seu abraço para que durasse mais alguns segundos.

— Eu te levo até o verde — sugeriu.

— Não precisa, tá frio lá fora.

— Leo, o bloco é literalmente aqui do lado — disse em um tom engraçado.

— Então tá bem.

Me despedi dos pais dele jogando beijinhos no ar e enfrentamos o sereno do céu escuro que caía.

— Você não quer dormir lá em casa? — Benjamin perguntou quando entramos no meu apartamento. Paralisei. Ele queria dormir, dormir, ou *aquele* dormir? Pensei que tivéssemos um tratado silencioso para não fazer aquele tipo de coisa em sua casa, porque seus pais poderiam ouvir. E também tinha aquele clima de minutos atrás. — Dormir de verdade, Leonardo — corrigiu meus pensamentos, rindo, e finalmente relaxei.

— Tá, então eu vou tomar um banho, pegar pijama e as roupas pra trabalhar amanhã cedo e já vou — disse, e ele aquiesceu.

— Vou tomando um banho do lado de lá também pra te esperar.

— Certo — respondi.

— Certo — ele concordou.

Ficamos nos encarando meio constrangidos em seguida. Eu queria beijá-lo, mas será que deveria? Ele olhava para minha boca, discretamente voltando a atenção ao meu olhar. Era a hora de nos beijarmos? Porque se dormiríamos lá, não teríamos outra chance de qualquer carinho até o final da noite. Ele parecia querer, mas eu não tinha certeza. Então, perguntei baixinho:

— No que você está pensando? — Coloquei uma mecha de cabelo atrás da orelha e ele acompanhou meu movimento.

— Que meu pau continua maior do que o seu — falou e, sabe?, que cara chato.

— Sinceramente? Você é um idiota — falei caminhando rápido em sua direção.

— Eu sei — sorriu quando segurei seu colarinho e o fiz ficar na ponta dos pés, amassando seus lábios contra os meus.

Suas mãos foram subindo até que puxassem os cabelos da minha nuca. E eu o mordia, cheio de raiva. Que inferno, quem ele achava que era para me fazer sentir aquele turbilhão de coisas? Por que eu não conseguia me livrar daquela vontade do inferno de o beijar mil vezes?

— Agora vai lá tomar seu banho, seu fedorento — falei, empurrando-o para longe.

Ele sorriu com a boca marcada e avermelhada, logo vindo me empurrar contra a parede do corredor quando tentei me distanciar. Minhas costas produziram um baque que me fez erguer as mãos na altura da cabeça, surpreso, até ter um beijo roubado de um jeito nada delicado.

— Sabe de uma coisa? — perguntou em um murmúrio junto dos meus lábios.

— O quê?

— Meu pau deve chegar até aqui na sua garganta — falou, sorrindo, tocando meu pescoço em seguida.

Sinceramente? Que inferno!

— Sai da minha casa agora.

— Eu menti?

— Some daqui, Park.

— Mas não é verdade?

— Vai, vai, sai daqui — mandei, me desencostando da parede e o empurrando até a porta, jogando-o no corredor, ele rindo no percurso.

— Tá, mas, calma, me dá só mais um bei... — começou a sussurrar do lado de fora.

E, sim, bati a porta na sua cara.

→ → →

— Acho que ficou bom — falei, em seu quarto, olhando para a folha em meu caderno, o nosso acordo agora com uma nova cláusula.

*Lista de Número #3* — ***O Acordo Guimarães-Park****:*

→ *É proibido: se apaixonar; se interessar por pessoas fora do acordo; deixar qualquer pessoa fora do acordo saber sobre o que fazemos; fetiches bizarros; deixar marcas em lugares visíveis.*

→ *É permitido, desde que consensual: beijos; alguns tapas de leve; mordidas; puxões de cabelo; imobilização de mãos e braços; tapar a boca; vendar os olhos; enviar e receber estímulos visuais (fotos e vídeos) e mensagens.*

→ *É permitido, com moderação:* causar asfixia; palavrões e xingamentos; amassos em lugares inapropriados.

→ *Importante:* **estalar os dedos** ou **dizer não** *significa* **pare!**

→ ***Tabagismo:*** *fumar faz mal para a saúde, pode causar câncer, impotência e dentes amarelados. Mas ocasiona, impreterivelmente e nas próximas vinte e quatro horas após o consumo, greve imediata de beijos, sexo e todo o tipo de carinho.*

— Perfeito. *High five* — disse erguendo a mão e esperando que eu batesse.

Olhei para o chão, o caderno em meu colo e ele ao meu lado, também sentado na cama. Tentei evitar, mas não consegui. Precisava provar a mim mesmo que eu estava completamente errado.

— Você sentia vergonha de estar comigo?

Ele me encarou, tensionando as sobrancelhas como se eu fosse louco:

— Não...?
— Já sentiu?
— Nunca.
— Mas você... gosta mesmo de mim? Um pouco que seja. Tipo... às vezes eu pensava que você só estava por perto porque não sabia como me mandar embora ou porque se sentia obrigado a me carregar... sei lá.

Ele pegou seu estojo, expelindo todo o ar do peito, me olhando reticente e claramente cansado daquele meu comportamento. Escreveu alguma coisa em um post-it rosa e colou sobre a página do nosso acordo, fechando o caderno em seguida. Entendi que queria que eu lesse depois, porque ficaria envergonhado.

— O que é que você vê de bom em mim? — ele quis saber depois de um silêncio curto.
— Posso fazer uma lista sobre isso.
— Por que você não foi embora...? Não desistiu de mim? Sei lá... Porque, mesmo que a gente tenha ficado todo esse tempo sem se falar, você parecia sempre por perto e...
— Por causa dessa tal lista de coisas boas sobre você.
— Eu... posso ver?
— Quando eu passar a limpo, pode. Vai ser minha lista de número quatro.

— Quais são as outras? — Percebi que estava nervoso, buscando qualquer coisa para que conseguíssemos ter uma conversa razoavelmente decente. E, coitadinho, sei que ele estava constrangido, mas era tão bonitinho vê-lo tentando se esforçar para me manter próximo a ele. QUE. INFERNO.

— Eu nem lembro direito — desconversei, porque as duas primeiras eram sobre ele, e com certeza o machucariam, principalmente aquela sobre seus defeitos. — Na verdade, eu sempre me perco e acabo começando do zero porque perdi o número. Só esse ano já zerei oito vezes a numeração.

— Então quando você zerar... o nosso acordo...

— O acordo permanece. E agora a lista de número 3 está reservada enquanto nosso trato durar — contei, contente, e o vi sorrir daquele jeito bonitinho.

Sabe? Assim não dá. Ele não pode ficar agindo dessa forma, fazendo meu sorriso se abrir de um jeito inocente. É perigoso demais. Não posso me apaixonar por ele, mas ele realmente não me ajudava em nada.

— Certo — meu garoto favorito falou.

— Uhum.

Ficamos mudos e meu rosto ficou quente e provavelmente tão vermelho quanto seus cabelos. Parecia que eu não sabia mais como conversar. Ele mexia com a minha cabeça inteira. Que raiva.

— Vamos deitar — sugeriu, subindo na cama e indo para perto da parede.

Apaguei a luz quando ligou a televisão na parede e escolheu um filme qualquer sobre viagem no tempo — *A ressaca*, que, por sinal, nunca tinha ouvido falar. Quando me deitei, ele repousou um braço sobre minha cintura e a cabeça sobre meu peito em um abraço frouxo, mas tão, tão carinhoso que meu coração disparou. E eu só consegui relaxar quando percebi o quanto ele também estava nervoso. Passei a fazer cafuné em seus cabelos vermelhos antes de descer até suas costas em outros afagos. Acho que conseguimos ver uns dez minutos de filme.

De repente, percebemos que não conseguiríamos dormir daquele jeito. O seu calor, seu cheiro em mim, a textura de sua pele... Não reclamei quando subiu em meu colo sem dizer nada e me beijou. De início fomos apenas nos beijando como sempre, tanto carinho ali que eu nem posso dizer o que senti.

E acho que nosso acordo já começou dando errado porque acabamos transando de mãos dadas, devagar, acendendo a lanterna do meu celular e a apontando para o teto para que iluminasse parcamente o quarto todo, só porque queríamos nos olhar nos olhos, ver os cabelos vermelhos deitados no travesseiro, os lábios pequenos que mordia, a boca que puxava o ar devagar, tentando não produzir nenhum som. Suas mãos me buscaram em todo momento e eu me senti apaixonado por aquele rosto. Ele era tão lindo. Tão lindo. Era quase puro, imaculado. Ficamos manhosos, carentes um do outro... e foi como se nos amássemos.

Quando acabamos, caí cansado sobre seu corpo e ele riu, me acolhendo. Depois, deitou parcialmente sobre mim, recebendo carinho nas costas outra vez. Eu o fiz dormir e o achei a coisa mais bonitinha do mundo todo. E assim que o ouvi ressonar, busquei com o braço minha mochila logo ali e consegui pegar meu caderno, querendo urgentemente saber do recado que havia me deixado quando perguntei se gostava de mim.

■ *Nota, em um post-it rosa:* **Gosto de você como gosto de café.**

Lembrei o que havia dito horas atrás. Aquilo queria dizer que me odiava. Mas que, *para sua vida ficar mais fácil, precisava de mim pelo menos três vezes em seu dia, todos os dias.* Sorri *quase* apaixonado quando o abracei mais apertado, ele retribuindo semiconsciente.

Também gosto dele como gosto de café.
Que inferno.

Sinceramente,<br>
Leonardo Guimarães

# Capítulo 7

## Sinceramente?
## A biblioteca

Sinceramente? Quando amanheceu, quase pedi Benjamin em namoro. Ele despertou às cinco da manhã junto comigo para me fazer café. Fui tomar banho e ele me levou uma toalha, me olhando com um rosto bonitinho apesar de eu estar sem roupa em sua frente. Depois, quando cheguei em seu quarto para me vestir, eu, com somente uma toalha na cintura, ele, com um pijama amarelo-claro e folgado em seu corpo, me puxou para um beijo inocente. Seus olhos cansados brilhavam, seu rosto todo dizia que eu era importante para ele e se colocou em meu abraço. Sabe? Seu cabelo com cheirinho de melancia, suas mãos segurando minhas costas nuas e me fazendo carinhos.

Ele era a pessoa mais linda e amável do mundo inteiro, como pode uma coisa dessas? Me levou até a porta do bloco vermelho e me deu vários selinhos, me oferecendo carona um trilhão de vezes e eu negando todas elas, porque, afinal de contas, eu ainda trabalhava em um mercado enquanto ele achava que eu estagiava em uma escola.

Pensei nele a manhã toda e em tudo o que tinha acontecido na noite passada. Na hora do meu intervalo, não resisti. Ele era tão importante para mim que eu *precisava* dizer alguma coisa que o fizesse entender o quão grande era meu carinho por ele. Enviei a mensagem:

[30/11 11:32] Leonardo: esqueci meu carregador no seu quarto

Que inferno.
Que inferno.
Que inferno!!!

Por que demonstrar afeto para ele me deixava tão nervoso?
Em resposta, me mandou uma foto do meu carregador, que, no caso, ele jogou no lixo. Ele jogou meu carregador no lixo, me mandou uma foto e não me disse mais nada.

[30/11 11:33] Leonardo: poxa que jeito estranho de desejar bom dia ☹
[30/11 11:33] Benjamin: O que você esperava?
[30/11 11:33] Leonardo: "bom dia"...?
[30/11 11:33] Benjamin: Depois de meses sem conversar comigo diretamente, você dorme comigo e me fode praticamente na frente dos meus pais.
[30/11 11:34] Benjamin: Estou ótimo e não estou me sentindo culpado pela noite passada. Está tudo sob controle e estou lidando muito bem com tudo isso sozinho. Minha cabeça tá uma beleza e nada vai desabar nas minhas costas a qualquer momento.
[30/11 11:34] Benjamin: Estou sendo irônico, seu escroto!
[30/11 11:34] Leonardo: ei
[30/11 11:34] Leonardo: eu to aqui
[30/11 11:34] Leonardo: deixa eu tentar te ajudar ☹
[30/11 11:35] Benjamin: Não preciso de ajuda.

Prendi o ar no peito e afastei uma súbita revolta, mas insisti:

[30/11 11:35] Leonardo: Park, eu me importo com você e eu quero o seu bem. Me deixa ficar pertinho, por favor ☹
[30/11 11:37] Benjamin: Você que leva todo mundo no teu papo não tem nada melhor a me dizer além de "esqueci meu carregador no seu quarto"? Não que você tenha perguntado e também não é como se você se importasse de verdade, mas eu não tô legal e você é um escroto manipulador que só quer se aproveitar.
[30/11 11:37] Benjamin: Bom dia, Leonardo.

Depois de enviar aquelas mensagens, fechou o aplicativo e não voltou a ficar on-line.

[30/11 11:38] Leonardo: eu só quero que você fique bem

[30/11 11:38] Leonardo: ainda não sei como devo te tratar ou como seria adequado tentar me aproximar. Só tentei puxar conversa de alguma forma e acho que errei. Nem sempre sei o que fazer
[30/11 11:38] Leonardo: desculpa ☹

E não recebi qualquer resposta.

→ → →

Saí do trabalho e fui direto para a faculdade.
    Um dos motivos para eu não voltar para casa e depois ir para a aula era que eu não tinha dinheiro para ficar gastando passagens de ônibus para lá e para cá. Precisava economizar porque, morando sozinho e pagando minhas despesas, se eu não me controlasse, um dia a conta não ia fechar e eu ia acabar endividado. Também não tinha muita coisa além de bolachas para comer em casa. Alguns miojos, quem sabe. É culpa minha ter gastado tanto nas minhas festas de aniversário, e aí não sobrou muita coisa para o resto. Então eu não tinha, sinceramente, condições de ir para casa, porque não seria inteligente e seria um gasto desnecessário. Mas, principalmente, não podia ir até o condomínio porque não sabia como encarar Benjamin Park Fernandes.
    No campus, me escondi no banheiro para me livrar daquela cara de choro. Encontrei nossa sala já aberta e me debrucei sobre a carteira, tirei um cochilo para descansar meu corpo e minha mente exaustos e acordei bem mais tarde, com Bianca sentada em minha frente, afagando meus cabelos com as pontas dos dedos.
    — Boa noite, gracinha — ela dizia com um sorriso que ainda me fazia sentir no conforto de um lar.
    — Oi — respondi, beijando sua mão quentinha. Ela curvou o pescoço.
    — Sua cara tá péssima.
    — Poxa, amor, valeu. Não bastava eu estar na fossa, vem você e joga um caminhão de bosta em cima da minha cabeça — brinquei e ela riu, voltando a mão para o seu colo.
    — Eu só estou preocupada, Leo. Você nunca dormiu direito.
    — Fazer o quê, né? — desconversei. — Já você tá linda, senhorita indelicada.

— É pra combinar com meu ex-namorado. Um príncipe ele, sabe?
— Ela me encarou com aquele sorrisinho travesso.
— Cai fora, maluca — brinquei.
— A madame pare de falar assim agora. Você é perfeito — me corrigiu quando Jorginho, Maitê e Micael chegaram, tomando cappuccinos.
— Será que o bando dos chorões está todo reunido aqui? — Jorge brincou, beijando meus cabelos.
— Bebe aqui, dorminhoco. — Micael me ofereceu um gole da bebida quentinha.

Me senti brevemente feliz pelo bem que me faziam, mesmo não os merecendo. Então me lembrei. Se eu que me conheço não gosto de mim, quem seria o idiota que deveria gostar? Eles me odiariam se soubessem quem realmente sou, o que realmente sinto, as ideias horríveis que passeiam na minha cabeça. Eu nem queria estar aqui. Nem queria estar respirando. Não sei nem por que continuava vivo. Ninguém me conhece de verdade, e é por isso que vivo sozinho.

— Você tá com cara de quem tá pensando merda. — Bianca me despertou de minhas reflexões e respirei fundo, pego em flagrante.
— Mas é que eu *sou* o próprio merda — tentei fingir piada, mas não engoliram.
— Para de graça, Leo. Todo mundo te ama — contou Micael.
— Vocês todos me odiariam se me conhecessem melhor — sorri, quase brincando, mas me odiei por não estar conseguindo disfarçar completamente meu interior.
— Quanto mais a gente se aproxima, mais a gente gosta de você. Quem é que ia te odiar, seu louco? — Maitê disse, e Bianca chacoalhou os braços em sua direção, exclamando em silêncio que concordava.
— Benjamin Park Fernandes — lembrei a eles.
— Ah... ele... não te odeia de verdade... eu acho — Micael justificou.
— Não quero mais falar sobre isso, pessoal. O que vocês acham de a gente mudar de assunto? — perguntei, e ficamos mudos por um bom tempo.

→ → →

Benjamin chegou cinco minutos atrasado. Com passos pesados e rápidos, jogou meu carregador e um pote qualquer em minha mesa e se sentou atrás de mim sem dizer nem sequer uma palavra.

Os outros nos olharam com estranheza, mas também não disseram nada. Senti seu cheiro passar por mim e meu peito pesou – sou a pior pessoa que ele já conheceu. Eu me aproveitei dele, não foi? Cumprimentou Jonathan, ao seu lado, e percebi como sua voz vacilou. Segurei o carregador em minhas mãos e o apertei para evitar a vontade de chorar. Ele estava agindo como se eu não existisse, e aquilo doía de verdade.

Então, li o que estava sobre a tampa do pote preto, aquele que jogou desajeitado sobre minha carteira:

- ■ *Nota, em um post-it verde:* **Sou um imbecil.**

Meu mundo travou ali e tenho certeza de que meus olhos pareciam duas bolas de basquete. Era uma bandeira branca?

Guardei o post-it em uma página qualquer do meu caderno para que ninguém conseguisse ler. Tentei me acalmar. Abri o pote e vi que havia me trazido comida japonesa. Assim, de todo o tipo que eu mais gosto, inclusive os sashimis bem fresquinhos! Acho que meu sorriso ficou óbvio e meu coração já estava acelerado. Muito acelerado. Vi o que estava na parte de dentro da tampa, fixado com uma camada extra de fita adesiva transparente:

- ■ *Nota, em um post-it amarelo:* **Eu me excedi.**
- ■ *Nota, em um post-it rosa:* **Desculpe.**
- ■ *Nota, em um post-it azul:* **Não quero te machucar.**
- ■ *Nota, em um post-it verde:* **Você não fez nada errado.**
- ■ *Nota, em um post-it amarelo:* **Estou confuso.**
- ■ *Nota, em um post-it rosa:* **Você é muito importante para mim.**
- ■ *Nota, em um post-it azul:* **Podemos tentar outra vez?**

Meu coração pulou três batidas. Minhas bochechas doeram pelo sorriso que abri. Minha visão ficou meio turva quando meus olhos lacrimejaram. Ele era a coisa mais preciosa do mundo! Acho que me ouviu fungando e tentando me livrar das lágrimas, porque começou, discreto, a fazer carinho em minhas costas com os nós dos dedos.

Enviei:

[30/11 19:02] Leonardo: eu amo comidinha japonesa 😊

[30/11 19:03] Benjamin: Eu sei, mas cala a boca, tô prestando atenção na aula.
[30/11 19:03] Leonardo: o coice ao vivo que eu tomei agora
[30/11 19:03] Benjamin: Te odeio e não quero que sua casa exploda. Não esquece disso.
[30/11 19:03] Benjamin: Que quer dizer que me importo, sabe?
[30/11 19:04] Leonardo: cala a boca, tô prestando atenção na aula 😊
[30/11 19:04] Leonardo: mas você é tão bonitinho, pena que seu pinto é torto e horrendo ☹
[30/11 19:04] Benjamin: E eu aqui tentando ser fofinho com você. Não tá fácil.

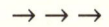

→ → →

Passei o resto da aula sorrindo.

Meu coração estava tão quentinho, o jeito que ele sabia clarear meus pensamentos nublados era tão gracinha. A doçura que ele tinha me fazia sentir em um filme de romance adolescente, e meu rosto queimou várias vezes sempre que pensei nisso.

Quando a aula terminou mais cedo e sobrou algum tempo antes da próxima, nossos amigos foram saindo um a um, mas permaneci jogado na cadeira com os braços cruzados sobre a estampa do My Chemical Romance em meu moletom. Esperei que Benjamin saísse primeiro para que eu dissesse qualquer coisa para provocá-lo, mas ele não deixou a sala, esperando que ficássemos sozinhos.

— Desculpa o que eu te disse, Leo — sussurrou atrás de mim. Estiquei minha coluna para ouvir melhor, surpreso com seu pedido repentino. — O dia hoje não foi um dos melhores. Eu me senti culpado por ontem e não consegui fazer nada. Fiquei me lembrando de todas as coisas que... as coisas que a gente fez no meu quarto. E estar no meu quarto foi um inferno. E você esqueceu seu moletom lá, e tudo ficou fedendo ao cheiro do seu perfume. Foi uma verdadeira merda. Você não saiu da minha cabeça o dia inteiro.

Fiquei quieto por tempo o suficiente para escutar borboletinhas na minha barriga, mas as mandei silenciar. Ele passou o dia inteiro pensando em mim. Fiquem quietas, borboletas. Passou o dia inteiro se embrenhando em nossas memórias. Fiquem quietas! Ele passou o dia inteiro na saudade de como configurávamos a primeira pessoa do plural – saudade de *nós*. Eu tinha que falar alguma bobeira antes que as malditas – *as borboletas* – voltassem a dançar dentro de mim.

Virei-me, sorrindo travesso quando o vi inteiro corado de constrangimento de ter que dizer suas verdades (e talvez eu também estivesse um pouco abatido em ter que encarar as minhas verdades).

— Então quer dizer que você ficou tendo fantasias comigo o dia inteiro, *gatinho?* – brinquei.

— Não exatamente – zuniu, o rosto vermelho como o cabelo e as orelhas e o pescoço também.

— Você tá caidinho por mim, Park! – sorri, perplexo, tirando sarro de seu rosto constrangido para disfarçar que eu, em segredo, talvez estivesse um pouco, meio, talvez, quem sabe, só um pouquinho caidinho por ele.

— Eu me recuso a ter essa conversa – reclamou, fechando o rosto e, de repente, saiu apressado da sala.

Fui atrás dele e o encontrei na cantina, em uma mesa com todos os nossos amigos. Ele abaixou o olhar quando me viu. Não havia mais espaço entre as cadeiras, mas puxei uma e me meti entre Bianca e Benjamin, que prendeu a respiração e forçou sua postura a permanecer ereta.

— Oi, *amor* – falei aquilo para o Park, mas passando um braço por trás das costas da Bianca.

Ele sabia que eu tinha dito aquilo *para ele* e *para provocá-lo*.

— Oi, gracinha – Bia respondeu no lugar dele.

Deixei minha mão livre sobre a coxa de Benjamin, que há pouco havia voltado a respirar, mas já se atrapalhava outra vez com a própria respiração. Uma de suas pernas, nervosa, bombeava contra o chão e ele continuou mudo. Não me mexi, não lhe dirigi a palavra, mas ele parecia cada vez mais tenso, coisa que ninguém ali podia perceber.

De repente, recebi a mensagem:

[30/11 20:31] Benjamin: Biblioteca.

E levantou, se distanciando da mesa.

— Ele tá bem? – Jorginho quis saber.

— Ele tá esquisito — acrescentou Yanzão.

— Deve estar atrasado pra fazer algum trabalho — ponderei, achando minha brecha perfeita. — Vou lá ver o que rola.

Pensei que pudesse estar pronto para uma aventura de beijos escondidos entre as estantes, com cheiro de livros velhos, mas o que houve a seguir foi bem, bem diferente disso.

Benjamin estava sentado sozinho, de costas, em uma mesa no meio da biblioteca. Só de olhar, um nó se formou em minha garganta. Alguma coisa de muito ruim estava por acontecer. Eu tinha certeza.

Meus pés travaram ali, distantes, mas tive que me render, me sentar em sua frente, fingindo não ter nada dentro do peito que pudesse me causar qualquer dor.

Ele me olhou como quem olha um desconhecido no meio da rua. Fiquei com medo. Seu olhar não me fazia nenhum carinho, não me demonstrava nenhum afeto, não me dizia absolutamente nada. Nada.

— E aí, *gatinho*? — brinquei, tentando desmanchar sua expressão fria.

Park permaneceu calado pelo tempo necessário para matar meu sorriso.

— A gente precisa conversar — disse.

O tempo parou.

Ele queria ir embora.

— Opa, estou ouvindo — respondi divertido, com alguma esperança de estar errado.

— É sobre nosso acordo, Leo.

O silêncio dentro de minha alma acabou ecoando em todo o meu corpo e senti meus olhos arderem.

— O que tem nosso acordo?

— Nós não estamos seguindo o combinado. Estamos nos colocando em perigo e eu não posso correr riscos — falou de um jeito tão seco que era como se não falasse de uma pessoa que o adorava, mas sim como se eu, com meu mundo todo de sentimentos engarrafados, não fosse seu amigo há anos antes de ele me beijar pela primeira vez. Como se eu não sentisse absolutamente nada. Como se eu não valesse absolutamente nada e só fosse fazê-lo correr riscos. Só fosse lhe fazer mal.

— O que você quer dizer?

— Eu... — Tirou os cabelos vermelhos de frente dos olhos e os penteou para trás, deixando sua testa toda à mostra, angustiado.

Respirou fundo, sem saber como tocar no assunto. — Eu só queria ter certeza de que estamos enxergando tudo pela mesma perspectiva.
— Park, o que é que você quer dizer? — me adiantei.
— Leo, eu não posso deixar que ninguém saiba do que fazemos. Eu sei que coloquei tudo em risco ontem à noite quando tomei a iniciativa... eu sei. Mas você também não está tentando ser muito discreto agora e isso está me deixando muito preocupado. Ou mantemos tudo em sigilo ou acabamos aqui mesmo, são as duas únicas opções — concluiu juntando as mãos em frente ao corpo, sobre a mesa de madeira. Fiquei quieto. Passei a divagar em viagens nada saudáveis dentro da minha cabeça, até ele finalmente clarear meus céus em fúria: — Não posso deixar meus pais saberem, Leo. Eles não podem nem desconfiar.
— Eles não sabem que você...?
— Não. As únicas pessoas que sabem são os caras que já beijei. E eu nunca estive em perigo, por serem quase estranhos na minha vida. Mas você... você janta na minha casa, abraça meu pai, bate papo com a minha mãe...

Ele tentava ajeitar uma mecha vermelha para trás da orelha, repetindo e repetindo à medida que os fios deslizavam e voltavam a tentar cobrir seu olhar. Seus dedos longos tremiam. Ele piscava incessantemente.

Percebendo que ele também precisaria de um abraço — assim como eu, que precisava urgentemente de um —, me acalmei. Enchi meus pulmões, deixando minhas avalanches de lado. Ainda caberia ali uma piada ou outra, quem sabe, mas achei que deveria parar de fingir, pelo menos naquele momento. Apoiei meus cotovelos sobre a mesa e ajeitei meu cabelo com a ponta dos dedos.

— Eu entendo. E sinto muito por tudo isso. Temos sido imprudentes e isso não tá sendo uma boa coisa nem pra você e nem pra mim... e... sendo sincero... também não posso deixar que ninguém saiba. De verdade. É melhor assim — confessei.
— Como assim? — se alarmou, ajeitando-se na cadeira.
— A Bia não pode ficar sabendo, Park.
— O que a Bianca tem a ver com isso?

Nossos olhares se encontraram de uma forma tão intensa que todas as luzes do planeta se apagaram para presenciar aquele evento. Eu estava lhe mostrando minha alma e ele, abrindo uma fresta da sua.

Éramos dois adultos naquele instante. Dois corações. Duas montanhas distantes que só se encontram quando a sombra de uma se estica até a outra ao pôr do sol.

— Você sabe que a Bianca se enquadra no espectro assexual, não é? Tenho certeza de que você já ouviu ela falando sobre isso, já que ela não esconde de ninguém e já que, claro, nós somos todos amigos — falei em alto e bom som, porque não era nenhum segredo ou motivo de vergonha. Era só um assunto delicado. Ele somente acenou, afirmando. — Ela *raramente* sente atração sexual e romântica, mas nós nos apaixonamos e decidimos ficar juntos. — Limpei a garganta, desviando de seu olhar e tentando escolher as palavras certas para que nenhuma delas pudesse ferir, direta ou indiretamente, a minha menina. — Nós tínhamos um relacionamento muito saudável e era muito bom, mas em algum momento ela se sentiu desconfortável e quis terminar comigo. Achou que tinha algo de errado com ela e que eu merecia coisa melhor.

Ergui finalmente o olhar. Ele, confuso, emendou:

— Eu não entendi. Onde é que os pontos se conectam?

— Ela achava que eu precisava de coisas que ela não poderia me dar.

— Suas sobrancelhas se uniram com um vinco, sem entender qualquer coisa daquela conversa. Relutei, mas acabei explicando: — Quando eu disse que ela gostava de chamego, foi literal. Só chamego, Park.

— Vocês... vocês nunca transaram? — perguntou, e fiquei contente que não havia sobressalto em sua voz, nem estranheza, nem nada. Só curiosidade, sem desrespeito.

— Não. E eu sempre estive muito tranquilo com isso, nunca liguei e nunca achei que fosse algo essencial na nossa relação. Sabe? Eu sou adulto, sei me virar. Ela não se sentia confortável e nem tinha interesse nisso, e isso nunca foi um problema pra mim. Isso foi antes de ela se identificar como assexual, então ela estava muito confusa. Eu tentei dizer mil vezes que não tinha nada errado nela... e em nós dois. Mas ela se sentia muito mal em estar comigo, se cobrava sozinha e se sufocava tentando ser, sentir e querer coisas que não são da natureza dela. E... eu amo a Bianca — falei baixinho, e ele prendeu a respiração. Seus olhos se arregalaram em surpresa e sua postura se enrijeceu.

Benjamin pareceu quebrar dentro do próprio corpo e seu olhar se colocou escondido em qualquer canto, até encarar as próprias mãos, os dedos que brincavam entre si, escondendo o suor que surgiu.

— Então você... você ainda ama a Bianca?
— Não como namorada! Não como alguém que eu quero beijar na boca e pegar no colo e levar pro altar em um vestido branco. Mas ela é minha melhor amiga agora, e eu preciso cuidar dela.
— Ah — suspirou antes de relaxar.
— Por isso que, se ela souber de nós dois, ela pode se machucar, principalmente por você ser alguém próximo. Conheço a Bia, ela ficaria achando que é incompleta e que me deixou quebrado. Ela, com certeza, se questionaria se eu a traí com você ou quantas vezes o jeito dela me fez precisar de outra pessoa. Ela se odiaria por um bom tempo, como já fez até se entender como assexual. Aí, pra proteger ela, decidi que não... que não teria qualquer tipo de relação séria com ninguém até a faculdade acabar, já que estudamos juntos e acabaria envolvendo ela. Uns beijinhos, no máximo do máximo, mas só. E, querendo ou não, o que temos agora é um tipo de relação. Uma relação muito esquisita, mas uma relação que envolve coisas que eu não tinha com ela. Você entende o que eu quero dizer? Que ela ficaria muito mal por você poder me dar algo que ela não poderia... você entende? Digo... — Eu procurava explicações sinônimas para que ele conseguisse compreender sem que ninguém pudesse se machucar.
— Eu entendo, sexo e relacionamento afetivo são coisas diferentes, e imagino que ela possa se machucar por não querer as duas coisas. Entendo mesmo. E está tudo bem. Vocês não faziam as duas coisas juntas, mas nós também não fazemos e acho que está tudo bem conosco também. — Os olhos de Park encontraram os meus e eu não sabia ao certo tudo o que estava implícito em suas palavras. Tudo parecia arriscado naquele momento. Nós dois, a menos de um metro um do outro, parecíamos separados por continentes. — Sexo casual sem sentimentos envolvidos também está tudo bem. Porque... porque é essa a relação entre nós, não é?

Acho que o que percebi em sua voz foi expectativa. Insegurança, incerteza e indecisão.

Eu também não sabia se nossa relação era só sexual. Talvez fosse. Naquele momento, era. Contudo, eu tinha a certeza de que era questão de tempo até que eu só conseguisse pensar nele. Até que eu começasse a sonhar com encontros despretensiosos em qualquer lugar. Até que começasse a fantasiar com ele me levando para jantar, com ele me sorrindo quando segurasse minha mão. Com alianças. Com um futuro. E eu morria de medo do futuro.

— Sinceramente? Sempre morri de medo de me envolver romanticamente, porque amor dói quando acaba.

E todo amor acaba.

— Claro, só sexo casual — respondi, porque fiquei apavorado com a ideia de nós dois termos um final definitivo caso passássemos a nos amar. — E está tudo bem em só ter sexo casual separado da nossa relação de amizade inacabada.

— Sei que não vamos nos machucar com isso — comentou ele, ainda que em tom duvidoso. — Mas concordo que a situação com a Bia é complicada.

— Sim. Ela não pode saber, de jeito nenhum. Só pra ela não se machucar.

— Entendi. — Ben balançava a cabeça, afirmando, o olhar incógnito.

— Nem meus pais e nem Bianca. — Continuava distante e com certeza com algo entalado na garganta.

— O que foi?

— Helena também não pode saber.

— Porque contaria pra Bia...?

— Não só isso... — Coçou a nuca e venceu várias lutas interiores para continuar a falar. — Concordamos que não tínhamos maturidade pra namorar naquele momento, mas que podíamos tentar mais tarde.

— Você planeja voltar com ela? — perguntei, já sentindo um aperto no peito.

— Sim, mas não agora. — Abaixou a cabeça, descontente.

— Você a ama? — perguntei, mesmo que talvez não devesse.

— Não.

— Então por que você quer voltar com ela? — questionei sem pensar, a garganta ardendo, o coração latejando, acelerado.

— Ela é alguém que eu posso apresentar pra minha família.

Ah.

Então era por isso que ele me queria apenas como passatempo. Porque eu não valia a pena.

— Ah, sim, você tem razão. — Em resposta, sorri.

Mas minha alma toda se estilhaçou. Aquela frase me destruiu inteiro. Machucou até a raiz do meu ser.

— Desculpa, Leonardo — pediu, diminuto, alcançando minhas mãos que eu escondia nos braços cruzados. — Eu não estou interessado nela e nem em nenhuma outra pessoa, eu juro. Não quero que pense que imagino outra pessoa enquanto a gente transa ou se beija. A Helena é superinteligente e indiscutivelmente linda. Mas eu, de verdade, não penso em absolutamente ninguém agora. É só que... *meus pais...* Você entende?

— Não, cara, tudo bem — menti em um riso fragmentado, segurando brevemente suas mãos.

Eu queria tanto não engasgar um choro mudo. Queria tanto não ter tentado sorrir.

— Tem certeza de que tá tudo bem? — preocupou-se.

— Tá, sim, Park — falei em um tom divertido.

Senti meus olhos marejarem quando apertei minhas pálpebras naquele sorriso encenado.

Sinceramente? Colocar um sorriso para fora quando o interior dói só faz trancar para dentro toda a tristeza que existe no mundo.

Lista de Número #4 — **Pensamentos que sufoquei:**
→ Pelo amor de Deus, Benjamin, me abrace;
→ Olhe pra mim;
→ Eu não estou aguentando;
→ Não me deixe aqui jogado no mundo;
→ Não me deixe sozinho, Benjamin;
→ Só me abrace;
→ Diga que eu valho a pena;
→ Por favor.

— Bom... já que agora está tudo claro, é melhor voltarmos antes que desconfiem — foi o que disse, e meu peito tremeu.

Sei que vou morrer afogado em solidão.

— Só me deixa pegar um livro de sintaxe emprestado e encontro vocês na cantina — respondi com a voz quase me denunciando.

— Tá — concordou.

Ele ia saindo quando me meti em um corredor e caminhei até o final de um labirinto onde ninguém podia me enxergar. Estava tão cansado de ser triste, de levar uma vida cinza. Minhas lágrimas correram como se fosse a única coisa que eu soubesse fazer. Sou uma tragédia ambulante que vive sorrindo para que ninguém note.

Sinceramente? Sou alguém que ninguém apresentaria para a própria família. Não sou digno disso.

Tapei minha boca quando suspiros começaram a escapar e soluços chorosos alteravam minha respiração. Apoiei minha testa em uma estante de livros e fiquei ali, largado na vida, um peixe fora d'água que nunca vai conseguir se encaixar, chorando solitário e em silêncio em uma biblioteca. Eu não tinha ninguém ao meu lado. Ninguém. Por que é que me deixaram viver se era para eu nunca me encaixar e ser somente essa coisa insuficiente e descartável que sempre fui?

Ouvi um estalar de língua atrás de mim, que me deu um pequeno calafrio.

— Eu sabia que isso ia te machucar — a voz de Benjamin chegou aos meus ouvidos.

Ele me pegou em flagrante, desprevenido. Envergonhado, não consegui olhá-lo, triste demais para conseguir encarar aquele rosto. Na minha falta de reação, seus passos vieram até mim e ouvi seu respirar ainda confuso. Seus braços envolveram meu corpo e sua testa tocou minhas costas, seu nariz roçou em minha blusa até conseguir algum espaço para esconder seu rosto todo em mim, como quem afunda o rosto no travesseiro, como se eu fosse seu refúgio. Com seu abraço apertado, chorei ainda mais. Me desmanchei inteiro em seu carinho.

— Olha pra mim, Leo. — Ben me virou sem dificuldade em sua direção depois de uma curta ausência de palavras que só se evidenciava pelo som reprimido, porém audível, do meu choro. Quando ficamos cara a cara, fechei os olhos, envergonhado pela quantidade de lágrimas que vertia dali. — Não tem nada de errado em você.

Não consegui responder, minha respiração falhava e suspiros deprimidos me sugavam para um buraco negro que eu pedia, silenciosamente e sem abrir os olhos, para que me salvasse. Seus dedos foram parar em meus cabelos antes de segurar minha mandíbula com as duas mãos, me abaixando minimamente até que nossos rostos estivessem mais próximos — separados somente pelas minhas mãos que cobriam minha boca e nariz.

— Leo, você é o cara que todo mundo gostaria de ter por perto. Como genro, cunhado, amigo, primo, namorado... sei lá. Meus pais

te amam, amam de verdade, e acho até que gostam mais de você do que de mim. — Ele riu baixo, ainda perto, ainda com aquele jeito doce de me fazer ser sequestrado do mundo para poder ficar só nos seus braços. — O problema é só que... meus pais, eles... eles não aceitariam se eu estivesse com outro cara. Mas é só isso. *É só isso.* Você é perfeito.
— Não sou — resmunguei.
— É, sim.
— Não sou.
— Claro que é, Leo. Por isso fiquei tão sem chão quando brigamos meses atrás, porque eu projetei na minha cabeça uma imagem sua tão perfeita que, quando vi que você tinha um defeito ou outro, eu fiquei perdido. Porque... porque eu sempre achei que você fosse *só* perfeito.
— Ó, aí você já mostra que é um jumento porque você falou que eu sou perfeito, mas já se desmentiu e agora tá falando que eu não sou — reclamei choroso, abrindo meus olhos e afastando minhas mãos para ele me ouvir melhor.
Quando nossos olhares se encontraram, percebi que também havia nele alguma vontade de chorar. Ele sorriu, segurando com mais firmeza meu rosto entre suas mãos e me fazendo carinho nas bochechas com os polegares.
— Você ainda é perfeito o suficiente pra não sair da minha cabeça o dia inteiro.
Falamos em outra linguagem de silêncio.
Seus olhos estavam avermelhados e mostravam meu reflexo por cima de uma fina camada úmida de confusão. Meu coração batia de um jeito diferente. Parecia que a minha alma e a dele tinham saído para passear no mundo e que pairamos no meio do espaço sideral, a cidade toda distante, as pessoas, e até as estrelas estavam longe demais de nós dois.
Estávamos em uma dimensão só nossa, sozinhos.
— Pensei em você o dia inteiro também — confessei e voltei a chorar, sem querer. Seus dedos cobriam minhas orelhas, então o som que eu ouvia era basicamente como flutuar em uma piscina serena. — Também achava que você era perfeito. Ainda acho que você é bastante perfeito. — Seus olhos umedeciam em minha frente e eu vi um sorriso se esconder em sua boca. — O que foi acontecer com a gente? Por que tudo isso no meio do caminho? A gente era tão próximo antes, nossa amizade era tão inocente e, ainda que agora seja diferente e tal... a gente parecia

tão bem, e aí tudo fica uma merda do nada? Tipo, antes de a gente se agarrar, eu só queria o seu bem, daí deu tudo errado, e agora a gente se agarra do nada? O que tem de errado com a gente?

Eu puxava o ar com urgência, me desesperando na mesma medida em que ele ia me acalmando com seus carinhos e seu olhar encantador.

— Estamos bem, estamos aprendendo a lidar um com o outro. Fico feliz que, pelo menos agora, você consiga entender que você realmente é importante pra mim. Poxa, como é que eu vou reclamar de você e te xingar se toda vez você ficar achando que não gosto de você? — falou sorrindo.

— Mas você gosta mesmo de mim? — Precisei ter certeza, ainda despedaçado, e acho que eu só me mantinha em pé porque suas mãos não permitiam que eu me desmanchasse.

— Muito — cochichou em um tom ainda mais baixo do que o que estávamos previamente sussurrando. — Gosto muito. E eu acho que por isso eu morro de medo de te machucar. Eu sou cheio de problemas, tudo é muito confuso pro meu lado e eu não quero que isso te faça nenhum mal. Do tipo... do tipo de te pegar chorando na biblioteca da faculdade.

Quando terminou sua frase, nenhum de nós dois sorria. Seus olhos lacrimejavam.

— Eu só... — tentei me justificar. — Eu não acho que... não há nada de bom em mim de verdade e... não sei... eu só me sinto insignificante e descartável, e às vezes sinto que estou a todo momento fingindo ser alguém que não sou. Porque eu sempre tento fingir que eu tô bem, mas...

— Mas você é um grande chorão com coração de manteiga e tudo te deixa fragilizado — Ben me ajudou a completar a frase, mas não em tom de chacota. Disse da forma mais doce e suave. Não parecia que era algo assim tão ruim. Parecia que era normal, era só quem eu era.

— Eu sei, Leo. Sei que você é sensível. Também por isso eu me pego pensando se... essa coisa entre nós dois... se isso está certo, porque isso com certeza vai acabar machucando em algum ponto.

Seu olhar desviou no momento exato em que eu ergui o meu até o dele.

— Eu não me importo em me machucar depois... não estamos fazendo nada de errado. Gosto do que a gente faz... gosto de estar com você... gosto de querer te pegar no colo e te beijar e no minuto seguinte querer te jogar pela janela. E também gosto que... às vezes... eu queria fazer as duas coisas ao mesmo tempo. Porque você me irrita mortalmente, mas eu ainda gosto de muita coisa em você – confessei, me sentindo mais leve ao terminar de dizer. – Sou um cara crescido, consigo separar a amizade que quero reconstruir com você, do que a gente faz na cama. Não sou um adolescente, sei separar as coisas e uma coisa não depende da outra. Consigo lidar com isso.

Acompanhei seus olhos se encontrarem nos meus e eles marejavam, seu queixo tremeu e sua respiração ficou diferente.

– É que eu não tenho medo só de te machucar, Leo – sussurrou Ben, com a voz embargada. – Também separo nossa vida sexual do sentimento quase fraterno de ódio e afeto que tenho por você, isso não é problema para mim também. O problema é que eu sei que vou sofrer demais no dia em que você decidir ir embora, porque eu gosto tanto de você que o dia da sua partida vai ser o pior abandono que vou sofrer na vida inteira.

– E você quer terminar tudo agora para que doa menos? – perguntei, sem cor nos lábios, alarmado, quando ele me soltou para enxugar o canto dos olhos.

– Eu não quero terminar nada agora – confessou, arrumando seu cabelo para longe da testa, parecendo tão quebrado quanto eu. Ele evitou me olhar até finalmente conseguir perguntar: – O que você quer fazer?

– Eu... o jeito que você me beija e me joga na parede é diferente, sabe? – brinquei e ele acabou rindo comigo. – Assim está bom pra mim.

– Gosto do jeito que você me faz carinho, depois bate a porta na minha cara – brincou também, e rimos por mais algum tempo, mas ainda não parecíamos resolvidos até ele se motivar a concluir aquela conversa. – Um dia eu vou ter que construir uma família, casar com qualquer mulher que eu possa chamar de esposa, dar netos pros meus pais e encher eles de orgulho. Sim... isso é verdade. Não é o que eu quero, mas é o que eles querem e o que eu tenho que fazer. Só que não precisa ser agora... nem consigo fazer isso agora. Eu ainda tenho bastante tempo. Isso é só um projeto pro futuro, você me entende? – Tentou gesticular para se livrar da aflição.

– E o seu projeto pro presente sou... eu?

– É. Estar com você é só o que eu quero agora. – Descansou os braços junto do corpo, ficando meio sem reação. – Porque... pelo menos... pelo menos assim é uma chance de ficarmos perto... porque eu...

— Eu sinto sua falta — me adiantei, quis dizer primeiro, e dei certeza de que dizia a verdade. — Estamos bem assim. Vai ficar tudo bem.

— Vai... vai ficar tudo bem — balbuciou quando estendi meus braços em sua direção e ele se abrigou, afundando no meu abraço. — Vai ficar tudo bem — concluiu, respirando demorado o meu cheiro, abafado contra minha blusa.

Embalamos discretamente, nos apertando ainda mais no espaço nulo entre nós, e era quase como se dançássemos em câmera lenta. Suas mãos seguraram a barra de minha blusa, puxando-a para me ajudar a abaixar, e ele ficou na ponta dos pés quando me beijou.

E eu o beijei.

E depois ele me beijou.

E então eu o beijei.

E aí nós nos beijamos, com todo o carinho que tínhamos direito, com todo o espaço que não tínhamos, com todo o cuidado que tínhamos, com toda a pressa que não tínhamos. Separamos nossas bocas quando ouvimos passos se aproximando e sorrimos um para o outro depois de lembrarmos onde estávamos. Eu beijei sua testa. Ele beijou minha mão.

Sorrimos um ao outro, sentindo o ar entrar e sair dos pulmões, os corações que batiam, o sangue que perambulava por dentro das veias, os segundos ainda tiquetaqueando nos ponteiros dos relógios, o mundo ainda girando do jeito que gostava.

— Ainda gosto de você como gosto de café — disse ele em voz alta, me olhando nos olhos, segurando minhas mãos.

Meu peito esquentou e meu rosto com certeza ficou corado, porque senti aqueles arrepios de gente apaixonada e aquela sensação me fazia ficar bobo. Tentei disfarçar:

— Como café? Amargo, forte, quente e que te faz ficar acordado a noite inteira? Adoro.

Benjamin tentou fingir que estava decepcionado, mas claramente escondia um sorriso quando disse:

— Cara, tu estragou minha metáfora bonitinha.

— É ou não é?

— Você é ridículo — reclamou, por fim.

Pensei em dizer qualquer outra bobeira ou fazer alguma outra gracinha, mas preferimos só sorrir e saímos juntos dali, de mãos dadas até onde fosse seguro e sem que ninguém notasse.
E naquele momento eu soube que ficaria tudo bem.

→ → →

Acho que um abraço do homem mais bonito do mundo e uns beijinhos na biblioteca eram os únicos remédios eficazes para destruir tristezas.
Depois dos seus carinhos, meu coração se aqueceu, um sorriso se abriu e tudo se acalmou. Ele gostava de mim e me odiava e queria estar comigo. Não havia problema algum comigo e nem entre nós – era só o mundo sendo um grande porco preconceituoso e homofóbico que sempre foi. Mas nós podíamos continuar trocando beijos – era só não deixar esse mundo (porco) ficar sabendo.
Trinta minutos foram necessários para tudo se estabilizar, e foi somente o tempo necessário para que eu quisesse *esbagaçar* a cara daquele chato insuportável. Não dá pra conviver com esse cara em paz. Só não dá.
E com a mesma naturalidade que acabamos nos reconciliando na biblioteca, discutimos sobre qualquer coisa idiota na cantina até que cada um fosse para um lado. Isso é tudo questão de equilíbrio, do quanto quero beijá-lo na boca e o quanto eu gostaria que ele nunca mais falasse uma palavra sequer.
Ele é chato demais, não é minha culpa.

→ → →

Saí mais cedo da aula só para não ter que conversar com o Park – porque ele com certeza ia me oferecer carona e eu com certeza ia acabar aceitando porque sou um cretino, e ainda estava remoendo a bobeira na cantina.
Caminhei até um ponto de ônibus antes da faculdade para evitar que ele me visse e sentei confortavelmente no fundo do ônibus, relaxado, os braços cruzados para afugentar qualquer frio. Mas quando o ônibus parou em frente à faculdade, quem entrou? Respirei fundo, expulsando o ar dos pulmões com raiva, desafiando-o com o olhar. Aqueles

olhos me viram desde o momento em que pisou no veículo vazio e ergueu um sorriso perigoso de lado. Pagou a passagem e caminhou tranquilamente até se sentar ao meu lado. E por que o maldito tinha que ser tão cheiroso?

— Que ônibus mal frequentado — comentou.

Grunhi, revirando os olhos.

— Vem cá, você não podia simplesmente pegar o seu carro e ir pro inferno? O que você tá fazendo no meu ônibus?

— Vim de ônibus hoje e vou voltar nele, quer você queira ou não.

— Pois que fique claro que não quero.

— Não precisa todo esse teatro, sei que sentiu minha falta, *gatinho*.

— Vai sonhando, *gatinho* — resmunguei por fim e ele deu uma risadinha antes de ficarmos em silêncio absoluto.

— Você ficou chateado? — ele quis saber.

— Não. Tô nem aí pra sua opinião, na verdade.

— Ótimo — ele rebateu, permitindo que seu braço encostasse levemente no meu.

Sua mão segurou a minha. Então, meu coração pegou fogo.

Intercalamos nossos dedos nas mãos dadas e fizemos pequenos carinhos um na pele do outro, aproveitando que somente nós dois estávamos ali no fundo do ônibus e que ninguém ficaria sabendo do nosso segredo.

— O potinho preto com comida japonesa mudou o meu dia. Obrigado — comentei baixinho.

— De nada. Gosto de te mimar com comida. E, de quebra, ainda adquiri habilidades de culinária japonesa.

— Pode continuar me mimando sempre.

— Pode deixar.

— Vou ficar esperando — respondi e, a sério, nem eu e nem ele conseguíamos nos olhar, sequer sabíamos como deveríamos nos comportar.

Foi um dia cheio e confuso. E de lágrimas e beijinhos na biblioteca à discussão boba por qualquer motivo, até nós dois encolhidos de mãos dadas em um ônibus às onze da noite, era informação demais para que soubéssemos ao certo o que fazer.

Decidimos nos olhar depois de um tempo em silêncio, e sei lá por que fizemos isso. Eu só conseguia pensar no quanto ele era bonito e como aquele par de olhos mexia com alguma coisa em mim. Tinha aquele olhar, aquele olhar específico que me fazia carinho.

— Seu rostinho parece tão cansado — falou de um jeito doce.

Sorri curtinho.

— A Bia falou que eu tô péssimo. Você, em compensação, foi bem mais bonitinho.

— Claro, não quero ver meu bonitinho chorando por causa de alguma besteira que eu disse — brincou.

Sinceramente? Quase gritei e gargalhei de constrangimento e de amorzinho. Poxa, meu *bonitinho*!

— Que gracinha você sendo todo fofo comigo — comentei, e ele ficou muito mais do que envergonhado.

— Estou preocupado porque você parece mesmo muito cansado, só isso.

— É de dormir pouco. Eu dormiria nesse ônibus se não tivesse companhia agora.

— Você pode dormir se quiser, eu te acordo quando chegarmos.

— Mesmo? — perguntei e ele assentiu. — Tá bem.

Puxei nossas mãos dadas quando me ajeitei para deitar em seu ombro e ouvi que prendeu a respiração. Quando fechei os olhos, ouvi seu coração batendo rápido assim como o meu, mas, aos poucos, fomos relaxando. Não tínhamos o que temer, estávamos seguros naquele momento.

Park deitou sua cabeça sobre a minha, puxando nossas mãos unidas para mais perto dele, me fazendo carinho com o polegar quando beijou o topo da minha cabeça.

— Dorme bem, cafezinho.

Ri brevemente.

— Até daqui a pouco, Park.

— Até — sussurrou, voltando a se deitar sobre mim.

E eu só adormeci.

Sinceramente? Estou muito ferrado.

Esse menino vai me destruir de tanto fazer meu coração bater.

Sinceramente,<br>
Leonardo Guimarães

# Capítulo 8

## Honestamente: O começo

Honestamente: eu faria tudo o que fosse possível para não me apaixonar por Leonardo Guimarães. Depois daquela conversa na biblioteca em que eu gostaria de destruir o mundo e pegar Leo no colo, combinamos de ser o mais discretos possível. O que significava, estritamente: eu só poderia dormir dois dias da semana em seu apartamento; ele só poderia dormir uma vez a cada duas semanas no meu. Os dias em que não dormiríamos juntos eram a maioria, então: nas segundas, quartas e sextas ele sairia do estágio dele e iria me encontrar na saída da minha academia; na minha psicóloga às terças; nas quintas eu o esperaria na porta do seu apartamento; e nos sábados e domingos tínhamos que evitar ao máximo passarmos muito tempo sozinhos.

Achei que colocando *aquilo* em termos milimetricamente estritos tudo se acertaria. Eu não ficaria angustiado e me sentindo em perigo, nenhum de nós dois teria tempo de se apegar, e o Acordo Guimarães-Park seria cumprido com sucesso. Ninguém além de nós dois saberia. Ninguém iria se apaixonar. E tudo estaria perfeito.

O problema é que só falar é fácil.

Ele usava meu corpo sem piedade para conseguir seu prazer e eu abusava de cada pedaço dele para satisfazer minhas vontades, sim. Mas a parte mais gostosa era quando acabávamos, exaustos, e podíamos deitar um sobre o outro, fazer carinho nos cabelos, cócegas pequenas pelo corpo, beijos pelas bochechas e ombros e nariz e testa e mãos e clavículas... Era falar qualquer bobeira e rir como se fôssemos as pessoas mais engraçadas do quarteirão. Eram os abraços apertados, poder brincar com nossos dedos e mãos unidas, as sonecas aleatórias, as mordidas nas orelhas, beijos e mais beijos, para depois transarmos outra vez e reiniciar o ciclo de carinhos e bobeiras.

Eu gostava disso. Eu *adorava* isso. Parecia que o quarto tinha flutuado e ido para longe enquanto o armagedon tinha destruído todo o mundo lá para fora da porta fechada. A vida parecia mais fácil por causa desses momentos, os carinhos e as bobeiras. Meu sorriso se abria mais leve. E viver sem essas pequenas coisas seria mesmo bem complicado para mim, uma vez que eu já tinha provado e me apaixonado pelo sabor daquele tipo de lembrança.

Honestamente: eu sabia que estava correndo risco de me apaixonar e que evitar qualquer tipo de carinho excessivo era a única forma de não cair de amores por aquele idiota.

O verão se aproximava na primeira segunda-feira *pós-biblioteca*. A data era 3 de dezembro de 2018, mas era um dia curiosamente frio por causa de uma forte ventania qualquer, e, ainda assim, Leo me esperava do lado de fora da academia. Saí com o cabelo molhado do banho recém-tomado depois do treino e um sorriso enorme invadiu minha boca. Ele tinha mesmo ido me buscar. Fui meio abobado até ele, encontrando o céu acinzentado.

— Oi, cafezinho — falei meio sem jeito, em segredo querendo pular em seu colo.

Ele, com uma jaqueta preta, fechou a cara ao dizer:

— E esse cabelo molhado?

— Já seca — respondi, ainda anestesiado.

— Você está usando só essa camiseta, de cabelo molhado, e ainda acha que tá tudo tranquilo?

— Eu não tô com frio.

— Que não tá com frio o quê? Vai colocar uma blusa agora, menino! Isso com certeza vai te dar dor de garganta.

— Tá preocupado comigo, *gatinho*? — sorri de canto e ele tropeçou nas próprias palavras.

— É só que se você ficar gripado eu também fico.

— Ah, você tá preocupadinho — repeti, indo segurar sua mão para provocá-lo ainda mais.

— Ai, que mão gelada, inferno! — berrou, se livrando do meu toque, e eu ri. — Não é pra dar risada, seu imbecil, eu tô falando sério.

— Se eu quiser ficar pelado eu fico, é o *meu* corpo.

— Ah, me poupe, sabe? — resmungou uma última vez, descendo a alça da mochila do ombro até o cotovelo e mexendo afobado dentro dela. Tirou dali uma blusa, um moletom do Taz que eu costumava usar quando estava com frio na sua casa, e o empurrou em meu peito. — Aí eu sou obrigado a tentar cuidar de você, já que você é um fracasso fazendo isso.

Sem pensar duas vezes, roubei o casaco de suas mãos, de maneira até um pouco bruta, me vesti e fiquei quieto, olhando para o seu rosto irritado.

— Em primeiro lugar, cuida da sua vida. — Encarei-o, já escondendo um sorrisinho. — Em segundo... obrigado.

Leonardo me observou puxar as mangas do moletom para que escondessem minhas mãos, acompanhou quando levei meus dedos ao cabelo (que provavelmente estava bordô, ainda úmido) e guiei os fios para trás da orelha, deixando um de meus olhos completamente liberto da franja que costumava escondê-lo. Ele se perdeu nos minutos e só ficou me admirando. Como se eu fosse incrível. Sorri, com uma alegria quase inocente, ao perceber que meu flerte fazia algum efeito nele e que ficava bobo daquele jeito por algo que eu fazia.

Balançou a cabeça, notavelmente distraído com seus pensamentos que com certeza me envolviam.

— Vamos embora de uma vez, temos pouco tempo — chamou, desviando o olhar do meu sorriso.

— Tá bem — respondi com uma voz doce.

— E vê se aprende a se cuidar, inferno. É a desgraça do seu corpo e da sua vida, faça um favor de se ajudar. E me faça o favor de não ficar gripado.

— Vou me esforçar — respondi, apertando o alarme para destravar o carro.

Lá dentro, deixamos nossos pertences no banco traseiro, trancando as portas. Pensei em me esticar até ele, roubar seus lábios para os meus; pensei em pedir um beijo, um selinho que fosse; pensei em deixar minha mão sobre sua coxa; pensei e senti vontade de demonstrar várias formas de afeto, mas não era apropriado se eu não quisesse me apaixonar. Então, eu não fiz nada.

Mas ele beijou minha bochecha assim que parei em um semáforo.

E talvez meu coração tenha enlouquecido, porque beijei sua boca no semáforo seguinte.
E segurei sua mão no terceiro.

- Nota, em um post-it azul: **Nossa relação é estritamente sexual e não há sentimentos envolvidos.**
- Nota, em um post-it verde: **Juro.**

■ ■ ■

Quando chegamos em seu apartamento, por volta das cinco da tarde, tive tempo somente de deixar minha mochila na entrada e já fui segurado pelo colarinho, empurrado contra a porta de madeira, e seu corpo pressionou o meu, ali, preso e sem espaço, quando me roubou um beijo.

Fiquei ofegante já no primeiro minuto quando suas mãos apertaram minhas coxas, me colocando em seu colo e me juntando ainda mais na parede.

— Vamos tomar banho de uma vez — sorriu de um jeito simples e casto depois que nos separamos para respirar, o que aos poucos me fez retornar a quem eu era. A quem ele era. E em que circunstâncias estávamos vivendo neste mundo.

— Vamos fazer alguma coisa pra você comer primeiro — falei.

— Não, deixa isso pra depois.

— Qual foi a última vez que você comeu? — perguntei.

— Meio-dia — respondeu.

— Ah, tá. Você não dorme direito, não come direito, e tá tudo bem?

— Sim — respondeu indiferente.

— Você precisa comer.

— Como depois da aula — disse uma última vez, avançando seus lábios para alcançar os meus, mas recuei, batendo a cabeça na porta.

— De jeito nenhum que você só vai comer depois da aula — forcei seu colarinho para que não se aproximasse.

— Eu como a hora que eu quiser!

— Se você não comer eu não vou transar com você — ergui o tom.

— Imagina se no meio do negócio você desmaia, minha consciência fica como?

— Pelo amor de Deus, para de ser chato, depois eu como!
— É o ultimato. Não transo com quem almoçou ao meio-dia e só planeja comer lá pela meia-noite, quando voltar da faculdade.
— Park, você pare de graça. — Ele me soltou no chão, apertando com força minha cintura, ainda me pressionando contra a porta. Eu, agora, estava novamente mais baixo do que ele.
— Para de graça você. — Puxei sua blusa para que seu olhar se nivelasse com o meu. — Eu quero o seu bem.
— Você não manda em mim!
— Não mando, mas me importo e tô tentando te ajudar, já que você é um fracasso cuidando de si mesmo. — Usei suas palavras contra ele e ele ficou vermelho de tão furioso.
— E quem é você pra me julgar?
— Sou o cara que se importa e também não quer ficar gripado por causa dessa sua imunidade de bosta.
— Olha, eu até tô com fome, mas só de raiva eu não vou comer e acabou.
— Ah, não vai? — desafiei.
— Não.
— Você sabe que posso te recompensar se você se comportar, Leo. Você é quem sabe... — Dei de ombros com um sorriso convencido.
— Eu não tô nem aí.
— Tá bom. Então tchau. — Eu o empurrei para dois passos longe de mim, me virei de costas e girei a maçaneta. Mas não tive tempo de abrir a porta, pois assim que a puxei e uma fresta se abriu, vi um braço dele se esticando ao lado da minha orelha, os dedos estendidos empurrando a porta para que não abrisse. Não perdoei, reclamando:
— Você é o clichê mais previsível de todos.
— Fica... eu vou me comportar — disse meio manhoso, se aninhando em minhas costas.
— Ah, vai? — impliquei, sem me virar.
— Juro que vou.
Girei nos calcanhares, lentamente, com um sorriso enorme e suficientemente arrogante. Envolvi sua cintura com os dois braços, seu olhar submisso me parecendo a coisa mais adorável do mundo. Gosto daquele clichê com nome de Leonardo Guimarães.

— Viu só? Esse é meu bom menino — falei mais para provocá-lo do que qualquer outra coisa.

Mas ele respondeu:

— Sou, sim.

Ri contido. Ele não devia parecer tão fofo em uma situação sexual como aquela, droga.

— Vem, vamos fazer alguma coisa pra você comer — chamei, puxando-o pela mão (mas soltando-a logo em seguida porque não podíamos nos apegar).

— É uma ótima ideia. Sendo sincero, tô morrendo de fome — confessou, já na cozinha. — Tipo, morrendo mesmo, quase desmaiando de fome.

Encarei-o, incrédulo, e ele sorriu cínico.

— Você é um grande babaca — reclamei.

— Mas também sou bem bonitinho, não sou?

— Não espere que eu responda essa pergunta. — Peguei a frigideira para fazer ovos fritos enquanto ele se sentava para observar com uma carinha de satisfação quase infantil.

— Eu sou uma graça, vai — brincou, apoiando o queixo nas mãos, os cotovelos sobre a mesa.

Eu o encarei.

— Não há nada nesse mundo que possa fazer com que eu te elogie — disse seco e indiferente, fungando para que meu piercing saísse minimamente do lugar. Leo sabia que não podíamos ficar trocando elogios.

— Seus olhos me dizem que você me acha uma gracinha — me provocou com um sorriso irritante.

— Tá, já que você lê meus olhos, o que eles tão dizendo agora? — Apoiei as palmas das mãos na mesa e o encarei de cima.

— Que eu sou a coisa mais bonitinha na qual você já colocou as mãos — falou com o sorriso mais idiota que eu já vi alguém dar.

— Errado. Meus olhos dizem: se enxerga, pinto pequeno.

Ele gargalhou.

— Claro — falou, mas parecia um pouco chateado.

Voltei minha atenção aos ovos já fritando, ficando de costas para ele.

— Mas talvez a sua leitura não esteja tão errada assim. Vai saber — falei e dei de ombros, intimamente contente por ele não poder ver meu

rosto, que acho que corou. Eu não sei que merda estava acontecendo comigo para que eu dissesse aquele tipo de coisa.
Então ele riu de um jeito bem, *bem* bonitinho.
— Vai saber — disse. — Ouvi rumores de que pode ser recíproco, mas vai saber também, né?
— Pois é. — Escondi um sorriso em meu rosto, mas não consegui escondê-lo da minha voz.
— Esse mundo é mesmo uma incógnita.
Ele riu baixinho, e, de costas, fiz o mesmo. Em seguida, começamos a falar sobre vida fora da Terra. E tudo ficou bem.
Honestamente: Leonardo é mesmo a coisa mais bonitinha na qual já botei as mãos.

■ ■ ■

Depois de tudo, ele caiu cansado, ofegante, me olhando com seus olhos embriagados. Seu sorriso copiou o meu quando me apoiei na palma das mãos para poder observá-lo. E aqueles olhos fechados, aquela boca em um sorriso bonito apesar do corpo inteiro molhado de suor e cansaço... cara... ele era bonito demais para ser de verdade.
— Uau... — resmunguei, sobre a relação que tínhamos acabado de viver, mas também sobre como eu me sentia mortalmente atraído por ele e por aquele rosto perfeito.
— Nossa, foi muito bom — ele concluiu satisfeito, sussurrando e rindo antes de ficarmos em silêncio.
— Tá tudo bem? — perguntei, cheio de carinho e preocupação.
— Tô mais do que bem — respondeu com uma risadinha, me fazendo carinho em uma bochecha, tirando meus cabelos grudados na testa para irem para longe. — E esse rostinho, esse rebeldinho todo, tá tudo bem também?
— Tô precisando urgentemente de carinho pra poder ficar bem — fiz drama, com meu tom mais sério.
— Urgentemente? — fingiu preocupação.
— Uhum — sussurrei. — É um caso seríssimo.
— Vem me dar uns beijinhos, então — chamou com os olhos brilhando em minha direção e eu me afoguei no seu abraço, me deixando levar pelo seu beijo.

Giramos, meio de qualquer jeito, dando risada no meio do beijo, e eu me deitei de costas na cama, ele jogado de qualquer jeito em cima de mim.

— Você viu que vai ter feirinha no sábado, ali na praça perto do shopping? — Cortou nosso beijo com carinhos em minhas bochechas, colocando uma mecha de cabelo para trás da orelha enquanto me olhava. Os fios escuros restantes pendiam, quase alcançando meu rosto.

— Não sabia — respondi. — Como você ficou sabendo?
— Jorginho me contou.
— E você vai?
— Depende — Leo fez mistério.
— Do quê?
— Se algum gatinho me convidar, eu vou.
— Ah, então é o tal gatinho que tem que convidar?
— Vai ter foodtruck — comentou meio manhoso, querendo me convencer, desenhando formas imprecisas com a ponta do indicador sobre meu peito. — E é a desculpa perfeita pra gente ficar sozinho, ficamos lá uns 5 minutos e depois a gente volta pra cá, pra tirar a roupa... dar uns beijos... Vamos, vai.

— Não posso ir com você, cara. Já vou com um cara muito gostoso, foi mal — fiz graça.

— Ah, só gostoso? — reclamou.

— Gostoso, bonito, cheiroso, gentil, tudo — falei todo embolado, trazendo-o para perto enquanto ele tentava se distanciar.

— Então a gente vai? — quis saber antes de ficar beijando devagar e repetidamente minha bochecha.

— Vamos sim, a gente vai combinando o horário então, tá bem?
— Tá — respondeu por último e voltamos a nos beijar.

Eu ia puxar algum assunto das coisas que sempre conversávamos depois de brigar na cama, como por exemplo: comidas, eventos municipais, filmes, séries, fofocas da faculdade, memes do Twitter, teorias da conspiração, vida fora da Terra, indagações de quem nós achávamos que iria para o céu ou inferno — entre outras coisas que eram muito *nossas*.

Mas eu não podia me deixar cair em nenhum desses papos, porque não podia me apegar. Não podia beijá-lo por muito tempo, porque ia me apegar. Eu tinha que ir embora logo, porque não podia me apegar.

— Tenho que ir agora — falei, me levantando.
— Tá bem. — Ficou deitado enquanto eu me vestia, me olhando cheio de carinho.
Mas, assim que me vesti, longe do seu cheiro, do seu corpo e do seu beijo, algo me surgiu.
— Posso te perguntar uma coisa? — questionei.
— Claro.
— Você acha que daríamos certo se não fosse como foi?
— Como assim? — fingiu estar alheio, com certeza esperando que eu desistisse do assunto.
— Se nunca tivéssemos brigado, você acha que teríamos nos beijado?
Leonardo ficou em silêncio, fechou o rosto e analisou o teto, pensativo.
— Nunca teríamos nos beijado se não tivéssemos brigado antes. Nossas personalidades não combinam 100% até hoje, nós não "damos certo" até hoje.
— Você acha? — quis ter a certeza.
— Sim. E, lá atrás, nunca arriscaríamos perder nossa amizade que já estava frágil.
Respirei ruidosamente lento. Intrigado. Curioso, sem saber se concordava.
— Você não arriscaria? — perguntei mesmo sabendo o quão perigosa era aquela conversa.
— Nosso laço afetivo era diferente. Sempre te achei bonito, imaginei te beijar uma vez ou outra, mas desisti logo no início pois você sempre pareceu inacessível. Até porque você sempre disse que era hétero e eu tinha acreditado em você, em todas as vezes que você disse. Mas não só pra beijar, pra ser seu amigo também tinha um sentimento meio assim... de que você é muito difícil. Quase... quase inalcançável. Então, aos poucos, me aproximando quando você deixava, eu fui me acostumando a te ver com um olhar fraterno... até a gente brigar.
— Eu pareço inacessível? — perguntei, me sentindo levemente vulnerável assim que percebi meu tom de voz sensível, quase machucado, que o fez subir na cama, semideitado, me olhando agora com certa preocupação. Com um olhar que quase me pedia desculpa pelas palavras que usou.
— Não em um sentido ruim, sabe? Você só é alguém independente e seguro de si... todo mundo te olha e pensa "putz, é areia demais

pro meu caminhãozinho", porque você é mil coisas boas. Inteligente, bonito, simpático, engraçado... tipo... alguém como você não precisa de ninguém.

— Mas você também é todas essas coisas — falei baixinho. Não tinha motivo para esconder. Aquele assunto fazia com que eu me sentisse minúsculo, saber o que achavam de mim. — E as pessoas não te tratam do jeito que me tratam.

— De que jeito te tratam? — perguntou Leo como quem já sabe a resposta, só querendo saber como eu me sentia em relação a isso.

— Todas as pessoas que conheço são meio frias comigo — confessei. Ele se calou por meio segundo, sentindo-se alvo como efeito colateral. — Todo mundo me trata como se eu não desse importância real para ninguém. É tudo raso e eu odeio como me sinto. Tipo a peça que não se encaixa na minha própria roda de amigos. Parece que a qualquer momento eu vou ficar completamente sozinho porque ninguém gosta de mim de verdade, só estão por perto por conveniência e... ah... eu não sei qual é o problema.

A forma como Leonardo me olhou em seguida foi mágica. Nós dois conversamos em silêncio na sutileza de um olhar de dois caras crescidos e diferentes, que no fundo eram dois meninos extremamente semelhantes.

— Mas... será que as pessoas não te tratam assim porque você não gosta de contato físico? — perguntou, tentando distanciar o seu ser de mim. — Porque pode dar a ideia de que você não quer muita proximidade ou algo assim?

— Mas eu gosto de contato físico, Leo. Eu gosto muito. Só não sei como pedir por isso e às vezes não sei bem como reagir porque acontece pouco, mas eu gosto. Eu só... sei lá, eu gostaria que as pessoas me tratassem como elas te tratam.

— Sou muito mais distante das pessoas do que realmente parece, Park. Também me sinto sozinho o tempo todo, apesar de receber mais abraços. E não sei me comunicar direito com as pessoas. Alguns abraços e algumas palavras até se encontram, mas o que eu tenho aqui dentro do peito, de mais particular, de mais sensível... sabe? Também não sinto essa conexão com as pessoas apesar de rirem das minhas piadas. O que eles enxergam de mim e como se relacionam comigo, é tudo raso e genérico também.

— Então esse sentimento de desolação é algo comum... — Deixei meu olhar descansar em um ponto qualquer. Um pouco aliviado pela normalidade daquela dor, mas também incomodado porque continuava doendo.
— Mas acho que a gente podia tentar trabalhar nisso juntos, sabe? Pra incomodar menos. A gente podia tentar se conectar melhor com as pessoas e com esse mundo todo. Vai ver... vai ver a gente não tá sabendo se abrir pro mundo também, do mesmo jeito que o mundo não tá sabendo nos acolher... não sei.
— Pode ser. — Dei de ombros, descrente de que teríamos qualquer sucesso.
— Não sabia que você gostava de ser abraçado — comentou quase fora de contexto.
— Seus abraços eram as melhores coisas dos meus dias — admiti, ajeitando minha carteira no bolso, pronto para ir embora.
— Eu gostaria de ter ficado sabendo disso mais cedo — disse, também parecendo deslocado.
— Também não sabia que você já tinha sentido algum tipo de atração por mim.
— Eu não tinha ideia de que você era bi.
— Eu não tinha ideia de que você gostava mesmo de mim — comentei, levando aquela conversa para um lado mais perigoso.
— A gente devia ter se conhecido melhor — Leonardo contou, meio dramático como sempre. — A gente precisa aprender a falar, Park.
Respirei demorado, me prolongando em silêncio.
Certo.
Ele tinha razão.
Certo.
Tínhamos que nos comunicar.
Sentei-me ao seu lado na cama — seu corpo agora coberto com uma manta azul-escura, mas ainda morno. E eu me esforçava mentalmente como se estivesse prestes a fazer a coisa mais difícil do mundo, mas insisti.
— Não gosto muito quando você me chama pelo meu sobrenome — consegui dizer a muito custo. — Porque ele é, pra começo de conversa, o sobrenome da minha mãe. E, quando você me chama por ele, faz parecer que somos ainda mais distantes do que já somos.
Por cima do ombro, olhei-o, e parecia perdido.
— Eu te chamo pelo sobrenome há quase três anos.

— Pois é — falei qualquer coisa e ficamos em silêncio, que me obriguei a quebrar: — Você poderia me chamar de Ben. Todo mundo me chama assim.

— Ben não é especial — disse, magoado, e já comecei a me arrepender por ter dito o que sentia. — Já decidi. Vou te chamar pelo primeiro nome na frente de nossos amigos, mas quando estivermos sozinhos eu vou te chamar de *bebê*.

Sorri, encarando seu rosto sério.

— *Bebê?* — desdenhei.

— Não gostou?

— Odiei. Sério, é ridículo. Acho extremamente cafona — respondi honestamente, mas ele interrompeu minha fala.

— Ótimo — respondeu sem sequer se importar, me calando e encarando o teto, com a decisão tomada.

— Já que é assim, também vou te chamar de bebê. O que acha? — provoquei.

— Você nem ouse — falou, ainda sério, mas riu depois de mim.

— Nem aí. Mas... ah! Quando eu estiver saindo pra ir pra aula eu te aviso — disse, me levantando da cama.

— Tá — respondeu simplista.

E nenhum de nós dois protestou ou falou qualquer coisa quando saí sozinho de lá. Sem um abraço, sem um carinho, sem um beijo de despedida. Ninguém disse nada sobre eu só ter ido ali para transarmos, e ninguém poderia dizer qualquer coisa. Não podíamos nos apegar.

Ainda assim, talvez eu tenha voltado correndo para deixar um beijo em sua boca e talvez ele tenha rido da forma mais gostosa que já ouvi alguém rir. Mas eu só quero que fique bem claro que eu não estou apaixonado por Leonardo Guimarães. O que eu sinto por ele é somente afeto, dessa nossa amizade estranha que não pode ser confundida com paixão porque sei que nunca vou me apaixonar por ele.

Eu e ele não temos nada a ver. Esse romance nunca aconteceria.

Nossa relação é só sexual. E só.

Honestamente,
Benjamin Park Fernandes

# Capítulo 9

## Sinceramente?
## As palavras certas

Sinceramente? Conviver com Ben Park Fernandes continuava sendo difícil.

Ele continuava sendo um robozinho escroto e sem vida, obcecado por pontualidade. Disse que sairíamos às 18h e quando o ponteiro dos segundos marcou esse horário *exato*, ele se ergueu do sofá e ficou dizendo sem parar "em dez minutos eu saio, com ou sem você", "não dá tempo de ser vaidoso agora", "você tem que aprender a honrar seus horários e seus compromissos", e me apressou tanto que sequei meu cabelo de qualquer jeito e não deu tempo de pegar sequer uma jaqueta. Ele simplesmente virou as costas, saiu e entrou no carro.

Corri atrás dele, que já estava tirando o carro da garagem, e entrei, argumentando pouco depois:

— Que bacana, agora vou passar frio a noite toda já que aparentemente não querer passar frio é uma vaidade minha.

Poxa, custava ele me esperar só um pouquinho? Eu fiquei quase meia hora esperando-o mais cedo, na frente de sua academia, ele não podia esperar por mim nem dez minutos? E se eu não corresse para alcançá-lo, como ele tinha a coragem de ir sem mim?

Contrariado, deu meia volta e parou em frente ao condomínio para eu buscar ao menos um casaco.

— É pra ontem, Leo! — gritou enquanto eu ia em direção ao meu apartamento. — E corre porque eu não sou teu motorista, não!

Voltando, me sentei ao seu lado, mas bati com toda a força a porta do seu Nissan. Coloquei o capuz do meu moletom, abraçando minha mochila. Só fiquei quieto em seguida porque sentia uma vontade enorme de chorar.

— E agora, o que houve? — ele quis saber, quebrando um longo silêncio, o carro já rodando na estrada.

— Nada — respondi instintivamente, áspero.

— Eu te conheço, sei que tem algo errado. O que foi?

— Se conhecesse o suficiente não precisaria nem perguntar.

Ele respirou fundo algumas vezes até finalmente dizer:

— Desculpa não ter agido da melhor forma, é que eu queria chegar no horário pra aula, vai ter trabalho hoje e eu nunca me atraso.

— E precisa me tratar desse jeito, cara? Eu tô cansado porque trabalhei o dia inteiro, eu tô com sono porque não deu tempo de dormir o quanto eu gostaria, e eu só fui lavar o cabelo que eu suei com você e só por isso me atrasei, inferno! — respondi rangendo os dentes, as lágrimas já começando a cobrir minha visão. — Eu tô exausto e é claro que eu não vou conseguir me adequar aos seus planos do dia perfeito! Daí você começa a falar que sou vaidoso e irresponsável e eu nem consegui me vestir direito. A tua aula é tão mais importante do que eu que você pode me deixar de qualquer jeito pelos cantos, pra chegar no minuto exato que você quer chegar? Sabe, eu estava na cama com você *minutos* antes. Eu queria ter comido mais alguma coisa antes de sair, mas deu tempo? É, tipo, depois que você conseguiu o que queria comigo, daí não está nem aí pra minha vida, né?

Me calei quando percebi a curva que minha voz fez em um tom choroso.

Ben pareceu chateado ao perceber o meu lado da história e permaneceu surpreso. Naquele minuto eu só conseguia pensar nisso: eu dei tudo de mim para esse imbecil e ele não é capaz nem de me olhar e ser legal comigo.

E era exatamente por entender o que eu sentia que a cara que Benjamin tinha naquele momento era da maior culpa do mundo.

— Desculpa, desculpa por isso, Leo. Eu não tinha pensado por esse lado... Olha, eu... eu juro que não queria fazer você se sentir desse jeito. — Ele travou, engolindo em seco, meio disperso e meio desesperado enquanto dirigia. — Calma... calma... eu preciso achar as palavras certas...

Ele gaguejou mais um pouco, mas eu entendi que estava arrependido, e sua angústia era notável por não conseguir dizer as palavras devidas, por não conseguir se conectar nem comigo. Estendi minha mão a ele, propondo trégua, como se pedisse que me passasse um objeto e ele entendeu, me dando sua mão e entrelaçando seus dedos nos meus até que soubéssemos que palavras usar para resolver as coisas.

Mas aí Ben parou na frente de uma lanchonete que a gente adorava, dona dos melhores crepes da cidade, e desligou o carro, saindo e abrindo a porta para mim.

— Vem, bebê — me chamou por aquele apelido ridículo, que só não tive tempo de reclamar porque fiquei perplexo enquanto saía do carro.

— A gente vai se atrasar, seu louco. — Arregalei os olhos, agora mais alto do que ele.

Eu ainda estava meio estranho e ele também. Estávamos apenas naquele nosso estado de erguer bandeira branca até que conseguíssemos arrumar a situação.

Ele fechou a porta, ligou o alarme do carro e colocou as mãos nos bolsos. Disse, mais para si mesmo do que para mim, me guiando a andar do seu lado para dentro da lanchonete:

— Ah, aula a gente já assistiu o ano inteiro e não dá nada atrasar uma meia-hora em uma noite só. Não é como se a gente fosse ser reprovado ou como se o mundo fosse acabar por causa disso, não é?

— Na verdade, essas são as últimas duas aulas que posso faltar antes de reprovar nessa matéria — confessei quando sentamos a uma mesa para dois.

— Quê? — ele perguntou, atônito.

— Primeira coisa que eu faço quando começa o ano é contar quantas aulas posso faltar sem reprovar. E é claro que eu vou faltar tudo o que eu tenho direito, porque direitos existem para serem usados — falei meio brincando, mas só meio, porque é verdade e eu falto mesmo.

— Ah, tá — ironizou, olhando o cardápio, escondendo parte daquele maldito rosto bonitinho por trás dele. — Você ainda aguenta comer um crepe de queijo e um de chocolate de uma vez só?

Ergueu o olhar até mim e escondi minha surpresa, me dando conta somente naquele momento de que ele havia descoberto meus sabores favoritos de crepe antes mesmo que eu tivesse notado. Eu não tinha parado para prestar atenção o suficiente em mim mesmo, mas ele, sim.

— Era o que eu estava pensando em pedir agora mesmo. São meus favoritos — contei.

Ele sorriu curto antes de pedir ao garçom dois crepes para mim e um para ele.

— Vou comer só um porque sou *fit* — brincou.

— Com um corpo desses, é mesmo — respondi, também sem graça, e ficamos em silêncio.

— Sinto muito por agora há pouco, cafezinho — ele disse, sinceramente.

— Eu só não entendo essa necessidade que você tem de tentar ser perfeito, bebê — rebati, nada familiarizado com aquele apelido, mas usando-o para amenizar o teor das outras palavras que eu dizia. Para deixar claro que eu não queria brigar ainda mais. — Às vezes eu fico confuso sobre o que você se importa e o que não se importa. E às vezes eu acabo sentindo que a única coisa que faço é te atrapalhar e que sua vida seria muito melhor sem mim, que sou um contratempo que só te atrasa. Então não sei se você tenta me deixar de lado ou se é só uma imagem errada que eu enxergo de você. Eu nunca sei se você realmente não se importa, ou se sou eu morrendo de medo de me machucar como sempre tive.

— Eu me importo, claro que me importo! É que eu sou muito ansioso e minha rotina me deixa confortável de alguma forma, entende? Seguindo rotina eu não fico tão nervoso com as coisas e acho que eu só estava no automático, como sempre. Eu só fico com muito medo que descubram sobre a gente, e aí eu já estava nervoso pensando que, sei lá, se qualquer coisa saísse do lugar eles iriam desconfiar... e... bem... Eu não ia te deixar no condomínio. Mesmo se eu já tivesse tirado o carro, eu ia ficar na rua te esperando. Eu só queria te apressar pra gente sair logo. Era brincadeira e eu peço perdão *se por acaso* eu t-... Peço perdão por *ter* te chateado. Eu só... eu fico nervoso e eu tô com medo. Mas eu não tava falando sério... eu só... — Ele suspirou outra vez, olhando no fundo dos meus olhos. — Eu sinto muito. Não quis te machucar com minhas brincadeiras idiotas, eu me importo, sim, com você e eu te peço perdão por tudo isso.

— Tudo bem. — Tentei calar aquela minha pequena mágoa. — Eu também poderia ter me arrumado mais cedo, fiquei deitado até o último segundo e me atrasei. E eu também vivo criando na minha cabeça essa ideia de que todo mundo me machucaria, mas você não é assim. Pensando a sério, sei que você não ia me deixar no condomínio.

— Abaixei o olhar, vendo-o concordar com a cabeça. — Você poderia até tentar. — Olhei-o outra vez, sorrindo.
— Eu, com certeza, conseguiria — falou cheio de confiança, mas em seu tom de brincadeira.
— Eu acho que você conseguiria andar três quadras depois de me deixar para trás e aí voltaria para me buscar.
— Três quadras? — ele quis saber, analisando enquanto parecia se distanciar em pensamentos, porque contato visual realmente não era o nosso forte.
— Aposto — falei.
— Eu não chegaria na segunda quadra tendo feito algo assim.
— Não vive sem mim, né, *gatinho*?
— Se enxerga — esnobou.
— Ah, é? — Brinquei e sorrimos.
— Ok. Me desculpa de verdade, eu não deveria ter sido indelicado nem brincado daquele jeito.
— Tudo bem, bebê. Me desculpe também por não ter me arrumado mais cedo e isso ter quebrado tua rotina e ter te deixado nervoso e com medo. E também me desculpe por estar sempre na defensiva mesmo depois de você já ter me mostrado várias vezes que não quer me fazer mal.
— Tá bem — ele sussurrou, segurando minha mão por cima da mesa.
— Então tá bem — respondi em outro sussurro e ficamos quietos.

Ben tomou minha atenção quando se apoiou no cotovelo e sua mão segurou o próprio rosto, me admirando enquanto nossos dedos se intercalavam. Aquilo fez meu corpo aquecer mais do que sua pele me fez esquentar enquanto transávamos. O olhar daquele homem parecia invadir tudo o que havia dentro de mim. Combinado com aquele sorriso curto e discreto em um canto, meu coração acelerou e eu tive somente tempo de sentir meu rosto ferver antes de fingir encarar a mesa vazia, fugindo inutilmente do seu olhar.

Não era justo que ele fosse tão bonito. Nem que fizesse meu coração bater daquele jeito. Nem que me roubasse para uma dimensão em que eu só conseguia reparar nele porque todo o resto do mundo deixava de existir. Ele todo. Ele inteiro. Sua existência inteira era covardia. Ele riu em um sopro quase silencioso quando percebeu que fiquei constrangido, e ia dizer alguma coisa quando o garçom — que nos conhecia pelo nome e sobrenome, além de conhecer os pais do Park – se aproximou com nossos pedidos. E, por impulso, fugi de seu toque e coloquei minhas duas mãos no bolso.

– Obrigado – Park agradeceu ao rapaz, mas com uma cara não muito amigável, ainda segurando o rosto com uma das mãos, a outra ainda abandonada em cima da mesa. Então, me encarou em silêncio por algum tempo até dizer: – Certo, sem nos apegar. Vamos, coma seus crepes.

E comemos um pouco desconfortáveis de início, mas depois repartimos o crepe de chocolate porque eu não estava assim com tanta fome – já que Benjamin tinha me feito ovos fritos mais cedo.

Então veio a parte mais difícil daquele 3 de dezembro de 2018: como chegamos atrasados, nossos amigos perceberam que a tensão entre nós dois tinha diminuído, e parece que foi o que bastou para que quisessem nos ajudar com a reaproximação. Resultado? Formaram equipes entre si para os seminários que teríamos que apresentar. E as equipes que eles montaram? Claro, não incluíam a mim e a ele, o que significava que teríamos que fazer uma dupla.

Aquilo era a anunciação de um caos absoluto, e ele tentou até disfarçar uma careta. E se em uma hora fomos do céu ao inferno na primeira oportunidade possível, um atraso minúsculo, o que seria de nós tendo que produzir qualquer coisa juntos? Será que preciso lembrar que o estopim para termos ficado sete meses (eu disse SETE MESES) sem nos falar foi porque estávamos em dupla fazendo um trabalho da faculdade? E agora, dupla com ele de novo?

Boa sorte para nós.

Porque vamos precisar.

Vamos precisar de muita, muita sorte.

Sinceramente,<br>
Leonardo Guimarães

# Capítulo 10

# Honestamente:
# A demonstração

Honestamente: nenhum de nós dois estava preparado para aquele seminário em dupla.

Era um desafio que achei que pudesse ser produtivo para fortalecer nossa relação – o que não me impediu de ficar irritado.

– Que horas são? – ele perguntou, se jogando na carteira, desistindo de prestar atenção ao que a professora de literatura explicava. Apontei para o relógio sobre a lousa, na frente da sala, porque pelo menos *eu* queria prestar atenção. Mas Leo respondeu: – Eu não sei ver relógio de ponteiro.

– Celular – cochichei.

– Tá sem bateria.

– Então carrega.

– Não sei onde tá meu carregador – concluiu, me fazendo respirar fundo. – Será que você pode me dizer que horas são?

– 19h21, Leonardo – respondi entredentes.

– *Obrigado, Benjamin* – falou debochado, se espreguiçando. – Que aulas a gente tem hoje?

Respirei fundo outra vez, sem efeito.

– Você tá em dezembro me perguntando da grade horária que funciona desde o começo do semestre?

– Sim – replicou simples, dando de ombros.

– Você pelo menos sabe que dia é hoje, *Leonardo*?

– Eu nunca sei que dia é hoje, *Benjamin* – retrucou e me lançou aquele olhar desinteressado.

Voltei a olhar para a frente da sala, quieto. Porque se abrisse a boca eu, com certeza, o mandaria à merda.

Honestamente: estou perdido, tendo que fazer qualquer coisa logo com esse ser humano.

E depois, juro, em uns três minutos ele adormeceu com a bochecha sobre os braços cruzados em cima da mesa. Sério. Como sempre, um grande preguiçoso desinteressado. Mas, diferente das outras vezes em que presenciei aquela cena, senti outra coisa enquanto redesenhava os traços do seu rosto com o meu olhar. Porque, talvez, aquele rosto exausto e bonitinho não estivesse cochilando e desatento por maldade.

Talvez aquele cara que dormia em média umas três horas por noite só precisasse de melhores cuidados. De noites bem dormidas. De refeições quentes e fresquinhas. De vários abraços e beijos nas bochechas. Coisas que qualquer criança normal precisaria. E aquele menino crescido também. Acabei sorrindo, meio sem querer, quando percebi que eu queria ser o responsável por isso, que, no fundo, eu queria muito poder cuidar dele. Mas eu não admitiria aquilo nem que me pagassem.

Ele só foi acordar ao final da aula, quando eu e meus amigos íamos embora. Ele ainda teria outras três aulas para assistir de uma matéria que reprovou ano passado e teve que repor nesse ano. A minha missão era me despedir, levantar e ir embora, mas acabei dizendo a ele depois de nossos amigos saírem da sala:

— Ei, posso te perguntar uma coisa?

— Hum? — Leo arrumava o cabelo e passava a mão sobre a bochecha marcada.

— Se alguém como eu, que sou mais introvertido, quisesse, do nada, ser tratado tipo... com mais abraços e essas coisas. O que essa pessoa teria que fazer?

Ele foi pego desprevenido pela questão e se manteve em pensamentos até colocar uma mecha do cabelo atrás da orelha, mostrando seu alargador.

— Eu acho que... que você só tem que mostrar ao mundo como quer ser tratado... sabe? As pessoas sabem que eu gosto de abraços porque eu abraço, sabem que eu gosto de pequenas demonstrações de afeto porque eu faço isso o tempo todo — disse como conclusão, mas eu continuava ouvindo-o atentamente. — É como puxar assunto. As pessoas só vão falar comigo... digamos... sobre carros. Só vão falar comigo sobre carros se eu demonstrar que gosto de carros.

— Faz sentido. — Acenei com a cabeça.
— Claro que você também tem que considerar os limites das pessoas e a personalidade de cada um. Nem todo mundo gosta de demonstrações e de contato físico, e você tem que respeitar. Mas você só não pode deixar de colocar para fora de si a pessoa que você é. Você tem que ser você e viver o que existe dentro de você sem ligar muito pro que vão pensar. Talvez te achem estranho, mas sempre vai ter alguém que te acha incrível. E você só tem que se importar em ser incrível pra você e pras pessoas que te acham incrível. E eu também deveria seguir meus conselhos. Mas faz sentido pra você?
— Faz. Faz, sim. Minha psicóloga já tinha me dito isso algumas vezes, mas achei que era só papo de psicólogo e que não funcionasse.
— Passei o olhar sobre as janelas, observando a noite escura enquanto pensava. — Ouvir isso de alguém que colocou isso em prática é totalmente diferente, porque pelo menos agora me parece possível.
— É possível, bebê. — Ele bocejou. — Não precisa sair agora abraçando e beijando todo mundo. E é claro que vai ser difícil, mas se você é assim dentro do peito e quer tirar daí e mostrar pro mundo a pessoa que você é, então vá em frente. Desiste não. Vai valer a pena.
— É... — Voltei a encará-lo. — Minha psicóloga me falou isso também. Pra começar com pequenos gestos, um elogio, uma palavra boa que seja, mas pra começar de algum lugar. Porque eu tenho que ser quem eu sou, e não quem me obrigaram a ser.
— Sim. Cada segundo que passa é uma chance que a gente tem de ser quem a gente quer ser — ele falou, meio grogue de sono, mas fiquei algum tempo pensando naquilo.
— Tá bem — concluí, refletindo sobre tudo aquilo, e ficamos quietos nos encarando por um tempo curto. — Você me avisa quando chegar em casa? Só pra eu não ficar preocupado.
Ele estranhou meu pedido, crispando as sobrancelhas por meio segundo.
— Posso trabalhar nisso — respondeu, ainda que não gostasse de dar satisfações sobre a sua vida, porque se sentia controlado e odiava aquela sensação.
— Até amanhã, então. — Me levantei da cadeira, sem expectativas reais de que ele fosse me avisar de qualquer coisa, mas a vida é assim. A gente só faz o que está ao nosso alcance e não é nem por maldade.

A gente é do jeito que é e só nos tornamos aquilo que queremos e conseguimos ser.

Beijei seus cabelos, meio por impulso, massageando um de seus ombros enquanto lhe dava um quase-abraço.

— Até...? — murmurou ainda sentado, confuso pelo meu gesto.

Fui até o carro. Seu cheiro ainda estava impregnado de um jeito gostoso pelo estofado. Mas as suas palavras ainda dançavam em minha cabeça. Sobre me apresentar ao mundo e esperar que ele me acolhesse aos poucos. Eu precisava estar pronto para aquilo. Para bater na porta e dizer "Boa noite, mundo. Eu sou o Benjamin e eu sou assim. Posso entrar?", mas, ao invés disso, me parece que fui entrar por uma fresta da janela fingindo ser quem não sou.

■ *Nota, em um post-it amarelo:* **Eu devia fazer mais do que quero fazer e me importar menos com o que possam pensar de mim.**

Respirei compassadamente. No final, acabei sorrindo bobo. Ninguém deveria se sentir nervoso e com vergonha apenas em pensar em ser quem realmente é, mas eu sentia isso o tempo inteiro. Então talvez eu precisasse mesmo daquele treinamento para ser eu.

Sem pensar muito nas consequências, saí do carro e fui até a cantina, esperar.

A pessoa que eu sou de verdade, esse alguém que quero ser, não está tão preocupado se vão entender errado ou não o que faço. Penso no Leo, acho que ele merece mais carinho do que recebe, de quem o conhece de verdade. Não ligo que ache que estou me apegando demais, eu só ligo que ele tenha que pegar ônibus, sozinho às onze da noite, e passar frio até chegar em casa enquanto eu podia tranquilamente deixá-lo em segurança na porta do seu apartamento.

Consegui revisar as últimas aulas de morfologia e li meio texto de metodologias de pesquisa quando Leonardo apareceu, com a mochila jogada no ombro de maneira despojada, uma das mãos enfiada no bolso da calça jeans enquanto a outra mexia despretensiosamente no celular. E era meio chocante como aquele homem conseguia ser bonitinho, sensual e gracioso ao mesmo tempo. Ele não era o meu tipo ideal de homem, por ser dramático e desleixado do jeito que era, mas tirando sua personalidade, na parte visual, ele era muito mais do que o meu tipo.

Lembro de ter morrido de nervosismo nas primeiras vezes em que ele veio falar comigo, porque eu sempre pensava "o que é que um cara bonito desses quer comigo?". Era de ficar boquiaberto. Tanto que quase esqueci de chamá-lo quando passou e ele já estava prestes a ir embora sem me perceber ali.

— Quer companhia, *gatinho*? — brinquei quando me aproximei correndo, parando ao seu lado.

— O que que você tá fazendo aqui? — se surpreendeu.

— Tava te esperando pra gente ir embora junto.

Leo ficou me encarando sem reação, a tela do celular ainda iluminando seu rosto na noite gelada. Percebi de canto de olho que ele tinha começado a digitar alguma coisa para mim, e agora segurava a tecla de apagar para que a mensagem sumisse e eu não visse o que estava prestes a me enviar.

— Por que é que você fez isso, Benjamin Park Fernandes? — perguntou, soando irritado, mas ao mesmo tempo contente.

— Porque eu quero cuidar de você, poxa — respondi honestamente e ele congelou.

Seus olhos, mesmo mal iluminados pela noite, reluziram em minha direção. De tão surpreso que ele ficou, Leo acabou se virando em direção ao estacionamento e foi na frente, reclamando:

— Isso tudo aqui tá muito errado, tudo errado. A gente falou, você sabe que a gente falou, que não podia ser assim. Nem se beijar a gente pode, nem isso! Elogio também não, não pode nada disso — desatou a falar, e eu consegui entender que só ficou agitado porque não esperava aquele pequeno carinho da minha parte.

— Eu seeei — respondi só para não o deixar falando sozinho, mas meu tom era de riso.

— Você sabe que eu não posso me apaixonar, Benjamin. E você também não! Então você sabe que não pode nada disso.

— Uhum.

— Você não tem o direito de fazer essas coisas bonitinhas, a gente deveria só transar e não fazer mais nada, mas o que a gente tá fazendo? Só hoje a gente já saiu junto, teve aquela conversa perigosíssima no meu quarto, aí você me abraça e beija meu cabelo na sala de aula e agora isso.

— Sim — pontuei quando ele parou para respirar, ainda andando na minha frente com aquelas pernas enormes trocando de posição rapidamente.

— E a gente tá dando beijinho de *oi* e de *tchau* e ficando de mãos dadas e, sabe? O que é isso que a gente tá fazendo? Que furada é essa? Isso tá saindo do controle. Tá saindo muito do controle! A ideia é não se apegar, a ideia não é não se apegar?

— É.

— E o que é que você tá fazendo comigo? — Eu abri a boca para responder, achando que a pergunta era para mim, mas ele continuou.

— Você tá brincando com meus sentimentos, tá me fazendo sentir coisas que eu não deveria estar sentindo, você tá me entendendo? Isso não pode acontecer e você precisa parar de ser assim.

Ele terminou de falar ao lado da porta do motorista, me encarando com aquela carinha de cachorro perdido e eu ainda estava meio rindo. Abri a porta e joguei minha mochila ali dentro, olhando firmemente para o seu semblante.

— Eu só estou dando uma carona pra alguém que eu me importo. Não tô dando carona pro cara que eu transo, tô dando carona pra um bebê que merece mais cuidado.

— Mas você ficou quase duas horas me esperando — sussurrou.

— Eu fiquei estudando. — Dei de ombros enquanto ele me passava sua mochila para guardar no carro.

— E o que acontece se eu acabar me apaixonando? — perguntou baixinho e eu odiei a forma com que eu amei a hipótese.

— Eu dou um jeito de apressar o passo pra te acompanhar — falei com um sorriso.

— Você ainda vai acabar comigo. — Negava com a cabeça, resmungando.

— Vou não, eu sou um anjinho, poxa — ri, mas ele não retribuiu.

O que fez foi passar as mãos pelos meus ombros até me colocar dentro do seu abraço. Sem pensar duas vezes, meus braços apertaram sua cintura para o mais próximo de mim possível, até nossos cheiros se misturarem, até nossos corpos inteiros se encostarem e até nossas temperaturas virarem uma só.

E, ali, eu ouvi cada batida acelerada do seu coração. E era muito, muito rápido.

Até sobrou tempo de falar alguma bobeira, de rir da reação do seu corpo e de outras palavras que podíamos dizer, mas nada mais foi necessário. Ainda que fôssemos diferentes e imperfeitos, ainda que desaprovássemos uma série de qualidades e defeitos no outro, ainda que várias coisas nos dissessem que éramos como água e óleo, nós dois éramos como ímã e química – porque os opostos se atraem, mas somente partículas semelhantes se somam. Caminhávamos na beirada do perigo.

E corríamos o risco de nos apaixonar.

E o risco de o sentimento em nós ser muito maior.

Mas, enfim, decidimos apenas fingir que nada acontecia, porque tínhamos um seminário para apresentar.

Honestamente,
Benjamin Park Fernandes

# Capítulo 11

## Sinceramente?
## A surpresa

Sinceramente? Eu não conhecia Ben como achei que conhecia. Um dos motivos para eu ter ficado tão magoado quando brigamos meses atrás era que eu já o havia mapeado e o conhecia como a palma de minha mão, enquanto ele não se importava, sabia pouquíssimo sobre mim e me falava todo o tipo de indelicadeza. Vivia cutucando minhas feridas onde mais doía, simplesmente por não se importar em perceber o quanto conseguia me destruir.

Dos nossos amigos, ele era literalmente o único que não sabia sobre meu trabalho — também porque lhes pedi para manter sigilo; não sabia coisas que eu sabia sobre ele, preferências de bebidas, comidas, filmes e séries. Sei o quanto gosta de panquecas e filmes sobre viagens no tempo e que prefere o pôr do sol ao nascer do sol, entre outros detalhes que *eu* sabia. Mas entendi que não tinha o direito de ficar chateado por ele não saber tudo sobre mim. Porque naquele 4 de dezembro entendi que eu não sabia nem um terço sobre ele.

Tivemos um pequeno atrito por causa do seminário logo de início — ele quis começar o quanto antes possível, como se o mundo fosse acabar se esperássemos até o final de semana. Pelo menos consegui convencê-lo de não começar na segunda-feira, depois de tudo aquilo sobre nos desentendermos, transarmos, nos desentendermos, ele me esperar para me levar para casa e eu dizer, sem querer, que existia a hipótese de eu acabar apaixonado por ele. Era muita informação para um dia, então, felizmente, ele deixou a noite passar e esperamos a terça chegar. Saí do mercado e fui direto para a sua casa, e o que vi a seguir foi um verdadeiro balde de água fria.

Benjamin abriu a porta e ele estava... de óculos.

Primeiro achei estranho, mas evitei questionar seu senso de moda e aquele acessório repentino. Será que ele ainda tinha um restinho de comportamento de infância, de aproveitar que os pais não estavam em casa para experimentar coisas novas? Sem querer, deixei um selinho em sua boca. No dia anterior eu tinha surtado porque não deveríamos demonstrar tanto afeto, e dar beijinhos de *oi* e *tchau* era proibido? Sim, mas foi quase sem querer que eu o beijei. Será que as pessoas realmente têm noção do quanto ele é bonito? E aquele par de óculos arredondados só o deixava mais bonitinho. É que... ficar sozinho com ele me deixava tão idiota... Prometo que nunca mais beijo ele na boca, eu só fiquei desestabilizado.

– Que bom que você chegou. Vem cá, eu fiz um carbonara meio correndo só pra você comer alguma coisa e não ficar com fome. – Me puxou pela mão, apressado. – Se estiver péssimo, foi sem querer. Mas come rápido pra gente começar logo esse trabalho.

Fui me servindo enquanto eu não conseguia dizer nada.

Desde quando ele ligava para moda?

– Você tá de óculos – constatei, abobado, encarando-o com as sobrancelhas crispadas.

Ele tirou os óculos e os escondeu atrás do corpo, em brincadeira.

– Não tô, não.

– Eu acabei de ver que tá, jumento – afirmei e ele riu, voltando a colocar aquilo em seu rosto.

– Pois é, é que minhas lentes acabaram, mas minha mãe já vai buscar mais hoje – concluiu, indo até a geladeira procurar alguma coisa.

E eu fiquei completamente sem reação.

Lentes para quê?

E aqueles óculos?

– Espera – pedi, nervoso. – Esses óculos que você tá usando agora são de verdade?

– Não, é tudo parte do seu imaginário. – Dramatizou um movimento com a mão esquerda enquanto a direita me trazia suco de laranja.

– Será que dá pra me levar a sério? – Perguntei calmo, ainda que me exaltando aos poucos dentro do peito.

Ele respirou fundo, contrariado, mas se rendendo.

— Eu sempre deixo eles de reserva pra quando minhas lentes acabam, mas eu odeio esses óculos. Fico com a maior cara de idiota.
— Benjamin...? — sussurrei meio desesperado. — O que você tem?
— Hipermetropia — tensionou as sobrancelhas. E, como fiquei chocado, ele continuou: — Uns dois graus. Não enxergo bem de perto.
— *Dois graus?* — Engasguei naquela informação, me sentando à mesa na sala de estar.
— Sim, um grau em cada olho — fez piada e riu de um jeito que eu, com certeza, teria rido se eu não estivesse tão desolado.
— Desde quando?
— Desde sempre, ué. — Deu de ombros.
— Sempre quando? — insisti.
— Desde que eu tenho uns 12 anos — falou e foi ficando atônito também. — Você não sabia?
— Não! Mas é que... é porque... sabe, a gente já esteve tantas vezes bem de perto... você não estava enxergando nada nessas vezes?
— Na maioria das vezes eu estava de lente — contou. — Eu carrego a caixinha pra todo canto, daí eu tiro as lentes quando tenho que tirar. Já dormi uma vez ou outra de lente e quase surtei por isso, com medo de acontecer alguma coisa, admito. Mas tem vezes que eu nem uso, dependendo de pra onde vou ou o que vou fazer. — Ajeitou com o dedo anelar os óculos que desciam em direção à ponta do nariz.
— Você já esteve de lente enquanto estava comigo? — perguntei, meio perdido.
— Quase o tempo todo.
— *Sério?*
— Na primeira vez que a gente transou, não. Isso eu tenho certeza. Dali em diante teve uma vez ou outra que não usei pra economizar lente, mas não me atrapalha tanto ficar sem nada — contou ele com simplicidade. E, eu, ainda muito deslocado.
— Então quer dizer que quando você estava sem nada você não estava me enxergando direito? E como que eu nunca percebi nada disso? Eu te olho nos olhos o tempo todo e não fui capaz de perceber nada — falei de um jeito tão chateado comigo mesmo que ele deixou escapar um sorrisinho, vindo se sentar em meu colo e sendo bem recebido.
— Bebê, isso eu tenho desde pequeno e só piorei porque vivia forçando minha visão pra ler em computador, celular e em livro. Mas

o maior incômodo mesmo é pra ler. Eu enxergo sem lente, só tenho que fazer um esforço maior, e aí quando olho pra longe eu demoro um pouco pra conseguir focar no que está mais distante. Então mesmo nas vezes em que eu estava sem lente perto de você, eu conseguia te ver. — Colocou uma mecha da minha franja atrás da minha orelha, depois fez um carinho curto em minha bochecha. — Olha. — Colocou seus óculos em mim para provar seu ponto.

De perto, a única coisa que mudou foi que ele estava um pouco maior e sua imagem tinha mais clareza, mas não mudava tanta coisa. Contudo, olhando para a janela eu só via borrões indistintos de objetos e cores.

— Eu não tô vendo nada pra lá — reclamei, talvez meio bobo, e ele riu.

— É assim mesmo, pra você que tem olhos saudáveis. — Recolocou os óculos no rosto. — Mas pra perto não muda tanto, você viu. E quanto às lentes, a ideia é que não dê pra perceber mesmo, e tá tudo bem se você não sabia.

— Entendi — comentei, meio para encerrar o assunto, porque meus olhos estavam ardendo.

Sinceramente? Eu sou um idiota.

Aquilo me fez despertar de ideias infundadas que nutri sobre ele. Cobrei tanto que ele soubesse de coisas bobas sobre mim, enquanto eu não sabia de coisas básicas sobre ele. Eu o julguei, esperei demais dele, o tratei mal porque achei que não se importava comigo. A verdade era que eu só não o conhecia. Eu era só um idiota arrogante e prepotente, colocando todas as minhas expectativas em cima dele e o machucando com tudo o que eu já fiz e disse.

Sinceramente? Quantas coisas mais sobre ele eu tinha deixado passar?

— Me desculpa — engasguei com as palavras, calando um choro que queria subir do meu estômago até minha garganta. Ele, que estava sorrindo, deixou seu sorriso morrer.

— Pelo quê? — Preocupado, seu olhar alternava entre encarar um de meus olhos, depois o outro, continuamente.

— Pelos últimos meses. Você usa óculos e eu nunca soube!

— Leo, que é isso? — falou dócil, tentando me consolar, massageando um de meus ombros. — São só óculos, cara. Relaxa. Tá tudo bem.

— Não, Benjamin. Eu não tive a capacidade de perceber algo que você cuida desde os 12 anos! Eu dormia na sua casa, você na minha, a gente se via todo dia, e eu nunca percebi!

— Mas é porque não quero que percebam, por isso uso lente, me sinto ridículo de óculos.

— Você fica lindo com ou sem óculos, Ben — respondi indignado. — E isso não muda as coisas.

— Mas, Leo... — Ele riu de nervosismo, sem saber o que dizer. — São só óculos. Tem nada a ver.

— Pra mim tem, cara. Eu te julguei errado. Eu achei que te conhecia inteiro e eu fui um idiota.

— Ninguém conhece outra pessoa completamente, bebê. Ninguém. Eu não sei de tudo sobre mim mesmo, que dirá dos outros. E é assim. Gostar de uma pessoa não quer dizer saber tudo sobre ela, porque isso é impossível e tá tudo bem — concluiu. — Não fica assim, tá?

— Eu sinto muito — repeti em um sussurro, arrependido.

— Tá bom, tá bom, eu desculpo tudo, só não chora, tá tudo bem — ele pedia apressado, segurando meu rosto com as duas mãos.

— Eu não vou chorar — falei por orgulho, segurando-o com firmeza para que não caísse do meu colo. Mas a minha vontade era somente de abraçá-lo com toda a minha força e o beijar da cabeça aos pés pedindo-lhe desculpas um milhão de vezes por ser o pior amigo que alguém poderia ter.

Primeiro descubro sobre aquela sua ligação ao CVV. Depois descubro que ele tem hipermetropia diagnosticada desde os 12 anos e eu nunca percebi nada. Eu sou mesmo um imbecil.

— Eu te conheço, olha esses olhinhos vermelhos, eu tô te vendo lacrimejar...! Ei! Tudo bem, tudo bem, shh, shh, shh! — Ele apertava minhas bochechas, e ele, sendo bonitinho daquele jeito, com aquele jeitinho carinhoso e aqueles óculos redondinhos, só me fazia ter mais vontade de chorar.

— Eu tô bem. Eu tô bem. — Coloquei minhas mãos sobre seus pulsos, tentando me acalmar e acalmar a ele também. — Não vou chorar.

— Tá bem — concluiu e ficou me observando limpar os cantos dos olhos. — Eu posso tirar os óculos, se você quiser.

— Não é sobre isso — gargalhei, porque ele realmente não entendia meus sentimentos, mas mesmo assim se preocupava e tentava fazer o que estivesse ao alcance para me tratar bem.

— Não é sobre os óculos?

— Claro que não — respondi enquanto passava meus braços pela sua cintura e o trazia para bem perto, beijando cada pedaço que alcançava, seu pescoço, sua bochecha, a linha de sua mandíbula; o que despertou nele uma pequena crise de riso. — É sobre encher esse baixinho, com um piercing no nariz e cabelos vermelhos, de todo o carinho que ele merece.

Ele riu de um jeito ainda mais bonitinho, até que fiquei quieto naquele nosso abraço gostoso.

— Você é uma gracinha — ele disse e eu travei por meio segundo. Se ele já fazia meu coração acelerar quando não dizia nenhum elogio, agora que decidiu ser mais simpático ele iria, com certeza, me fazer cair de cama, doente de amor.

— Olha só pra você, que direito tem de me falar isso? Olha o rostinho, os óculos, o sorrisinho — terminei meu discurso, sem querer, na sua boca, em um beijo curto.

— Você não acha que eu fico feio de óculos? — quis saber, mas completamente sem jeito pela sua timidez que ainda existia latente.

— Eu acho que você fica a coisa mais bonitinha na qual eu já coloquei as mãos quando tá de óculos — sorri, usando daquele adjetivo que já tínhamos usado antes.

— Gosto de como nossas referências vivem reaparecendo — ele disse com o sorriso que brilhava, mas o rosto já começando a ganhar uma coloração estranha. Sabe-se lá o que é que ele pensou, foi o suficiente para deixá-lo constrangido.

— Sabe o que eu percebi? A tua cara de quem tá segurando peido é igualzinha a sua cara de quando você tá bêbado, que é igual a cara que você tá fazendo agora — tirei sarro, obviamente só brincando para encher o seu saco.

— Ai, vai à merda. — Saltou de meu colo e fugiu rumo ao seu quarto, gritando da sala: — Come logo pra gente fazer essa merda desse seminário.

O macarrão carbonara que ele preparou estava ótimo, e eu disse isso em voz alta algumas vezes, sendo respondido por vários xingamentos da parte dele. Logo depois fui até seu quarto, mas detrás de seu par de óculos ele já estava concentrado demais no tal trabalho para dar qualquer atenção às minhas piadinhas. E eu, que sou sinceramente bobo por ele, só fiz o que ele queria e me sentei em sua cama para que pudesse me explicar o que teríamos que fazer.

    Sinceramente? Entender que ele tinha uma dimensão muito maior do que o que eu imaginava era bem difícil.

    Benjamin Park Fernandes não era um lago raso, mórbido e previsível. Ele era como um oceano inteiro, com todas as suas marés, ondas, marolas, predadores marinhos, cardumes e peixes pequenos, e ainda havia – e sempre haveria – aquela parte do mar em que nunca ninguém pôs os olhos. Aquela parte em que a luz não chega.

    Isso me rendeu um novo problema, dividido em dois itens:

→ Sinceramente? Eu quero ser seu navegante e mapear todo o seu ser.

→ Sinceramente? Eu quero esse menino todo para mim.

Mas não que eu esteja apaixonado, claro.

Sinceramente,<br>
Leonardo Guimarães

# Capítulo 12

## Honestamente: As verdades

Honestamente: não me apaixonar por Leonardo Guimarães seria uma missão quase impossível.

— Foco — pedi, ficando em pé enquanto ele se sentava em minha cama, porque pelo menos assim eu exercia alguma autoridade depois de todo aquele papo esquisito sobre eu usar óculos ou não.

— Tô focado.

— Seminário. Eu e você, certo?

— Com certeza.

— Eu imprimi o livro. Você lê a sua parte e vai sublinhando, destacando com marca-texto... foda-se, só vai marcando o que achar mais importante. Eu vou fazendo isso com a segunda parte do texto, pois aí você não precisa ler exatamente tudo, até porque tempo livre não é o teu forte. Então, assim... — Respirei pesado, percebendo que ele finalmente começou a prestar atenção em mim e parou de me olhar com aquela cara de idiota que só queria me constranger. — A gente vai reunir o que cada um achar mais importante e vai discutir sobre isso mais tarde. Claro, também vamos dar uma passada de olho no texto todo, mas só prestando mais atenção no que o outro destacou. Tá bem?

— Tá, então eu pego o começo e você do meio pro final.

— Exatamente. As informações que faltarem pra eu poder entender o que tô lendo eu vou te perguntando ou leio meio por alto. Aí você pode fazer anotações do lado, ou, sei lá, qualquer caralho de qualquer coisa que ajude a fixar o texto — concluí.

— Você devia considerar começar a falar menos palavrão. Vai fazer bem pra sua vida — aconselhou, sorrindo de canto, já disperso da seriedade do que estávamos conversando.

— Caguei. Toma. — E lhe entreguei seu maço significantemente grosso de folhas, alguns post-its e um marca-texto. — Boa sorte na sua missão.

Ele segurou o que lhe entreguei e ficou me observando trocar de roupa apressado. E eu queria não ter percebido, mas senti seu olhar queimar sobre cada pedaço de mim.

— A gente tem bastante tempo antes da aula — sussurrou e o olhei de canto, vendo como sua mão se meteu entre suas coxas e massageou a calça jeans.

— Não, você não vai fazer isso comigo. — Engoli em seco, voltando minha atenção aos meus cabides, porque precisava achar minha jaqueta.

Não sei descrever como eu odiava o jeito que ele me fazia entrar em sintonia com cada uma de suas vontades. Só de o olhar daquele jeito, com as pernas espaçosamente abertas, aquele olhar que dizia claramente como queria me tocar e me fazia lembrar de seu corpo desnudo me deitando em sua cama... *Que ódio.*

— O que eu tô fazendo com você, Ben? — A forma como pronunciava meu nome era quase uma dança e me deu calafrios, me desafiou o autocontrole.

— Você sabe bem o que tá fazendo comigo, mas agora não posso fazer nada porque preciso ir na psicóloga e não posso me atrasar.

— Você ainda não foi na psicóloga hoje? — voltou a usar seu tom de praxe, vindo para perto de mim, e eu respirei com dificuldade quando seu tórax se aproximou do meu rosto.

— Ela teve que atender um caso de emergência e eu concordei em ser atendido mais tarde, então vou agora. — Ajeitei meus óculos, olhando-o de baixo.

— Mas você tá bem? — quis saber e seus olhos enormes brilhavam.

— Tô.

— Desculpa querer transar agora, eu não sabia — dizia manso, me analisando com outro tipo de olhar antes de pegar exatamente a jaqueta preta que eu estava procurando e me entregar, afirmando: — vai ficar bem com essa.

— Obrigado. — Aceitei a jaqueta e a vesti. — E tudo bem, esqueci de te avisar antes da mudança de horário. E outra que... Leo, a gente vai ter que parar de transar por um tempo, até terminar esse trabalho.
— O que tem a ver? — Curvou a cabeça, forçando as sobrancelhas a descer.
— É que leva muito tempo. Tomar banho, fazer as coisas do jeito que a gente gosta, e depois tomar banho outra vez... Acho que a nossa prioridade agora é terminar a apresentação até sexta, e hoje já é terça — falei, me sentindo brevemente intimidado pela sua presença. Instintivamente meus braços se uniam em frente ao meu peito quando se aproximou e me envolveu em seu abraço. — Então, é nossa prioridade. Primeiro seminário, depois *nós dois*.

Leo notavelmente virou o olhar e suspirou em uma admissão muda de que não concordava com nada daquilo que eu dizia. Sei que, em pensamentos, ele reclamava por ainda termos quase duas semanas e eu querer terminar tudo em três dias. Mas era porque ele era muita... *distração* para minha cabeça, e eu não queria perder o controle das coisas.

— Como você quiser, bebê — ele falou por fim, me dando um beijo no topo da cabeça e outro em minha bochecha, mas não beijou minha boca. Achei legal da parte dele evitar me beijar, mesmo eu estragando tudo e o beijando em seguida.

Deixei meus óculos sobre a escrivaninha e me virei para ele uma última vez, segurando seu rosto com as duas mãos para dar um selinho apertado em seus lábios.

— Até depois — falei, mas, quando ia me distanciar, ele me segurou pela mão.

— Deixa eu ir junto? — pediu e fiquei reticente, sem entender suas verdadeiras intenções. Ele riu. — Não quero entrar e ouvir tudo! Só ficar na sala de espera. Pra te fazer companhia antes e depois da consulta.

— Tá bem — respondi, sentindo o coração bater na garganta. — Mas é melhor você levar sua parte do texto pra ir lendo.

Ele rolou os olhos outra vez, respirando alto enquanto penteava todo seu cabelo para trás.

— Senhor, me dê paciência.

■ ■ ■

— Então você está dizendo que separa a relação afetiva da relação sexual e romântica que vocês têm — Daniele, minha psicóloga, quis confirmar.

Aquela palavra me assustou.

— Não, não é romântica. Somos amigos tentando voltar a se falar, e separado disso nós transamos. Mas só isso, é bem simples — tentei corrigir rapidamente.

Pela forma como ela manteve silêncio por poucos segundos, eu soube que talvez meus valores e palavras não fossem assim tão verdadeiros.

— Entendi. — Ela meneava a cabeça, e eu me encolhi no pequeno sofá enquanto apertava uma almofada entre minhas mãos suadas. Eu sabia que estava errado. Sabia que não tinha nada de simples na nossa relação. — Então, como você me disse, você separa entre o Leonardo com quem você transa e o Leonardo que é seu amigo?

Abaixei o olhar, sentindo o peito tremer quando puxei o ar.

— Sim.

— Benjamin — ela me chamou, com aquela calma gostosa que sempre tinha, aquele dom quase imaculado de me acalmar. Eu a encarei e me senti nu. Eu contei a ela sobre tudo envolvendo Leonardo, venho falando dele há meses para ela, que, mais do que ninguém, conseguia entender o que eu sentia. E o que eu reprimia. — Esses dois Leonardos, eles moram em casas diferentes? Tem nomes diferentes registrados nas identidades deles? Eles habitam corpos diferentes?

— Não.

— E como é que você consegue diferenciar qual deles você está beijando?

Ao questionamento dela, senti meus olhos ardendo. Meus sentimentos aparecendo outra vez depois de eu tentar prendê-los dentro de mim.

— É que ainda que as coisas possam evoluir, eu não poderia virar pra nenhum desses dois Leos e dizer "eu te amo". — Meu choro riscou minha voz e minhas mãos começaram a tremer enquanto uma lágrima caía. — Não interessa se eu vejo ele de uma forma ou de outra, porque nós nunca seríamos mais que isso. Amigos. Ou caras que transam.

— Você diz isso por causa dos seus pais? — a voz da minha psicóloga parecia serpentear por entre tempo e espaço enquanto eu abria minhas feridas para ela ver o que havia lá dentro de mim, para me curar pela raiz.

— Não só por isso. — Limpei meu rosto da água salgada. — Mas é que... ele não ia querer também.

— Por que você acha isso?

— Porque a gente não tem nada a ver — cuspi as palavras que eu tentava mastigar dentro de mim e elas só machucaram quando as ouvi em minha própria voz. — A gente ficou meses sem se falar, não fomos capazes de resolver um desentendimento bobo. Mas é que, no fundo, nós dois sabíamos que não temos nada a ver. Ele é superextrovertido, engraçadinho, carinhoso, popular... tudo, todo o jeito da cabeça dele funcionar não tem nada a ver comigo. — Ajeitei meu cabelo para longe dos olhos, esperando que ela passasse a falar, mas ela não disse qualquer coisa, parecendo perceber que eu ainda tinha mais a dizer. — Agora eu tô tentando me esconder menos, como você disse. Tô tentando demonstrar mais o que eu penso e organizar as ideias em palavras pra falar, mas parece que nem assim vai ser suficiente, sabe? Porque o ritmo dele, o universo todo em que ele vive simplesmente parece que não combina comigo, e é questão de tempo até ele parar de falar comigo de novo.

— Você disse há alguns minutos que tem tentado ser mais você mesmo e me falou isso como algo positivo, certo? — ela quis retomar.

— Certo, mas eu não posso ir tão longe assim. Eu sou um cara introvertido que pensa demais, e eu não vou conseguir mudar muita coisa.

— Ser introvertido não é um defeito, é só uma característica. De toda forma, as duas coisas não são tão distantes, mesmo que o Leonardo, digamos, se comunique verbalmente melhor do que você. Você comentou que engole milhares de coisas e esconde palavras e fatos até de si mesmo, porque não quer que ninguém saiba. Mas e ele? Quantos níveis de verdade você sabe sobre ele? Sabe o que pensa? O que sente?

— Sei só de algumas coisas — falei, começando a entender o que ela queria dizer.

E foi aí que meus olhos ficaram inquietos ricocheteando pelo cômodo enquanto eu percebia a quantidade de furos que continha a narrativa chamada Leonardo Guimarães.

Ele odiava solidão, mas morava sozinho. Vivia se emocionando com conteúdos sobre família, mas nunca falava a respeito e nem via a sua. Fazia estágio todos os dias, mas nunca queria conversar sobre o assunto. As vezes em que o flagrei chorando nos últimos tempos, talvez não fossem só lágrimas eventuais. Talvez ele falasse pouco sobre o que realmente tinha de sensível dentro de seu peito.

Talvez ele não falasse nada.

Ele fazia piadas, ria bem alto, contava bobeiras e histórias interessantes, tinha relações tranquilas com todo mundo... mas nunca falava o que sentia. E nunca vivia rodeado das milhares de pessoas que gostavam dele, porque a verdade era que ele, assim como eu, não era uma casa de portas abertas.

A gente lutava para ficar sozinho e quase desafiava a todos ao nosso redor para que nos abandonassem – sabe-se lá o motivo, acho que por medo. Medo de que tudo o que há de ruim que vemos em nós mesmos fosse verdade.

Tanto eu quanto ele só estávamos esperando alguém para nos ver despidos de palavras vazias, para enxergar quem nós somos e escolher ficar mesmo depois de mandarmos o visitante embora. Eu gritava inconscientemente para Leo: *suma daqui!* Mas meu coração só se aquecia porque ele escolhia ficar. Vai ver a gente só queria alguém que lutasse por nós, depois de sinalizarmos, um para o outro, o quanto um gostava do outro.

— Você entende, Benjamin, que todos nós temos problemas. Você me contou alguns dos seus — ela comentou para me puxar para a Terra. — Mas nós não sabemos dos problemas do Leonardo e nem como ele é dentro da casca dele. Você não tem como ter certeza sobre como ele é e nem o que ele pensa ou sente. Como você faz para saber qual dos dois Benjamins ele beija?

— Ele nunca gostaria de mim dessa forma — resmunguei, ainda tentando desvendar o que eu não sabia dele.

— Ele se aproximou de você quando você se abria bem menos para ele, e até para mim. Você estava acostumado a se diminuir, e mesmo assim ele já se importava com você. Se agora que você mostrou estar disposto a se abrir mais com ele... se mostrou estar disposto a ser mais honesto com você mesmo, você acha que não é uma possibilidade?

— O quê? De ele gostar de mim como um namorado? — ri em escárnio, incomodado. — Nunca.

— Tudo bem. Nosso tempo por hoje acabou, mas eu gostaria que você fosse para casa refletindo sobre algumas coisas, está bem?

— Tá.

— Em primeiro lugar, fico muito contente que você tenha se esforçado mais para mostrar o que sente e o que pensa. Mas não queira usar desse exercício achando que você vai ser outra pessoa, que vai mudar a sua essência. Ser introvertido não é um problema.

— Uhum. — Acenei com a cabeça, minha perna nervosa bombeando contra o chão, guardando cada palavra dela.

— E a segunda coisa que quero que pense é em respeito ao Leonardo — falou e eu congelei. — Finja que seus pais não existem só para esse exercício. Em um mundo utópico em que nada fosse entrar no caminho. Eu sei, dado o pouco tempo desse novo relacionamento de vocês, que os sentimentos aparentemente são bem confusos e que não houve tempo, respeito, verdades, carinho e comprometimento para que vocês pudessem construir um amor consolidado. Mas como você se vê agindo quando chegar o amor?

— Ele nunca me amaria — resmunguei cheio de um rancor que eu não entendia. Acho que era ódio próprio, porque eu chorava. E odiava o teor de verdade em minhas palavras.

Daniele se levantou de sua poltrona e caminhou até mim com o pote de lenços de nariz, me oferecendo.

— Não quero que me responda agora, quero que reflita. Será mesmo que ele nunca te amaria, Benjamin?

Com o lenço, sequei meu rosto todo e abaixei minha cabeça. Eu teria sete dias para refletir sobre tudo aquilo até nossa próxima conversa. Alguma coisa de proveitoso aquela reflexão iria me trazer.

— Obrigado — disse a contragosto, me erguendo e ficando mais alto do que ela, que devia ser só uns cinco anos mais velha do que eu. — Vou pensar nisso.

— Vamos, eu te levo até a porta.

— Obrigado — repeti, permitindo que ela me guiasse com a mão em meu ombro.

Lá fora, todo mundo já havia ido embora, porque a clínica já ia fechar. A única pessoa ali era Leo, completamente despojado em uma cadeira enquanto mexia no celular. E aí ele me viu e fez uma cara de alegria que senti meu queixo tremer. Daniele trouxe uma perspectiva que eu não estava pronto para ver. Ela me lembrou da possibilidade do amor. E eu estava morrendo de medo de amar aquele cara que vinha em minha direção, sorrindo para ela:

— Posso assumir daqui? — perguntou com um tom descontraído, me guiando a me abrigar em seu abraço, e eu só o obedeci.

— Claro — ela riu, simpática, até porque todo ser vivo nesse planeta precisa dar mole para o Leo. — Você é o...?

— Leonardo.

— Ah, sim! Leonardo, é um prazer te conhecer.

— É um prazer te conhecer também — ele respondeu com sua voz de sorriso e eles apertaram as mãos, se apresentando. — Mas pra você saber quem eu sou, Benjamin deve ter falado alguma coisa sobre mim. Não vai me dizer que você falou aquilo sobre... — Me empurrou de leve para poder ver meu rosto e eu sorri de canto, entendendo a brincadeira. E não, eu nunca falaria do tamanho do pinto do Leo para a minha psicóloga.

— Nós só conversamos com muito profissionalismo envolvido, não se preocupe — ela disse e então fez carinho em meu ombro, me induzindo a olhá-la, e meus olhos ainda ardiam e eu ainda fungava pelo choro. — Você vai ficar bem?

Pisquei algumas vezes enquanto seus olhos estavam sobre os meus. Daniele gostava de mim. Ela se importava comigo na medida em que nossa relação de psicólogo-paciente permitia. E foi depois daquela sessão, somente depois daquela sessão, que eu passei a olhar para as pessoas e acreditar na hipótese de que talvez gostem de mim do jeito que eu sou. Que a mudança vai me fazer bem, vai ser como libertar parte de mim que está presa. Mas que, talvez, algumas pessoas já gostem de mim. Eu vi em seus olhos.

— Tô bem. Tenho que ir pra aula, mas terça que vem tô aqui de novo.

— Tudo bem. Se precisar de mim, você pode me mandar mensagem ou me ligar a qualquer momento, certo? Boa aula! — Ela se despediu e nós saímos.

Até o estacionamento, Leonardo fazia comentários animados sobre a sala de espera, uma revista de arquitetura que leu e algumas outras bobeiras que eu somente respondia coisas curtas e meio superficiais. Mas quando eu cheguei no carro e ele parou em minha frente, foi como se tivesse me jogado contra a parede.

— Se você não quiser falar sobre o que tá acontecendo, tudo bem. Mas tem alguma coisa que eu possa fazer pra te ver bem?

E aí eu vi seus olhos sinceros e como eles brilhavam para dizer que ele queria cuidar de mim.

E foi então que meu coração disparou e eu não senti muita coisa além de medo. Porque pode ser que ele goste de mim. Mas eu sei que dali a pouco eu teria a certeza de que estava apaixonado por ele. Eu tinha medo porque eu sabia que ia acontecer, que quanto mais nos aproximássemos, pior seria depois para desatar o laço. Eu ia amar aquele filho da puta e nunca poderia estar com ele porque ele não quer nenhum relacionamento sério. E meus pais me matariam se soubessem.

E o futuro, tudo para frente, era tão incerto e eu me sentia tão frágil que eu só me lembro de ter levado minhas mãos à cabeça e chorado antes de ele me abraçar com todo o carinho do mundo.

Honestamente: nossa relação era, então, uma bomba-relógio pronta para explodir quando tudo saísse do controle.

■ ■ ■

Acho que encarar aquelas verdades me desestabilizou.

Depois que cheguei da aula, meus pais começaram outra vez com aquele assunto de quererem netos, e eu nem tinha certeza se queria mesmo me casar com uma mulher algum dia. Perdendo a cabeça, simplesmente apareci na casa do Leo, chorando desesperado.

Ele ficou sem reação por algum tempo assim que abriu a porta e me afoguei em seu abraço, chorava de tremer o corpo todo, mas sem dizer sequer uma palavra do que eu estava sentindo. Porque a ideia de ter que me casar com uma mulher e ter um filho significava que eu teria que me separar de Leonardo. E eu não queria mais esconder e mentir para os meus pais sobre mim e sobre quem me levava para a cama. E eu não queria pensar na hipótese de amar o Leo e não ser correspondido.

Meus pensamentos eram uma mistura heterogênea e confusa composta por: meus pais, Leonardo, amor, casamento, filhos, mentiras, meias verdades e omissões. Tudo aquilo me deixou tão apavorado que me mantive em silêncio. Não porque eu queria privar o mundo da minha essência, de saberem o que sinto. Mas porque eu não conseguia desenrolar o emaranhado de fios dentro da minha cabeça para que eu pudesse construir frases inteiras. Eu só não sabia o que falar. Como falar. Como começar ou organizar tudo aquilo em algo que fizesse sentido fora de mim.

Às cegas, o que ele conseguiu fazer para me acalmar foi a coisa mais boba e mais bonitinha que já fez.

Ele me enrolou em um edredom quentinho e me fez chá de hortelã. Devagar, fui bebendo o chá, meu peito desacelerando e meus olhos secando lentamente. Ele, ajoelhado aos meus pés, me encarou com um sorriso, curvando a cabeça daquele jeito que uma parte de seu cabelo caía graciosa para o lado.

— Tá melhorzinho? – perguntou.

— Agora tô. Desculpa aparecer assim do nada – comecei a me justificar, mas ele fazia vários "shh, shh" em tom decrescente, até que eu me calasse.

Abanou a cabeça para os lados, sorrindo curto, dizendo em silêncio com os lábios:

— Tá tudo bem – concluiu, indo sentar na porta de vidro da varanda, que mostrava o céu noturno lá de fora. – Só quero te ver bem – falou com firmeza e doçura, e eu apertei a alça da xícara em meus dedos, olhando para o líquido cheiroso. Eu ainda estava com medo de tudo. E ele me tratando daquela forma só me deixava com mais medo de me apaixonar, e foi por isso que continuei calado. – Mas, sabe, bebê? Se você quiser falar sobre alguma coisa... sobre qualquer coisa, eu tô aqui, tá?

Eu o olhei, sentado daquela forma com a cabeça no vitral. Sua calça cinza de moletom com as barras puxadas até o meio das panturrilhas, mostrando uma camada de pelos em suas canelas e aquela tornozeleira discreta, de couro sintético, que usava na perna esquerda. Seus braços à mostra da camiseta preta com as mangas levantadas até os ombros, e nas beiradas do tecido eu podia enxergar sua pele tatuada, suas axilas que não depilava, o pomo de adão, veias espalhadas pela sua cor... Leo exalava masculinidade e isso me despertava certo interesse. Perguntei:

— Como você descobriu que gostava de caras?

— Eu tinha catorze anos e estava em uma festa de aniversário de um amigo; um amigo dele me pediu um beijo quando ficamos sozinhos e eu... sei lá. – Ele olhou para qualquer canto do teto. – Eu só não vi motivo nenhum pra negar. Até então eu já reparava nos meninos à minha volta. Acho que sempre soube, mas não tinha certeza, aí no dia da festa eu confirmei. – Voltou a me olhar. – E você, hum? Como descobriu que gostava de caras?

– Como eu descobri que gostava de meninas, você quis dizer – comentei, dando os últimos goles na xícara, deixando-a de lado enquanto reparava no seu semblante mortalmente curioso e interessado. – Eu achava que era gay.

– E como foi a descoberta? – Se ajeitou na postura que deslizava, ficando agora ereto.

– Foi na viagem mais entediante que fiz com meus pais até a casa da minha tia, que mora em uma cidade do interior, não muito longe daqui. O lugar era deserto, não tinha internet, mal tinha sinal de telefone, e a programação mais animada era jogar bingo com as velhinhas na igreja. Ou ficar tricotando a tarde inteira. É sério, aquele lugar era uma merda.

– Já entendi. – Leo quis me apressar.

– Aí tinha essa menina, era mais velha do que eu. Eu tinha dezesseis e ela quase vinte.

Ele crispou as sobrancelhas, incerto do quão saudável poderia ser aquela relação, pela distância de idade.

– Foi consensual, Leo, relaxa.

– Então tá.

– Aí a gente ficava junto o tempo inteiro, andando pra todos os cantos e conversando, e ela era a única pessoa interessante daquele lugar. Fomos à cachoeira algumas vezes, mas nunca entrávamos. Um dia, nessa gruta... sabe... rolou. E, sei lá, eu gostei de verdade de como foi. A partir daquele dia a gente começou a se beijar escondido... tipo... tivemos um pequeno namoro, de uns cinco dias. Foi legal – sorri, me lembrando daqueles tempos.

– Mas como você... hum... beijou um menino pela primeira vez?

– É que eu sempre soube que gostava de meninos. Bem antes, eu tive um namoradinho na escola desde os doze anos e foi muito idiota. Eu era muito tímido e estava com aqueles óculos horríveis e eu não podia respirar que já ficava vermelho e suando e morrendo de medo de tudo – contei, rindo.

– Não que tenha mudado muita coisa – ele tirou sarro.

– Ah, vai se foder – rebati, e ele riu.

– Continua, vai. Tô ouvindo.

— Enfim, eu achava ele muito bonito, mas ele era super popularzinho, cantava no coral da escola e todo mundo meio que sabia que ele era gay, só que todo mundo disfarçava. Aí, um dia, eu estava na biblioteca ajudando a bibliotecária a guardar os livros novos. Ele passou, ofereceu ajuda, eu surtei e fiquei vermelho. Ele achou bonitinho, passamos a tarde conversando, ele disse que me achava bonito, eu retribuí o elogio e ele me beijou. Daí namoramos um tempo, só que acabou o ano e ele mudou de escola.

— É uma história tão bonitinha — ele falou com um sorriso inocente.

— Seus pais não sabem de nada disso, não é?

— Não. Tenho medo que descubram e me expulsem de casa. Quando eu era mais novo eu achava que eles iam literalmente me matar se soubessem. De qualquer forma, se eles passarem a gostar só um pouquinho menos de mim por causa da minha sexualidade, eu não sei como vou viver. Eu prefiro morrer a decepcionar os meus pais. — Leo continuava me olhando com certa tristeza, procurando o que dizer, mas falhando nisso. Perguntei: — E os seus, sabem de você?

Leonardo fechou completamente sua expressão, engolindo em seco. E eu somente tentava esconder minha curiosidade. Mas queria muito saber. Precisava saber sobre tudo aquilo que não sabíamos um do outro até então.

— Não é como se meus pais ligassem pra mim, Ben.

— Como assim?

Leo abraçou os joelhos junto do peito antes de relaxar a postura outra vez, esticando as pernas, cruzando os braços e parecendo subitamente distante.

— Acordar todos os dias sabendo que você não é e nem nunca vai ser o filho favorito machuca um pouco. Saber que você nasceu completamente sem necessidade e nunca vai conseguir fazer parte da própria família. Sabe como? — Ergueu seu olhar a mim e eu odiei tudo o que eu lia em seus olhos. — Eram eles, a família perfeita, contra mim, que nem sei por que fui nascer.

— Por que você acha isso? — perguntei, um pouco assustado com a forma como eu me identifiquei com aquele sentimento.

— Meu irmão mais velho é um babaca, e é o filho preferido. Ele vivia mentindo pros meus pais dizendo que eu fiz coisas que nunca fiz, e... — Leonardo respirou alto outra vez, claramente relutante. — Esse período em que ele fazia de tudo pra me machucar coincidiu com o período em que eu comecei a sofrer bullying na escola. Porque sempre fui esquisitinho e cabeludo... sei lá. Em algum momento eu fiquei com medo de eles estarem certos e eu ser mesmo uma pessoa muito desprezível, então eu fiquei quieto porque não tinha ninguém em que eu confiava para poder falar. Eu nunca confiei em ninguém, nunca mesmo. Meu irmão destruía meus brinquedos, tentava me bater, estava sempre gritando comigo porque achava que tinha que me educar, e meus pais nunca viram isso, nunca me defenderam de nada. Só passaram a mão na cabeça dele, afinal, eles iam confiar mais no menino mais velho ou no mais novo, que só mentia? Mesmo quando eu falava a verdade, na cabeça deles era mentira.

Ele riu de um jeito que doeu demais.

— Então meus pais estavam acostumados a não me ouvir e a fazer de tudo pra eu calar a minha boca. Eu fui o problema da família sem sequer merecer aquilo. Em certo momento, tinha tanta tristeza, raiva, mágoa e ódio próprio em mim que eu começava a chorar sempre que ia falar, e eles não souberam interpretar que eu estava pedindo ajuda. Acharam que tudo era frescura minha pra tentar manipulá-los. Tinha milhares de pequenas coisas que me machucavam e eu nunca tive ninguém pra me dar um abraço e me colocar no colo nas vezes em que precisei. — Ele enxugou o canto do olho quando uma lágrima tentou cair. — Aí eu cresci assim. Reservado. Porque cada vez que eu mexia em uma cicatriz eu voltava a chorar e a perder o controle e a reviver aquele menino que nunca cresceu e que estava sempre sozinho. Eu fui... tentando menos. Tentando menos conversar com meus pais sobre coisas sérias. Eu só me fechava no quarto e ficava ouvindo eles rirem na cozinha, todos eles. Como se... — Ergueu as duas mãos, procurando palavras, e elas tremiam como seu queixo passou a tremer. E lágrimas escorreram pelo meu rosto mesmo que eu quisesse evitar. — Quando eles pararam de investir em mim, eu acho que parei de investir neles. Deve ter parecido que eu não gostava deles ou algo assim, mas não me importo mais.

"Eu tentei algumas vezes me reaproximar, mas nunca deu certo. Sabe, eles estavam por perto do meu irmão quando ele mostrou vulnerabilidade, e eu tentei mostrar algumas das minhas fragilidades. Contei sobre ser bi e eles não ligaram. Era como se eu não tivesse dito nada. E o tempo foi passando. Eu aprendi a me fechar, e a minha tia, assim como toda a família, percebeu que eu era o filho deixado de lado para 'me virar', enquanto meu irmão tinha tudo de mão beijada e mandava e desmandava nos meus pais. Essa minha tia me ofereceu esse apartamento, pra eu ir pagando com calma. Estar lá era só pra me machucar, ver eles fazendo coisas por ele que nunca fizeram nem fariam por mim, eu tendo cada vez menos lugar de fala. Minha tia viu tudo isso e então me ofereceu o apartamento, mas era mais pra me tirar de casa antes que eu acabasse tão fechado pro mundo que seria irreversível."

— Mas agora você é alguém bem resolvido e que conversa com o mundo, não é? — eu perguntei com os olhos úmidos, mesmo entendendo, naquele momento, que era mentira e que ele não era, assim, tão bem resolvido. Mas eu queria saber o que ele tinha a dizer a respeito. — Você tá sempre rindo e falando alto agora. Dando gargalhada, fazendo piada...

E ele sorriu de um jeito que nunca me senti tão ingênuo.

— Senso de humor é meu mecanismo de defesa, Benjamin.

— C... Como assim?

— Eu estou a todo minuto fazendo coisas e me comportando de um jeito que faça parecer que está tudo bem. Que faça parecer que sou agradável. Que faça as pessoas gostarem de mim. Eu falo sem parar, mas só falo bobeiras e piadinhas sem graça. Eu abraço todas as pessoas que me permitem, mas eu não confio plenamente em quase ninguém nesse mundo. Eu não sou esse cara popular, sempre alegre, amado por todos, e tudo isso que você pensa que sou. Eu sou só um cara medíocre.

Ajeitei o edredom que me envolvia para que ficasse mais justo e olhei pelo chão, pelo tapete de pelo alto, procurando o que dizer. Leonardo falava de si mesmo como se ele fosse uma fraude, um projeto que deu errado desde o início, e ele não era tudo o que via sob o próprio olhar poluído. Era alguém bom, alguém de quem eu gostava muito. Mas ali entendi que ele tinha sua máscara de superficialidade e sociabilidade, bem onde eu tinha minha camada de frieza. Era como fachadas de casas distintas, mas com interiores semelhantes.

Sei que ele já mentiu para mim e que ainda deve mentir sobre algumas coisas. Sei que não faz isso por maldade, mas porque precisa se defender. Ele acha que está lutando sozinho contra o mundo e querendo agregar integrantes ao seu grupo, quando na verdade ele não deixa ninguém se aproximar demais. Nem eu. Ele está sempre pronto a recuar sempre que faço qualquer coisa para ficar mais perto, e eu não o culpo por isso. Leonardo é só um menino que foi treinado para ficar sozinho e agora não sabia fazer nada diferente disso, mesmo que tentasse, mesmo que recebesse atenção em festas, mesmo que fosse chamado para encontros, mesmo que todo mundo sorrisse para ele em todos os lugares.

Ele era alguém sozinho e não sabia ser diferente.

Assim como eu, que vivia tanto na sombra do abandono, que me afastava de uma série de pessoas, me escondia de todas elas, porque tudo o que eu conseguia pensar, a todo tempo, era sobre abandono. Por parte dos meus pais, por parte de Leonardo, por parte de todo mundo. Eu quase pedia que me abandonassem.

– Desculpa. Não sei o que te dizer, Leo – falei ainda de cabeça baixa. – Acho que somos dois caras medíocres mesmo.

– Somos – ele riu.

– Mas, aqui, tem espaço aqui no seu edredom e sobrou bastante chá de hortelã. Dá pra gente se encarregar disso, não dá?

– Cai fora que eu vou tomar chá a essas horas – brincou, já tentando se agarrar à falsa imagem piadista que ele estava acostumado a assumir para se esconder.

Eu fui encher a minha xícara e a dele. Ele me encarou com a maior cara de deboche que já vi alguém fazer, mas prometi a mim mesmo que não ia cair naquela sua tentativa de fuga e só continuei. Entreguei-lhe sua xícara, cobri nossas costas enquanto me sentei ao seu lado, ali no chão mesmo, e ficamos em silêncio por alguns segundos enquanto esfriávamos as bebidas doces, assoprando. Vi de canto de olho que algumas lágrimas desciam pelo seu rosto e ele continuava tranquilo esfriando seu chá, então eu não soube o que fazer. Contudo, foi questão de um minuto para que ele desabasse. Do mesmo jeito que desabei quando bati naquela porta e ele me deixou entrar.

E o que lhe ofereci de cura foi o que ele me ofereceu.

Toda a atenção e o carinho do mundo.

Um abraço.

E chá de hortelã.

Honestamente,
Benjamin Park Fernandes

# Capítulo 13

# Sinceramente?
# O sentimento sem nome

Sinceramente? Não sei descrever o quanto esse garoto é importante para mim.

Acabei sendo o responsável por puxar a leitura do maldito livro para fazermos a droga do seminário, até porque ficar no seu colo, tomando chá de hortelã e enrolado em um cobertor... olha, digamos que era perigoso para com os meus sentimentos e eu acho que dá para entender o que é que eu quero dizer com isso. O que falei para ele? *Vamos aproveitar o tempo e estudar.*

Nos metemos no meu quarto, ele lendo sua parte no meu notebook e enviando e-mails para si mesmo com seus destaques e anotações, e eu passei a ler minhas folhas. Eu e ele, lado a lado na cama, usávamos nossas mãos livres para fazer carinho um no outro. E pela primeira vez na minha vida toda, eu me senti tranquilo perto dele.

Sinceramente? Foi a coisa mais ambígua que já senti.

Meu coração batia extremamente rápido e foi um pouco difícil me concentrar no texto enquanto eu tinha o cara mais bonito e gentil de toda a cidade me fazendo carinhos no rosto, e meu corpo inteiro gritava o seu nome e sobrenome e me colocava em alerta porque ele era simplesmente perfeito e estar perto dele era absolutamente perigoso. E a outra parte de mim não sentia qualquer medo ou inquietação perto dele. Era a primeira vez que me sentia seguro, sem pensar que estraguei tudo ou que falei e me expus demais. Eu só estava calmo, sem nenhum tipo de intimidação.

Fomos lendo naquele clima gostoso até que o sono começou a bater, isso lá depois das duas da manhã, quando combinamos de ler mais um pouco para tentar terminar tudo a tempo. A certo ponto já estávamos os dois só de camiseta e cueca debaixo dos cobertores, concentrados naquele silêncio e, em algum momento, pegamos no sono.

Acordei horas depois, porque precisava ir ao banheiro. Salvei todas as coisas que Benjamin estava fazendo no meu notebook e o fechei, reservando algum tempo para olhar aquele corpo inofensivo enrolado em meus lençóis, o cabelo caindo de qualquer forma sobre sua testa, o piercing em seu nariz, a boca entreaberta... Talvez tenha me feito sorrir. Mas me lembrei de algo, fazendo carinho em seu quadril, por cima dos cobertores, até que acordasse.

— Quando eu dormi? — quis saber, se sentando na cama, apoiado nas palmas das duas mãos.

— Não sei e também não importa — sussurrei da forma mais dócil que consegui. — Você pode dormir aqui hoje?

— Ah... — Ele parecia confuso com seu rostinho amassado, que só me parecia a coisa mais adorável do mundo. — Se não for incomodar...

— Seus pais sabem?

— Sabem... usei de desculpa... quando... — Fez uma pausa para bocejar. — Quando eu saí de casa e eles tavam me enchendo o saco. Não tinha planejado ficar mesmo... eu ia... voltar pra lá e dizer que mudei de ideia... Dá pra eu fazer isso ainda.

— Não, fica aí — pedi, afastando seu cabelo de perto dos seus olhos.

— Posso? — Me olhou no fundo dos olhos, de um jeito bonitinho e confuso ao mesmo tempo.

— Claro. — Sorri. — E sempre que seus pais começarem a falar sobre assuntos que te deixem mal, você pode fazer de novo. Dar a desculpa de que vai vir dormir aqui. E aí você pode vir sempre e *realmente* dormir aqui.

— Obrigado — respondeu em um resmungo e despencou na cama outra vez, virando para o lado oposto, pronto para voltar aos seus sonhos.

— Mas você precisa tirar as lentes primeiro — alertei.

Ele ficou em silêncio até que pulou da cama de forma quase teatral.

— Puta merda! — Ben se apressou em mexer nos bolsos de sua calça para encontrar a caixinha. Então foi até o banheiro e eu fiquei observando cada movimento seu, vendo graciosidade até nos sussurros de palavrões e xingamentos que tecia para si mesmo e para o mundo, até conseguir se livrar daquelas coisas gelatinosas e estranhas que usava nos olhos. Por fim ele parou em minha direção e acho que eu sorria. Porque, de forma não romântica, que isso fique bem claro, eu amava aquele menino. Como amigo. COMO AMIGO. Apenas. — Como você sabia que eu estava de lente?

— Eu percebi um risquinho quase transparente em volta da sua íris e tinha um brilho maior comparado com quando você tava de óculos e depois tirou. Gabaritei a coisa toda, Ben. — Ri, e ele analisou meu riso antes de sorrir e me abraçar.

— Vamos dormir, daqui a pouco você tem que acordar pra trabalhar.

— Tá certo — respondi, me deixando ser puxado por ele.

Apagamos as luzes e deitamos confortavelmente, cada um em seu lado da cama. Até que ele me deu um tapa no peito — sem muita força — e roubou meu braço para ele, quase me obrigando a abraçá-lo pelas costas.

— Não me conteste. — Ele fingia autoridade.

— Hum, olha como é nervoso esse menino. — Ri baixinho e ele me deu um coice.

— Cala a boca — mandou, sério.

Então rimos.

Eu o beijei no pescoço e na nuca, várias vezes.

Ele me fazia carinho no braço que roubou para ele.

— Boa noite, bebê — disse com o tom de voz mais gostoso que já ouvi vir dele.

— Boa noite — respondi.

E dormimos de conchinha, sem medo de nós mesmos e, temporariamente, sem medo do mundo.

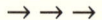

→ → →

Horas depois, fiquei feliz em ter desligado meu despertador sem que Ben acordasse.

Nas outras vezes em que dormimos juntos, ele tentou acordar mais cedo para me fazer despertar com mais carinho, mas naquela manhã eu senti meu celular vibrar e o impedi de tocar, antes que acordasse o baixinho ao meu lado. Afinal de contas, não tínhamos dormido mais de duas horas naquela noite e já era a minha hora de sair de casa.

Fui na ponta dos pés até o banheiro e tomei um banho rápido, me vestindo em seguida também da forma mais silenciosa possível. Preparei qualquer coisa para o café da manhã e estava pronto para sair quando parei na porta do meu quarto. Eu podia deixar uma mensagem para ele mais tarde, um bilhete ao lado da cama ou qualquer outra coisa do gênero. Mas eu fiquei ali travado, igual bobo, apaixonado por aquela visão dele dormindo todo bonitinho.

Meus pés caminharam sozinhos até o seu lado da cama, de onde eu já conseguia sentir o aroma de sua pele. Sem querer, deixei um beijo em seus cabelos vermelhos, na esperança de não acordá-lo, mas foi em vão. Seus olhos se abriram perdidos até me encontrar, e notou cada parte de mim, que já estava literalmente pronto para ir trabalhar.

— Já está na hora? — balbuciou com a voz rouca.

— A minha, sim, mas a sua, não. Você pode tomar um banho com calma, comer alguma coisa, e só depois ir. Eu vou deixar a chave do lado de dentro da porta, mas não precisa se preocupar, não, tá? — falei calmo, mas acho que foi informação demais. Ele estava claramente tentando processar, então eu disse: — Dorme mais um pouquinho, vai te fazer bem. Tem uma escova de dentes nova no banheiro, se quiser usar.

— Desculpa não ter acordado junto com você. — Ben tentou se sentar na cama, mas gemia pelo incômodo, de tão exausto.

— Tudo bem, tá tudo bem. Pode ficar tranquilo, dorme mais um pouco, vai. — Depositei minha mão sobre seu peito e ele parou seus esforços.

— Não vou te incomodar ficando aqui?

— Não mesmo.

— Sério?

Ri baixo. Em boas condições, ele, que é muito certinho, nunca aceitaria ficar na casa de alguém quando o dono não estivesse. Mas cansado daquele jeito dava para ver que ele só queria voltar a dormir.

— Sério, bebê — respondi, deixando um beijo em sua boca. — Agora eu tenho que ir, tá bom?

— Tá — falou contrariado, se deitando outra vez.

Peguei minha mochila e comecei a amarrar meus tênis, sentado no sofá da sala, quando o ouvi ir escovar os dentes no banheiro. Eu estava pronto para abrir a porta de saída do apartamento quando ele gritou, me pedindo para esperar. Estranhei o chamado repentino, mas logo ele veio, preguiçoso, erguendo os braços para cima dos meus ombros, se encaixando em meu abraço. E era um carinho tão gostoso que só tive tempo de sorrir, apertar sua cintura com meus dois braços e o tirar do chão.

— Você não quer carona? — perguntou meio manhoso perto da minha orelha, com os antebraços firmes em volta de minha cabeça, me impedindo de o devolver ao chão.

— Não precisa. Quero só um abraço mesmo e daí já vou.

— Então tá bem. Bom trabalho hoje — disse com a voz baixa, me encarando de um jeito bonitinho quando o permiti ser sustentado pelos próprios pés. — Qualquer coisa que você precisar e eu puder ajudar, é só me deixar saber, certo?

— Obrigado — sorri, ajeitando uma mecha de seu cabelo que estava levantada.

E, assim, sem mais nem menos, eu não conseguia passar por aquela porta sem roubar mais um beijo dele, o menor beijo que fosse. Cheguei bem perto dele, sem avançar nenhum sinal, mas sorrindo daquele jeito de quando peço carinho, passando a ponta de meu nariz pelo seu rosto. Ele sorriu, fechando os olhos, aproveitando aquele carinho.

— Ridículo — resmungou com aquela brincadeira, já segurando meu rosto com as duas mãos e me beijando demorado.

E eu me permiti me atrasar mais um pouquinho por um beijo dele.

E outro beijo.

E mais um.

Importa mesmo dar um nome ao que eu sinto por ele?

Sinceramente,
Leonardo Guimarães

## Capítulo 14

## Honestamente: A admissão

Honestamente: havia algo de diferente em mim.

Fiquei parado no mesmo lugar em que ele me deixou, em frente à porta, pensativo, aproveitando em mim as sensações e o gosto que sobrou de seu beijo. O filho da puta beija bem demais e eu sou um verdadeiro jumento por ainda me surpreender.

Voltei para a sua cama com uma alegria que não tinha muita explicação. Debaixo dos cobertores ainda havia o calor que geramos nas poucas horas em que dormimos, e embaixo de minha camiseta havia o calor que ele havia deixado em mim. Foi o que me manteve acordado apesar do cansaço.

Ali, deitado sozinho em uma casa que era inteira dele, pensei na grande metáfora que aquilo representava. Ontem, ele conversando pela primeira vez sobre aqueles assuntos difíceis, foi quase como me permitir ser o único inquilino a povoar o seu pequeno planeta. Como o Pequeno Príncipe no planeta B 612. Meneei a cabeça, concordando comigo mesmo, distante em pensamentos confusos, abstratos, e em outros que eram apenas reproduções das memórias dos últimos dias. Somente quando percebi que estava delirando e começando a soar feito um maluco poeta e apaixonado é que voltei ao meu natural.

Sentei-me na cama. Aquele quarto estava uma verdadeira baderna, assim como o resto da casa, e esse era o único paralelo que eu deveria traçar: a casa de Leonardo era uma bagunça assim como ele e ponto final. Nada de muitos sentimentos e lembranças e afeto e laços de fita. Nada disso. Eu precisava parar de pensar naquilo, parar de nutrir esperanças em confetes e fábulas que nunca se consolidariam. Ele era um porco desorganizado e eu então estava sozinho naquele chiqueiro, essas eram as únicas informações que importavam.

Despenquei no travesseiro outra vez, encarando o teto. Nunca o vi chorar daquela forma, pedir abrigo nos meus braços, não tentar fingir um sorriso nem forçar uma piada. Nós dois precisamos muito de chá de hortelã no dia anterior. Contudo, o que mais precisamos foi de nós mesmos. Eu só não sabia dizer ao certo o que é que eu estava sentindo.

Virei para o outro lado da cama, onde ele tinha dormido. Roubei seu travesseiro e o abracei, resgatando aquele cheiro que era só dele e me senti amolecer dentro da própria consciência. Estar sentindo sua falta quando ele acabou de sair era absurdo, mas eu sentia. Fechei os olhos e tentei dormir, imaginando-o comigo. E a ausência dele falou tão alto que me despertou. Eu estava com *muita* saudade dele, então precisava fazer alguma coisa. Também porque, se dormimos mais ou menos o mesmo número de horas e eu estava destruído, ele também deveria estar, e mesmo assim foi para o trabalho.

Decidi, então, que ia me ocupar o dia todo e só dormiria quando ele dormisse. Como tentativa de me manter acordado, comecei minha programação enviando uma mensagem amistosa.

[05/12 05:52] Benjamin: Leo, tua casa tá uma zona tenebrosa, chega a dar vergonha.

Olhei a tela, à espera, e ele visualizou em seguida.

[05/12 05:52] Leonardo: mas não é possível isso logo cedo
[05/12 05:52] Leonardo: arruma aí então, chato insuportável
[05/12 05:52] Benjamin: Sei que você não vive sem mim e que estaria perdido sem ter quem te ajudar com isso, eu sei. E não precisa agradecer. De nada, gatinho.
[05/12 05:52] Leonardo: ?????? simplesmente doido?????
[05/12 05:53] Benjamin: Preciso me ocupar. Pensei em dar uma limpada básica por aqui antes de ir pra casa, mas precisava da sua autorização antes. E veja só: você autorizou!
[05/12 05:53] Leonardo: bebê ☹
[05/12 05:53] Benjamin: Que foi?

[05/12 05:53] Leonardo: você não precisa fazer nada disso ☹
[05/12 05:53] Leonardo: deixei um baixinho bonito no meu apartamento pra ele tomar banho, comer direito e ir dormir como o grande bebê que ele é
[05/12 05:53] Leonardo: e não pra ser minha diarista
[05/12 05:53] Leonardo: sério, não precisa
[05/12 05:54] Benjamin: Que bonitinho, mas eu quero e vou limpar do mesmo jeito. E eu tenho 1,74m, eu não sou baixinho. Tenha um bom dia, vê se almoça direito e até depois.
[05/12 05:54] Leonardo: tá bom então, né
[05/12 05:54] Leonardo: só não seja um stalker louco que fica revirando todas as minhas coisas e invadindo minha privacidade. eu confio em você.
[05/12 05:55] Leonardo: divirta-se
[05/12 05:55] Benjamin: Relaxa, não vou ser invasivo. Só vou limpar essa casa que tá uma verdadeira merda hihi
[05/12 05:56] Leonardo: antes que eu esqueça, que Deus te elimine no dia de hoje

    Sorri, sentindo ainda mais saudade dele, mas o expediente dele já ia começar, me obrigando a deixá-lo em paz.
    Levei mais ou menos três horas para dobrar todas as suas roupas, tirar pó, varrer e passar pano no apartamento todo. Até seu banheiro eu limpei. Mas o tempo pareceu passar rápido enquanto meu corpo estava no automático e minha mente repetindo para mim, em looping: estou limpando o planeta onde o Pequeno Príncipe mora sozinho, estou limpando o B 612. Li um estudo uma vez que dizia que imprimíamos em nos nossos ambientes como somos e nos sentimos, algo como: casa limpa, mente limpa. Então talvez Leo precisasse daquela ajuda mesmo.
    Tomado por milhares de pensamentos, peguei uma folha e desenhei um cubo com três furos na face frontal. Era uma caixa. E deixei o desenho em sua escrivaninha antes de ir para a academia.

■■■

Quando ele chegou no meu apartamento pisando pesado, perto das 17h30, seu rosto estava completamente sem cor.

— Benjamin, o que é isso? — quis saber, me mostrando o desenho que fiz horas atrás.
— É uma folha de papel rabiscada — sorri em brincadeira, subitamente acanhado em ter que explicar-lhe o porquê de ter deixado lá aquele desenho.
— Não, Benjamin. O que é isso? — repetiu.
— Ao meu ver é uma caixa — tentei desviar do assunto.

Pensei em emendar uma mentira, dizer que era a ilustração daquele exemplo clássico da física quântica, do Gato de Schrödinger, no qual não se sabia dizer se o gato dentro da caixa estava morto ou vivo, mas se abrissem a caixa, iriam matá-lo sem dúvida. É um paradoxo muito interessante e que vivo pesquisando sobre, assistindo a vídeos e explicações. Leonardo sabia que eu gostava dessas coisas, de física quântica, paradoxos, experimentos teóricos, químicos e ficção científica. Eu poderia mesmo mentir, mas eu não quis.

Sua mão tremia com o desenho levantado na altura do meu rosto e seus olhos já estavam tão vermelhos quanto o nariz.

Então ele disse, com a voz grave, mas soando rouca e fraca:
— É um carneiro, não é?

Apertei um lábio contra o outro, concordando em um aceno, abaixando a cabeça como se pego em flagrante. As lágrimas dele cobriram o seu olhar e isso me despertou, me tirou o tempo de ficar constrangido e fui abraçar-lhe a cintura, deitar a cabeça em seu peito.
— Tá tudo bem, bebê — falei.

Em resposta, ele pegou o celular do bolso com a mão livre enquanto a outra me segurava bem perto de si.
— "Era uma vez um pequeno príncipe que habitava um planeta pouco maior que ele, e que tinha necessidade de um amigo..." — ele leu na tela do celular o trecho do livro, recitando em um tom choroso. — É por isso que você me deu esse carneiro dentro da caixa? Assim como o narrador dá esse mesmo desenho pro principezinho?
— É. Pra você não se sentir tão sozinho enquanto estiver em casa — concluí, sorrindo. Afaguei suas costas, admirando-o de perto, reparando em como as lágrimas estavam a um segundo de escorrer de seus olhos. — Desculpa ter te feito chorar com isso, só queria te fazer um carinho.

— Eu não tô chorando, não, maluco. — Fungou, esfregando os olhos com as juntas dos dedos para expulsar dali toda e qualquer lágrima.
— Que inferno de chorar o quê?
— E teus olhos tão molhados por quê, então?
— Bateu uma rinite aqui, me deixa em paz. — Claramente mentiu, e eu voltei a abraçá-lo apertado, rindo.
— Você não tem rinite, Leo.
— Ai, que saco, vai à merda, cara — reclamou, devolvendo o celular ao bolso e me abraçando apertado depois que ri. — Eu amo esse livro e acho uma gracinha você ter pensado nisso, mas é que é meio covardia comigo você me tratar assim. Eu sou o quê, uma piada pra você?
— Você é meu pequeno príncipe, poxa — sussurrei em brincadeira e ele se rendeu a um pequeno riso, me embalando no seu abraço gostoso e que tinha cheiro daquele perfume Chanel bom demais para o meu bom senso.
— Mas eu sou maior do que você — comentou.
— Você sim, mas o seu pinto... — ia terminar de falar quando ele se afastou, pegando a mochila de cima da minha cama para ir embora.
— Eu tô brincando, eu tô brincando!
Leo, que também não estava nada sério, fingiu me encarar feio, de braços cruzados, tentando me intimidar. Então eu fui convencendo-o aos poucos a abrir um espaço para mim, subindo em seus pés e ficando na ponta dos dedos para conseguir alcançar os seus lábios em um selinho.
— Ok, perdoado. Vamos terminar de ler o texto de uma vez — me lembrou e, por pouco, fiquei confuso.
Eu passei o dia inteiro sem me lembrar do seminário, de faculdade, de qualquer coisa. Eu só pensei nele, em suas verdades, nas palavras de Daniele e em como eu estava perdidamente exausto e morrendo de sono.
Ele tirou a blusa e a deixou em sua mochila, de onde tirou as folhas — que, para minha surpresa, estavam cheias de marcações e anotações e post-its colados. Ele tinha lido bastante coisa durante o dia, e aquilo me pareceu surreal. Em que momento ele conseguiu fazer aquilo? Crispei as sobrancelhas, percebendo que não consegui acompanhá-lo, e não digo sobre a leitura. Mas me ocupei o dia inteiro para tentar copiar seu nível de energia gasto, seu nível de produtividade, me manter ocupado enquanto ele também estivesse ocupado. Ele fez estágio de manhã e à tarde, enquanto eu limpei seu apartamento de manhã e fui

à academia à tarde. E mesmo assim ele havia conseguido tempo para me vencer naquela corrida imaginária.
— Quando foi que você leu isso?
— Ônibus e intervalo do trabalho. E qualquer outra brecha boba que consegui. — Me fez aquela expressão em que os lábios viram só uma linha, e aquela covinha que me deixava idiota se mostrava em sua bochecha.

Franzi o cenho, refletindo. Ele não estava nem na metade da parte dele e só tínhamos mais dois dias para terminar tudo dentro do prazo que propus, o que configurava, em parâmetros matemáticos: Leo estava muito atrasado. Mas, em parâmetros mais humanos, ontem tinha sido um dia muito difícil para nós dois, dormimos só uma hora e meia ou duas, no máximo. Nos mantivemos ocupados ainda que exaustos, e ele conseguiu, ainda assim, ser melhor e mais produtivo do que eu. Eu estava realmente chocado com seu desempenho em meio a todo aquele caos que vivenciei com ele nas últimas vinte e quatro horas.

Para o Benjamin que ficava em casa e não enxergava pela sua perspectiva de realidade, Leonardo deixava muito a desejar. Por ter dormido ontem enquanto estudávamos, era só um grande preguiçoso. Mas para o Benjamin que esteve com ele, que aprendeu a enxergá-lo por outro ângulo, aquele menino estava dando tudo de si. Ele não era o grande folgado vagabundo que eu acreditava que era. Ele só ia vivendo de acordo com o que sua rotina de merda permitia.

— Pela cara já posso prever que você quer me xingar. Vai, pode xingar — Leo reclamou, me puxando para o mundo e se sentando em minha cama. — Fala aí que eu sou lerdo, preguiçoso... só vem, tô preparado já. — Ele ia ajeitando as folhas em seu colo, pronto para voltar a ler enquanto dizia.

E talvez tenha me incomodado porque o *eu* do passado realmente o teria xingado. Eu teria ficado puto e achando que ele era a pior dupla do mundo. Mas ele estava fazendo muito mais do que o máximo que ele conseguia.

Talvez por culpa ou por uma pequena admiração, segurei seu rosto com as duas mãos, apertando tanto as bochechas que seus lábios saltavam para frente como um peixe. Roubei alguns beijos desajeitados daquela forma, até aliviar a pressão que eu fazia com as mãos para poder beijá-lo de verdade, puxar seu lábio inferior com lentidão, fazer carinho nos contornos do rosto.

— Eu tô orgulhoso de verdade que você tá fazendo bonitinho. — Deixei um último selinho em sua boca, indo pegar as minhas folhas. Afinal de contas, eu tinha que alcançá-lo. — Então, vamos lá.
— Ok... — ele resmungou, alheio a tudo o que eu estava pensando.

■ ■ ■

Descobrimos pouco depois que não teríamos aula naquela noite, então não precisaríamos sair de casa.
Fomos aproveitando o nosso tempo e só fizemos pausas curtas para necessidades. Meus pais vieram nos cumprimentar quando chegaram dos respectivos trabalhos, e, assim que saíram do meu quarto, percebi o rosto cansado que ele tinha. Falei:
— Leo, a gente não precisa se... cobrar tanto. Eu sei que eu falei sobre terminar tudo depois de amanhã, mas... sabe... Não tem problema se a gente for fazendo isso com mais calma. A gente pode usar o final de semana, como você tinha sugerido, que aí até domingo a gente já terminou tudo. O que acha?
— É que... — Ele mantinha o olhar baixo, acuado com o meu olhar.
— Eu queria o sábado livre, sabe?
— Você vai fazer alguma coisa sábado?
Assim que perguntei, seu rosto inteiro mudou de cor e ele abaixou ainda mais a cabeça, chateado.
— Eu queria ir na feirinha que vai ter perto do shopping.
— Leonardo! — Meus olhos se abriram, porque eu havia honestamente esquecido e eu sei como aquele tipo de coisa machucava ele. — É claro que a gente vai!
— Mesmo? Eu pensei que você tinha esquecido — disse com um tom de voz afiado, que revelava que estava magoado, mas não contava exatamente o que estava pensando.
— Eu só esqueci que era esse sábado, achei que era em um próximo. Eu só esqueci a data exata, desculpa. Eu quero muito ir com você!
— Tá bem. Então vamos mesmo? — disse em um tom de voz que parecia um pouco mais relaxado.
— Claro que vamos!
— Ok — findou, abaixando o olhar, com cara de riso. — Você fica bonitinho preocupado.

— Nada a ver. — Dei de ombros, meio constrangido, desviando o olhar dele.

■■■

Conseguimos terminar o trabalho na madrugada de sexta para sábado, às 04h21 da manhã.

Continuei copiando o grau de atividade dele, dormindo uma ou duas horas por noite também de quarta para quinta e de quinta para sexta. Diferente do que achei que seria, creio que quem soou como um grande folgado, preguiçoso e irresponsável fui eu. Eu reclamava a cada meia hora que estava cansado e que não precisaríamos entregar no prazo que criei. Não deu tempo para ser perfeccionista. Eu estava exausto. Cochilei algumas vezes durante as aulas. Minhas costas e cabeça doíam a toda hora. Meus olhos estavam secos e ardiam. Eu passava a maior parte do tempo enjoado. Estava disperso, desatento e até minha memória falhava. Eu estava extremamente cansado, triste e irritado.

Mas a mudança que causou em mim foi que doía. Antes, eu olhava com desdém, mas então passou a doer sempre que eu o pegava adormecendo pelos cantos, dando tudo de si, e não podendo fazer nada para alterar a vida na qual ele tinha sido colocado. Ele era precioso demais para viver naquela vida de merda. Ele não merecia receber só sorrisos de pessoas que gostavam dele, merecia ser aplaudido em todos os minutos pelo bom trabalho que tem feito e por continuar sendo uma boa companhia mesmo estando exausto. Porque eu não estava sendo muita coisa além de uma bolha sensível de sentimentos ruins, dores, reclamações e martírios.

Primeiro, sua personalidade fez sentido. Depois, percebi que ele era muito mais apaixonante do que eu esperava que fosse.

Lembro-me de como sorri, tremi e quase chorei quando fui juntar as nossas partes do trabalho. Nas folhas de texto em que ele deveria ter grifado só o que era importante para o trabalho, ele grifou também outras coisas com um marca-texto de cor diferente, palavras e até somente letras dispersas, que quando juntei formaram frases. E elas diziam coisas como: *Gostaria de poder te pegar no colo e sair para voar.*

Meu coração falhava miseravelmente enquanto eu lia as suas marcações, e sei que ele me observava de soslaio com um sorriso de canto enquanto lia o que destaquei. Havia várias frases como aquela que ele montou só para mim, usando dos caracteres do texto, e a minha única obrigação era a de fingir que não percebi.

Também havia alguns desenhos sobre o livro, que era uma de suas formas de lembrar o que estava lendo. E alguns rabiscos eram claramente rascunhos sobre mim. Ele era um péssimo desenhista, mas eu reconhecia meu piercing, o cabelo vermelho, a pinta perto da minha boca. E ainda que não fosse um artista nato, uma coisa que ele sabia fazer com tranquilidade era agitar meu coração, e os últimos dias, ainda que cansativos, tinham sido os melhores dias em que já estive com ele. E não transamos sequer uma vez.

Felizmente, terminamos o trabalho, mas eu estava uma pilha de nervos, músculos tensos e emoções à flor da pele quando acordado, e quando dormi não foi muito diferente. Naquelas horas de liberdade pós-conclusão de trabalho, sonhei com o Leo. No sonho, nós discutíamos feio sobre qualquer besteira. No sonho, nós chorávamos e gritávamos, mas logo voltávamos a discutir de um jeito mais morno até que tiramos um a roupa do outro e fomos para a cama. No final, caímos exaustos. Ele começou a dizer bobeiras e nós dois rimos. E depois nos beijamos. E ele disse, claramente:

— Queria que você estivesse pronto para mim pra que a gente pudesse namorar.

Quando começou a chorar, suas lágrimas pretas e densas como mercúrio líquido derreteram seu rosto e pingavam na cama. Sentei-me na cama em um pulo. Mas ele não estava mais lá quando pisquei. Seu cheiro sumiu e tudo o que havia no meu quarto que ele me dera de presente, simplesmente ia desaparecendo.

Fiquei em pé, vagando sobre o tapete. No meu mural, todas as coisas que ele tinha escrito em folhas rasgadas sumiram. Aqueles desenhos horrorosos também. O box da trilogia de *O senhor dos anéis* que peguei emprestado dele, mas nunca li. O livro de *O lar da srta. Peregrine para crianças peculiares* que deixou na minha estante há meses para me obrigar a ler, mas sempre morri de preguiça de começar. O *funko* do Homem de Ferro, o porta lápis com todas as canetas legais e marca-textos que me deu, foi tudo, tudo sumindo um a um. Senti que a última coisa que iria embora seria uma jaqueta de couro que me deu de aniversário, com uma rosa vermelha bordada nas costas, e era minha jaqueta favorita.

Deslizei a porta do guarda-roupa e procurava desesperado por entre os cabides, jogando-os de um canto a outro e fazendo o metal tilintar. E era tanto barulho de nylon, couro, jeans, lã batida e gritos metálicos frenéticos para lá e para cá que, de repente, esqueci o que estava procurando.

Esqueci quem ele era. O mundo ficou vazio e silencioso quando voltei para o centro do quarto. Não havia mais nada. Seja lá de quem eu sentia falta, a pessoa não existia mais. Eu não sabia nem o seu nome. Ou se, em algum momento, houve um nome. Achei que não. Então voltei para a cama, confuso. Nunca houve ninguém aqui. Nunca houve nada além de monotonia e solidão por aqui. Fechei os olhos e dormi.

Então ouvi uma voz distante:

— Deixa que eu acordo esse preguiçoso — e aquela voz era real, conversando com a minha mãe. Era do Leo!

Sentei na cama, despertando daquele pesadelo. Cheguei rapidamente com o olhar que os seus presentes para mim ainda continuavam pelos cantos e que nada havia deixado de existir, mas eu, deslocado, só encarava apavorado em direção à porta, esperando que se abrisse. Esperando que não tivesse acontecido de verdade.

— Não acredito que você não se vestiu ainda, seu playboyzinho folgado. — Seu rosto aparecia pela fresta da porta que abriu e me causou um alívio tão grande que não consegui responder. Minha boca estava entreaberta e eu respirava com dificuldade, até ele mudar sua expressão para agora se mostrar preocupado, fechar a porta e se sentar ao meu lado, segurando minhas mãos. — O que houve?

— Acho que tive um pesadelo — respondi, olhando para suas mãos nas minhas e tentando normalizar minha respiração.

Eu odiava ter sonhos como aqueles, que deixavam não memórias ou reflexões, mas sentimentos. Aquele pesadelo específico só me deixou com medo. Medo de ser abandonado. Medo de ferir seus sentimentos a ponto de ele querer ir para bem longe. Medo de me apegar demais. Medo de tanta coisa e, ao mesmo tempo, medo do nada.

— Ah, é normal ter uns sonhos ruins quando se dorme pouco. Mas vem cá — ele chamou, me puxando para perto, e me encolhi em seu abraço. — Se quiser conversar sobre o que houve, eu tô aqui, tá?

— Não quero falar disso — confessei. Ele riu curto, beijando meus cabelos.

— Tá bem. Mas sabe o quê? — Me colocou distante de si, me olhando animado. — Trouxe umas coisinhas pra você, porque meu subconsciente já previa que você estaria acabado desse jeito.

— *Desse jeito* como e de onde é que você trouxe essas tais coisas? — perguntei, soando muito mais mal-humorado do que o previsto.

— Você tem estado bem mal desde terça. Tipo, se você pode dormir mais, vai dormir o mesmo número de horas que eu pra quê, cara? Tá até com umas olheiras aí. Não que você fique feio com elas, de qualquer forma — sussurrou a última parte para ele mesmo, dando de ombros, pegando a mochila que deixou aos pés da minha cama.

— É um experimento social, não enche o saco. E, puta que pariu, eu odiei. A todo tempo agora eu só tô triste, puto e com tesão!

— Acabou de descrever meu dia a dia até quando eu durmo bem. — Ele sorriu daquele jeito estranho que me fazia retribuir o sorriso, mas eu ainda estava confuso demais para sorrir àquele horário. Ele voltou a se sentar perto de mim, tirando uma sacola da mochila. — Maitê queria ir no shopping comprar presente pra um amigo dela, e aí resolvi mimar um velho insuportável que tem dormido mal.

— Vai tomar no cu — mandei, percebendo que o velho insuportável era eu.

— Cala a boca, Lula Molusco — ele me chamou como se fosse um xingamento.

E aí recordei que ele sempre teve um senso de humor meio imaturo e meio estranho. Devo ter feito alguma expressão muito clara de descontentamento, pois ele riu antes de voltar a falar.

Gosto do jeito que ele sorri. E dos seus cabelos. E da cor da sua boca. E do seu nariz. E das pintinhas em sua pele. E da expressão que tinha em seu rosto, tirando da sacola três pacotes de balas Fini — Amoras, Tubes Twister Azedinho, e os marshmallows Camping. Meus favoritos.

Meses atrás, eu poderia dizer que nunca entendi o motivo do Leo chorar por qualquer coisa que fizessem por ele. Lágrimas são vergonhosas e foram feitas para serem guardadas para eventos importantes, como formaturas e casamentos. Mas seus olhos ficavam vermelhos ameaçando um choro quando alguém o abraçava ou dizia ou lhe dava qualquer coisa idiota. Nunca entendi aquela sua necessidade de atenção. Contudo, naquela manhã de sábado, fez sentido.

Entendi o que deveria estar sentindo porque percebi o que eu senti naquele momento. Havia palavras de menos em minha boca, mas pensamentos demais em minha cabeça. Meu corpo todo doía e estava exausto, e minha mente toda também não ia tão bem assim. Ter alguém por perto que soubesse enxergar através disso e que estivesse disposto a melhorar uma migalha que fosse em sua vida... aquilo era digno de um bom choro. E eu não falei nada do que estava sentindo. Ele só percebeu. Só quis me fazer bem. Ele acordou cedo em um sábado depois de dormir pouquíssimas horas e a prioridade dele foi me fazer bem.

— Isso aqui é pra dar uma subida legal na glicose, uma chance legal pra diabetes aparecer, né?

— Poxa... — Procurei em mim as palavras, mas eu não conhecia tantas assim, sorrindo, sem jeito. — Valeu, cara. Vai melhorar meu humor em mil por cento.

— Espero que sim — disse, tirando outras porcarias para comer dali de dentro. Chocolates e salgadinhos.

Então parou, me olhando com um sorrisinho travesso. Ainda que meu colo estivesse coberto de mil coisas que eu teria que me concentrar para comer em vez de chorar, eu só queria saber o que é que ele segurava dentro daquela sacola.

— Eu sou hipertenso, imbecil, não faz isso — alertei e ele riu outra vez, tirando o cabelo comprido de perto do rosto.

— Tudo bem, tudo bem. Essa última coisa é só um mimo. — Respirou fundo, afastando qualquer motivo de graça do que dizia. — Você me ajudou muito e tentou arranjar uma solução para a minha solidão, certo? Você deu um carneiro dentro de uma caixa pra um marmanjo não se sentir tão sozinho. Claro, é só um desenho, não é uma caixa de verdade, nem um carneiro de verdade. Mas é... sabe, você pisando no meu mundo e mostrando que se importa. Eu não sou nenhum príncipe — ele dizia quando o interrompi.

— Posso contestar?

— Não, não sou príncipe e cala a boca.

— Ok — aquiesci e me calei, levemente achando graça de como ele ficou com vergonha em ser chamado de príncipe, o que só me dava mais vontade de chamá-lo assim.

— O que eu quero dizer é que você achou um jeito bonitinho de tentar curar a minha dor. Por isso, acho que você já está bem grandinho e vai ter maturidade o suficiente para poder decidir o que você faz da sua vida daqui para frente. Agora você vai poder escolher com calma que momentos você quer passar, os que não quer e o que quer fazer de novo. Assim, você pode ir com calma resolvendo coisas que te deixam nervoso ou que te deixam sem saber como reagir ou o que falar. Então, pra esse menino que às vezes tem dificuldade de acompanhar o ritmo do mundo, eu gostaria de entregar a sua mais nova máquina do tempo. Use com cuidado.

Suas mãos exibiram em minha direção a embalagem de um dos carrinhos da Hot Wheels. Era o DeLorean, do *De volta para o futuro*. Até então, eu tinha um sorriso bobo nos lábios, ouvindo-o falar, mas meu sorriso morreu completamente.

Leo não me deu um carro em miniatura. Deu uma máquina do tempo para que eu não sentisse o mundo me machucar. Para que eu conseguisse ficar bem do jeito que sou aqui nesse mundo confuso. Ele me deu o maior símbolo do meu filme favorito e o usou como metáfora para dizer que o que havia de errado não estava em mim, mas, sim, no mundo, e que eu só precisaria de *tempo* para conseguir me adaptar.

Senti meus olhos arderem. Peguei a embalagem nas mãos, mas não consegui sequer agradecer, porque queria chorar. Eu queria obviamente chorar e resisti a essa vontade, contudo, não deu tão certo quando abri a boca para dizer qualquer coisa e uma lágrima escorreu, me deixando somente com um suspiro no ar.

— Ah, bebê — ele murmurou afetuoso, me acolhendo em seus braços da forma que meu corpo sentado na cama permitia.

E eu me aproveitei da pequena caverna que seu abraço criou para deixar umas lágrimas caírem. Leo às vezes parece que foi feito por encomenda.

— Obrigado — respondi no meu tempo, quando consegui. Minhas mãos suavam sobre a embalagem com minha nova máquina do tempo, que na verdade era só um carrinho. Mas era meu. Muito meu. Sequei o rosto de qualquer forma, olhando-o com um sorriso pacato e que dizia claramente o quanto eu gostava dele. — Se você tivesse direito a uma viagem no tempo, para quando e onde iria?

— Hum. — Ele parou para pensar, apoiando o peso do seu corpo na palma de uma das mãos no colchão. — Eu ia precisar de duas viagens, na verdade.

— Por que duas?

— Na primeira, eu ia levar um cara aí pra assistir *De volta para o futuro* no cinema, assim que estreou em 1985. Mas como esse cara é muito bonito e eu não sou bobo, eu com certeza ia querer ficar beijando ele o filme todo, entende? Aí ele ia perder a estreia do filme favorito dele, o que não é legal. Então, na minha segunda viagem nós poderíamos assistir com calma. Infelizmente, esse garoto ruivo é muito bonito e eu sou caidinho por ele.

— Você é muito patético — falei quase que como um mecanismo de defesa.

— Patético é você que tá chorando — respondeu como se me menosprezasse, dando de ombros, e eu sorri.

— Vou pensar nos lugares e no tempo para onde ainda vou viajar. E vou comer tudo isso também — comentei com uma alegria cheia de inocência, reunindo tudo em meu colo e me sentindo o grande descobridor de tesouros escondidos e riquezas imensuráveis.

— Mereço um beijinho? — sussurrou, me olhando de perto, com aquela jaqueta jeans sobre a camiseta preta que combinava com a calça de mesmo tom, mas que contrastava com a sua pele e fazia a sua boca parecer mais rósea. E seu cabelo também estava lindo. Tinha a cara de cansado de sempre, mas estava simplesmente lindo, como sempre esteve, e até mais. Definitivamente mais.

Colei as costas na cabeceira da cama, prendendo a respiração e me sentindo mortalmente constrangido pelo jeito que me olhava e pela pergunta que tinha acabado de fazer e por toda a aura daquele filho da puta que me fazia ficar agitado.

— Eu tô com bafo — rebati em sussurro enquanto ele se aproximava.

— A gente já fez coisa bem pior do que só um beijinho de quem acabou de acordar e você nem tá com bafo, de verdade. — Ele sorria quase grudado em meus lábios e fiquei fraco só de sentir sua respiração na minha. — Só um selinho, vai.

Fechei os olhos, sentindo os lábios dele nos meus, e demoramos para encerrar aquele contato bobo e simples. Mas quando estava prestes a me distanciar, ele segurou meu lábio inferior entre os seus, pronto para começar mais um daqueles nossos beijos de perder a cabeça. E, ainda que eu quisesse beijá-lo, gosto das coisas como devem ser feitas e não de quando tentam me fazer de bobo. Por isso segurei um de seus mamilos e o girei, fazendo-o grunhir e se encolher, caindo de lado em meu colo.

— Você falou só um selinho! — fingi gritar em meu sussurro.

— Tá bom, tá bom! Eu sou um trapaceiro asqueroso, eu sinto muito por isso — concluiu, ficando deitado dramaticamente sobre minhas pernas.

— Deixa eu me arrumar pra gente sair e aí a gente pensa no assunto.

— A gente não precisa ir, bebê. Eu tô bem cansado por causa do seminário e você também tá bem pra baixo. A gente pode deixar passar, não vou ficar chateado — disse com um tom mais sóbrio, ajeitando a postura. E ainda que ele dissesse que não ficaria chateado, eu conheço aquele emo insuportável e tinha *certeza* de que ele ficaria magoado.

— Eu queria muito ir, se você ainda estiver a fim.

— Então vamos! — comemorou, saltando da cama.

■ ■ ■

Meu corpo inteiro reclamou naquele passeio, mas foi divertido.

Era estranho andar lado a lado com ele na rua, agora que tínhamos estabelecido uma relação mais saudável, mais carinhosa. Mas éramos só amigos.

Nos desentendemos quando fomos comprar sorvete e depois quando fomos comprar sanduíches no trailer de hamburgueria artesanal. E em seguida, porque Leo não parava de comer mesmo depois de ter reclamado mil vezes que já estava com dor de barriga. Ele, simplesmente, comeria a feirinha toda se pudesse. Eu só não conseguia entender para onde ia toda aquela comida sendo que ele era magro daquele jeito.

Nos desentendemos outra vez porque ele queria tomar sol e eu estava em um mau humor que eu só queria discutir. Pensei algumas vezes em encerrar aquele acordo idiota que nós tínhamos, virar as costas e ir embora. Pensei de verdade. Aí ele sorria daquele jeito que me rouba a atenção, segurava minha mão discretamente, falava suas bobeiras para me fazer rir e eu lembrava do que eu mais gostava nele.

Honestamente: posso deixar o Leo ir embora a hora que eu quiser. Eu só, momentaneamente, não quero.

Quando voltamos para o condomínio, lá pelas três da tarde, nossos planos de transar tinham sido dizimados por causa do cansaço. O que sobrou então foi um abraço apertado no estacionamento. E nós só ficamos ali, em silêncio. O silêncio mais significativo que já tivemos. Era só ele em mim e eu nele, nossos corpos que já se conheciam inteiros servindo de abrigo para o outro, o som dos corações batendo servindo de carinho. Não era necessário nem sequer uma palavra. Eu nem saberia colocar com exatidão o que eu pensava em palavras racionais.

— Acho que deu a nossa hora. — Leo afrouxou o abraço para me olhar nos olhos. — E você está de lente.

Ri de como ele realmente se importava com minha visão.

— Estou. E... obrigado por hoje. Por tudo. — Mordi o lábio inferior, memorizando aquela imagem dele sendo tocado pelo sol. Normalmente eu só o via à noite, mas ele fica lindo sob o sol. E fica lindo dentro do próprio corpo, mas a pessoa que ele era por dentro era muito mais bonita do que só a beleza estética. — Obrigado pelo passeio, pelo grande merda que você é e por me fazer rir por qualquer coisa e me sentir bem até quando eu tô um bagaço. E obrigado pela máquina do tempo. Muito obrigado pela máquina do tempo — falei e sorri, me lembrando outra vez de quão simbólico era aquele carrinho, e acho que foi por isso que meus olhos ficaram ardendo e senti uma lágrima metida rolar por parte do meu rosto. Sequei-a rapidamente, mas ele percebeu. — Rinite — justifiquei.

— Sei. — Me encarou de cima com aquele ar superior. — E não tem que agradecer. Trato as pessoas como um espelho, devolvo o que elas são, como me tratam e o que merecem. E você merece todo o cuidado do mundo, Ben. Merece tudo e muito mais. — Leo sorriu, me abraçando outra vez, beijando meus cabelos. — Obrigado por ter ido comigo hoje. E pelos últimos dias, que foram bem gostosinhos. E por mil coisas também.

Nos olhamos, desfazemos o abraço e rimos.

— Por mil coisas — concordei.

— Posso te dar um beijinho agora? — Sua mão segurava um lado de meu rosto, fazendo carinho com o polegar. Aquele era o lugar mais imbecil para duas pessoas se beijarem, no estacionamento do condomínio, por isso neguei com a cabeça, em um sorriso arteiro. — Tá bem. — Beijou minha testa. — Tchau, bebê.

— Tchau — respondi, puxando seu rosto e o beijando. Um beijo bom, mas curto, porque era perigoso. — Agora vai embora. — Empurrei-o e fiquei observando ele ir desconsertado para o seu bloco.

E eu fui para o meu, com um sorriso no rosto. Mas meu peito estava muito inquieto e mexido pelos últimos dias, por todas as coisas que andava aprendendo e pelas palavras de Leo e da minha psicóloga. Eu precisava tentar ser eu mesmo, tentar falar.

Abri a porta com um pouco de nervosismo e vi minha mãe lavando um copo e o colocando para secar. Sem pensar muito, eu a abracei, e sei que foi desajeitado e bastante vergonhoso. Eu não tinha o menor hábito de tentar fazer aquilo e meu coração já acelerava, com vontade de desistir. Ela ficou paralisada.

— Oi, mãe — falei baixo, sem conseguir olhar para ela.

Fui até a sala e foi bom que ela me seguiu, porque eu não precisaria chamá-la. Meu pai me acompanhava com um olhar e eu também o abracei, mais desengonçado ainda, porque ele estava sentado na poltrona dele e ficou tão em choque que nem se levantou.

— Oi, pai — eu disse.

Sentei-me no sofá ao lado e minha mãe me olhava, em pé, assim como meu pai, que não conseguia acompanhar o que acontecia. Olhavam para mim como se um acidente tivesse acontecido só porque os abracei e eu me odiei um pouco por nunca ter tentado falar com eles antes.

Minha perna bombeava nervosamente contra o chão, minha postura ereta sobre o sofá, e eu olhava para um canto qualquer quando finalmente consegui tirar para fora de mim:

— Vocês sabem que eu amo vocês, não sabem?

No mesmo instante, meus olhos ficaram vermelhos e tive que comprimir os meus lábios, que com certeza iam começar a tremer. Eu fiz de tudo para não chorar, mas minha voz já tinha até começado a falhar.

Minha mãe se sentou ao meu lado, colocando sua mão sobre minha perna até que eu percebesse o quão agitado eu estava, e tentei me acalmar e parar de me mexer por pura ansiedade.

— Nós sabemos, filho. E nós dois te amamos mais do que qualquer coisa também — ela falou com sua voz mais calma, e eu me senti em pedaços.

Vivi minha vida toda esperando a aprovação deles, o carinho deles, e eu mesmo nunca havia mostrado nada disso a eles. Eu nunca tive coragem de dizer para eles que os amava e os aprovava. Nunca fui de escrever bilhetes ou cartas de dia das mães ou dos pais, eu só limpava a casa inteira e dava algum presente, um abraço e um sorriso. Eu nunca tive coragem de tirar aquelas palavras da garganta, por isso me machucava tanto poder dizer em voz alta. E, como Leo comentou, eles também espelharam meu tratamento. Devolveram minha pequena declaração de amor, algo que eu gostaria de ouvir. Precisava ouvir aquilo naquele momento.

Continuei tentando lembrar de exercícios de respiração e fiquei em silêncio por algum tempo, lutando contra minhas lágrimas, quando meu pai perguntou:

— Está tudo bem? — Meu pai se aproximava da ponta da poltrona, para ficar mais próximo a mim.

— Eu... — tentei dizer, minha voz travando na garganta. — Eu acho que preciso falar sobre... sobre terça-feira...

Assim que consegui concluir, já com voz de choro, vi minha mãe abaixar o olhar e ouvi meu pai respirar fundo, mas ninguém disse nada por um longo tempo. Então, me obriguei a falar quando vi minhas mãos tremendo:

— Eu não gosto muito quando vocês falam dessas coisas sobre ter netos e... sobre... me formar e... comprar uma casa e... todas essas coisas de... futuro. Eu não gosto quando vocês começam a falar disso porque eu só sinto como se... — Fiz uma pequena pausa em meu discurso, porque me senti ridículo só em ter que falar dos meus sentimentos. — Eu sinto como se eu estivesse fazendo um péssimo trabalho como filho de vocês e que eu nunca... nunca vou conseguir ser exatamente o que vocês esperam. Eu não... Eu não... não sei se vou ser o filho que vocês esperam, e lembrar disso me faz mal.

Ao terminar de dizer, uma dor me surgiu bem no meio do peito, junto de uma leve dificuldade de respirar. Talvez eu não estivesse falando só sobre meu futuro. No fundo, eu também queria dizer que eu não seria o filho que eles esperavam porque eu também gostava de caras. Porque eu estava saindo com um cara. E talvez eu nem quisesse me casar com quem quer que fosse. Eu sei que deveria ter falado sobre isso naquele momento. Mas eu não conseguia falar tudo de uma vez. Eles me odiariam se eu dissesse que era bissexual.

— Oh, meu bebê... — minha mãe me falou naquele tom que me lembrava da minha infância. Ela falava daquele jeito quando eu me machucava e escondia a ferida para que eles não vissem e não se preocupassem ou brigassem comigo. Então ela me abraçou de lado, ali no sofá, fazendo carinho no meu braço e eu queria mesmo chorar, bem mais do que já estava chorando. — A gente não estava falando sério.

Meu pai veio para perto, e nos encolhemos no sofá pequeno. Ele colocou a mão no meu joelho e respirou fundo, parecia pensar no que dizer.

— Nem tudo o que a gente fala você precisa seguir como se fosse lei, filho — meu pai começou a falar. — A gente não espera que você siga nenhum exemplo e nem faça qualquer coisa só pra agradar a gente. Eu e sua mãe só estávamos tirando sarro... era brincadeira. Nós sabemos que você quer estudar, que tem um longo caminho pela frente, e que ter filhos e essas coisas não são prioridades suas. Nós não queremos que você mude suas prioridades, eu mesmo nem consigo imaginar você sendo pai agora, entende? Era só brincadeira.

— Mas... Como assim? Eu não entendi — eu falei, limpando uma lágrima que havia caído.

— Era brincadeira, Ben — meu pai repetiu, deixando claro, com um sorriso curto que me fez sentir bobo. Mas um bobo sendo acolhido pelos seus pais. — Seus avós queriam que eu e sua mãe tivéssemos três filhos e uma casa enorme. Nós decidimos ter só você e um apartamento pequeno. Sua mãe está fazendo mestrado, eu estou pensando em fazer uma pós e... nenhum de nós está pensando em realmente ser avô ou avó no momento.

— Filho, olha bem pra sua mãe. Vê se eu tenho cara de avó — ela falou, e eu abri um sorrisinho ao ver que os dois sorriam de leve. — A gente só brinca, de vez em quando, fingindo que somos pais convencionais, mas a gente não é. Somos *modernos* — disse, cheia de pompa, e eu ri brevemente. Não era algo que alguém realmente moderno diria.

— É mais uma piadinha de pais pedirem netos, mas é só brincadeira. A gente não quer interferir no seu futuro ou fazer planos para a sua vida.

— A não ser que você queira ser pai antes de se formar, que aí... — meu pai ia me dar algum conselho, mas senti o braço de minha mãe se mexer e vi pelo canto de olho que ela deu um beliscão no ombro dele, para fazê-lo ficar quieto.

— Nós não queremos mesmo interferir na sua vida, mudar o seu jeito de ser e colocar regras pro seu futuro, Ben. Nós te amamos do jeito que você é, nós aceitamos e te respeitamos, seja como for, viu? Nós só queremos o seu bem — ela falou, fazendo carinho em meus cabelos.

— Seja como você quiser viver, a gente só se adequa e deseja o melhor pra você, filho, não precisa se preocupar com nossas brincadeiras, não. A gente só estava tirando sarro — meu pai disse em um tom de voz bem calmo, mas conclusivo. — Por isso que, se você não gosta, você pode só falar que nós paramos.

Funguei, passando minha mão sob meu nariz, encarando o tapete. Eu precisava tomar coragem para dizer mais uma coisa. Demorei um pouco, mas eles esperaram.

— Também não achei legal o jeito que vocês falaram quando eu trouxe o Leo pra jantar aqui, naquele dia que eu fiz mousse de maracujá. Porque... poxa... eu nem estava falando direito com ele e tal... E... sei lá, tem coisas que eu não gostaria que vocês falassem na frente dos outros — disse superficialmente, porque, a bem da verdade, eu nem me lembrava direito do que eles tinham dito, só lembro que não foi muito bacana.

— Certo, filho. Nós vamos nos policiar. Eu admito que podíamos ter escolhido outras palavras e eu sinto muito, por mim e pelo seu pai. — Minha mãe soava arrependida enquanto meu pai concordava com a cabeça. — E você pode sempre conversar com a gente quando algo te incomodar ou... sabe... sobre qualquer coisa, Ben. Nós vamos sempre estar de braços abertos para você e vamos sempre te ouvir. Você é o nosso filho perfeito e a gente te ama do jeitinho que você é, ok? — Ela sorria ao terminar de dizer.

Eu só sei que chorei mais um pouco. Eu tentei tirar aquelas palavras de mim, acho que era o melhor momento para dizer que sempre fui bissexual, mas eu não conseguia. Tive medo de arruinar tudo e preferi deixar as coisas como estavam. Ao menos eles disseram que me amavam do jeito que eu era. Me chamaram de filho perfeito. Mostraram que nada era tão complicado e que sempre que eu quisesse eu poderia... *conversar*. Eles queriam me ouvir.

Nós nos abraçamos, me esforcei mais um pouquinho e sussurrei a eles que os amava. Eles responderam e nós rimos mais um pouco.

Com um passo de cada vez, talvez eu pudesse contar, em algum dia em um futuro muito distante, sobre minha sexualidade. Mas, naquele instante, me sentir amado já foi o suficiente.

E eu amei como Leonardo me ajudou até nisso. Ele disse que era como um espelho, me falou para demonstrar. Eu disse que os amava, e eles me devolveram também amor e palavras dóceis. Chorei um pouco, confesso. E então eu fui para o meu quarto, porque precisava dormir.

Mas eu estava tão feliz que apenas sentia como se fosse meu aniversário.

Eu estava deitado em minha cama, mas só meu corpo estava lá, em meio a todas aquelas porcarias que o Leo tinha comprado para mim, e o DeLorean com que eu brincava pelos ares, observando-o flutuar em minha mão. Peguei meu celular quase sem querer e liguei para aquele número conhecido.

— Oi, bebê — disse Leo.

— Oi, cafezinho. Viajei no tempo agora há pouco — falei, mordendo o lábio inferior em um sorriso.

— Hum, e o que você viu? — sua voz era *tão* meiga, mesmo quando eu obviamente falava uma bobeira daquelas.

— Vi que a gente vai assistir a *Animais fantásticos 2* no cinema hoje. Só liguei pra te avisar — concluí, ouvindo-o rir baixinho.

— Ah, é? E a gente vai ver o filme duas vezes?

Ri.

— Claro — concordei por fim.

Então, se o que fizemos na feirinha mais cedo pudesse ser chamado de encontro, iríamos, no mesmo dia, para o nosso segundo encontro.

E ter aquele cara me roubando beijos na sala escura de cinema na primeira vez que vimos o filme era quase tão gostoso quanto tê-lo segurando minha mão e me dando abrigo em seu ombro na segunda vez em que assistimos ao filme, quietinhos e prestando atenção.

Honestamente: eu estou *muito* encrencado.

■■■

Ainda que o dia 9 de dezembro de 2018 não fosse um domingo tão quente assim, decidimos sair para tomar sorvete.

Admito que a princípio morri de vergonha pelo tempo que gastei me arrumando para vê-lo, escolhendo roupas, ajeitando o cabelo, passando perfume, e então o jeito que sorriu de canto, percebendo cada esforço que fiz para ficar bonito para vê-lo. Mas ele não podia dizer muita coisa, porque ele estava impecavelmente lindo. E bem cheiroso e todo o resto. Acho que ficou meio óbvio para nós dois o quanto estávamos felizes em nos vermos, mesmo depois de eu ter que aguentar aquela cara de boneca dele a semana inteira me enchendo o saco e sendo infantil.

Depois do sorvete, nossos dedos e lábios ficaram gelados demais. Então fomos tomar chocolate quente. E aí saímos pela cidade, ouvindo música no meu carro, conversando sobre qualquer coisa, até que ele me mostrou um lugar para estacionar. De lá, dava para ver a cidade inteira, como se fizéssemos parte e como se fôssemos donos dela. E as luzes da cidade, à noite, eram tão bonitas de se ver que eu não fiz muita coisa além de sorrir quando ele me beijou. Transamos quando chegamos em seu apartamento, mas foi algo diferente. Não sei se estava previsto no nosso Acordo Guimarães-Park. Porque não tinha muita coisa além de carinho e sentimentos ali.

Na segunda-feira, ele apareceu com vários papéis nas mãos quando foi me buscar na academia, e a princípio fiquei irritado, porque eu não via a hora de chegar em casa, ele tirar toda a minha roupa, me agarrar em seu colo e me pressionar contra a parede. Mas o que ele queria era recitar poemas. A pior parte de tudo foi que não me deixou ver sobre o que se tratava.

— Mostra só um pedaço do que é, vai – pedi.

— Ok – disse de um jeito convencido, me mostrando parte da folha.

E dizia: "*Lista de número 5 – Coisas que gosto em Benjamin Park Fernandes.*" Suspirei, arregalando os olhos. Voltei os olhos à estrada e acelerei o máximo que consegui, chegando em casa muito mais rápido do que estava acostumado.

— Vamos – eu o chamei, descendo do carro rapidamente e correndo em direção à porta do seu bloco, a todo vapor, enquanto ele vinha rindo, no seu ritmo normal com suas pernas enormes.

— Vem. — Segurou minha mão assim que destravou a porta, e me guiou com nossos dedos entrelaçados enquanto subíamos os milhares lances de escada até o quarto andar, e eu nunca odiei tanto o apartamento dele ser tão no alto.

— Nunca vi demorar tanto pra abrir uma porta, puta que pariu — resmunguei instintivamente quando não conseguia acertar a chave na fechadura da porta do seu apartamento, e ele felizmente me ignorou.

— Muito bem, antes preciso avisar que talvez a lista seja meio *meiga* — me alertou com os papéis em uma mão e gesticulando com a outra.

— Eu amo *meiga*, agora me dá! — Minha mão golpeou em direção às folhas, mas ele ergueu o papel apenas por capricho, para me ensinar a não tirar coisas da sua mão, e então me entregou.

— Quero que leia em voz alta pra que você mesmo se escute e não se esqueça de nenhum dos itens, tá bem?

— Tá — respondi, com uma mão sobre o peito, sentindo os batimentos dentro de mim, tentando me acalmar.

— Então fica à vontade.

Respirei fundo, olhando de relance para os itens rabiscados com sua letra desorganizada e inconstante.

— É bem meiga — falei pelo pouco que li de antemão.

— Lê de uma vez, inferno!

— Ok. Ok, vamos lá.

*Lista de número #5 —* **Coisas que gosto em Benjamin Park Fernandes***:*
→ *O senso de justiça;*
→ *A honestidade e a lealdade;*
→ *A gentileza (quando não está falando um palavrão a cada duas palavras);*
→ *A responsabilidade com tudo o que se aplica a fazer;*
→ *A forma com que faz que todos fiquemos admirados com sua inteligência e dedicação;*
→ *A carinha, bonitinha e rebelde ao mesmo tempo;*
→ *Aquela coisinha que faz com o nariz, mexendo a ponta antes de fungar, que o faz parecer um hamster;*
→ *O jeito com que o piercing no seu nariz parece servir de alerta, dizendo "a cara pode ser bonitinha, mas esse homem sabe ser bem malvado". Se é que me entende;*

→ *Seus cabelos vermelhos (apesar de me irritar às vezes quando ficam na frente dos seus olhos. Seus olhos são lindos. Merecem ser vistos);*
→ *O jeito que se rende quando deixa abrir um sorriso, daquele que aperta os olhos e faz brilhar as bochechas;*
→ *Suas piadas sem graça e completamente fora de hora;*
→ *Cada uma das pintinhas espalhadas pelo seu corpo, que eu juro por Deus que adoraria mapear. Com certeza eu descobriria algum tipo único de constelação, e quando conseguirmos mapeá-lo e descobrir a tal constelação, vou batizá-la como Pica-pau de Piercing. Até porque esse é um dos melhores apelidos que já lhe dei;*
→ *O perfume natural de sua pele parece com o cheiro de sorvete de baunilha;*
→ *14,5 cm;*
→ *Odeio quando brigamos e nos machucamos, mas adoro como ele consegue arrumar as coisas do jeito mais bonitinho possível;*
→ *Amo quando cozinha para mim, e ele cozinha como ninguém;*
→ *Os apelidos ridículos que me chama, de cafezinho até bebê;*
→ *A mistura quase perfeita que seu perfume Invictus faz com o aroma natural da sua pele. E como seu cheiro sempre gruda em mim e fica dançando pelos ares mesmo depois dele já ter ido embora. Obrigado, Paco Rabanne, pelo perfume maravilhoso. E obrigado, aos Fernandes, que entraram com o DNA para gerar um filhotinho com cheiro de baunilha;*
→ *O sorriso. Gosto muito mesmo do sorriso;*
→ *Muito, gosto muito do sorriso, tipo, mesmo;*
→ *Gosto dos seus dentinhos alinhados e dos seus caninos proeminentes e do jeito que sorri de lado mostrando-os quando as coisas começam a esquentar entre nós. Sim, eu fiz três itens sobre o seu sorriso, não ligo;*
→ *Mas é que, assim, você já viu todos os jeitos que você sorri? Todos eles. São lindos, sabe?;*
→ *Aquela coisa muito profunda em seus olhos que parece um convite. Não sei se me analisa, se me julga, se me adora ou o que pensa. Mas seus olhos são umas das coisas mais bonitas que já vi na vida, com ou sem lentes;*
→ *O jeito que solucionou minha solidão, me dando um carneiro dentro de uma caixa para habitar meu pequeno planeta;*
→ *Gosto quando suas gargalhadas o pegam desprevenido e ele ri daquele jeito que muda o dia de qualquer um;*
→ *Sua carinha perdida assim que acorda, de cabelo bagunçado, camiseta e samba-canção;*

→ Gosto de medir a temperatura de seu corpo pela ponta dos seus dedos sempre que me faz carinho. Fico pensando o que ele deve estar sentindo, já que não fala muito sobre sentimentos, mas quando sinto as digitais quentinhas e levemente úmidas, sei que seu coração está batendo rápido. Só me falta agora decifrar as batidas do seu coração. Um dia. Um dia;
→ Cada uma de suas veias e os dedos longos de suas mãos. E o jeito que segura meu rosto quando me beija;
→ Seu beijo lento. E o afobado. E o desengonçado de quando estamos rindo e tentando ter um beijo normal. E também aqueles selinhos sem graça sempre que vem me dar oi. E, infelizmente, gosto dos beijinhos de esquimó também;
→ Com seu jeito racional, consegue fazer tudo parecer simples. Até eu. Ele me faz parecer simples. Faz parecer que sou só eu e está tudo bem. Eu amo isso;
→ As vezes em que ele me sequestra do mundo, só para fugir e passear com ele, dirigindo para onde o acaso quiser nos levar;
→ A forma como fica quando suas palavras falham, mas seu jeitinho inteiro grita para dizer o que sente;
→ O jeito que ele consegue ser, sinceramente, a melhor pessoa que já conheci na minha vida inteira;
→ Essa coisa que ele faz comigo e me leva a sentir coisas que eu realmente não sei explicar, mas esse cara, esse maldito cara, conseguiu ensinar para mim um jeito diferente de fazer meu coração bater. Eu não sei o que é esse sentimento, qual é o seu nome, por que sinto e há quanto tempo sinto. A única coisa que importa é que, admito, sinto essa coisa o tempo todo enquanto estou com ele;
→ E também gosto daquele box do Harry Potter que ele tem e nunca vai me emprestar.

— Gosto da parte que você fala do tamanho do meu pau e do meu box de Harry Potter que eu realmente nunca vou te emprestar — falei, tentando fazer graça.
— Ben, você está chorando e isso é tudo o que você tem a dizer? — Ele cruzava os braços, me encarando enquanto eu ainda tentava me fazer de forte.
Então eu perdi um pouco minha racionalidade e só escondi minha testa no seu peito, chorando em silêncio enquanto ele me abraçava e eu não conseguia responder. Acho que eu precisava mesmo ouvir tudo aquilo. Precisava saber o que é que havia de bom em mim.
Saber que ele gostava mesmo de mim.

■ ■ ■

Terça-feira.
— Você conseguiu tirar um tempo para pensar no nosso último encontro? — Daniele, minha psicóloga, queria saber.
— É. Acho que sim.
— Tudo bem. — Ela deixou sua prancheta de lado, se ajeitando na poltrona. — Quero que entenda que nem todo relacionamento termina em amor, como pode ter ficado confuso. Relacionamentos não são compostos por regras, eu só queria que você estivesse alerta à possibilidade de vir a acontecer algum sentimento dessa espécie entre você e Leonardo. Por enquanto, vocês sentem atração um pelo outro, e isso não quer dizer que as coisas vão mudar. Há relacionamentos que estacionam na atração sem nunca virar paixão, ou amor. Então eu quero que fique tranquilo em relação a isso.
— Daniele, tudo bem. Eu admito — falei, descansando minha postura com os dois cotovelos sobre os joelhos, unindo as mãos em minha frente.
— Admite... o quê?
— Que estou perdidamente apaixonado por Leonardo Guimarães.
É.
Acidente de percurso.

Honestamente,
Benjamin Park Fernandes

# Capítulo 15

# Sinceramente?
# O inevitável

Sinceramente? Algo me deixou um pouco irritado.
— Então nos vemos semana que vem — a psicóloga de Benjamin dizia, abrindo a porta.

Enquanto ele saía, me levantei e me aproximei em um ritmo sensato, contente em ver que, daquela vez, ele estava sorrindo enquanto concordava com ela.

— Olha só! — eu disse, passando um braço sobre os ombros dele. Ele me olhou por meio segundo com aquela alegria desconhecida e somente se colocou em meu abraço, ficando ali, com o rosto afundado em meu peito, agarrado em minha cintura. — Não sei o que é que você falou pra ele dessa vez, mas, olha, obrigado, de verdade. É desse jeito que eu gosto de ver esse rostinho, cheio de sorrisos.

— É. É bom ver um sorriso no rosto desse menino. — Ela apertava de leve um de seus ombros, o fazendo soltar-se de mim.

— Obrigado, Daniele — disse Ben.

— Não precisa agradecer. Mas se cuide, certo? — ela concluiu e nos despedimos.

— Eu fico sinceramente feliz de te ver assim — confessei, a caminho do carro. — Mas será que teria algum motivo especial que não tô sabendo?

— Eu admiti em palavras coisas que estavam me sufocando há algum tempo. Conseguir encarar a si mesmo no espelho é uma sensação boa demais! — ele cantarolava, agitando os braços enquanto andava, mas ele continuava sorrindo do mesmo jeito que sorri quando tira uma nota máxima.

— E quer me contar o que são essas coisas que estavam te sufocando? — perguntei, sem qualquer esperança de que ele fosse descrever.

— De jeito nenhum — concluiu com simplicidade, abrindo o carro e se jogando no banco do motorista.

— Tudo bem, eu não ligo mesmo. — Dei de ombros, talvez soando mais infantil do que eu gostaria, mas me sentando e colocando o cinto de segurança de qualquer modo.

— O que vamos fazer hoje antes de ir pra aula? — ele queria saber, animado, com todo o corpo virado para mim, como se eu fosse o volante e a estrada que devêssemos tomar.

— Eu estava sinceramente pensando em tirar sua roupa, se você estiver a fim — respondi, em um tom engraçado para medir a temperatura. Se ele fosse contra, eu diria que só estava brincando. Se fosse a favor, então eu estava falando sério.

— Adorei. — Segurou meu rosto com as duas mãos e me deu um selinho, e infelizmente perdi o controle e fiz virar um beijo longo, só findado quando ele achou que deveríamos ir.

Ao chegar em casa, cumprimos o que tínhamos vontade, dentro do que era permitido nos parâmetros do Acordo Guimarães-Park: sem muito carinho, só dois caras, perdidos na vida e com vontade de transar. Mas aí vinha a parte que sempre complicava, *o pós-sexo*. Benjamin tinha formas de silêncio muito significativas e foi isso que me deixou irritado.

Ao mesmo tempo em que podia ser interpretado como alguém muito frio, ele também demonstrava certa imponência, uma graciosidade discreta e bonitinha, até uma fragilidade de vez em quando. Era só... *gostoso* estar por perto. Dava uma sensação de segurança. Ele não gostava de falar, e tudo bem, eu não precisava fingir grandes discursos de bom humor para ele. Eu sentia que podia tranquilamente... *ficar quieto*. O problema foi o que ele fez assim que baixei a minha guarda.

Ele começou a usar seus silêncios contra mim.

Havia algo de muito profundo quando ele se sentava em meu colo e me olhava no fundo dos olhos com um sorrisinho, me fazendo carinho e me dizendo milhares de coisas bonitas com o seu olhar. Era sublime quando me abraçava; ou quando mexia em meu cabelo para o afastar do meu rosto; quando me dava aqueles beijinhos de esquimó; quando segurava minha mão enquanto dirigia; quando me trazia qualquer coisa para comer; quando me dava aqueles beijos demorados... dentre mil outras coisas que me fazia, *calado*.

Era difícil porque, quando caía minha máscara e eu não fazia uma piada a cada trinta segundos, tudo o que sobrava era o meu íntimo. Eu tinha tempo de *sentir*. Sentir cada coisa que me deixava com medo. Sentir cada toque, cada carinho, cada reação do meu corpo que se agitava e me dizia claramente que eu estava viciado nele. Isso era o que ele queria. E isso me machucava.

Ele era um robô maldito, obcecado com perfeição – e o seu defeito é que ele sempre a alcançava. Ele era bom em tudo o que fazia, então era óbvio que seria bom em me deixar na própria definição de bagunça, no olho do meu próprio caos. O problema? Era que ele podia fazer aquilo com qualquer um, e eu me senti em desvantagem.

Sou um cara confuso e sem graça e o que eu tinha a meu favor era que ele me achava bonito, tínhamos construído certa segurança para transar sem que seus pais soubessem e sem que ele se sentisse pressionado por um relacionamento sério (e ele deixou bem claro que nunca estaria em um namoro homoafetivo), e aparentemente ele achava minha presença razoável.

Mas e quanto a ele, aquele malditinho perfeito? Ele era lindo da cabeça aos pés, covardemente lindo, inteiramente lindo. Tinha aquela personalidade inicialmente difícil de lidar, mas, ultrapassada a sua barreira de timidez (e as eventuais grosserias e indelicadezas que dizia sem querer), era alguém que era impossível de se abrir mão.

Ele era tão inteligente, adorável, engraçado, simplesmente admirável e não existia uma alma no planeta que não adoraria tê-lo nos braços. Ele poderia fazer, literalmente, qualquer pessoa feliz. Claro, tem todos esses detalhes sobre sexualidade, mas deu para entender o que eu quis dizer, não deu? Ele era colossal e incrível, e quanto a mim... Eu era conveniente, porque morava perto e estudava em sua turma. Ele só resolveu me escolher ao acaso, e era injusto que ele fosse tudo aquilo.

Não precisava fazer meu coração disparar, nem me fazer perder a cabeça. Contudo, fazia e me enchia de seus carinhos e seus silêncios que sempre tentavam me dizer alguma coisa, mas eu nunca decifrei. Eu só prendia a respiração e flutuava.

Sinceramente? Que desgraça está acontecendo aqui dentro de mim?

→ → →

A partir daquela terça em que *sei lá o que ele falou com sua psicóloga*, e depois eu fiquei apavorado com o rumo das coisas, tudo teve uma cor diferente do que costumava ter.

Nosso grau de compreensão de um para com o outro mudou drasticamente, mas continuávamos repetindo as mesmas coisas e ainda enfrentávamos algumas crises de estresse e ansiedade, também pelo pouco tempo em que havíamos parado de fumar. Cenas de discussões na faculdade, na mesa com seus pais, no carro, até na fila da farmácia para comprar camisinhas, eram completamente comuns. A gente já discutiu sobre marca de lubrificante, batata frita de fast-food e até sobre lâmpadas fluorescentes.

Benjamin Park Fernandes era muito chato!

Suas palavras não vinham dissolvidas em alívios cômicos como as minhas. Tudo que ele dizia era conciso, como um golpe único de uma espada de lâmina ferozmente afiada. Era certeiro, direto ao ponto, sem rodeios ou delicadeza. Contudo, nossas desavenças eram quase como declarações de afeto. Porque que sentido fazia eu odiar tanto o seu jeito de se comunicar se eu pensava nele o dia inteiro? E quanto a ele, que dizia que eu falava demais, que era excessivamente dramático e que eu era muito infantil para ele, mas ele sempre corria para ficar perto de mim?

Discutir pequenas bobeiras, para nós dois, era quase como dizer: *que ódio, cara, ainda que você seja assim, eu gosto tanto de você!*

Na cantina da faculdade, onde geralmente estávamos com nossos amigos na maior parte do tempo enquanto não tínhamos aula, eu só queria *bater papo* e *relaxar*, o que nunca esteve no vocabulário dele. Ele só sabia *discutir*.

— A gente tem que entender que o problema do capitalismo não está em comportamentos individuais, mas é um sistema opressor que nos ensina e nos obriga a ser assim — ele dizia na terça-feira, às DEZ HORAS DA NOITE.

Ele estava certo? *Sim.* Tínhamos mesmo que reformular nosso sistema econômico de forma que ninguém mais precisasse morrer de fome e nem viver competindo doentiamente entre nós. Mas precisava mesmo de uns papos chatos desses às dez horas da noite? Pelo amor de Deus, poderíamos estar falando de qualquer outra coisa!

— A solução é você entrar no seu Nissan e ir dirigindo até o castelo do capitalismo, e quando chegar lá você tira o seu iPhone do bolso pra destruir o grande rei patriarcal — debochei e ele riu.
— Cê deve achar que eu sou muito rico mesmo, né?
— Pergunta pro teu iPhone, vamos ver aí o que ele te diz. Cadê a Siri? — devolvi, e o Yanzão gargalhou.
— Que foi, *gatinho*, quer dizer que eu só posso argumentar sobre capitalismo quando você achar que devo? — desafiou, e seu rostinho e seu sorrisinho eram *tão* adoráveis que eu juro que quase o beijei ali mesmo.
— Você fica tão mais bonito de boca fechada, não sendo um chato insuportável — sorri falsamente.
— Você ficaria muito bonito sabe como? Com umas doses de maturidade. A hora que você virar gente grande a gente conversa sério, tá bom? — Ben deu uma piscadela e voltou a olhar para nossos amigos, que não sabiam ao certo como reagir.
— Olha, quer saber? — Levei minha mão direita ao peito de maneira teatral e acho que todos ali entenderam que não era uma briga de verdade. — A classe operária aqui está com fome e com sono, então vou ali comprar um cappuccino e uma coxinha com todo o dinheirinho que consegui juntar com o meu suor explorado. Adeus!

Ao entenderem meu tom de voz, alguns sorriram e outros riram, mas antes que eu pudesse me levantar, Ben se levantou também com seu semblante inocente.
— Eu também quero, espera aí. Deixa que eu pago — sugeriu. E nós ficamos lado a lado, jogando conversa fora na fila da cantina.

E seus olhos continuavam brilhando quando ele ficava em silêncio.

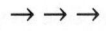

→ → →

Na quarta-feira, houve alguns momentos particularmente difíceis e de embate envolvendo-o, mas até eles serviam para mostrar o progresso do nosso relacionamento. (E, sim, eu fui buscá-lo na saída da academia e infelizmente fiquei excitado com o seu corpo tomando banho por trás do meu box de vidro — dali em diante fica óbvio o que houve.)

Na faculdade, discutíamos sobre o professor de estudos literários que exigia que todos os alunos tivessem os livros físicos de todas as obras que seriam tratadas. Eram uns oito livros por semestre. E todos eram muito caros. Ele não permitia que partilhássemos e nem que tirássemos xerox, porque era desrespeitoso com as editoras, fazia de tudo para que gastássemos muito dinheiro. Benjamin participava do Diretório Acadêmico, então ouvia atentamente todas as sugestões que colocaríamos na nossa nota de repúdio.

— Dá pra me usar de exemplo. Eu me sustento sozinho, é difícil gastar com livro quase todo mês — falei, sinceramente.

— Não, não dá tempo pra te colocar de protagonista de um negócio que é coletivo — ele falou na frente de todas as pessoas, e minha primeira reação foi de que realmente doeu. Mas me calei, abaixei o olhar, repetindo a mim mesmo: ele não quis dizer isso, ele não quis me machucar, eu preciso respirar fundo. E, surpreendentemente, ele suspirou em sobressalto, notando sua própria escolha de palavras e voltou seu olhar mais atento a mim.

Percebendo o erro, recomeçou a falar com urgência, atropelando palavras e gesticulando por puro nervosismo: — P-Porque isso seria ruim para você, sabe? É d-diferente a gente escrever um manifesto em nome de todas as turmas, ao invés de algo que possa te expor. Que aí o professor poderia ficar te marcando, e como você também é bolsista... poderia te fragilizar até com os caras mais importantes da direção. A maioria de nós aqui tem bolsa de algum valor, você tem bolsa integral, eu tenho de 70%... enfim, vários de nós temos bolsa e tanto conseguir dinheiro trabalhando como conseguir dinheiro com os pais, que é o meu caso no momento, é complicado. É muito dinheiro e está afetando todas as turmas... Todo mundo aqui entende e respeita a sua perspectiva... e a função do Diretório é de te ouvir e te ajudar, a gente só... só não pode deixar que você se exponha e fique vulnerável. É para sua segurança que a gente não pode te usar de exemplo... mas você é, sim, parte do nosso coletivo e a gente está te levando em consideração e te protegendo ao mesmo tempo... você entende?

— Uhum, eu entendo — respondi, apertando os lábios e abaixando o olhar. Estava tentando matar aquela pequena dor que ele gerou em mim, mas eu sabia que ele estava certo.

— Tem certeza? — perguntou mais devagar e mais baixo.

— Sim. Você tem razão — repliquei seco, cruzando os braços, pensativo.

Ao final da reunião, pedimos formalmente em um documento que nos fosse permitido tirarmos cópias dos livros, ou dividir exemplares com ao menos uma dupla, tendo eles digitalizados ou de acesso virtual, para que não precisássemos comprar tantos exemplares físicos, assim, em cima da hora e somente por obrigação. Os olhos de Benjamin não desgrudaram de mim em momento algum, mas ele não me dizia nada. Quando nossos amigos todos foram embora e caminhávamos em direção ao carro, ele se colocou em minha frente, quase em desespero:
— Me desculpa — pediu.
— Pelo quê?
— Eu me expressei mal naquela hora, na reunião. Me perdoa. — Seu olhar tinha uma expressão tão dolorosa, que eu me rendi e o roubei inteiro para um abraço apertado.

— Tá tudo bem, amor, sei que você não quis me ofender — respondi, sentindo seu cheirinho perto do meu, até que eu o empurrei pelos ombros, olhando-o com o mais puro espanto. — Você ouviu o que eu falei?

Meu Deus do céu, eu tinha perdido o juízo mesmo! Mas juro que foi sem querer!

Sei que ele percebeu porque prendeu a respiração quando escutou aquela palavra específica, mas tentou fingir que estava tudo bem.

— O quê? — se fez de desentendido, e eu não sei o que houve para ele ter deixado aquilo passar. Ele com certeza zombaria de mim até o dia da minha morte por isso!

— Eu te chamei de *amor*, Benjamin! — reclamei, todo amedrontado, mas ele pareceu invariável.

— Ah... eu acho bonitinho — ele falou sem jeito, quase sussurrando.

— Mas... mas é uma palavra muito pesada! — disparei, alarmado, e ele continuou inexpressivo.

— A gente se chama de gatinho pra encher o saco um do outro e eu realmente não acredito que você seja um felino de quatro patas. Também te chamo de cafezinho, mas você obviamente não é feito de café. E começamos a nos chamar de bebê, mas você não é nenhum recém-nascido com sua mãe em período lactante. Acho que são só substantivos que a gente usa pra dizer que estamos bem. Tipo... uma trégua. Um carinho... algo assim — completou seu discurso falando tão

baixo que senti um aperto no peito. — Não quer dizer que o sentimento exista, é só uma palavra. E eu nunca chamei ninguém assim.
— Você nunca chamou ninguém de *amor*? — perguntei, cheio de surpresa. Ele abaixou o olhar, balançou a cabeça, dando de ombros.
— Bom. Então... Eu nem sei o que dizer.
— Posso te chamar assim? — se exaltou em um pequeno pulo para mais perto de mim.

Seu olhar e seu sorriso brilharam tanto, ainda que só com as luzes noturnas do estacionamento, que eu simplesmente não consegui dizer não. Eu não entendi por que ele gostaria de me chamar de amor. E eu não sei por que fiquei tão agitado quando ele sorriu, segurou meu rosto, me deu vários beijinhos e disse em um sussurro:
— Você é todinho meu amor!

O meu coração disparou de um jeito que nunca havia feito. O meu corpo inteiro se aqueceu e eu sentia minhas pernas fraquejando, meu sorriso se abrindo mesmo depois de eu tentar impedi-lo. Aquela alegria boba, aquele conforto barulhento, tudo aquilo me acertou de um jeito que eu só soube sorrir enquanto o sufocava em meu abraço.

E pela primeira vez depois de tanto tempo, as três palavras proibidas viraram uma tentação. Eu só não esperava que eu as quisesse dizer para o Benjamin.

Eu só não esperava realmente sentir alguma coisa por ele.

Eu só... espera, isso que eu estou sentindo por ele... é isso mesmo? Sinceramente? *O que está acontecendo aqui?*

→ → →

Na quinta-feira, marquei de sair com uns amigos do ensino médio.

Eu precisava reencontrar novas diversões, observar novos rostos, estar presente no mundo de uma forma com que eu não ficasse pensando besteiras sobre sentimentos que não existiam.

Fomos à pista de skate a uns dez minutos de casa, relembrar de algumas manobras e jogar basquete, comemos porcaria na volta e então voltei para casa para ir para a aula com Benjamin. E parecia que só um olhar dele valia mais do que uma tarde inteira com várias pessoas legais. Também porque, a cada momento, ele retornava aos meus pensamentos. *Ben teria no mínimo quatro palavrões pra se referir a isso. Uh, o Ben ficaria tão irritado com isso. Ah, mas teve uma vez que o Ben me contou uma história muito mais interessante.*

Parecia que ele havia virado proprietário do mundo inteiro, inclusive do que havia dentro de minha cabeça.

Vê-lo na porta do meu bloco, me esperando arrumado para irmos para a aula, fazia minha respiração ficar fora de ritmo. O cheiro dele era tão gostoso e seu sorriso era muito, muito lindo. Contudo, venci! Na quinta-feira, 13 de dezembro, eu não transei com ele! Só trocamos alguns (talvez muitos) beijos no estacionamento da faculdade e mais alguns no estacionamento do condomínio. Mas, claro, discretos: dentro do carro, completamente vestidos. Os carinhos indecentes que fizemos foram por cima da roupa também! Vitória!

Fui dormir convencido de que estava aprendendo a resistir a ele, e sinceramente ignorei que o nosso acordo só falava de sexo e que não deveríamos ficar nos beijando. O mais importante item era o primeiro: não se apaixonar. E eu claramente demonstrei que não estava me apaixonando.

Na sexta-feira não tivemos aula e o Jorginho havia avisado que faria uma festa em sua casa durante a noite. Não sei se cheguei a soar evasivo ou não, mas quando o Ben me perguntou se eu iria, falei qualquer coisa e fiquei feliz em perceber que ele não estava com vontade de sair de casa para festejar com um bando de desconhecidos. Fiquei contente com isso, então me arrumei e fui sozinho, rindo com um copo na mão, conhecendo rostos novos, vozes novas, realidades novas!

Algumas pessoas estavam jogadas na grama do quintal, outras corriam com pouca roupa e havia até alguns fantasiados, jogando *beer pong*, fumando sabe-se lá o quê, e todo o tipo de aberração de eventos acontecia ao mesmo tempo. Tinha gente se beijando para um lado, outros caindo e cantando do outro, o cheiro de álcool estava por todos os cantos junto com a música alta e a gritaria. E a razão de eu achar tudo aquilo muito divertido era exatamente porque era tão louco e absurdo que parecia que o mundo chato de lá de fora, da vida adulta, já não existia mais. O mundo inteiro tinha pifado e estragado e só aquele bando de malucos existia!

Depois de alguns copos e várias gargalhadas, minha mente ficou turva e meus pés cambaleavam quando consegui esquecer o baixinho muito bonito que eu beijava na boca. Nunca nem tinha visto, nem sabia quem era esse tal cara.

Fui para a cozinha pegar algo para beber, mas toda a minha atenção foi drenada completamente para um rosto. Eu me apoiei na parede quando minhas pernas iam ceder e só pude suspirar com a boca semiaberta, meus olhos grudados nele.

Seu rostinho estava vermelho, provavelmente já bêbado também. Ben ria com algo que o Yan dizia e o Micael fazia uns gestos engraçados, mas que não prenderam em nada a minha atenção. E ele só continuava lá, apoiado na parede, e pelo jeito que seus lábios se moviam enquanto falava, eu sabia que ele estava dizendo algo divertido. Levou o copo transparente outra vez até os lábios e bebia sua caipirinha em grandes goles. Jogou os cabelos vermelhos para trás, mostrando sua testa e o rosto todo, parecendo quente, enquanto seus movimentos eram falhos e vagos. Ainda que estivesse bêbado e claramente grogue, suspirei outra vez, *Ben era tão bonito.*

Sinceramente? *Que diferença fazia uma festa idiota, se todas as mil pessoas que estavam ali não valiam nem sequer um sorriso dele?*

Para que aquele bando de adultos inconsequentes perdendo o juízo com um monte de coisas prejudiciais? *Que festa mais idiota!* Que bando de imbecis! Meu corpo caminhou sozinho, seu nome e sobrenome ecoando em minha cabeça torpe.

— Você veio! — Yan exclamou, me abraçando desajeitado, e sua voz e seu toque pareceram só uma lembrança distante, meus olhos fixos no cara menor do que eu na minha frente.

Micael me disse qualquer coisa e passei meu braço por suas costas em um cumprimento, mas nem sei o que disse. Benjamin me encarava na mesma intensidade em que eu, bobo, o admirava em silêncio.

— E aí, cara? — Ergueu a mão direita, querendo o cumprimento amistoso que usávamos um ano atrás, enquanto naquele momento eu só queria beijá-lo.

Eu o cumprimentei da forma que cumprimento todos os meus amigos. E realmente me incomodou tanto que me obriguei a me questionar: o que é que eu sentia por aquele menino e por que tratá-lo como se ele fosse só um amigo me causava tanto desconforto?

— Parabéns, você acaba de ser escalado para ficar com o Ben porque ele e essa bunda introvertida dele se recusam a sair dessa parede — Yan se apressou, natural de um aquariano pronto para cair na diversão. Mas deu um tapa no peito do libriano Micael, puxando-o.

— Leo, se afaste de amigos heterossexuais que decidem arranjar namorados para você. É a única dica que eu te dou! — Micael aconselhou e Yanzão riu.

Quando finalmente nos deixaram sozinhos, encarei-o, grudado em sua parede de estimação. Seus olhos sobre os meus me disseram diversas coisas, das mais carinhosas às mais obscenas. Seus lábios continuavam selados, e neles passava suavemente a boca do copo, sem virá-lo para beber. Apenas fazia aquele movimento viciante para me hipnotizar. Subitamente, eu não sabia o que dizer. Ele estragou toda a minha festa, a ideia de parar de pensar nele. Então, eu via seu rosto rosado e bêbado, e eu, também bêbado, só conseguia ficar ali, abobado admirando seus traços, ansioso porque queria tocá-lo, nervoso porque eu já desconfiava que sentia alguma coisa por ele.

— Oi — ele falou depois de algum tempo em silêncio, mas o mínimo foi dito em um tom de voz que mais parecia um flerte.

— Ah... oi. — Ajeitei minha postura, que só então percebi que estava pendendo em sua direção sem meu consentimento. Limpei o suor das mãos em minhas calças, me sentindo nervoso, tentando não derrubar o que tinha em meu copo e sair correndo confuso em seguida. — Pensei que você não vinha.

— Yanzão não parou de me ligar por duas horas seguidas, então ou eu viria ou eu o mandaria à merda — disse, deixando um risinho no ar, seus lábios rosados e úmidos permitindo-se subir nos cantos. — Ficou tão triste assim em me ver que não consegue nem dizer uma palavra sequer? Cadê aquele tagarela dramático e barulhento que eu conheço?

— Não, não fiquei triste, só um pouco surpreso — falei qualquer coisa, mas não consegui fechar a boca quando escapou: — Você tá tão lindo.

Ele olhou ao redor de nós, discretamente, para verificar que ninguém tinha ouvido e então riu.

— Obrigado. Você também — sussurrou, seu corpo mole trocando o apoio dos pés. — Você ouviu qual é o motivo da festa?

— O Jorginho disse que era pra comemorar que está namorando, mas não quis espalhar muito para todos os convidados. Ele falou que ia me contar detalhes, mas não o vi mais, ainda não sei o nome e nem o rosto do tal cara que ele tá namorando agora. Espero que não seja nenhum babaca – desatei a falar assim que ele puxou assunto.

– É o Sérgio – revelou, e minhas sobrancelhas se tencionaram discretamente.

– Sérgio? – perguntei, surpreso. Ok, talvez eu não tenha agido da forma mais discreta possível. – Nosso veterano? Sérgio?

– Exatamente. Algum problema? – Ben tinha um ar divertido.

Acho que ele continuava segurando o lábio inferior com os dentes e os mantendo úmidos com a ponta da língua de propósito, para continuar atraindo meus olhares para ele daquela forma.

– Não! Não... é só que... eu fiquei com ele por um tempo, no primeiro período – contei, um pouco desconfortável. – Mas não deu muito certo porque ele era muito meloso e... sei lá. Não era pra ser. Ele é um cara legal, pelo menos.

– É. E, de toda forma, sabemos que Jorginho tá bem servido.

Seu olhar era profundo e cheio de significados indecentes, se confirmando quando seu sorriso de canto invadia a boca bonita. Meus olhos saltaram.

– Você também ficou com ele?

– Durou pouco tempo. Começou quando eu estava bêbado, no primeiro período também, e acho que dei mole pra ele. Mas acabou cedo. Realmente *meloso* – desdenhou. – Mas o que tem no meio das pernas é bem satisfatório. E sabe usar também.

– É... ele é bom – respondi atônito.

Não consegui evitar em me sentir incomodado. Pela descrição dele, deveria ter sido nos primeiros meses de aula, e era eu quem o levava para beber. Aconteceu bem debaixo do meu nariz e eu nunca soube – despertando em mim, outra vez, uma perigosa ideia de que eu não sabia nada sobre ele e que eu era mesmo um idiota prepotente. Balancei a cabeça, não querendo que ele se sentisse desconfortável com minhas indagações interiores:

– Acho que os dois vão dar certo, são bem carinhosos. E sabem dar boas festas!

– Você tá mesmo se divertindo, não tá? – perguntou Ben. Observamos ao redor, a poluição sonora e visual que era a casa do Jorginho naquele momento.

Antes de Benjamin, aquilo me pareceria um parque de diversões aguardando minha chegada, pessoas para conversar, criar novos laços, todos rindo, bebendo e brincando. Agora, não pareciam muito mais do que um bando de idiotas que me atrapalhavam de ouvir a voz de Ben. Eu só queria estar sóbrio e sozinho com ele naquele momento.

Abaixei a cabeça, consideravelmente bêbado e sem entender a bagunça que eram meus sentimentos.

Não era normal o que eu estava sentindo por ele, e entendi todas as vezes em que ele se manteve calado. Eu não queria falar sobre meus sentimentos. Eu não conhecia palavras para definir o que eu estava sentindo. Eu não queria saber como ele ia reagir se eu dissesse qualquer coisa, até porque ele só estava comigo porque sabia que nosso relacionamento se limitaria àquela nossa mistura de sexo e amizade – ele não queria nada além disso, e era só por isso que dávamos certo. Eu não entendia se eu queria algo mais ou se só o achava bonito e o admirava. Só não queria falar absolutamente nada para não me arrepender depois.

— Amor – ele chamou em um sussurro, ajeitando minha franja e a colocando suavemente atrás de minha orelha. – Tá tudo bem?

No mesmo instante, meu peito esquentou como se o inferno fosse ali mesmo. Ergui meu olhar lentamente e acho que minha imagem pareceu tão indefesa que ele abriu um dos sorrisos mais lindos que já o vi dar.

— Eu tô aqui – ele disse.

Minha única vontade foi a de me jogar em seus braços e pedir carinho, mas eu não podia, então somente respirei fundo, em frustração:

— Tô pensando demais, desculpa.

Em um súbito deslize de distração de onde estávamos, sua mão segurou delicadamente a lateral de meu rosto, a ponta de um dos seus dedos alcançando meu alargador, e então descendo com graciosidade o meu pescoço até segurar com firmeza o meu ombro, cheio de súbita determinação.

— Ok, já me convenceram a vir contra a minha vontade. Agora você vem, vamos tirar alguma diversão dessa porcaria de festa pra valer pelo menos o meu esforço de ter saído de casa – ele foi na minha frente, e eu, com o coração palpitando desnorteado, o segui.

Rimos com nossos amigos, de nenhum de nós conseguir dar uma estrelinha além do Ben, que o fez graciosamente até que se desequilibrou depois que pousou os dois pés no chão. Com as duas palmas no chão e os pés para cima, cambaleei por dez segundos, ganhando uma aposta de Maitê. Digamos que eu tenha passado mal e precisado ir ao banheiro vomitar, tendo Ben ao meu lado segurando meu cabelo enquanto ria, gritava vários "ai, que nojo!", e, assim que fiz vários bochechos com antisséptico bucal, me abraçou apertado dando tapinhas reconfortantes nas minhas costas. Ele dizia "pronto, amor, já passou".

— Juro que nunca mais vou beber e tentar ficar de cabeça para baixo logo em seguida — foi o que respondi e nós dois gargalhamos.

Perdi o número de segredos engraçados que partilhamos, e até Sérgio chegou com Jorginho — eles provavelmente estiveram se divertindo sozinhos em algum lugar privado — e todos dançamos, brincamos e foi... divertido.

Mas, em algum momento, cheguei ao meu limite, me cansei de tudo aquilo, e eu nem sabia que tinha esse limite. Tudo me pareceu barulhento e desnecessário demais, e eu só queria estar no silêncio da minha casa, assistindo a qualquer merda na Netflix com o meu... com o... com meu am... Com Benjamin ao meu lado.

— Tá ficando tarde, não tá? — convoquei e ele saltou do banco ao meu lado.

Nos despedimos e fomos esperar o Uber em frente à casa que estava um caos. Já era madrugada e as luzes dos postes e a calmaria da rua traziam um súbito silêncio e um conforto que me permitiam vê-lo e ouvi-lo com mais clareza.

— Tá tudo bem mesmo? — ele quis saber.

— Tá, *amor*, só cansei de tanta gente. — Olhei-o por cima do ombro. Foi a primeira vez que consegui chamá-lo daquilo com naturalidade e ele disfarçou seu sorriso com uma falsa tosse.

— Ok.

— Você pode dormir comigo hoje? Faz tempo que a gente não dorme junto, então não teria problema se...

— Posso — ele me interrompeu subitamente.

A rapidez que me respondeu me fez pensar que ele aceitaria meu convite em qualquer condição, mesmo se estivéssemos em perigo, mesmo se já tivéssemos dormido juntos a semana inteira. Ele só queria dormir comigo e estava estranhamente doce nos últimos tempos.

Quando chegamos, eu não sei o que houve. Bastou eu fechar a porta e nos trancar sozinhos. Eu só o juntei em meus braços, segurando-o apertado para sentir que ele inteiro estava ali comigo. Ficamos em silêncio no meu abraço apertado, suas mãos me fazendo carinhos discretos nos cabelos. Não sei dizer quanto tempo ficamos daquela forma, mas eu me senti suficiente. Eu me senti seguro. Eu me senti... *perfeito*.

Abrindo espaço lentamente entre nós, ele beijou minha testa, depois meu nariz, minhas bochechas, e eu só me rendia aos seus carinhos de olhos fechados, até que beijou minha boca e nos beijamos intimamente por algum tempo. Só nos separamos porque meu cabelo fez cócegas em suas bochechas e acabamos rindo do infortúnio.

Tomamos um banho rápido, conversando sobre qualquer coisa. Então somente e finalmente fomos dormir abraçados.

Sinceramente? *Eu nem sei mais o que dizer.*

→ → →

Sábado foi um dia estranhamente tranquilo em que não tive muito tempo para pensar. Almoçamos tarde, depois ficamos sentados no chão, espremidos em um abraço, aproveitando o pouco do sol que entrava pela minha varanda, enquanto dávamos pequenas risadas desajeitadas e fingíamos assistir a algum filme infantil. Não nos beijamos muitas vezes, mas o contato físico entre nós era constante. O carinho também. E os olhares, definitivamente, também.

Ele foi para casa antes do entardecer e nós dois fingimos choramingar. Com a sua ausência, foquei somente na minha necessidade de me distrair, porque não queria encarar o que estava sentindo. Abri o Twitter em meu celular e vi a Bianca participando daquelas correntes bobas, mas que todo mundo se sente tentado a participar. Como eu não tinha muito o que fazer, fui brincar também:

"Eu mesmo, orkuteiro, resolvi aparecer. Curte aí que eu digo uma música que me lembre você, mas não vou dizer que é pra você, porque a graça é essa. VALENDO!"

Meus amigos foram curtindo, um a um, e pessoas menos próximas também, e eu fui citando canções ao acaso. E então, para me surpreender? *Benjamin*, que não ligava para aquelas brincadeiras, *curtiu também*.

Fiquei incerto quanto ao que fazer a seguir. Era quase como ser obrigado a escolher palavras de outros, já que eu não conseguia escolher palavras por mim mesmo para lhe dizer sobre meus sentimentos confusos. Após alguns segundos de horror, acabei escolhendo a música perfeita.

"Feliz ou infelizmente, essa aqui:
'Nine in the Afternoon' – Panic! At The Disco"

Trazia um nível de conforto e calma quase utópicos. Definitivamente existiam sensações e sentimentos gostosos com sabor de sorvete, de correr ao pôr do sol e sorrir, depois abraçar e quem sabe até dançar junto. Era um jeito gostoso de dizer que tudo o que conhecíamos até então, o mundo que acreditávamos existir, tinha acabado e então tínhamos aberto os olhos para uma nova realidade – *abrir os olhos para nós mesmos*.

A melodia exalava carinho e falava sobre um lugar onde os pensamentos podiam voar – *o meu apartamento*. Contudo, havia uma frase específica que dizia algo como "*sentindo-se tão bem quanto os apaixonados podem, você sabe*", o que, em pelo menos um dos sentidos de interpretação, podia dar a entender que não nos amávamos, mas era quase como se o sentimento existisse. Nos sentíamos bem um com o outro e não nos sentíamos mais tão singulares e perdidos em mundos particulares. Mas o motivo maior da escolha daquela música era porque era incerto. Talvez o narrador amasse a outra pessoa. E talvez não.

E era exatamente naquela incerteza em que eu me abrigava.

Surpreendentemente, Ben curtiu o tuíte, sem dizer mais nada. Seu gesto dizia: *entendi, sei que é para mim*.

O rubor tomou conta de meu rosto inteiro, até minhas orelhas ficaram quentes e ajeitei minha postura, assustado. Eu não tinha dito demais, tinha? Minha respiração se tornou curta e murmurei maldições sob o ar preso em meu peito. Ele não disse mais nada! Ele não disse nada! Ele ia fugir, ele com certeza ia fugir e dizer que passamos dos limites!

Minhas mãos tremeram quando cliquei em seu perfil e vi a postagem:

"Vai, também quero. Curte aqui, digo uma música secretamente pra você e tudo isso aí".

Meu dedo caminhou sozinho até o coração que ficou vermelho quando clicado. E um nervosismo desconhecido me atingiu. Meu corpo viciosamente se balançava para frente e para trás, eu tentava arrancar as cutículas e a carne dos meus dedos, morrendo na expectativa de sua resposta. Se ele postasse uma canção sobre término ou pedido de desculpas ou despedida, com certeza era para mim. Tinha de ser. Com certeza. Eu estraguei tudo, *que inferno!*

Fui até minha cama e escondi minhas pernas sob o cobertor, a coluna curvada para frente, observando meu celular em meu colo. Observei música por música do que ele publicava e nenhuma parecia ter a ver comigo – a maioria eram piadas internas entre nossos amigos e eu sabia dizer com tranquilidade para quem cada uma era. Mas teve uma, só uma, que não se encaixou com nenhuma das pessoas que quiseram brincar com ele.

"Achei essa sem querer, mas veio a calhar.
Diz tudo o que eu deveria e gostaria de dizer.
'Say You Won't Let Go' – James Arthur"

Por curiosidade, procurei pela música para que pudesse ouvi-la na medida em que ia acompanhando a letra. Comecei a ouvir com um sorriso, *desde quando o principezinho indie grunge ouvia aquele tipo meloso de música?* Mas à medida que as palavras vinham, eu só consegui tremer e chorar.

A melodia falava de termos nos conhecido no escuro e feito bem um ao outro, contava sobre envelhecer juntos e, principalmente, dentre todas as letras que pareciam ter sido encomendadas sob medida, a música falava sobre amor.

Uma das frases dizia algo como: *Eu estou tão apaixonado por você e eu espero que você saiba.*

Eu não sabia se ele queria me dizer aquilo ou se ele descobriu que eu queria dizer-lhe aquelas coisas. Contudo, foi o sentimento de ser desarmado e ficar translúcido em frente aos seus olhos. Tudo o que consegui foi desligar o celular, jogá-lo em qualquer canto e me esconder debaixo dos cobertores.

Sinceramente? *Eu estava apavorado.*

→ → →

— Oi, amor — Bianca me dizia, trazendo bolo, ainda naquele sábado.
— Oi, princesa. — Consegui disfarçar minha cara de choro.
Eu precisava ver aquela pequena, aquele sorrisinho que me purificava de todos os males. Ao lado dela, tudo com certeza pareceria mais fácil. Comemos o bolo bem doce que preparou e ela me contava animada sobre as aulas da autoescola, quando sentamos no sofá da minha sala.

— Agora só me falta saber o que tá acontecendo com o meu príncipe — ela perguntou de repente, findando seu discurso, e minha respiração ficou fora do lugar.

Desviei o olhar, tentando evitar pensar em tudo. Tentei pensar em qualquer outra coisa. Mas quando percebi, eu só conseguia tremer com os olhos fixos em algum ponto qualquer, ondulando e lacrimejando até que as lágrimas começaram a cair silenciosas.

— Me desculpa — eu consegui sussurrar com a voz entorpecida e rouca.

— Não, não, não, não chora assim. — Ela afastou meu cabelo, sem ter muita noção de como reagir, mas dócil e atenciosa como sempre. Seus braços me envolveram para perto dela, mas eu não me sentia menos oscilante. — O que houve?

— Eu tô apaixonado — meu sussurro saiu ainda mais baixo, um segredo que doía em mim e, com certeza, doeria nela.

— Ap-apaixonado? Por quem, meu Deus? — seu tom de voz mudou um pouco, mas não identifiquei o que ela estaria pensando.

Pronto. Eu tinha machucado a nós dois.

— Eu... eu gosto do Benjamin, Bia... Eu não sei como foi acontecer... mas aconteceu — confessei, sentindo ondas e mais ondas de desespero me alcançarem.

— Ah... — Ela buscava as palavras perdidas, sentando-se tensa e com a postura ereta ao meu lado. — E você está assim porque falou com ele e ele te tratou mal? B-Bem... como ele é hétero eu acho que não tem a ver com você, ou... sabe, mesmo que vocês tenham brigado, as coisas vão se acertar depois e... Nossa, eu não sei o que te dizer.

— Ele não brigou comigo nem nada assim. Eu tô mal porque eu quebrei minha promessa com você e eu sinto muito por isso. Eu juro que não queria... — Virei meu olhar em sua direção, mas sua imagem era toda embaçada pela tempestade do meu olhar.

— Que promessa? — Ela juntou as sobrancelhas.

— De que eu não ia me envolver com ninguém que estivesse perto de você pra você não se sentir mal e não se machucar... por causa de todo esse processo pra você se sentir bem com sua sexualidade e eu não queria te atrapalhar... por isso prometi ficar sozinho. Mas aí eu estraguei tudo e fui lá ficar com ele. Eu sou um idiota. — Minha respiração tremeu.

— Vocês ficaram? — Seus olhos estalaram.

— Algumas vezes... — Desviei o olhar, tentando amenizar as coisas, mas acabei sendo verdadeiro: — Muitas vezes... a gente tem ficado faz um tempo. Desde o meu aniversário.

Bianca pareceu um pouco perdida.

— Sério? Vocês ficaram?

— Me desculpa — falei uma última vez, limpando meu rosto, em vão.

— Não, Leo, o que é isso? O que que eu tenho a ver com isso? Menino! — ela exclamou, me envolvendo em um novo abraço. — Eu nem sabia de promessa nenhuma e eu não tô mal de forma alguma com isso. Eu tô chocada? Muito! Porque eu achei mesmo que ele fosse hétero. Mas você não me deve nada. Eu tô feliz se você estiver feliz. Porque, ainda que a gente tenha namorado, somos grandes amigos agora! E essa sua amiga assexual e arromântica aqui não tá nem aí pra querer se relacionar dessa forma com ninguém, mas não quer dizer que você tenha que ser fiel a mim ou, sei lá, ficar solteiro o resto da sua vida por mim! Eu te amo e te quero perto, mas eu realmente não consigo querer perto uma pessoa como namorado ou namorada, pelo menos por enquanto, então eu te quero aqui única e somente como meu grande e belíssimo melhor amigo!

— Mas não é errado? — eu quis saber, fungando. — Não te machuca?

— Claro que não, seu idiota! — completou animada. — Eu amo você, mas não dessa forma. E eu não quero saber de você me pedindo desculpa por isso, tá me ouvindo?

— Desculpa. — Me desculpei por ter pedido desculpa e ela não fez muito além de me chacoalhar e me fazer cócegas até que eu gargalhasse e desistisse de chorar.

E, assim, eu senti um peso sobre-humano ser tirado de minhas costas.

Sinceramente? *Eu estava sofrendo à toa preocupado com ela por todo esse tempo?*

— Agora se apresse e me conte todos os detalhes — disse, me encarando animada enquanto abria uma lata de refrigerante e bebericava alguns goles.

— Não posso contar muitos detalhes, na verdade. — Ri de um jeito bobo e ela entendeu.

— Não esses detalhes, claro — comentou e nós rimos um pouco até que eu conseguisse contar uma coisa ou outra, mas da forma mais rasa possível. E pedi um milhão de vezes para que ela não comentasse com ninguém, enquanto ela me ajudava a pensar em como revelar a ele que eu tinha contado para ela.

Porque se eu fosse dizer a ela tudo o que deveria, eu com certeza perderia muito tempo falando coisas que eu deveria dizer só para ele.

Mas que eu não tinha coragem.

Porque estava morrendo de medo.

→ → →

No domingo, não quis olhar para aquele rostinho e ter que pensar em todos os perigos que o envolviam.

A altíssima probabilidade de ser rejeitado se quisesse algo além de amizade; a possibilidade de ser aceito, mas escondido a todo custo e tendo que aceitar que ele tinha vergonha de mim; a intensidade de sentimentos que eu tinha no peito e que com absoluta certeza acabariam de uma forma extremamente drástica; e tudo o que envolvia uma pessoa que não se abria muito para esse tipo de conversa.

Talvez, se eu falasse com ele, tudo desse certo.

Mas, talvez, ele simplesmente fosse embora e nunca mais falasse comigo.

E eu, ainda que com um peso enorme na consciência, decidi que preferia ficar com ele sem que ele soubesse dos meus sentimentos do que arriscar perder a sua presença, que eu amava tanto.

Confessei a ele sobre ter conversado com Bianca, disse somente que contei que estávamos ficando, mas não falei nada sobre paixões para ele. Ela prometeu manter segredo e eu tinha a certeza de que era verdade, contudo, continuei com medo. Benjamin me disse estar tudo bem desde que ela não espalhasse, contando que havia falado sobre nós com sua psicóloga – olho por olho, dente por dente. Infringimos o voto de sigilo do Acordo Guimarães-Park, mas nós mesmos nos perdoamos.

Na segunda-feira, finalmente apresentamos nosso trabalho, e o seminário foi um sucesso! Acho que a parte mais gostosa foi perceber como seus olhos brilhavam em minha direção enquanto eu apresentava a minha parte, e eu ficava bobo enquanto ele apresentava. Eu achava incrível que em trabalhos como aquele ele soubesse administrar sua introversão de um jeito que todo mundo o ouvia, e ele falava com perfeição. Seria um professor incrível quando a gente se formasse, com certeza. Ele seria qualquer coisa incrível se ele quisesse. Ele era perfeito.

Também por termos compartilhado tanta informação sobre a nossa leitura, nossa sintonia estava imbatível e não deixamos nada passar! Fomos, com certeza, merecedores de uma nota máxima, e isso, curiosamente, deixava Ben agitado. Quando a aula acabou mais cedo, ele quis que eu fosse com ele buscar uma blusa no seu carro, e eu deveria ter previsto que ele queria me dar uns amassos, mas tomamos todo o cuidado. O problema foi só mais tarde.

Eu e ele estávamos nos computadores da biblioteca, ele lendo um artigo qualquer e eu rolando a timeline no Twitter. Minha mão esquerda estava sobre sua perna e ele a afagava enquanto nos mantínhamos em silêncio. Quando vi um vídeo engraçado, o chamei.

– Amor, olha aqui.

Ele segurou minha coxa, pendendo para o meu lado.

– Que tipo de coisa você tá vendo logo no computador da faculdade? – comentou depois de rir, tão perto que podia me beijar, sua boca a menos de três centímetros de distância da minha.

– Eu vejo o que eu quiser – sussurrei, sem mover um músculo para me distanciar.

Então ele me deu um selinho rápido, permanecendo perto.

– Quem você acha que é pra me beijar assim do nada? – fingi reclamação e ele me beijou outra vez.

– Sou o seu amor – sorriu.

– E você acha que pode me beijar assim?

– Claro que posso – respondeu com outro beijo.

Era indescritível como era gostoso me distrair daquela forma com o carinho dele. Então, senti um frio na espinha. Ouvimos um barulho baixo de livros sendo depositados em uma mesa atrás de nós.

Seu braço ainda apoiado em minha perna e o meu apoiado na perna dele, pequenos beijos sendo trocados junto de flertes sussurrados, e alguém havia nos flagrado. Quando nos viramos, meu coração parou.

Era a mesma mulher com quem Benjamin combinou de ter um futuro. A ex-namorada dele que não poderíamos, de jeito nenhum, deixar saber sobre nós dois. A única pessoa que ele estava disposto a namorar. Alguém que ele não queria abrir mão mesmo estando momentaneamente perdendo o seu tempo comigo.

Os olhos de Helena estavam paralisados e fixos em nós. O choque evidente espalhado em cada milímetro do rosto bonito que prendeu a respiração.

Benjamin se levantou da cadeira e se mostrou atônito de tal forma que se acuava contra a escrivaninha, os lábios entreabertos em um suspiro audível, o olhar surpreso e apavorado. Também me levantei sem reação.

No mesmo minuto, ele saiu correndo do meu lado, me deixando sozinho com ela.

— Eu juro que eu posso explicar. — Mostrei minhas palmas em sua direção, gaguejando, tropeçando nos próprios pés até a alcançar.

— Expl... Explicar o quê? — Seus olhos, por trás das lentes dos óculos, se perdiam na direção do chão como se confirmasse suas memórias, certificando-se do que tinha acabado de ver.

— Não é o que você está pensando... Nós... nós... O que você viu?

— Vocês estão ficando? — Seu olhar era uma mistura de reprovação e surpresa, usando uma mão para ajeitar seu cabelo volumoso.

— Ele é hétero, Lena, você sabe. — Tentei rir, mentindo, encolhendo os ombros.

— Não, ele não é. Eu sei que não é — contou com firmeza, angulando as sobrancelhas para se blindar de minha enganação. — Conheço o Sérgio, ele me contou que eles ficaram no primeiro ano. Ben é bissexual e eu sempre soube. Só não... só não sabia de vocês dois. Isso... acontece há quanto tempo? Ele... ele me traiu com você?

— Então... você sabe... sobre ele. — Fiquei arrepiado, perdido. — Essa coisa entre mim e ele é recente. Eu juro. Não faz um mês. Começou no meu aniversário.

— Ah... faz sentido — concluiu e se calou. E eu realmente não sabia mais o que dizer. Então ela mudou subitamente suas expressões, abria a boca pintada de batom vermelho, que fazia um contraste bonito em sua pele preta, dando um pulo discreto, como se estivesse se explicando e pedindo desculpa, chacoalhando as mãos no ar. — Não, eu só quero deixar claro que não tenho nada a ver com isso! Não sou contra! Juro que não sou! Só me pegou de surpresa a hipótese de vocês dois juntos e de ter sido traída, mas tá tudo bem! Só fiquei surpresa. Não precisa me explicar absolutamente nada! Eu apoio, acho bonitinho o jeito que vocês têm dado certo, apesar das diferenças.

— Eu... Bem... É só que... Assim... Ninguém sabe sobre isso — disse a primeira coisa que me pareceu urgente.

— Seja lá qual for o motivo de vocês, não há com o que se preocupar em relação a mim. — Helena mudou a postura e exibiu um pequeno sorriso nos lábios fartos e vermelhos, realmente tranquila, enquanto eu estava desesperado. — Não vou contar a ninguém. Desde que meus bonitinhos estejam em segurança, estou tranquila.

Suas palavras eram claras e seu tom era polido, seu sorriso era discreto e seu olhar era gentil, mas eu podia notar o quão confusa ela estava.

— Ahm... obrigado por isso e... bem... mais tarde a gente conversa. Eu... eu vou atrás dele.

— Tá bem.

Apressei meus passos para fora da biblioteca assim que desliguei os computadores que usávamos, então também corri. Encontrei-o no banheiro porque o ouvi chorando.

— Ben, abre a porta. Vamos conversar. — Bati, tentando ser cauteloso com minhas palavras.

— *Conversar o quê, Leo?* — ele bradava angustiado. — Acabou, cara. A gente tinha falado sobre isso, ninguém podia saber e eu estraguei tudo. A Helena sabe, a Bianca e a Daniele, e agora todo mundo vai saber! Meus pais vão saber e eu estou ferrado! Eu tô ferrado! *Ferrado!* — Seu choro atravessava sua fala, a respiração completamente descompassada.

Meus olhos arderam e eu senti minhas pernas fraquejarem.

— Por favor, amor, abre pra mim — supliquei, sussurrando, desesperado.

— Não dá mais, Leo — murmurou com tanta dor, rangendo os dentes, que lágrimas desceram por meu rosto. — Meus pais vão acabar comigo!

— Ela não vai contar pros seus pais, ninguém vai — argumentei, inteiramente apoiado na porta de madeira.

— Não tem mais jeito!

— Me deixa te abraçar, pelo amor de Deus — implorei, meu queixo tremendo.

Nunca tinha provado uma sensação tão ruim, um nível tão absurdo de terror.

— Me deixa sozinho... por favor — ele pediu, chorando alto. — Quando eu estiver pronto... quando eu conseguir a gente conversa pra acabar com isso da forma mais pacífica possível, tá bem?

— Eu não quero acabar, Ben — admiti, já chorando tanto que sequer conseguia enxergar a porta escura de madeira em minha frente.

— Me deixa sozinho — pediu outra vez, sua voz quase sumindo.

— Tudo bem, eu vou deixar — respondi, completamente contra minha vontade. — Só não faz nenhuma besteira, por favor. Não some da minha vida, tá? Por favor. *Por favor* — repeti viciosamente aquelas duas palavras, como um mantra, uma oração, em volume decrescente da minha voz, até sobrar somente minha respiração.

— Só me deixa sozinho por enquanto. Depois... depois a gente conversa.

— Tá bem. *Tá bem* — murmurei.

Caminhei até o espelho e vi meu rosto inteiro vermelho e molhado, fios escuros do meu cabelo grudando em minhas bochechas. Lavei meu rosto rapidamente, a pia fazendo barulho, e peguei três folhas de papel para me secar.

Retornei à porta fechada e depositei minha mão calmamente sobre ela.

— Eu vou esperar seu tempo, só não me deixa aqui sozinho, ok? Por favor — pedi uma última vez e saí, fechando a porta externa do banheiro para dar mais privacidade assim que ouvi seu choro alto.

Quando as aulas começaram, Benjamin se sentou mudo ao meu lado. Não fiz nada porque queria dar a ele o tempo que precisava. Contudo, no meio da primeira aula, ele se levantou e foi embora.

E simplesmente desapareceu.

No final da aula, liguei para os seus pais, perguntando sobre ele, e disseram que não voltou para casa, mesmo que quatro horas tivessem passado desde que sumiu.

— Ah, não, alarme falso, ele acabou de sair do banheiro — menti, forçando uma risada.

Desliguei em seguida, sem saber onde o procurar. Mandei algumas mensagens, aflito, e ele sequer chegou a recebê-las.

— Ele não foi pra casa... eu não sei onde ele tá, Lena — confessei minhas preocupações, tapando minha boca com uma mão, sussurrando para ela.

Helena me disse já ter presenciado outro momento difícil dele, mas que nunca viu algo daquele grau de intensidade. Nosso receio era nivelado e claro: ainda que naquele estado, ele estava dirigindo.

Ficamos de vigília, mandamos diversas mensagens para ele. Helena passou a noite no meu apartamento, nós dois em alerta até o momento em que as mensagens foram entregues e ele as leu — mas não respondeu.

À uma da manhã, seus pais me ligaram e perguntaram onde ele estava. Menti outra vez, disse que estava ali comigo e que estava dormindo. Imediatamente enviei recados para ele sobre as mentiras que estava contando aos seus pais para acobertar seu sumiço. Comentei, também, que se ele precisasse de mais tempo para sei lá o que ele estava fazendo, ele poderia dizer que foi trabalhar comigo no meu estágio, sobrando mais tempo para ele pensar e ficar sozinho.

Minha última mensagem não respondida dizia:

[18/12 3:25] Leonardo: Você é muito, muito importante pra mim, Benjamin. Sinto coisas por você que não consigo e nem poderia colocar em palavras. E eu só queria deixar claro que eu vou continuar aqui, vou te esperar voltar. Então, por favor, quando puder, volte.

→ → →

Acho que nunca chorei tanto no trabalho.

Meu peito apertava a todo momento e eu sentia muita culpa junto da tristeza, preocupação e impotência. Quando saí do mercado e entrei no ônibus, Helena me ligou.

— Leo, você pode falar agora? — perguntou em um tom quase inexpressivo, ainda que cuidadoso.

— Posso, eu posso, sim, eu tô no ônibus, acabei de sentar.

— Ah, que bom, não queria te atrapalhar de nenhuma forma — disse, e era impressionante como ela era parecida com ele até no jeito de falar.

— Não atrapalha.

— Fico contente. Tenho uma notícia boa e uma mais ou menos.

— Quero as duas.

— Certo. Consegui falar com ele. Ele estava chorando muito, muito. Muito mesmo. — Senti minhas sobrancelhas franzindo, de um jeito aflito. — Mas tivemos uma conversa legal e ele ficou bem melhor ao final da ligação. Então ele está bem, está melhorando e está vivo.

Ao ouvir aquelas palavras, meu peito tremeu e meu alívio se desfez em lágrimas que saltaram.

— Graças a Deus. — Relaxei no assento, sentindo meu corpo fraquejar enquanto sussurrava. — E a notícia mais ou menos?

— É que ele precisa de um pouco mais de tempo — comentou de um jeito como se quisesse dizer mais. Fiquei quieto e esperei. — Ele falou em você, perguntou como está e disse que sente muito pelo mal que ele deve estar te fazendo agora. Ele chorou um pouco falando sobre isso, mas ele pediu pra eu dar uma olhada em você, que logo ele volta pra vocês conversarem.

— Tá bem — respondi, sem saber se era uma resposta adequada. Parte de mim estava contente porque ele lembrou de mim, e a outra parte não queria passar por aquela conversa em que ele claramente só queria terminar. — Obrigado, Lena. Obrigado mesmo.

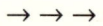

→ → →

Benjamin chegou atrasado na aula, depois de vinte e quatro horas de seu desaparecimento — em que só eu e Helena sabíamos sobre o ocorrido.

Usava as mesmas roupas do dia anterior, amarrotadas. Seu cabelo estava bagunçado e seu rosto carregava uma expressão cansada de quem comeu pouco e dormiu menos ainda. Era a primeira vez que usava óculos em três anos de faculdade e ele não parecia nada bem, deixando de cumprimentar a todos nós quando chegou. Seu semblante estava nulo e sua postura parecia dispersa.

Abaixei minha cabeça. Ele nem sequer olhou para mim.
No intervalo, todos perceberam que ele estava estranho, e eu e Helena também estávamos. Depois de um tempo, ele apareceu e se sentou conosco na cantina. Eu não queria piorar aquele momento de crise de Benjamin com os meus sentimentos, por isso me esforcei para não chorar e evitei até falar. Mas eu fui fraco e covardemente chorei em silêncio ao finalmente vê-lo tão de perto depois de um dia inteiro de pavor.

Naquele momento eu entendi que o que existia entre nós devia mesmo ter se tornado amor, porque todo amor chega a um fim, e o nosso também tinha acabado.

Minhas lágrimas fizeram o corpo inteiro de Benjamin paralisar. Todo mundo ficou confuso e sem entender o que era aquele clima estranho, e eu me senti um idiota por estragar tudo e me colocar como a droga de um protagonista despedaçado quando eu deveria somente calar a desgraça da minha boca e deixar que Benjamin ficasse tranquilo. Encolhi meus ombros, envergonhado do grande miserável que eu era.

– Jorginho, você pode me dar licença? – ele pediu a nosso amigo ao meu lado, que se levantou sem pestanejar, ansioso para que tudo se ajeitasse.

Benjamin se sentou ao meu lado e, de canto de olho, percebi que me encarava.

Minhas mãos, que estavam em meu colo, foram seguradas e seus dedos me faziam carinhos calmos em uma temperatura altamente quente. Quando finalmente reuni coragem para observá-lo, seu rosto tinha um sorriso gentil e abatido, seu olhar estava todo marejado e cheio de um carinho sigiloso por trás das lentes arredondadas dos óculos.

Ele sussurrou:

– Eu percebi que realmente não consigo sobreviver sem café.

Mesmo que todo mundo pudesse ver, liberei todos os sentimentos acumulados nas últimas vinte e quatro horas em um choro torto e agonizado, fazendo barulho, respirando errado, a visão inteira coberta por várias camadas difusas de lágrimas. Minha cabeça doeu e meu corpo inteiro tremia quando escondi o rosto em seu pescoço, sendo acolhido pelo seu abraço também trêmulo.

Ele beijou meus cabelos e me fez parar de chorar, olhando no fundo dos meus olhos.

— Obrigado por tudo, Leo. Desde a *Lista de Número #5*, a forma como você me protege e me faz carinho com suas palavras, e até pelas suas mentiras para os meus pais de ontem pra hoje. Obrigado mesmo. Do fundo do meu coração.

Em silêncio, o admirei por conseguir manter sua personalidade e não derrubar uma lágrima sequer, ainda que eu soubesse o quão esgotado ele estava com aquela situação.

— Não tem que me agradecer — falei.

Ele enxugou minhas lágrimas com os polegares antes de pegar minha mão, entrelaçar nossos dedos e deixá-las completamente à vista sobre a mesa. O silêncio entre nossos amigos foi ainda mais desagradável.

— Eu sei que vocês não estão entendendo nada, então eu vou explicar — ele começou.

— Você não precisa falar nada se você não quiser — falei baixinho, tentando protegê-lo. Ele me olhou antes de se voltar aos nossos amigos.

— Mas eu quero. — Debruçou-se sobre a mesa. — Eu não sou hétero.

Dava para notar o espanto em alguns deles e o alívio aparecia em outros, provavelmente porque já sabiam. Com certeza alguns já suspeitavam, mas ouvir da boca dele foi um choque para todos eles. Yan e Maitê até se olharam, se questionando se não seria uma pegadinha.

Benjamin continuou:

— Eu achava que era gay até ficar com uma garota pela primeira vez, em um lago, uma gruta na cidade vizinha. Eu fui lá ontem, à procura de respostas e pra ver até onde eu conseguia me livrar dessa atração que sinto por outros caras, mas não deu. Eu sou bi e ponto. E, também, eu tô saindo com o Leo há um tempo, e eu acho que só fiquei agitado e com medo de que meus pais ficassem sabendo, então, se vocês puderem acobertar, vai ser de grande ajuda. É isso — concluiu, olhando brevemente para mim. — Quer adicionar alguma coisa?

E eu estava tão chocado que empalideci e fiquei mudo.

Ninguém ali soube o que dizer.

— É meme? — Lara perguntou, enquanto Jonathan, seu namorado, estava apenas boquiaberto.

— Gente do céu, é a reviravolta do século — Maitê comentou, com as duas mãos escondendo a boca.

— O quê? — Jorginho bradou depois de subitamente retomar a consciência.

— Eu tô incentivando o casal desde a primeira semana de aula, mas ninguém me escuta — Yanzão comentou, sempre querendo levar créditos de tudo.

— Se isso for uma brincadeira de vocês, eu juro que vou ficar traumatizado pro resto da minha vida — Micael balbuciou.

— Você sabia? — Lena, que até então degustava de suas reações, apontou para a Bia, que tinha um sorrisinho na boca.

— Eu sabia! — respondeu, ao que Helena pediu um curto toque de mãos.

— Minha garota!

— Que os alossexuais se peguem e me deixem em paz — Bianca brincou, rindo em seguida.

— Calma, gente, não é um casamento, é só... ok. Não façam disso um grande evento — eu falei, confesso, bastante constrangido.

Mas quando olhei para Ben ainda segurando minha mão, seus olhos brilhavam e ele se sentia inegavelmente feliz tendo exposto sua sexualidade tão abertamente para nossos amigos.

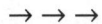

→ → →

Na volta para casa, The Killers tocava baixo no rádio de seu carro e seus dedos estavam junto aos meus, em um carinho aquecido.

Ainda sem conseguir me livrar de meus medos, irrompi em outro choro:

— Você quer conversar agora? — perguntei contra minha vontade, esperando que fosse terminar comigo ali mesmo.

Ele me olhou brevemente, entendendo, antes de voltar sua atenção à estrada.

— Não tem muito o que conversar. Nós não queríamos que Bianca e Helena soubessem por medo de machucá-las ou algo assim, mas elas descobriram e ficou tudo bem. Desde que meus pais não saibam, está tudo bem. Peço desculpa por ter te exposto na frente dos nossos amigos sem te consultar primeiro. Helena conversou comigo sobre uma série de coisas pra me acalmar, e acho que a gente tá em segurança agora. Então... acho que continua tudo na mesma coisa. A não ser que você queira... – sua voz amendoada pendeu para sentidos implícitos que me obriguei a desfazer rapidamente.

– Não quero terminar, não quero mudar nada. Assim tá bom. Vamos ficar assim – disse, e acho que meu choro foi mais barulhento ainda, porque ele riu.

– Então tá bem, estamos assim, tá tudo certo – tentou me consolar, mas fiquei chorando em silêncio, fazendo-o rir de nervosismo outra vez. – O que houve?

– Desculpa chorar assim, não quero estragar teu momento de finalmente ter se assumido pra tanta gente, eu nem devia estar chorando!

– Não fica assim – ele sorria, se colocando em silêncio quando subitamente mudou a rota.

Envergonhado, fiquei calado até que ele estacionou naquele mesmo lugar, o morro em que podíamos ver todas as luzes da cidade e os prédios do centro ao longe. Descendo do carro, abriu minha porta, me oferecendo a mão para me dar suporte. Fechando a porta atrás de mim, ele me envolveu em um abraço apertado, se aquietando junto do meu peito.

– Eu fiquei com tanto medo – confessei, tremendo enquanto minhas mãos seguravam firmes os seus ombros. – Eu nunca me senti tão vazio e tão preocupado. Eu não podia fazer nada por você e eu só fiquei com medo de a gente acabar de vez, ou de te perder, ou... sabe?

– Minha vida seria honestamente mais fácil se eu pudesse te deixar de lado e eu poderia até *tentar me afastar* – riu, soltando de meu abraço para segurar minhas mãos, entretanto, olhou no fundo dos olhos antes de concluir: –, mas eu realmente *não quero*.

– Não vai tentar merda nenhuma! – reclamei em um rugido e rimos depois do pequeno susto que ele levou.

Nossas mãos permaneceram unidas, nossos corpos perto, minhas costas apoiadas na janela do carro. Ficamos ali, só ali e mais nada, por algum tempo. Trocando olhares e carinhos silenciosos. Então, apesar do escuro, percebi que seu rosto inteiro mudou de cor, e o suor em suas mãos confirmou o seu constrangimento. Estranhei, mas não disse nada. Depois de tomar coragem, ele falou com o tom mais gentil e cauteloso de voz:

– Também sinto por você coisas que eu não conseguiria e nem poderia dizer, amor.

Prendi a respiração, instintivamente recuando e grudando minha postura no carro, alarmado, estalando os olhos. Meu coração falhou miseravelmente.

— Ei... Ei, e-espera! Isso tá errado! Essa palavra no final não pode ser usada com essa frase. P-Porque pode confundir as coisas e... tá... tá só errado.

Ele estava tentando se declarar para mim? Ben se declararia para mim? Para qualquer pessoa que ele gostasse? Ele gostaria de alguém da forma que eu estava pensando? Ele podia ler meus pensamentos? Ele sabia que eu gostava dele? E se soubesse, ele não iria fugir? Confuso e sem qualquer resposta, acabei só gaguejando.

Ele riu contido e baixinho, fingindo não perceber meu nervosismo repentino.

— Desculpa, desculpa! Era pra ser *cafezinho*.

— Cafezinho é ridículo! — bradei, falsamente imponente. Ele sabia que eu gostava daquele apelido idiota.

— Caguei pra sua opinião — retrucou.

Quando fingi aborrecimento e indignação, ele me fez cócegas, chegando cada vez mais perto de meu rosto enquanto ríamos. Então senti sua respiração sobre minha pele e a ponta de seu nariz em minhas bochechas. Era o suficiente para fazer qualquer sorriso meu morrer e a minha boca foi calmamente para perto da dele. Então nos beijamos por muito, muito tempo.

— Vamos pra casa? — me convidou e assenti.

Contudo, antes de ele ir para o seu lado do carro, segurei em sua mão.

— Amor... faz batata frita pra mim? — pedi manhoso e ele riu.

— Faço, amor. Eu faço.

→ → →

Dali em diante, tudo o que fiz foi sufocar as três palavras proibidas.

As aulas acabariam no dia 22, mas deixamos de ir no dia seguinte, assim que Ben expôs nosso "relacionamento". Assim, a partir do dia 19, não fomos mais para a aula e tínhamos muito mais tempo para ficar juntos. Mas mentimos para os seus pais que iríamos para a aula no dia 19, 20, 21 e 22, para termos um tempo só para nós.

Com mais tempo livre, tínhamos mais oportunidades para ficarmos sozinhos e tudo saiu do meu controle.

Exigi e reclamei no dia 19 que seguíssemos o Acordo Guimarães-Park, porque meus sentimentos estavam à flor da pele por ele. E ele, percebendo meu estado de pavor, apenas sorria de canto como se eu fosse bobo e ridículo demais em suas mãos.

Eu dizia a ele para não me olhar daquele jeito que fazia parecer que estava apaixonado, e ele somente fingia que me obedecia, se contorcendo na cama, sendo empurrado por mim e fingindo estar arrependido. Ele entrelaçava nossos dedos e beijava minha mão de repente. Do nada, vinha brincar no meu pescoço e dizia que era para se lembrar do meu cheiro. Dava beijos de boa noite, passava horas no meu abraço, alegava que não conseguia mais dormir sem mim, trocávamos uma quantidade absurda de mensagens – incluindo fotos extremamente impróprias e outras das mais bonitinhas com sorrisinhos bobos.

De repente, seu celular tinha fotos nossas como papel de parede, enviávamos emojis de coração, e toda a nossa relação se configurou de um jeito que eu simplesmente me sentia na beira de um precipício. E isso tudo aconteceu em somente *um* dia, em que, mesmo enquanto eu trabalhava, ele se fazia presente lotando meu celular de todo o tipo de mensagens.

Eu não sabia quanto tempo mais aguentaria, mas aquelas três palavras estavam o tempo todo na ponta de meus dedos, na borda da minha boca, e gravadas em meu coração.

Eu só precisaria guardá-las para mim.

→ → →

Continuei refletindo sobre tudo aquilo e sobre como eu tinha infringido o item número um do nosso acordo. Eu não estava só apaixonado. Eu tinha a certeza de que sentia algo além disso.

— Que merda, seu estúpido, eu te amo tanto – resmunguei enquanto trabalhava.

Ajeitava os sacos de arroz na estante, tirando algum tempo para ajeitar meu crachá quando um dos sacos o entortou. Eu estava outra vez naquela rotina de ficar ausente o dia inteiro, com o corpo vivendo, mas a cabeça perdida em Benjamin Park Fernandes.

— Ô, Leo, eu trouxe bolo, tá lá no meu armário. Pega lá depois! — um dos meus colegas falou, passando por mim no corredor, tendo acabado de voltar do seu horário de almoço.

— Ah, tá, depois eu pego lá. Valeu, cara! — agradeci, voltando a me concentrar na tarefa, empilhando os sacos de arroz da forma mais organizada possível.

Tentei me concentrar na tarefa. Tinha que focar em qualquer outra coisa além de ficar caindo de amores pelo carinha do bloco ao lado. Mas então eu ouvi aquela voz e meus olhos estacionaram atônitos nele quando virei pro lado.

Eu estava de uniforme, trabalhando. Ele carregava uma cesta azul do mercado, com vários alimentos ali dentro. Seu rosto estava confuso e a única coisa que eu ouvi sair de sua boca antes da minha mente entrar em pane foi:

— Leo?

Benjamin me flagrou trabalhando no mercado.

Eu não consegui fazer muito além de sair correndo.

E, no dia 20 de dezembro, eu soube que tudo tinha dado errado.

Sinceramente,
Leonardo Guimarães

# Capítulo 16

## Honestamente: A reconciliação

Honestamente: eu não esperava que tudo fosse mudar tão de repente.

Meus amigos sabiam que eu não era heterossexual e estava agora saindo com meu amigo-melhor amigo-inimigo-quase namoradinho. Eu me apaixonei por ele e cada coisa que ele fazia. Deixei claro que queria continuar com ele – e quase o pedi em namoro antes de ele gritar que queria continuar daquele jeito. Por fim, descubro que ele, na verdade, trabalha em um mercado e saiu correndo ao me ver.

– Então você... foi no estágio do Leo... hum – Jonathan falava de um jeito estranho, sem muito talento para mentir.

Estávamos na casa da Lara, e então ela e Maitê me encaravam, completamente tensas.

– Na verdade, meus planos foram só de ir pra um mercado mais distante daqui, quando voltava da casa do Micael. Tava pensando em fazer uma lasanha, e aí, nesse mercado, eu vi alguém conhecido – contei reticente, incerto sobre eles saberem ou não sobre isso.

Mas eles abaixaram as cabeças e mostraram diferentes expressões de tragédia.

– Ah, então você descobriu – Lara apertou um lábio contra o outro.

– Sim. – Respirei fundo, escondendo o olhar e permitindo espaço para o silêncio. – Todos vocês já sabiam?

– Sobre o quê, exatamente, estamos falando? – Maitê quis ter certeza.

– O mercado. Vi o Leo lá – falei.

– Ah. Sim – Jonathan disse, sem jeito. – Ele tinha pedido para a gente não te contar.

— Desde quando ele trabalha lá? — perguntei.

— Acho que desde o primeiro ano — Maitê revelou, ao que o casal em sua frente a olhou feio, como se ela tivesse dito algo muito perigoso.

— Tudo bem. — Respirei fundo outra vez, desanimado, a postura toda desfeita e relaxada. — Ele deve ter seus motivos para não ter me dito. Não vou julgar. E... sei lá, não quero assumir coisas antes da hora. Não estou bravo pela informação, mas pelo resto.

Meu olhar se perdeu em qualquer lugar da sala e, ainda que o planeta continuasse girando, tudo parecia silencioso ao meu redor.

— Ele não falou mais com você? — Maitê quis saber.

Neguei, cabisbaixo.

— Ele saiu correndo do mercado e eu não consegui mais falar com ele desde hoje cedo.

— Ele deve estar com vergonha — Lara comentou. — Ou, quem sabe, só esteja procurando a melhor forma para te abordar sobre o assunto.

— Talvez ele tenha se sentido tão mal com o rumo das coisas que somente desistiu de entrar em contato com o Ben. O Leo se desespera fácil, coitado — Jonathan ia continuar suas suposições quando Maitê arremessou nele uma almofada e Lara deu-lhe vários tapas no ombro para que se calasse.

Eu soube que o casal tinha razão, tanto um quanto o outro. Suas suposições foram algumas das que eu tive nas últimas horas, e foi por isso que me calei e fiquei encolhido, ali no tapete.

— A gente não pensa como o Leo e é exatamente por isso que não podemos falar com certeza por ele — Maitê segurou em meu antebraço para chamar minha atenção. — Então, eu acho que o mais correto é esperar para ver como ele vai reagir. Talvez ele só precise de um tempo agora.

— É. É o que eu estou fazendo, mas hoje é quinta e já faz algumas horas desde que ele desligou o celular e não atende minhas ligações. Eu vou esperar até sábado. Ainda que ele não me chame pra falar nada, vou ser obrigado a ir até ele.

— Você vai mesmo atrás dele se ele não te disser nada? — Maitê quis saber com um tom de voz suspeito, mas eu não entendi o que poderia querer dizer.

Eu tinha a certeza de que, mesmo que ninguém tenha demonstrado, todos os nossos amigos assumiram brevemente uma parcialidade sobre a briga que tivemos meses atrás. Eles não nos diziam nada e nem gastavam muito tempo nos ouvindo falar sobre — até porque eu não falava sobre isso. Todo mundo sabia que nós dois estávamos errados, mas tinham ideias distintas sobre quem eles achavam que deveria encerrar o atrito. Contudo, ficava discretamente evidente com quem nossos amigos concordavam mais, claro, de acordo com suas personalidades. Yan e Maitê sempre foram grandes mistérios acerca do tema, e talvez este fosse o lado dos dois: eram grandes questionadores e que não defenderiam nem um e nem outro.

Não tive tempo ou resistência moral para me intimidar com sua pergunta e acabei sendo, talvez, mais honesto do que eu deveria:

— Eu gosto dele, Maitê. Eu vou fazer o quê? — Ergui os ombros, e eles ficaram em silêncio, me incentivando a falar mais. — Ele precisa do tempo dele e eu estou disposto a dar esse tempo, mas eu não quero que sobre espaço para dúvidas. Eu me importo e eu não vou mais ficar meses sem ele na minha vida, ou dar chance pra perder ele de vez. Ele precisa de tempo, eu dou, não falo nada, não pergunto nada, quando ele quiser falar comigo, ele fala. Mas se até depois de amanhã ele não falar nada, eu vou ter que ir atrás dele.

— Você acha que isso é prudente? — Lara perguntou de um jeito que poderia parecer uma censura, mas era somente preocupação e, realmente, querendo entender o que eu pensava.

— Eu não posso deixar ele ir assim, Lara. O que eu puder fazer pra mostrar pra esse filho da puta que ele é importante pra mim e que eu não quero que ele vá embora, eu vou fazer. Estou dando o tempo dele, mas eu não vou desistir fácil assim. Eu preciso pelo menos conversar com ele se ele quiser botar um ponto final em tudo.

— Você não ficou irritado com a mentira? — Jonathan quis saber com um tom quase dócil, me analisando.

— Surpreso, sim. Puto, não. Todo mundo mente. Ele deve ter seus motivos. Depois conversamos sobre isso. Ninguém sabe tudo sobre as outras pessoas e, pelo menos no caso dele, acho que mentiu pra se defender. Não pra se promover e encher o próprio ego ou algo assim. Ele tá só tentando sobreviver.

— Ele só não te contou por vergonha — Lara disse.

— Eu não tenho como culpá-lo por isso. São os sentimentos dele. A gente só tem que conversar e ver se dá pra ajeitar a situação.

— Eu acho que logo tudo se resolve — Maitê abraçou uma almofada, sorrindo abertamente, satisfeita com minhas palavras e torcendo para que tudo desse certo.

■■■

A próxima vez em que ouvi falar de Leo, foi ainda no final daquela tarde, às sete da noite, dez horas depois do incidente dentro do mercado.

— Ei — sua voz disse quando atendi euforicamente a ligação que me pegou desprevenido. Eu tinha saído do banho havia pouco tempo. Ele continuou, com uma voz baixa, estranha: — Você pode vir aqui em casa um pouquinho?

Extasiado de adrenalina, corri em direção ao seu bloco depois de me arrumar brevemente. Subi os lances de escada pulando dois ou três degraus de uma vez, e em menos de cinco minutos apertei a campainha.

Lá de dentro, ouvi a tranca se abrir, a maçaneta girar e então a porta de madeira se abrir. Vi, pela fresta, um Leo com uma camiseta branca toda amassada, uma calça tão preta quanto seus cabelos, mas seu rosto estava inteiro vermelho e deprimido, lágrimas escorrendo sem intervalo. Ele não abriu completamente a porta e permaneceu escondido ali, com a testa apoiada na madeira, chorando em silêncio. Minhas mãos tremeram e eu estava pronto para arrumar problemas com *qualquer pessoa* que o tivesse feito chorar daquele jeito.

— O que houve? — perguntei, em desespero.

— Eu fui demitido — seu sussurro sumiu em um suspiro e seu rosto inteiro se configurou em um choro mais intenso.

— Ah, não — murmurei, entrando e empurrando a porta atrás de mim com o pé, urgentemente precisando envolvê-lo em um abraço.

Entre meus braços, ele se permitiu mostrar toda a aflição que o atingia e tudo o que fez foi me segurar com força, suas lágrimas molhando minhas roupas enquanto ele buscava abrigo em mim. Era muita coisa para ele lidar sozinho. Na segunda, eu desapareci e só voltei na terça, e ele ficou todo tempo preocupado, aposto que teve um péssimo desempenho no trabalho. Na quarta, passei a manhã toda o provocando por mensagens e, na quinta, o encontrei lá e o deixei tão surpreso que ele saiu correndo. Ainda que eu não quisesse pensar dessa forma, parte do motivo de ele ter sido demitido, com certeza, foi por minha causa.

— Calma, vamos conversar — consegui dizer depois de um tempo em que ele apenas chorava e eu não sabia como reagir.

Guiei-o até seu quarto e o coloquei sentado em sua cama, mas ele ainda chorava e tremia, o olhar baixo fugindo de mim, sem dizer qualquer coisa. Fui até a cozinha e esquentei água no micro-ondas para fazer chá de hortelã bem doce e o entreguei em suas mãos, beijando a sua testa, aguardando para ver se meu esforço fazia algum efeito.

— Obrigado — ele murmurou, olhando para mim por somente um segundo antes de inclinar o olhar outra vez.

Enxuguei as lágrimas que molharam seu rosto inteiro e ajeitei os fios de cabelo de sua franja que o cobriam como uma cortina, enquanto ele bebericava na xícara que lhe trouxe. Então, sentando ao seu lado, recolhi minhas mãos sobre o colo, atentamente o observando, mas sem ideia de o que falar.

Ele já respirava normalmente quando disse:

— Eu não sei se vou ter dinheiro para virar o ano, nem sei se vou ter dinheiro para comprar comida — seu choro se amargurou outra vez, tornando a mexer em seu rosto e na sua respiração, e as bochechas que eu adorava estavam ficando molhadas outra vez. — E como eu vou pagar o apartamento pra minha tia, além das contas todas?

— M-Mas você não tem direito a seguro-desemprego? — perguntei, aflito, meu imaginário já compondo a possibilidade de vê-lo em situações mais difíceis do que ele supunha. — Você não tem nada guardado?

— Eu... — Leonardo minimamente se acalmou, afastando as lágrimas que se juntaram em seu queixo. — Eu tenho direito a seguro--desemprego. Mas e quando acabar?

— Calma. — Coloquei uma das mãos em sua coxa para chamar sua atenção, mas acabei descendo-a até seu joelho. Não sabia mais qual era o nosso nível de intimidade naquele momento. — Vamos pensar em uma coisa de cada vez, precisamos raciocinar.

— Tá — ele debilmente respondeu, mas continuava me observando cheio de expectativa, porque ele, por si só, estava nervoso demais para estruturar sua vida nos próximos meses e só aguardava minhas instruções.

— Por enquanto, dá pra você ir se sustentando com o salário desse mês e depois o seguro, e aproveita que tá de férias da faculdade pra gastar o menos possível. Sem festa, sem porcaria pra comer e sem...

sem presentear as pessoas por aí. Depois, quando o seguro estiver quase acabando, você poderia ir atrás de outras coisas. Mas... mas eu acho que você deveria falar com a sua tia.
— Por quê? – se alarmou.
— Pra ver se ela aceita dar uma diminuída do valor da sua parcela. Você tá pagando bem mais da metade do seu salário no apartamento, não tá?
— Tô – confirmou, descendo o olhar.
— Então. Você já tem pagado há uns bons três anos, acho que dá pra ela dar uma flexibilizada nos valores, até porque você tá fazendo faculdade e logo vai ter que fazer estágio obrigatório e não vai poder dispor sempre de grandes quantias de dinheiro. Haverá meses que, muito provavelmente, você só vá ter dinheiro pro básico, não tem como prever.
— Mas e se ela não quiser? – Leo apertava a xícara com as duas mãos.
— Eu acho importante tentar – articulei, mordendo o lábio inferior com força para prender as palavras que queriam sair dali. Mas ele percebeu, e me encarou com aqueles olhos enormes e vermelhos até que eu dissesse: – Talvez você devesse falar com seus pais também. Mas... isso é você quem sabe...

Leonardo deixou a xícara aos seus pés e encarou o guarda-roupa que ficava na lateral da cama em que estávamos – costumava ser o lado em que eu dormia. Cruzou os braços, em silêncio absoluto, pensativo. O perfil de seu rosto, mesmo que mostrando que chorou havia pouco, desenhava linearmente a maturidade que havia nele, preenchendo a silhueta naquela expressão que diariamente ele fazia de tudo para não mostrar – a de um homem crescido medindo ganhos e perdas, formas e meios para poder sobreviver.

— Você tem razão – respondeu somente, sem me olhar.

Fiquei quieto, me sentindo culpado sem sequer saber o motivo. Abaixei minha cabeça e fiquei olhando os cadarços pretos do meu tênis. Eu... eu devia mesmo ter dito aquilo? Eu devia ter dito qualquer coisa? Ainda que ele tivesse parado de chorar, não fui cruel demais, frio demais, com minhas colocações? Eu não estava sendo um idiota estragando sua vida nos últimos dias?

Em um movimento repentino, ele se virou para mim com um sorriso morno, mas sincero:

— Obrigado.
— Parte disso é minha culpa, não é? — questionei.
— De jeito nenhum — respondeu gentil, com a voz calma. — Não é culpa de ninguém. Meu chefe sempre faz limpa de funcionários perto do Natal pra contratar mão de obra mais barata. E eu já estava cansado e não queria mesmo continuar lá. A minha vida é muito complexa, não queira protagonizar todos os meus problemas. Você é uma das minhas poucas soluções, na verdade.

Sorri, meio sem jeito, ainda com alguns incômodos dentro do peito. Eu queria pensar sobre todos os vídeos de finanças que já assisti e sobre conselhos de economia, mas eu só conseguia pensar em uma coisa, e essa coisa me apertava o peito. Eu não consegui resistir. Perguntei:

— A gente ainda vai ter uma chance de ficar bem depois disso?

Ele abaixou a cabeça, engolindo em seco.

— Desculpa ter te enganado com isso por tanto tempo... Eu... Me desculpa... Me desculpa, de verdade. Eu não queria ter mentido e eu me arrependo muito por isso. Eu... — Seus olhos se encheram de lágrimas outra vez, e os meus não os deixaram tão solitários. — Eu sinto muito.

— Por que você mentiu pra mim, Leo? — perguntei honestamente, mas minha voz já estava torta e eu, que não enxergava tão bem de perto, agora não via nada pelas lágrimas doloridas que cobriram meu olhar.

— Eu não queria... — Ele deixou seu choro correr. — Eu só... eu não sei! Você sempre foi perfeito e sempre me deixou tão assustado com todo esse seu jeito de garoto de televisão e... sabe? Por que um cara como você ia querer ficar perto de um bosta feito eu? Eu queria... queria que você gostasse de mim. Eu não tenho nada de muito bom, enquanto você tem tudo. Eu... eu fiquei intimidado... acho que no fundo eu só queria ser você, ter a sua vida.

— Como assim? — Não entendi a que se referia aquele absurdo.

— Queria ter pais mais presentes, queria ter melhores condições financeiras, queria ser mais inteligente, mais bonito, mais autoconfiante, mais independente, mais admirável, queria... — Ele riu em um sopro, balançando a cabeça, entristecido. — Eu só queria ter tudo o que você tem e eu nunca tive e nem vou ter. Queria fingir ser alguém um pouco melhor pra ver se assim você ia querer ficar por perto.

— Leo, se você estivesse dentro do meu corpo, ia entender que eu é que tenho inveja de tudo o que você tem — confessei, seco, tomando toda a sua atenção. – Meus pais não me dão liberdade, as poucas coisas que eu tenho eu dependi deles. E meu pai só me deu um carro porque ganhou um processo na justiça, não era porque tinha dinheiro sobrando ou algo assim, meus pais trabalharam a vida inteira e ainda trabalham de segunda a sexta. Nós não somos ricos, como você pode pensar, ou sei lá! Você acha que eu sou inteligente, mas, Leonardo, eu levo duas semanas inteiras fazendo trabalhos da faculdade que você faz em dez minutos, e fica muito melhor do que o que eu faço. Eu não sou inteligente, nem bonito, nem autoconfiante, nem independente e nem admirável. Eu não sou bom em nada. Mas você, sim, é quem é cheio de tudo isso. Todo mundo te adora e te admira, todo mundo! Não faz a menor diferença se você trabalha nisso ou naquilo, se você finge que sua família é isso ou aquilo, porque a pessoa que você é, é muito maior e muito melhor do que tudo isso. Você é incrível, Leo, incrível mesmo. Eu só sou esforçado, então não vou admitir que fale desse jeito de mim e de si mesmo.

– Não é verdade! – ele ergueu um pouco a voz, incomodado com minhas palavras. – Você é o cara mais perfeito que já conheci na minha vida inteira, chega a ser irritante às vezes, sabia? Ben, nos meus vinte e dois anos de vida, eu nunca conheci ninguém como você, que me fazia hesitar em cada vez que ia falar com você. Você é bom em todas as coisas que faz e a sua personalidade é tão cativante que até hoje meu coração acelera só de te ver! Não tem como competir com uma pessoa dessas. Então, todo mundo, a gente só senta e te admira.

– Eu... Eu p-posso tentar te entender e eu sei que preciso gostar mais de mim, mas... Mas e se eu só sei sentar e admirar você e só você? Hum? E se eu sou quem te olha e não sabe nem o que dizer? E se eu quero ficar perto, mas sempre acho que não mereço? Se eu sempre fico nervoso e sentindo que você é demais pra mim e eu sou muito pouco perto de você? E se eu gostar de cada uma das coisas sobre você? E então? Como ficamos?

Houve um momento muito, muito longo de silêncio. Ainda que fosse difícil, eu ouvi as palavras dele e pensei que, talvez, houvesse gente no mundo que realmente me achasse incrível. Ele me achava incrível, me achava todas aquelas coisas! Quer dizer... eu achei que ele só estivesse comigo porque me achava bonitinho. Não esperava que visse tanto valor em mim a ponto de ficar intimidado e se sentir na obrigação de mentir para se proteger. Eu não era tudo aquilo que ele via, com certeza! Mas eu devia ser, pelo menos, alguma coisa.

Sei que ele também me ouviu e tentou entender que havia muita gente que o achava inalcançável, e eu era uma dessas pessoas. Achei interessante como a nossa dinâmica tinha mudado, porque tivemos tempo para as palavras, mas também tivemos tempo para o silêncio. Conseguíamos nos entender daquela forma. Até a nossa briga de meses atrás fazia sentido.

Eu estava intimidado com o incrível Leonardo Guimarães.

E Leonardo Guimarães estava intimidado com o incrível Benjamin Park Fernandes.

E conversar, conversar de verdade como deveríamos, naquela situação em que estávamos meses atrás, só nos parecia impossível. A verdade era que nós éramos apenas dois caras normais com algumas diferenças e que se gostavam muito, por isso acabamos ficando agitados, acabamos nos ofendendo, acabamos escondendo, e acabamos mentindo. E estava tudo bem em sermos perfeitos e imperfeitos ao mesmo tempo.

Quem sabe pudéssemos nos demorar mais naquela discussão, enchendo de detalhes e relembrando momentos específicos do nosso convívio desde que nos conhecemos, mas acho que concordamos que não queríamos nos estender, porque só queríamos ficar bem. Sabendo do que um falou para o outro naquele momento, cabia a nós dois refletirmos sobre tudo e, quem sabe, quiséssemos conversar sobre isso mais tarde. Mas seriam novas lentes em que deveríamos afunilar nossos olhares para enxergar.

Nós dois estávamos deslumbrados um pelo outro e inseguros em relação a nós mesmos, então é claro que qualquer poeira boba poderia nos machucar enquanto já estávamos, naquela época, extremamente sensíveis e com fragilidades à flor da pele.

Adquirimos muita maturidade nos últimos tempos e tínhamos aprendido o suficiente sobre o outro para, pelo menos, percebermos que sobre a tal briga de meses atrás estávamos, os dois, errados. Sobre tudo, estávamos errados. E acho que isso foi o que nos faltou durante todo o tempo. Parar e perguntar a nós mesmos:

*E se eu só estiver considerando a minha versão da história?*

*E se meus sentimentos estiverem nublando as minhas lembranças e percepções?*

*E se eu estiver tirando conclusões precipitadas?*

*E se eu simplesmente usasse minha voz para tentar falar e conversar sobre o que está confuso e precisa ser resolvido?*
*E se eu estiver errado?*
Naquele momento, eu admiti que já estive. E sei que ele também admitiu.

– Então... então você me desculpa? – perguntou de um jeito que fazia parecer que ele, com 1,85m de altura, era só um bebezinho de quarenta centímetros.

– É claro que eu te desculpo. Sabendo dos seus motivos, desculpo duas vezes. – Arrumei meu cabelo na falsa tentativa de deixá-lo atrás da orelha, mesmo ele se soltando em seguida. Encarei o chão mecanicamente. – Acho que a gente tem isso em comum também. Nós vemos pouco em nós mesmos, mas gostamos muito um do outro, por isso acabamos... sabe, fazendo essas idiotices. Também escondi coisas de você. Menti milhares de vezes dizendo que era heterossexual, e menti pelo menos duzentas vezes sobre compromissos que eu nunca tinha, só para não sair com vocês e... Menti sobre muitas outras coisas... Enfim. Nós dois só estamos tentando sobreviver.

– Não só sobre isso. Você me desculpa por tudo? Desde o começo, tudo, todas as coisas, toda a briga que a gente teve e os meses sem se falar. Eu fui extremamente hipócrita e te julguei, me faltou empatia, me faltou humildade, me faltou até bondade nas vezes em que disse coisas com a intenção de te machucar. Eu poderia ter sido uma companhia melhor e eu realmente deveria ter te dado todo o carinho que você merece, mas não dei e fui um verdadeiro babaca só porque não te entendia, nem fazia muito para tentar te entender. Você me perdoa?

– Claro que perdoo – falei e sorri, sentindo meu rosto esquentar.
– Mas com uma condição.
– Aceito.
– Nem falei o que era – comentei, achando engraçadinha a expressão inocente que ele fez ao falar.
– Mas eu aceito a condição – confirmou.
– Está bem. A condição é que você me perdoe também por não ter conseguido sentar e ter uma conversa franca com você, por não conseguir olhar pela sua realidade, por não ter a sensibilidade, a coragem... Enfim. Tudo o que me faltou e que impossibilitou que

eu te tratasse bem e que a gente pudesse conversar sobre tudo o que deveríamos. Eu sinto muito por todas as merdas que eu te falei naquele dia do trabalho, por ter gritado e te humilhado na frente de todo mundo. Eu, realmente, sinto muito pelo idiota que eu fui e só agora percebo como eu poderia ter feito melhor.

— Ei, vamos com calma. E eu também não tinha maturidade para conversar sobre essas coisas mais cedo e eu não entendia uma série de coisas que só fui saber e perceber sobre você agora. Então você está mais do que perdoado, e então eu estou perdoado. — Sorriu, o rosto ainda inchado.

— E isso arruma tudo sobre a nossa história? — perguntei, cheio de esperança.

— Absolutamente tudo. — Fechou os olhos em um sorriso aliviado.

E então eu também sorri.

Creio que não deu tempo para querermos chorar porque aquelas palavras, nós dois com feições de quem havíamos recém chorado, não eram palavras daquele momento. Eram palavras de muito tempo e reflexão de todo o carinho e maturidade que aprendemos a trabalhar no último mês.

— Você acredita quando eu te digo que você é incrível? — ele perguntou.

Sorri constrangido, desprevenido.

— Posso acreditar se você acreditar quando digo que você é perfeito.

— Tenho um monte de defeitos e problemas — rebateu.

— Também tenho. *Meu nome é Incrível. É um prazer conhecê-lo* — disse, oferecendo minha mão como se estivesse me apresentando em um cumprimento.

Ele sorriu, contrariado, encarando minha mão estendida no ar, até se render. Apertando-a, também se apresentou:

— *Me chamo Perfeito. O prazer é todo meu.*

— Agora a gente tá bem e sem mais mentiras?

— Sim. — Ele respirou aliviado, seu toque ainda me segurando firme.

— Somos imperfeitos que precisamos aprender a gostar mais de nós mesmos. Mas de você eu acho que já gosto mais do que o suficiente.

— Ah, é? — Abri um sorriso tímido, sem querer, e ele sorriu também.

— Não vamos mais esconder nada, tá bem? Vamos só conversar sobre tudo. Vamos ficar bem — ele falou e eu assenti. — Posso te beijar?

— Uou, isso foi *bem* rápido — falei, meio desengonçado, sendo pego de surpresa pela sua sinceridade quase fora de hora.

Ele soltou minha mão que ainda segurava e voltou a olhar o guarda-roupa.

— Desculpa, eu não quis dizer... Sabe... se a gente tiver que levar um tempo pra voltar ao normal e... bem... — ele ia se justificando de um jeito tão vago e tão bonitinho, que só me levou a segurar seu rosto com as duas mãos, direcionar meu corpo sobre o dele e o encher de beijinhos e elogios no diminutivo.

— Sinto muito por você ter sido demitido, mas vai ficar tudo bem — falei.

— Espero que sim. Me desculpa por tudo.

— Tá tudo bem, cafezinho. Mas agora passou e estamos bem, não estamos?

— Você vai cuidar de mim, não vai? — perguntou Leo. Eu não tive certeza do que ele, exatamente, queria dizer, mas eu sempre me rendia ao seu charme, então não tentei resistir.

— Será mesmo que eu vou?

— Vai, sim, eu sou o seu amor. — Ele choramingou entre minhas mãos, e eu não consegui fazer qualquer coisa além de beijá-lo outra vez.

Porque ele era *mesmo* o meu amor.

Depois vieram os beijos, as risadas, os filmes debaixo da coberta com pipoca, e as promessas de que tudo ia ficar bem para ele, porque perder o emprego não era o fim do mundo. Mas, para mim, perder o Leo era. Ele pareceu distante em um momento ou outro, chorou outras duas vezes, no decorrer da tarde e durante a noite, mas ele logo deixava aqueles sentimentos passarem por ele e irem embora. Afinal de contas, tudo é passageiro.

Honestamente: olhar para aquele rosto bonito e poder chamá-lo de *amor* outra vez era um alívio.

■■■

Passei a ter Leonardo exclusivamente para mim a partir do dia 21 de dezembro de 2018.

No dia em que houve o pequeno incidente no mercado e ele foi despedido, trocamos mais risadas e carinhos do que beijos e safadezas, porque ele precisava mesmo de atenção. No dia seguinte, acordamos depois das 11h e tomamos nosso café da manhã junto com o almoço. Saímos para caminhar pouco depois para aproveitar o dia ensolarado. E, como não tinha ninguém passeando pelas ruas perto do condomínio, me permiti segurar sua mão. Seu rosto mudou de cor, mas ele não disse absolutamente nada, fingindo nem perceber.

— A sua mão tá suando — resmunguei como se não entendesse.

Não fazia tanto calor naquele dia. Ele somente estava nervoso e eu não podia deixar passar.

— Que inferno, você — reclamou, erguendo a voz e soltando bruscamente minha mão.

Eu ri. Ele era fofo quando estava constrangido. Mas quando ele não fez muito além de secar sua mão e voltar a segurar a minha, dando um pequeno beijo no dorso de minha mão com um sorrisinho, eu tive que parar de andar por um momento, escondendo o rosto enquanto ria da mais pura vergonha de gente apaixonada. Ele era tão adorável, puta que pariu!

— Ah, tá! Ah, tá! — ele zombou, vindo me abraçar.

Deu uns três tapas na minha bunda e saiu andando na minha frente. E eu só concordei com o ritmo de seus pés. Continuamos andando sem rumo até encontrar um gramado extenso e sem dono para podermos sentar sob a sombra de uma árvore.

— Você me beijaria aqui? — ele perguntou, brincando.

— Deixa eu ver... — virei-me outra vez para a rua, minhas pernas esticadas no chão enquanto minhas palmas me sustentavam abertas sobre a grama. — Não é um lugar seguro. Então, não.

— Se eu pegasse o meu celular e te mostrasse um vídeo meu, você assistiria? — investigou, deitando a cabeça em seu moletom que tinha acabado de tirar.

— Se for um vídeo ridículo de "feliz aniversário", não.

— Deixa de ser louco, ainda falta quase um mês pro teu aniversário, relaxa.

— Que tipo de vídeo, então?

Leonardo, que estava afastando o cabelo do rosto e com os olhos bem apertados para lutar contra a luz solar que vencia as folhas da árvore e o alcançava, somente sorriu, sem dizer qualquer palavra. E eu, que também nunca fui santo, entendi na hora.

— Me deixa ver — pedi, mas com tanta urgência em minha voz que ele riu.

— O vídeo é velho — ele começou a falar, deitando-se de bruços e erguendo o tronco para que nossos rostos ficassem mais próximos. E seus olhos, que ódio, eram tão lindos sob a luz do sol. — Gravei antes do flagra no mercado de ontem e aí não tinha mais como mandar depois do caos que rolou, né?

— O caos *já* se desfez — relembrei, falando apressado.

Ele riu outra vez da minha pressa.

— Você quer mesmo ver?

— Quero.

— Mas será que tá merecendo? — perguntou Leo, seu sussurro girou para dentro de meus tímpanos e me colocou instantaneamente em um calor anormal.

— Eu faço tudo o que você quiser — respondi.

Ele sorriu, sem qualquer vergonha, conseguindo exatamente o que queria. Tirou do bolso o celular e seus fones de ouvido, me concedendo aquela forma de entretenimento.

E, em público, em uma rua qualquer no meio do nada, ele conseguiu me deixar excitado só com um vídeo dele sem roupa. Acho que perdi a cor enquanto assistia, boquiaberto, porque ele não me dava trégua e não ficava nem um cisco menos bonito com o passar dos dias — e isso sempre me deixava espantado. Já vi aquilo diversas vezes, já vi seu rosto incontáveis vezes, mas sempre parecia novo, ele sempre parecia mais bonito, e eu sempre parecia mais um idiota apaixonado por cada coisinha que ele fazia.

Ao término do vídeo, olhei para ele, que ria apoiado na lateral de seu corpo com o torso levantado, seu cotovelo dando suporte para ficar à minha altura.

— Pra que fazer isso comigo? — fingi reclamar em um muxoxo, choramingando. Ele não parou de rir.

— Não farei mais, desculpa.

— Mas... você não quer ir pra casa, não? — perguntei e ele riu outra vez, se deitando na grama.

— É o que você quer?

— É — repliquei simples, abraçando meus joelhos.

Ele ainda estava rolando discretamente na grama quando subitamente se levantou e me segurou pela mão, me puxando apressado a ir com ele.

— Ok, vamos logo — ele dizia, quase correndo.

E então quem riu fui eu.

■ ■ ■

Leonardo ficou neurótico com o Acordo Guimarães-Park.

Tivemos um tempo íntimo muito proveitoso e estávamos suando aos montes quando acabou, ele bem mais do que eu. Mas eu não estava só transando com qualquer pessoa, era o cara que me fazia feliz.

Pensando sobre isso depois de já ter acontecido, foi muito mais do que imprudência da minha parte entrar em um acordo estritamente sexual ignorando a natureza humana de dois indivíduos tão emocionalmente complexos. Contato físico constante, todo dia, ouvir a voz, sentir o cheiro, olhar as feições... tudo isso, quando é criado um ciclo em que um encontra abrigo no outro, era muito mais do que óbvio que eu ia acabar me apaixonando. Eu que vá à merda com esse meu ceticismo achando que não ia sentir nada. Me ferrei e não posso nem culpar ninguém: a culpa é toda minha.

Sem nenhuma vergonha na cara, eu estava lá, sob seu corpo nu debaixo dos seus cobertores, sendo segurado pelo seu abraço que me apertava a cintura, e eu só podia encher seu queixo, pescoço e bochechas de beijos e carinhos, sussurrando diversas doçuras em seu ouvido. De início ele estava de olhos fechados, aproveitando com o coração variando entre estar acelerado e estar reconfortado em minha supervisão. Mas, de repente, ouvir sussurros como *"eu já estava com tanta saudade do cheirinho da sua pele"*, *"eu gosto tanto desse jeitinho que você me abraça e do jeitinho que sorri e do jeitinho que dá essas risadinhas"* foi demais para ele.

Eu estava apaixonadamente fora de controle, mas não era minha culpa! Eu nunca usei tantas palavras no diminutivo, mas não era minha culpa! Eu nunca dei tantos beijinhos bobos nas bochechas de alguém, mas não era minha culpa! Eu só... *que droga, Leo!*

— Ok, chega, isso não tá previsto no acordo — falou, fugindo do meu contato, soando muito mais nervoso do que eu já o ouvi soar.

Estranhei, mas não falei mais nada quando ele pegou roupas limpas no guarda-roupa e fugiu desesperado até o banheiro. Fiquei pensativo se havia feito algo errado, então fui atrás dele quando ouvi o chuveiro ligado. Me apoiei no batente da porta que abri devagar, obviamente pelado, e perguntei baixo:

— Posso tomar banho com você?

Ele me olhou da cabeça aos pés, como se fosse a primeira vez. Ficou extasiado e demorou a responder. Então disse, alarmado:

— Não tá previsto no acordo!

Apertei um lábio contra o outro quando abaixei a cabeça. Por que esse babaca estava com medo logo agora? A gente tinha avançado tanto na nossa relação para ele subitamente querer voltar todas as casas? Confesso, fiquei aborrecido.

— Tá bem — concluí e saí. Mas, quando fechei a porta, ele me chamou. Abri a porta. — O que foi?

— Amor... eu deixei tua toalha dentro do armário. Você podia pegar ela bem correndo e vir aqui comigo, não podia?

Sorri, meio sem querer. Eu não entendia aquele cara.

— Você é ridículo — desdenhei, mas fui pegar a toalha o mais rápido que pude.

Creio ter ficado evidente o quão feliz eu estava em tomar banho com ele, porque, de repente, ele mandou:

— Está proibido me olhar desse jeito.

— De que jeito?

— Esse que você tá me olhando agora — falou. — Que faz... que me deixa nervoso.

— Eu só estou te olhando porque você é bonito — confessei, dando de ombros. Tentando não deixar tão evidente que, na verdade, e longe do meu controle, aquele olhar só queria dizer que eu estava apaixonado.

— Não pode mais — falou, e eu não pude argumentar.

Mas aquela frase voltou a aparecer várias vezes.

— Você tá me olhando daquele jeito! Facilita pro meu lado, Benjamin Park, pelo amor de Deus! — ele dizia de repente e eu realmente não percebia.

Nas primeiras vezes em que reclamou, uma inundação de pensamentos negativos me veio, dizendo que ele devia estar percebendo que eu estava apaixonado por ele e, como ele não queria nada comigo, estava me dando sinais para me afastar. E que, se suspeitasse do que eu sinto, ele iria embora. E que se eu subitamente me tornasse uma presença desagradável, ele perderia o interesse. Contudo, a certo ponto, eu só achava graça e passei a insistir naquilo só para ver no que poderia dar.

— Você tá me olhando do jeito proibido que faz meu coração bater mais rápido! — disse, afastando um caderno de seu rosto.

Tínhamos começado a fazer alguns cursos on-line para incrementar nossos currículos, e estávamos deitados em sua cama, eu de bruços, segurando a cabeça com uma das mãos, subitamente distraído demais com sua boca bonita e aquele rosa-escuro que era bem desenhado e também macio.

— Uhum — concordei, sem deixar de admirá-lo.

— Benjamin, você está me olhando do jeito proibido — repetiu.

— É claro que eu tô.

— Benjamin Park! Será que dá pra você pegar leve comigo? — ergueu a voz, tentando me convencer, e seu rosto inteiro enrubesceu.

Várias cenas como essas se repetiam, inclusive quando fomos visitar nossos amigos ou quando eles vieram nos ver no sábado. Às vezes ele falava especificamente sobre o tal olhar proibido, mas na maioria das vezes ele só dizia meu nome e sobrenome, com todas as letras, naquele tom de voz de bronca, e eu achava engraçado e desviava o olhar.

Mas, no sábado, durante a tarde, já confortável com o ritmo das coisas, acabei mais ousado.

— Benjamin Park! — ele reclamou lá em casa, nós dois no meu quarto tentando jogar *GTA*, mas eu claramente me distraí olhando para ele.

Larguei o controle na cama e, aproveitando que a porta estava trancada, me permiti me esgueirar em seu colo, segurar o seu rosto, fazer carinho nos seus cabelos compridos e lhe roubar alguns beijos que o fizeram fechar os olhos e derreter.

— Me chama de amor — pedi sussurrando contra a sua boca, completamente fora de mim.

— Não faz isso comigo — ele implorou em um sussurro que mais parecia um choramingo, suas mãos subindo de minhas coxas até minha cintura, seus olhos tranquilamente fechados enquanto ele mesmo me beijava algumas vezes e pedia mais.

— Você quer que eu pare?

Ele travou, sem abrir os olhos.
– Não, amor... só mais um pouquinho – pediu, enquanto eu descia beijos por seu pescoço. Com o calor entre nós subindo, o cheiro de seu perfume se desprendia e se projetava pelo meu quarto inteiro, a cor de seu rosto em um rosa estranho e seus lábios úmidos, ele inteiro indefeso em minhas mãos e me segurando cada vez mais firme, eu juro, eu quase deixei três palavras saírem de minha boca, perto de seu ouvido.

Parte de mim realmente queria dizer *eu te amo*, mas a maior parte estava apavorada e me mandou calar a boca para não acabar fazendo merda. Até porque eu não tinha tanta certeza sobre *amor*, só tinha certeza sobre *paixão*. Amor é um sentimento muito mais adulto e a longo prazo. Coisa de querer viver junto por anos mesmo, e isso eu ainda não tinha total certeza – tinha, somente, uns 85% de certeza.

Mas eu o beijava, puxava o cheiro junto de sua pele, mordiscava seu lábio, brincava com a língua, e seu corpo todo colava no meu – ainda que eu fosse incerto quanto ao que sentia, meu corpo e meus gestos não eram. Eu só queria o Leo e ponto final.

– Ok, o acordo permite até aqui – advertiu, parecendo aflito, seu coração batendo perigosamente rápido, me tirando de seu colo e me colocando do lado em minha cama.

Fingi me debater como um peixe desesperado fora d'água, porque ele não precisava mesmo cortar o clima daquele jeito e me deixar passar a vontade de mais uns beijos. Xinguei algumas vezes, voltando a me sentar, mas ele só riu.

■ ■ ■

Como passaríamos o Natal separados, domingo, dia 23 de dezembro, seria nosso último dia juntos – sim, sei que soa dramático, mas eu estava apaixonado, portanto, dois dias sem ver Leonardo parecia uma verdadeira prova de fogo.

Depois de muito custo, consegui convencê-lo de ir a um encontro comigo, e realmente não foi uma tarefa fácil porque ele realmente se fez de difícil. Quando eu desisti, ele reclamou:

– Nossa, quer tanto sair comigo que no primeiro *não* já muda completamente de ideia. Tô mal cotado no mercado mesmo.

— Você acabou de dizer que não quer ir — considerei.
— Eu disse não *uma vez* e de repente você não quer mais. Você já foi mais persistente, Benjamin Park.
— Leonardo Guimarães, o que você quer que eu faça? — perguntei, exasperado. Eu nunca fui bom em joguinhos sociais, então ele teria que ser direto comigo.
— Poxa, amor... É que... é que não tá no acordo — falei, afastando o cabelo de seu rosto, com um biquinho em suas feições abatidas.
— Esquece esse acordo, bebê, pelo menos por hoje. Amanhã é o último dia que poderemos ficar juntos no ano, eu só quero saber se você quer sair comigo ou não. O que você quer fazer?
— *Queria passar o Natal com você* — resmungou, e achei bonitinho. Mas um pouco suspeito. Ele nunca quis passar o Natal com nenhum de nossos amigos e vivia dizendo ser uma data para ser comemorada em família.
— Mas não podemos. Temos só amanhã pra nós dois e eu faço questão do meu cafezinho. Agora só falta descobrir se vamos ficar em casa ou se vamos passear.
— Tá! Mas, olha, se você se atrasar dois minutos que seja, eu não vou mais e eu vou passar dias e dias triste e muito bravo com você, você me ouviu? Por favor, se você me fizer acordar cedo e depois esquecer ou... — Leo começou a disparar e eu o interrompi.
— Tá bom, amor, tá bem. Então vamos sair amanhã.
Eu nunca na minha vida vi aquele cara fazendo tanto drama. Entendo que ele deveria estar lidando com mais sentimentos do que ele era capaz de processar — final de ano com sua família esquisita que o tratava mal, ter sido demitido, estar de férias da faculdade, e sabe-se lá o que mais — eu só não sabia o que eu poderia fazer para ajudar e nem o que ele andava sentindo, exatamente. Deveria ser algo novo. Talvez ele estivesse doente e não quisesse contar. Provavelmente. Só sei que ele fazia de tudo para se esquivar.
Quando eu acordei cedo e fui tomar banho, abri um sorriso enorme ao saber que ele já tinha acordado lá do apartamento dele e já estava indo secar os cabelos.
Em frente ao espelho, acabei percebendo algumas coisas enquanto me arrumava. Eu não estava diferente de quem eu sempre fui, 1,74m de altura, todos os traços que vinham da minha ascendência coreana,

um piercing e uma cor de cabelo meio rebelde, e não havia nada muito especial em mim. Mas ele me ensinou a ver a beleza expressa em meu rosto, no meu corpo, no meu jeito. Era como aqueles filmes ridículos de adolescentes, em que de repente descobriam que havia uma pessoa linda e maravilhosa por baixo da aparência do nerd recluso. Eu continuava parcialmente nerd e recluso como sempre fui. Eu só aprendi, com ele, a me olhar de outra forma.

Eu ainda me lembrava dele dizendo que eu parecia tão incrível que isso chegou a intimidá-lo. Que era inteligente e belo e admirável.

Ele sussurrava em meus ouvidos sobre como eu era cheiroso e seus olhos se perdiam em meu rosto, suas mãos se perdiam em meu corpo... então, afinal, alguma beleza havia de existir em mim. E, assim, com a ajuda dele, eu acabei vendo por mim mesmo várias coisas em mim que achei bonitas. Percebi que meu comportamento mudou um pouco nos últimos tempos, porque me senti menos inseguro. Tinha minhas inseguranças de estar apaixonado por um cara que não se apaixona por ninguém, mas eu conseguia pensar em mim como alguém bonito e agradável, e isso se projetou para outros campos da minha vida.

Dias antes, meus pais me disseram que eu estava mais carinhoso, meus amigos me disseram que eu estava mais animado, e até mais abraços eu tinha recebido. Tudo por causa dele. Que me deu o exemplo, que me ensinou a ver as coisas por outros ângulos e me mostrou que não havia problema em demonstrar afeto. De uma forma geral, não digo que ele tenha sido responsável por me tornar alguém melhor, porque toda mudança é interior. Ele pode ter sido, então, meu incentivo favorito. Mas eu estava bem dentro do meu próprio corpo, dentro da minha família, dentro do meu círculo de amizades.

Coloquei o cabelo vermelho por trás da orelha e sorri assim que fiquei pronto. Viver parecia mais gostoso.

— Volto depois, tá bem? Se cuidem. — Abracei minha mãe, que agarrou meu braço e não quis soltar por um curto período de encenação.

— Vê se volta mesmo, hein? É o único filho que eu tenho e a fábrica já fechou!

— Amo vocês — respondi, fechando a porta e indo encontrar Leo na frente do meu carro.

Ele mensurou cada pedaço de mim com seu olhar, um sorriso curto se escondendo em sua boca, mas não disse nada.

∎ ∎ ∎

— Vamos? — chamei e ele correu para o seu lado do carro.

— E não vai nem me dar bom dia? — perguntou assim que prendeu a fivela do seu cinto, nós dois já sentados dentro do carro de vidros escuros.

O olhei de soslaio, tentando não abrir um sorriso. Ele era inacreditavelmente lindo à luz do dia. Ergui minha mão direita e ele me respondeu me dando a mão e entrelaçando nossos dedos. Beijei o dorso de sua mão, observando o risinho que tentou disfarçar. Então ele beijou minha boca e eu realmente gostava daqueles nossos beijos que acabavam virando sorrisos.

Perambulamos pelo shopping em um passo lento o suficiente para que pudéssemos apreciar um a presença do outro, e logo iniciamos a sessão do almoço. *Sessão*, porque Leonardo realmente comia muito. Eu não reclamei por ter que pagar, mas eu sempre ficava boquiaberto com o quanto ele comia e com o quanto ele falava enquanto comia.

Ri discretamente no meio de seu falatório particular (que eu definitivamente amava ouvir), quando ele percebeu que olhei de relance para a posição de seus braços, internalizando minhas reclamações. Discutimos sobre isso algumas vezes, porque eu considerava indelicado comer com o cotovelo na mesa e ele não estava nem aí. Assim como ele odiava quando eu fazia barulho ao escovar aos dentes, mas, para mim, se eu não escovasse com *bastante* força, eu sentia que meus dentes ainda estavam sujos. Respeitando sua criação ser diferente da minha, eu não disse nada enquanto comíamos. Mas ele abaixou os braços, me olhando de um jeito engraçado. Ri porque não reclamei para agradá-lo e achei bonitinho ele querer me agradar tirando o cotovelo da mesa.

— Feliz agora? — ele resmungou entredentes e eu só ri baixo, ajeitando seus cabelos com meus dedos. Talvez tenha me demorado de propósito fazendo-lhe carinhos.

— Não tô te censurando nem te dizendo o que fazer, amor. É o teu jeitinho. Eu só tava olhando. — Recolhi minha mão para mim, ainda sem conseguir tirar meu olhar dele.

Eu soube, sem querer, que estava nutrindo um daqueles olhares proibidos, porque seus olhos brilhavam e, pela primeira vez, ele agiu.

Os cantos de sua boca se entortando gentis enquanto sua mão direita caminhou até meu rosto, as juntas de seus dedos desenhando e memorizando lentamente os meus contornos. Aquele olhar dele... aquele foi o olhar mais precioso que já vi na minha vida inteira. Seu polegar ajeitou os pelos de minhas sobrancelhas que geralmente apontavam para diferentes direções, e meu cafezinho teve até tempo de passar seu dedo pelos meus cílios, uma mania muito estranha dele, mas que era um carinho muito inocente.

A mão esquerda esqueceu o lanche sobre a bandeja, e a direita me fez mais alguns carinhos que fizeram meu coração bater ruidosamente rápido e meu rosto esquentou. Parecia ter uma constelação inteira dentro de seus olhos castanhos e eu podia ver os vaga-lumes em sua alma.

Se a palavra *amor* pudesse ser descrita por um momento, a forma como eu descreveria o amor seria exatamente aquele momento.

Quando percebeu, ele ficou constrangido enquanto sorria, se ajeitando na cadeira, quase se punindo e se censurando, se afastando de mim assim que se lembrou do resto do mundo – no sentido literal de *se lembrar do resto do mundo*, pois eu também só fui voltar a ouvir as pessoas ao redor e todo o barulho ambiente depois que ele parou de me tocar, de me olhar, de sorrir para mim.

– Certo... eu... Ahn... Eu estava em dúvida quanto a isso... m-mas...
– Leo prendeu o ar enquanto levava uma mão ao bolso, soltando todo o ar em seguida, olhando para a mesa, balançando energeticamente a cabeça. – Olha. É isso. Se quiser achar que eu sou louco, problema seu.

– Não vou achar – garanti, projetando minha postura à frente, tentando enxergar o que era aquilo que ele escondia embaixo da mesa.
– Não, eu... Não, não sei se é uma boa ideia... É melhor não, deixa pra lá – falou e fez menção de guardar sabe lá o que de volta no bolso.

– Leo – eu estendi a mão em sua direção, como quem pede para um bebê tirar alguma porcaria da boca –, pode me dar.

– Você vai me achar ridículo – falou baixo, intimidado.

– Eu já acho mesmo antes de saber o que é, então me dá – brinquei e ele fez uma carinha divertida, mostrando o dedo do meio. Tentei calar minha curiosidade e ajeitei minha postura, meus braços novamente junto de meu corpo. – Tá bem, amor, não quero te pressionar a nada. Se não quiser dar, tá tudo bem.

Ele coçava o pescoço enquanto fingia olhar para o seu hambúrguer e eu não fazia ideia do que ele pensava. Eu nunca o vi daquela forma, carregando tanta vergonha em algo que parecia tão simples. O que é que ele poderia me dar que o deixaria tão desequilibrado, afinal? Sem jeito, ele falou:
— Não é como se a gente fosse um casal de verdade, ou... enfim. — Deu de ombros, incerto com suas palavras. Eu prendi a respiração, meu coração bombeando freneticamente o meu sangue todo. — Mas... bem... já fez um mês desde meu aniversário...

Sua respiração estava curta e repetitiva e suas mãos tremiam com o embrulho vermelho do tamanho de um punho entre elas, seus olhos fixos no brilho do embrulho.

Eu não acredito. Eu não acredito!

— Um mês desde que a gente se beijou pela primeira vez — eu disse por ele, para que ele não precisasse dizer por vergonha, ou, quem sabe, eu tenha dito para direcionar seus pensamentos. — Um mês desde que você me mandou um convite da Frozen pra ir no seu aniversário e eu fui e a gente se beijou.

Eu estava pensando muito em nosso relacionamento nos últimos tempos e eu tinha marcado em um caderno não só a primeira vez em que nos beijamos, mas também quando criamos o Acordo Guimarães-Park. E eu, sim, lembrava daquelas datas importantes. Com o sorriso curto e cheio de devaneios que ele deu assim que ouviu minha voz, entendi que ele também guardava aquelas datas.

— É — concordou sem jeito. — E a gente tem... a gente... Bem, nós temos *isso*. E esse *isso* é uma coisa que... que exige uma certa fidelidade.

Puta que pariu, se meu coração não parou, não para nunca mais.

— Absolutamente, temos um item só sobre fidelidade no acordo — falei rápido como quem coloca combustível no fogareiro, para não deixar a chama apagar.

— Sim... então... eu queria te dar isso pra você se lembrar de mim que... feliz ou infelizmente, sou a única pessoa que você beija na boca. — E me entregou o pacote pequeno e eu o abri com tanta pressa que era como se houvesse uma bomba ali dentro.

Mas eu olhei aquela pulseira de couro sintético preto como se fosse tão delicada que a mais leve brisa poderia despedaçá-la.

Tinha menos de dois dedos de espessura, em uma tira maior que ditava o tamanho, tendo uma tira um pouco menor em sobreposição, até que a menor tira por cima das outras duas segurava uma flecha prateada. Era só uma pulseira preta com uma flecha no meio. Nem era tão bonita ou diferente, mas eu fiquei ali olhando aquele item com um turbilhão de sentimentos sem nome, me sentindo tão feliz e ébrio ao mesmo tempo, que fiquei quieto, lacrimejando como se tivesse acabado de olhar para a coisa mais bonita do mundo.

Era lindo demais!

Era meu presente de um mês de namo... do nosso primeiro beijo!

– Você não precisa usar se não quiser. Só... sabe, eu resolvi te dar pra lembrar de mim. E tem a flecha, que é de sagitário, porque eu sou de sagitário. Não que você ligue pra signos, ou... – Leonardo entrava naqueles ciclos em que achava que era sua tarefa encher o ambiente de palavras para consertar todas as situações.

Ainda sem responder qualquer coisa, coloquei a pulseira com toda a pressa do mundo, e fiquei observando como ficava em meu pulso, como ela se movia discretamente quando eu erguia o meu braço, como ela pesava enquanto eu mexia minha mão – e fiquei feito um idiota testando minha *aliança*, enquanto aquele imbecil ainda não tinha percebido que eu havia gostado e ainda estava falando sem parar, quando eu obviamente não estava prestando atenção.

– Eu amei – falei alto, decididamente batendo com o pulso fechado sobre a mesa.

Com o susto, ele se calou. E eu olhava em volta, pensativo no que eu daria para ele. E fiquei um pouco distante por um tempo, perguntando a mim mesmo: ele está me dando isso porque sabe que eu gosto dele, e como ele não gosta de mim, ele quer me consolar? Ele está me dando isso como meu amigo, já que nos aproximamos outra vez? Ou ele...?

– Tá tudo bem? – ele perguntou, baixinho.

– Tá, amor – falei de um jeito mais calmo, respirando fundo e tentando não me isolar em meus pensamentos. Ele tinha comprado algo pensando em mim, não importava por quais motivações. Ele era meu cafezinho e eu tinha que ser legal com ele. – Eu só tô feliz e não tô sabendo demonstrar. – Me encolhi, rindo acanhado, mas segurei a sua mão, fazendo carinho. – Obrigado. De verdade. Eu gostei muito e agora vou usar sempre.

— Que bom! — Ele fugiu do meu olhar de um jeito tão bonitinho que eu teria agarrado aquele rostinho e enchido de beijos se estivéssemos sozinhos, e não na praça de alimentação de um shopping.

— Você usaria um presente meu? — perguntei.

Seus olhos enormes e brilhantes, cheios de surpresa e felicidade, encontraram os meus.

— Você quer que eu use?

— Só se você quiser usar.

— Bom, então... eu usaria — disse, cruzando os braços sobre a mesa, seu rosto ficando um pouco mais perto, e meu coração batendo mais rápido. — E o que o caro Park daria a este pobre moço aqui?

— Um tapa na cara serve? — brinquei.

— Você até já sabe da resposta, nem sei por que pergunta — sussurrou, estreitando o olhar.

— Eu ainda tenho que pensar no que vou te dar. Que tal uma coleira com seu nome, hum? Você usaria?

— Meu Deus, isso é tão a sua cara que me dá até nojo — reclamou.

Também cruzei os braços sobre a mesa, nossos rostos bem mais próximos. Eu o desafiei com o olhar:

— Não usaria?

— Uma coisa é uma coisa, outra coisa é outra coisa. Não tem como eu sair de coleira por aí, né?

— Eu sei, tô brincando — completei, voltando a me sentar normalmente para que terminássemos logo de comer.

Honestamente: éramos patéticos.

Não voltamos a falar no assunto porque ficamos envergonhados e incertos sobre o que trocar presentes poderia significar, então eu não deixei claro se ia ou não o presentear com alguma coisa. Corria o risco de ele descobrir o que eu sentia. E corria o risco de eu perceber que gostava mais dele do que qualquer um poderia prever.

Contudo, o motivo de sermos patéticos foi que tivemos que assistir ao mesmo filme duas vezes no cinema.

■■■

Deixei Leonardo em casa por volta das cinco da tarde e lhe dei um beijo demorado antes de ir para o meu apartamento.

Mas, quando me vi saindo do bloco verde do condomínio, antes que eu pudesse entrar no vermelho, de súbito me surgiu um ímpeto. Peguei meu carro e saí o mais rápido que pude. Voltei uma hora e meia depois, tocando sua campainha repetidas e incômodas vezes, só para ter o prazer de ver sua cara mal-humorada ao abrir a porta.

– Qual é o seu problema, garoto? – Ele me olhava feio, com cara de quem estava tirando um cochilo.

– Comprei uma coisinha pra você – falei animado, erguendo a sacola em minha mão.

– É o que eu tô pensando? – Suas feições mudaram para agora parecer impacientemente feliz.

– Sim – respondi sorrindo e ele me puxou para dentro do seu apartamento, trancando a porta e me guiando para o meio da sala enquanto corria, segurando meu pulso.

– Tô pronto!

Ah, ele falou de um jeito tão bonitinho que quase desisti da brincadeira. Mas lhe entreguei a sacola mesmo assim. Ele ia tirando a embalagem com toda a felicidade do mundo quando suas expressões desapareceram e ele tirou a coleira com uma mão.

– Isso é sério? – perguntou, parecendo decepcionado, a corrente pendurada à coleira balançando no ar.

– Olha bem, olha bem – estimulei, até que ele viu o nome dele gravado no metal, ao lado de dois pequenos ossos e, embaixo, estava o número do meu celular, caso eu, por acaso, perdesse o meu cachorro chamado Leonardo.

Leo riu, balançando a cabeça, desacreditado.

– Você é tão ridículo – disse indignado enquanto eu ria. – Isso é tão a tua cara, nem sei por que me impressiono.

– Ah, amor, comprei outras coisas também, mas pra gente brincar, sabe?

– E eu aqui pensando que você seria bonitinho comigo... – falou. Creio que ele não mediu sua sinceridade, mas eu sabia que ele estava falando do fundo do seu coração.

– Tá bem – eu disse, me rendendo. Cheguei perto dele e tomei os embrulhos de suas mãos, coloquei-os sobre o sofá.

Então tirei do bolso um colar simples, inteiro prateado e com uma placa cheia de números. Eu a coloquei em seu pescoço, passando pelos longos fios de seu cabelo, e ele parecia ter ficado leve como uma pluma enquanto acompanhava meus movimentos. Assim que seu novo acessório tinha sido colocado com sucesso em seu peito, ele olhou de perto todos os números, sem entender, mas sem se afastar de mim, que estava grudado nele.

— Que números são esses?
— Dia, mês, ano e CEP de onde a gente se beijou pela primeira vez. Só no caso de... sei lá, vai que eu me perca viajando pelo tempo e fique sem saber pra onde voltar. Aí eu só vou olhar pro teu colar e lembrar de um dos dias mais importantes da minha vida. — Dei de ombros, um pouco emocionado por realmente ter tido coragem de dizer o motivo daquele presente. Mas eu sorria. Sorria porque eu estava sendo honesto com o que eu sentia. Sorria e era o único de nós a sorrir, já que Leonardo não fazia muito além de me olhar, sem cor, sem piadas, sem palavras, só uma lágrima descendo silenciosa o seu rosto. Eu o abracei apertado até que ele voltasse à vida e me abraçou também. — Feliz um mês de seja lá o que a gente esteja fazendo com as nossas vidas.

Ele riu, deixando sua risada se soltar aos poucos e seu abraço ganhando mais significado.

Eu quase disse que o amava.

Mas, no mesmo momento, ele disse:

— Feliz primeiro mês desde que esse inferno começou!

E rimos mais um pouco antes de nos despedir.

■ ■ ■

No dia 24, tínhamos combinado que não iríamos nos ver. Véspera de Natal e essas coisas.

Ele disse que veria sua família, mas que, diferente dos anos anteriores, não ia agir como se estivesse tudo bem e simplesmente calar tudo o que havia dentro dele enquanto fingia simpatia. Nesse ano, tínhamos concordado que faria bem para ele tentar falar com seus pais, sua tia, seus parentes todos. Estar presente de verdade, e não só aquela presença superficial do cara extrovertido que não tem nenhum problema na vida.

Eu ficaria com meus pais e iríamos para a casa da minha tia, na cidade vizinha, aquele lugar sem graça e que só me faria sentir ainda mais saudade do meu bonitinho. Tínhamos um planejamento claro. Tínhamos nos visto oficialmente, pela última vez no ano, no dia anterior e então só nos falaríamos por mensagens ou ligações. Era um planejamento fácil. Era um planejamento simples e confortável. Contudo, talvez até mesmo ateus como eu tenham certo espírito natalino.

Eu percebi, enquanto tirava o lixo da cozinha e ia em direção à sala, que eu não estava sendo honesto.

Honestamente: eu *nunca* fui honesto.

Eu era a desgraça de um bissexual fingindo ser heterossexual com medo dos meus próprios pais. Talvez eles fossem me matar – um medo que tive desde muito pequeno. Mas talvez eles não fossem fazer nada.

Eu era a desgraça de um cara idiota e eu amava um outro cara idiota chamado Leonardo Guimarães e eu nunca fui capaz de dizer isso nem para mim mesmo e nem para ele. Tentei dizer isso para ele com uma música pelo Twitter, sem nem dizer que era para ele, mas não deu certo. E eu o amo. Eu amo muito aquele imbecil e ele não sabe.

E, se eu morresse naquele exato momento, eu teria morrido como um homem desonesto.

Como alguém que mente para os pais e mente para a pessoa que ama. E eu não queria ser desonesto.

Subitamente agitado pelos meus próprios pensamentos de culpa, larguei as sacolas de lixo no chão, chamando a atenção de meus pais que estavam no sofá. Senti meu coração bater na garganta e minhas pernas tremeram. Meus olhos arderam e ficaram molhados, mas eu estava decidido. Quero morrer como um homem honesto. Falei, da forma mais nervosa e aflita possível:

– Quero falar uma coisa e eu não quero que ninguém diga nada depois disso, está bem? Não é pra dizer nada. Vai ser como se eu nem tivesse falado. Eu sou bissexual e eu não quero que vocês me amem menos por causa disso, continuo o mesmo Benjamin de sempre, não muda nada – disparei. Meus pais me encararam sem expressão, com toda a atenção focada em mim. Eu só juntei as sacolas de lixo e caminhei apressado até a porta de saída do apartamento. – Pronto, agora já foi dito. Tchau. Não se fala mais nisso.

Assim que a porta bateu em minhas costas, eu quase perdi a cabeça. De todas as formas que já planejei contar aquilo aos meus pais, aquela foi a pior forma possível! Me contorci, desesperado, até sair do meu bloco e ir levar as sacolas de lixo correndo até lá fora. Como eu fui ridículo! Eu simplesmente... um dia antes do Natal eu só fui lá e... Agora, meus pais deviam...

Levei as duas mãos até a cabeça.

Ok. Preciso ser honesto. Preciso ser honesto. Preciso ser honesto.

Fui até o bloco verde e digitei a senha do bloco que eu sabia de cor. Pulei vários degraus até chegar ao último andar e, antes de tocar a campainha, percebi que Leo tinha deixado a porta aberta. Eu a abri e ouvi o barulho dele no chuveiro.

— Amor? — chamei.

Ele demorou algum tempo, provavelmente estranhando minha voz aparecer assim de repente.

— Bebê? Que que você tá fazendo aqui? — quis saber de lá.

— É que você deixou a porta aberta. Eu ia tocar a campainha primeiro. Mas eu só... ahm... queria te ver antes de ir.

— Ah, tá. Espera só eu terminar de lavar o cabelo que eu já saio.

— Tá bem — respondi.

E, com a respiração cortando todos os meus pensamentos e as mãos tremendo e suando, fui até seu quarto. Eu não ia conseguir dizer. Não ia conseguir dizer aquelas palavras e correr o risco de perder o seu abraço. Sendo realista, ele com certeza iria embora. Não tinha como ele não perceber daquela vez em que escolhi a música especialmente para ele. Ele com certeza suspeitava que eu sentia algo por ele, mas ele disfarçava. Ele com certeza não sentia nada por mim e era pelos meus sentimentos que iríamos acabar.

Mas eu queria morrer como um homem honesto.

Então foi com uma caneta azul que deixei que toda a verdade viesse ao mundo.

Grudei o recado na tela de seu notebook e o que viesse a seguir seria apenas o destino.

■ *Nota, em um post-it amarelo:* **Eu te amo.**

Honestamente,
Benjamin Park Fernandes

## Capítulo 17

## Honestamente: O Confronto

Honestamente: o mundo estava para acabar.

Tendo deixado o recado, o post-it que seria o nosso fim, ali, já não tinha muito por que eu ficar em seu apartamento.

Fui saindo devagar, levemente melancólico enquanto observava cada canto do seu quarto em que nos beijamos, rimos, corremos atrás do outro, escolhemos roupas para dormir, e todas as outras coisas que faziam meu peito ficar quentinho. Eu ia sentir falta de tudo aquilo. Existe a probabilidade de eu ter entrado em uma grande cena melodramática, mas as lágrimas que queriam cair de meus olhos me pareceram bem justificáveis.

Respirei fundo, sendo racional de verdade. Ele e eu éramos homens crescidos e logo ele me chamaria para conversar sobre aquilo, então eu não poderia tirar conclusões precipitadas.

Antes de deixar o seu apartamento, ele abriu ansiosamente a porta do banheiro, o peito ainda meio molhado, os cabelos pingando e uma toalha amarrada na cintura. Meu olhar correu de leve pela sua pele tatuada, mas só se prendeu em seu rosto, em seus olhos enormes e castanhos, no sorriso bobo e alegre que tinha ao me ver.

– Ei, amor, você ainda está aqui! – falou, comemorando minha presença.

Tive medo de nunca mais ver aquelas feições ou ouvir sua voz naquela tonalidade.

– Estou. Boa sorte hoje – desejei.

– Obrigado – ele sorriu sem jeito, logo pegando em cima da pia o colar que dei no dia anterior e o colocou rapidamente. – Só tirei pra tomar banho, mas estou usando, viu?

Meu peito apertou. Ergui o pulso direito, mostrando minha pulseira e seu sorriso se alargou. Senti suas mãos caminharem para minhas costas e eu não sabia se ele só planejava me abraçar, se só queria me trazer para perto ou o que queria fazer, mas segurei seu rosto entre minhas mãos e beijei fervorosamente sua boca, meu corpo transbordando sensações confusas enquanto sentia suas formas, seu toque, seu cheiro e seu calor assim de perto. Estava com medo de sentir saudade. E nem liguei de molhar meus dedos em seu cabelo.

Quando nos afastamos, quase sem ar, bocas inchadas e avermelhadas, cabeça enuviada de pensamentos... meus olhos até estranharam a luz quando se abriram. Eu só queria que aquele não fosse um beijo de despedida.

— Vai dar tudo certo, amor — falou, me confortando ao perceber alguma estranheza em meu olhar.

— Tá bem — concordei em um tom pouco convincente. — Vai dar tudo certo pra você também. Até ano que vem.

— Até ano que vem — repetiu rindo de um jeito inocente e eu me senti muito mal de estar enganando aquele homem.

Roubei um selinho de seus lábios por impulso antes de sair, e sussurramos tchau um para o outro. Quando estava prestes a abrir a porta, Leonardo se apressou a alcançar o corredor, erguendo a voz:

— Ben, espera!

Virei, alarmado. Não tinha dado tempo de ele ver o meu bilhete. Ele ainda não sabia que eu o amava. Não entendi qual era o motivo de tamanha urgência.

— O que foi?

— Eu só... Eu... Eu preciso te dizer que... — Ele apertava o tecido molhado da toalha entre seus dedos, seu olhar correndo pelos cantos inferiores do cômodo, e sua respiração ainda estava ofegante, talvez pelo beijo. — Eu... — ele tentou outra vez, lutando, lutando de verdade contra si mesmo, mas parece que perdeu a luta. Fechou os olhos em seguida, expulsando todo o ar dos pulmões antes de balançar levemente a cabeça. Sua postura pareceu mudar e seu olhar pareceu um pouco mais frio quando finalmente disse: — Nada. Eu... Eu vou te ver outra vez, você não vai embora, certo? Você vai voltar pra mim, não vai?

— S-Sim — gaguejei, completamente alheio ao que ele poderia estar pensando.

— Só se cuide, tá bem?
— Tá. Você também — respondi, desconfortável, sem realmente conseguir me conectar com seus pensamentos.
Ele assentiu. E era em momentos como aquele que eu me odiava por ser tão pessimista. Aquilo não podia ser uma despedida definitiva, mas, por algum motivo, era o que parecia. Parecia que ele nunca mais falaria comigo quando descobrisse que eu o amava, porque seria problema demais para ele.
Eu fui para casa. Abri a porta como se esperasse o apocalipse. Meu corpo suava frio. No mesmo dia, eu me dispus a perder o homem que eu amo e a confiança e o amor de meus pais só para ser a merda de um bom garoto honesto. E por causa daquela ideia de honestidade, eu estava tão nervoso que faria de tudo para desaparecer por um dia ou dois, até conseguir voltar para resolver tudo.
Mas eu tinha que encarar. Eu tinha.
Meus passos eram lentos e cuidadosos, como se não quisesse despertar duas grandes feras que descansavam no sofá da minha sala. Meus olhos estavam arregalados e acho que havia tanta adrenalina em meu sangue, que era como se eu estivesse fugindo de um monstro ou caçando alguma besta.
— Ah, filho, você voltou. Você tá com as malas prontas pra gente ir? — Minha mãe me encarava com um olhar sóbrio, nada diferente do habitual, assim como meu pai o fazia por trás dos óculos.
— Ir pra onde? — O alarde riscou seco a minha voz.
— Pra tua tia, menino, já esqueceu?
— Ah — relaxei. Por um segundo achei que estivesse me expulsando de casa. — Já, eu arrumei ontem.
— Eu falo pra você que ele é igual a mim quando viaja — meu pai disse como se quisesse congratulações.
— Pegou suas lentes? — minha mãe perguntou.
— Peguei.
— Óculos?
— Peguei.
— Escova de dentes?
— Peguei.
— Carregador de celular?
— Peguei também.

— Ótimo, você me dá muito menos trabalho do que o seu pai — sorriu, brincando.
— Eu não disse *uma* palavra — meu pai se defendeu.
— Filho, você quer que a mãe dirija ou você quer tentar ir dirigindo? — perguntou.
E eu realmente não entendi o que estava acontecendo ali.
— Eu dirijo, mas, espera... — Ajeitei meus cabelos para trás, agitado. — Alguém ouviu alguma coisa sobre o que eu disse antes de ir levar o lixo?
— Ouvimos — meu pai replicou, indiferente.
— E o que eu disse? — quis ter a certeza.
— Que você é bi — ela falou como se dissesse qualquer outra coisa banal do seu dia a dia.
— E então? — falei, desesperado, quase pedindo pela punição.
— Você disse pra gente não falar sobre isso. Você quer falar sobre isso? — perguntou minha mãe, que me olhava de um jeito dócil e um pouco confuso, seus olhos tinham o mesmo formato angulado dos meus, enquanto meu pai parecia ter a mesma expressão de sempre.
E não pareciam descontentes.
— E... E tá t-tudo bem? — murmurei, a garganta doendo, os olhos ardendo.
— Filho, está tudo bem. A gente te ama do jeito que você é. Se quiser conversar sobre qualquer coisa, estaremos aqui. Mas se não quiser, tudo bem. Não faz a menor diferença, pra gente, de quem você gosta ou não, seja quem for, desde que seja uma boa pessoa. Você vai continuar sendo nosso filho e vai continuar sendo amado. Não tem nada de mais aqui. — A voz serena dela me alcançou de um jeito que amoleceu minhas pernas.
— Você é a mistura do que nós projetamos e as suas próprias experiências, a sua vida. A gente planejou um bom filho, e o melhor filho está na nossa frente, preocupado com a gente enquanto a gente tá só aqui, observando e admirando, cheios de orgulho. Apesar do piercing que eu acho que te faz parecer um boi bravo, e de você ser a cara escarrada da sua mãe e não parecer em nada comigo... de resto, pra mim você já alcançou todas as expectativas — ele falou com um curto riso ao final, fazendo minha mãe sorrir de um jeito que me fez engasgar.

Acho que eu estava tropeçando em preconceitos até então – achava que minha mãe, por ser descendente direta de meus avós coreanos, que tinham outra cultura e eram muito tradicionais, teria uma visão mais fechada. E achava que meu pai seria homofóbico simplesmente por ser homem. E não tinha nada a ver. Eles ainda me amavam! Era tão surreal que uma lágrima caiu sem que eu percebesse que estava chorando. Levei as mãos à cabeça, bagunçando meu cabelo, sem conseguir enxergar um cisco à minha frente, de tão tomada que minha visão ficou pelas lágrimas.

— Nossa, eu amo tanto vocês – sussurrei, começando a chorar de verdade, feito uma pequena criança desesperada.

— Vem aqui com a mãe um pouquinho – ela chamou e eu simplesmente fui, desavergonhadamente sentando no colo de meus pais, cobrindo o rosto com as duas mãos para esconder meu choro, enquanto eles me abraçavam.

E, desta forma, pelo menos um pouco da vida pareceu mais simples.

■ ■ ■

Pensei em mandar uma mensagem para Leonardo perguntando se havia achado minha confissão de amor, mas acabei passando mais tempo distraído do que o previsto.

Eu não podia contar a ele que me abri com os meus pais. Fiquei com medo dele ligar um ponto ao outro e se sentir pressionado a retribuir meus sentimentos, só porque "fiz aquele sacrifício por ele". Não queria que ele se sentisse pressionado de forma alguma. E também não queria contar aos meus pais que amava Leonardo Guimarães. Corria o risco de, quando janeiro começasse, voltarmos apenas a ser amigos e eles ficariam muito confusos com a nossa relação. Então, separei o "Eu te amo, Leo", do "Pais, eu sou bissexual".

Meus pais foram no banco traseiro do carro, disputando pedra-papel-tesoura para saber quem escolheria a próxima música, e eles equilibraram bastante o placar, em uma ótima playlist com Joan Jett & The Blackhearts, KISS, Led Zeppelin, Aerosmith, Queen, Beatles, e pararam de ouvir música para falar mal do síndico, do vizinho de cima, do vizinho do lado, de uma tia doida do meu pai, e de algumas pessoas dos trabalhos deles. Então retornamos à música e, ao todo, a viagem foi bem mais leve e divertida do que costumava ser. Chegamos em segurança, descemos do carro e estava tudo bem. Nada tinha mudado, mas eu estava mais tranquilo sem ter que mentir.

Honestamente: sentia-me muito mais confortável em só aproveitar um tempo com meus pais do que ter que perguntar para Leo quando ele ia querer terminar comigo.

Para minha surpresa, não precisei ir falar com ele. Ele mesmo me enviou uma foto e senti minha espinha congelar. Abri a mensagem e não tinha muita coisa além dele, lindo. Vestia uma camisa social branca, o cabelo amarrado de um jeito que eu nunca tinha visto antes, a franja presa para trás em um pequeno rabo de cavalo e a grande maioria do cabelo solto. Fazia o símbolo de V de vitória com os dedos e projetava seus lábios em um beicinho de beijo. Dois botões da sua camisa estavam abertos, mostrando um pouco da sua pele. Dava para ver seus alargadores, mas o acessório que mais chamava atenção estava bem exposto em cima de suas vestes, no seu peito: o colar que lhe dei.

Sorri, extremamente bobo. Ele era muito bonito. E ainda estava usando aquilo assim, à vista, quando era para usar escondido dentro da roupa... só me fez ficar contente e meio idiota enquanto não deixava de sorrir.

A mensagem dizia:

[24/12 17:32] Leonardo: amor, olha e me diz se eu não tô a cara do estereótipo do gay religioso
[24/12 17:32] Leonardo: apenas olha e me diz

Com o contexto, considerei que havia duas opções. Ou ele sabia que eu o amava e ia continuar fingindo que não sabia/não se importava em terminar comigo porque ele deixaria eu me afastar quando eu decidisse que me faria mal, ou seja, não faria nada; ou ele ainda não tinha descoberto e eu é quem iria fingir que não disse nada.

Em algum momento aquele post-it viria à tona, mas, de todo jeito, não precisava ser *naquele* momento.

[24/12 17:32] Benjamin: HAHAHAHAHAHA você tá tão bonito, que droga 🖤

Improvisei uma foto qualquer, fingindo certo olhar de desprezo ao meu redor — sem que meus parentes ali junto comigo percebessem. Ficou uma mistura de bonito com bobo e engraçadinho, por isso enviei.

[24/12 17:33] Benjamin: Cheguei faz pouco tempo nessa cidade chatíssima.
[24/12 17:33] Leonardo: UAU QUE LINDO ♡♡♡♡♡♡♡♡♡♡♡
[24/12 17:33] Benjamin: Por um lado fico contente porque, visualmente, os rostos deles parecem com o meu. Mas, por outro, não vivencio nada da cultura coreana no meu dia a dia, e só me sinto um peixe fora d'água. Tanto aqui, que parecem comigo, mas não são como eu, quanto na nossa cidade, que são como eu, mas não se parecem comigo.
[24/12 17:33] Leonardo: ah, digamos que você é um exemplar único e incrível, tanto na nossa cidade quanto aí onde você está, e tudo bem
[24/12 17:33] Benjamin: Obrigado. Mas eu só queria ser um exemplar único e incrível lá no seu apartamento, mas acabei de chegar, então...
[24/12 17:33] Leonardo: e eu que cheguei agora na casa da minha vó porque estava comprando o presente do amigo secreto até agora há pouco?
[24/12 17:34] Benjamin: Amor, me diz que você não deixou pra comprar o presente do amigo secreto faltando cinco horas pro amigo secreto.
[24/12 17:34] Leonardo: em minha defesa eu tirei a minha vó e comprei pra ela uma travessa de vidro que ela queria, daí descobri que ela já tinha comprado uma pra ela mesma e aí fui correndo comprar uma escultura de cerâmica de 40cm pra ela
[24/12 17:34] Leonardo: é uma coruja, ela adora coruja, e peguei também uns panos de prato
[24/12 17:34] Leonardo: ELA VAI AMAR!!!!!!
[24/12 17:35] Benjamin: Aaaaaa, sim. Bonitinho. Bem cara de gente velha ganhar e gostar de umas coisas dessas hahahaha. Seus pais tão por aí já?
[24/12 17:35] Leonardo: ainda não. vou tentar falar com eles antes do amigo secreto, mas com calma... me deseje sorte pois precisarei.

[24/12 17:35] Benjamin: Oh, amor. Qualquer coisa eu tô por aqui se quiser ligar pra conversar, tá?
[24/12 17:36] Leonardo: você que ouse dar meia-noite e CINCO e você não ter me dado feliz Natal, eu vou até aí destruir a sua festa.
[24/12 17:36] Benjamin: Eu não ousaria fazer isso com o meu bebê, não se preocupe. Vou até colocar um alarme aqui, meia-noite e UM e já estarei te ligando ♡
[24/12 17:36] Leonardo: sabe qual é a merda?
[24/12 17:36] Benjamin: O quê?
[24/12 17:36] Leonardo: não tem UM gatinho aqui pra me beijar, poxa vida
[24/12 17:36] Benjamin: VOCÊ É MUITO RIDÍCULO KKKKKKKKKKK KKKKKKKKKKKKKKKKKKKKK

Bem. Talvez o mundo ainda fosse acabar, mas ele poderia esperar mais um pouquinho enquanto eu aproveitava mais alguns momentos como aquele.

Honestamente,<br>
Benjamin Park Fernandes

## Capítulo 18

## Sinceramente?

Sinceramente? A única coisa que me fez mais forte foi saber que, lá da cidade vizinha, havia um baixinho torcendo por mim.
 Véspera de Natal! Muita comida, barulho e diversão!
 Sorri para todo mundo da minha família e lhes dei vários abraços, até nos meus tios homofóbicos que foram obrigados a me engolir e agora agiam como se eu nunca tivesse beijado outros caras, tudo para que houvesse uma boa convivência entre nós. E, de fato, convivíamos muito bem. Ou éramos ótimos atores. Quem é que vai ligar para isso em uma véspera de Natal? Existe alguém no mundo que não quer dar um tapa em absolutamente *ninguém* da mesma família? Creio que não e essa é a definição de família, afinal de contas.
 — Oi, filho — minha mãe me disse em um tom de voz morno, meu pai caminhando até mim para me roubar um abraço.
 — Oi, mãe — falei mecanicamente, mas sorri com toda a sinceridade quando disse: — Oi, pai.
 Meu irmão me encarou de longe com aquela expressão arrogante de sempre e eu o cumprimentei com um aceno de cabeça. Ele só aquiesceu. Arrogante insuportável, quem é que precisa de você, seu imbecil? Que bom que não se aproximou.
 — Desde que horas você tá aqui? — perguntou meu pai, sorrindo por trás do bigode.
 — Eu acho que desde as cinco — contei e eles me puxaram para um canto do sofá, onde só nós três ocupávamos a área.
 — Mas e o trabalho? — Minha mãe franziu as sobrancelhas.

— Fui demitido. — Apertei um lábio contra o outro, encolhendo os ombros.

— Mas por quê? — desolado, meu pai precisava saber.

— Eles costumam demitir várias pessoas perto do Natal e aí contratam um pessoal temporário pra ganhar menos. Assim eles conseguem economizar e lucrar muito mais, pra começo de conversa. Além disso... eu não conseguia me dedicar 100%. Acho que deixei a desejar um pouco nas últimas semanas. Eu tenho andando meio... mal — admiti, e aquilo nunca foi tão difícil.

Falar com todas as letras que precisava de ajuda, não só feria meu orgulho, como também parecia ser uma bola de pregos afiados subindo pela minha garganta e depois cortando minha língua e minha boca enquanto saía. Quanto mais eu tirasse aquilo de dentro de mim, maior seria o estrago.

— O que houve, filho? — minha mãe quis saber, tentando olhar no fundo dos meus olhos, ainda que eu desviasse o olhar.

E, ao ouvir aquela pergunta, eu travei. Havia muita coisa dentro de mim. Só de ter que encarar o que eu carregava dentro do peito, já era tumultuado e doloroso demais, eram memórias demais, eram sentimentos demais, eram incertezas demais, era tudo demais e eu era só um cara.

Sinceramente? Eu precisava muito de ajuda.

Aos sentir meus olhos se inundando, tentei controlar minha respiração para não parecer o grande covarde que meus pais odiavam, então ajeitei minha postura e disse:

— Desculpa. Eu só preciso de um minuto.

Levantei do sofá e caminhei até a rua, vendo algumas pessoas passando de carro e outras a pé. Abracei meus próprios braços, tentando me lembrar de como me manter inteiro, e eu sempre me perguntava: o que Ben faria agora? Que conselho ele me daria agora? Como ele me encheria o saco para me fazer olhar por outro ângulo? Aos poucos fui me acalmando, inquieto ali na calçada, até que ouvi aquela voz que me arrebentou inteiro.

— O que foi, filho? — minha mãe insistiu.

E bastou aquela pergunta para que meu queixo voltasse a tremer, ainda que eu estivesse de costas para ela. Fiquei em silêncio, balançando levemente a cabeça para que ela e meu pai voltassem para dentro da casa, mas então ela repetiu:

— O que tá acontecendo?

Ali, eu desabei. Porque ela fez parecer que eles se importavam, e talvez eu só precisasse de um abraço. Talvez tudo fosse mais simples e eu só precisasse saber que eles se importavam. Permaneci calado, quase que adestrado pelo Benjamin. Palavras podiam expor e tornar frágil uma pessoa, assim como também podiam estragar momentos. Naquele instante, eu não queria correr riscos. Queria ficar nem que fosse com a ilusão de que meus pais realmente se importavam comigo, então mantive minha boca bem quietinha. Que bem eu faria falando a verdade?

Mas eu senti meu pai me abraçar e foi somente a sua cabeça encostar em meu ombro que meu corpo inteiro passou a tremer como se eu fosse desmoronar, da cabeça aos pés.

— O que houve, filhote? — meu pai perguntou mais uma vez e eu ainda tentei me fazer de forte.

— Muita coisa — disse amargo, tentando desviar do assunto.

Mas, na sinceridade? Eu nem tinha certeza se eu conseguiria mesmo me organizar em palavras naquele instante. Aí minha mãe também me abraçou.

— Você sabe que a gente te ama muito, não sabe?

E, dá pra prever? Chorei ainda mais, se é que isso era possível.

— Amam mesmo? — me permiti perguntar, sentindo o mundo inteiro em tempestade sobre minhas costas.

Então quem chorou foram eles.

— Podemos não ser os melhores pais do mundo, mas a gente te ama — minha mãe falou com a voz torta e eu vi, ali, que eles estavam baixando a guarda para mim, para que eu pudesse fazer o mesmo.

— Às vezes eu só consigo me sentir perdido e sozinho, como se ninguém realmente me quisesse por perto e eu não fizesse parte de nada nesse mundo. Não me encaixo financeiramente, academicamente, socialmente, amorosamente, e até na minha família parece que sou o que deu errado. E... eu fico me sentindo assim... insuficiente, inútil, odiado, sozinho e, definitivamente... muito dramático. — Tentei rir por entre as lágrimas ao final do meu relato, mas ninguém riu de verdade, nem mesmo eu.

Minha mãe secou minhas lágrimas. E disse, do fundo mais escuro e apertado do seu coração:

— Me desculpa.

Eu chorei ainda mais, mesmo sem a explicação do que dizia. Meu pai apertou meu ombro, com pequenas palmadas em minhas costas, e fomos nos esconder dentro do carro para podermos conversar.

→ → →

Depois de algumas lágrimas e muitas palavras e abraços demorados, tudo parecia bem mais tranquilo.

O amigo secreto tinha recém acabado quando me sentei lá fora e olhava para o meu celular enquanto arrumavam a mesa para servir a ceia. Tirei a capinha preta que usava de proteção para meu celular e encarei o post-it que deixei secretamente ali, para usá-lo como remédio quando precisasse olhar para algo que me confortava, ou, quem sabe, só para lembrar de Ben e me sentir próximo a ele.

Li algumas vezes a sua letra bonita:

■ *Nota, em um post-it amarelo:* **Eu te amo.**

Pensei um pouco no assunto, mesmo que já tivesse tomado minha decisão. Ele provavelmente disse aquilo da boca para fora, só para fazer um charminho. Era impossível ele me amar mesmo. Era impossível qualquer pessoa no mundo gostar de mim de verdade.

E ainda que, suponhamos que fosse pra valer, de que adiantaria ele me amar se a gente não pudesse ficar junto? Ele ia querer ter um namorado em segredo para esconder dos pais e depois arranjar uma namorada de mentirinha só para disfarçar? Eu precisava mesmo me contentar em ser somente o seu plano B pelo resto dos tempos? De que ia adiantar querer estar com alguém que nunca realmente estaria comigo? Alguém que não me namoraria, alguém que não deixaria que soubessem que existo?

Eu o amava, eu definitivamente o amava, mas o que é que a gente podia fazer com aquele sentimento naquele momento? Eu não estava disposto a me machucar. A falar com ele e ele dizer "foi brincadeira", ou pior: "Eu te amo e é por isso que a gente tem que se separar agora, já que a gente não pode ficar junto." Então eu só consegui fingir que não tinha achado aquilo. Deixar para mais tarde pelo mais puro medo de perder o meu baixinho.

Sinceramente? Mesmo que meu coração tenha acelerado e eu tenha ficado feliz e em choque, achei melhor fingir que nunca tinha encontrado aquela confissão.

Aquele post-it continuaria eternamente escondido no meu celular, com a capinha cobrindo-o e o tornando segredo. Era melhor e me fazia bem acreditar que eu amava Benjamin de verdade, e ele também me amava, *de verdade*.

— Oi! — ele atendeu minha ligação
— Amor, você pode falar agora? — perguntei.
— Só um segundo — ouvi enquanto parecia se deslocar e fechou uma porta que isolou bem distante o barulho e a música que sua família ouvia ao fundo. — Oi, amor, tô ouvindo. Tá tudo bem?
— Eu tenho tanta coisa pra te contar que nem sei por onde começo! — soltei e ri euforicamente e ele pareceu relaxar do outro lado da linha.
— Como foi?
— Amor, foi muito legal! — Respirei fundo para começar a falar, e até isso achei bonitinho entre mim e Ben. Ele sempre me ouvia falando, não importava quanto tempo eu usasse para contar minhas histórias enormes. Ainda assim, tentei resumir anos de atrito: — Primeiro, eu disse que estava com umas dificuldades na vida, eles me abraçaram e falaram que me amam. Daí a gente foi pra um canto e minha mãe disse que começou a fazer terapia há algum tempo e toda a estrutura lá em casa mudou um pouco, eles se permitiram ser mais sensíveis e flexíveis. Eles refletiram sobre várias coisas e uma das coisas foi sobre o filho caçula aqui. Eles falaram que meu irmão realmente tem uma personalidade mais parecida com a deles e por isso eles tinham mais facilidade, mas ainda assim tinham feito várias coisas erradas na criação dele, tentando acertar. E, comigo, eles não sabiam direito como lidar, e por eu às vezes me excluir eles acabaram pensando que era eu quem não estava interessado neles. Porque sempre fez parecer que eu era autossuficiente e que eu não via a hora de me ver livre deles, sendo que eu só não sabia me encaixar e eles não sabiam como me acolher. Tomei um tempo para respirar e ele permaneceu quietinho para me ouvir, dizendo apenas alguns "uhum" aqui e ali.
— Eles admitiram que eles... se permitiram mimar meu irmão porque achavam que estavam fazendo o certo, e que hoje eles enxergam que não estava assim tão certo. Já o filho que eles pegaram pouco no

colo não sabe como... não sabe como realmente se abrir e se apegar às pessoas e faz de tudo pra ser independente de um jeito que até se isola. Então... Ah, foi uma conversa bem longa e a gente citou e comentou vários eventos específicos de todos os anos em que morávamos juntos. Eu entendi que eu, em algum momento da minha vida, realmente me fechei pra eles. Eu estava mesmo fechado pra eles até agora há pouco. E, do mesmo jeito, eles se fecharam para mim achando que eu não precisava deles. Tudo porque somos bem diferentes. Mas aí eles disseram que sentem a minha falta, que eles erraram e que queriam aprender a me tratar melhor, aprender a ficar bem comigo porque da mesma forma que eu precisei dos meus pais e senti falta deles, eles precisavam do caçula deles também.

Ao terminar de dizer, engasguei um choro e minha respiração tremeu quando tentei me concentrar. Ele riu do outro lado.

— Você tá chorando, amor?

— Que inferno, Benjamin! — respondi erguendo a voz, ele rindo mais um pouco.

— Você é muito bonitinho, que saco! — reclamou, sem deixar de rir.

— Ah, mas é que eu fiquei feliz e me impactou muito, sabe? Eles disseram que todas as pessoas erram e que ser pai e mãe era um desafio muito grande, porque os seus erros podem mudar a vida toda de quem você, na teoria, só quer o bem. E isso me marcou muito, pensar assim. Que se eu, neste momento, tivesse um filho, eu também erraria muito. Todo mundo erraria e todo mundo erra. Aí eles me pediram a chance de acertar porque eles me amam e querem que eu volte a fazer parte da vida deles.

— Ah, amor, que bonito isso. Mas *fazer parte* como? — quis saber, tenso.

— Sabe, fazer parte. Eu não tenho planos pra voltar a morar com eles, até porque eu já paguei várias parcelas do apartamento pra tia. Mas eles se dispuseram a pagar mais de metade das minhas parcelas e, sempre que eu precisar, eles vão estar ali pra me ajudar com tudo. Afinal eles já sustentam meu irmão, não é? Então me ajudar não vai fazer mal. Confesso que o meu ego ficou um pouco ferido, mas foi bom. Aí eles querem que eu vá almoçar com eles de vez em quando, querem que eu vá dormir lá de vez em quando, e... enfim. Tentar me colocar de volta ao *seio familiar*. Bonito isso, né?

— Que bom que eles vão te ajudar com as finanças, eu... — ele comentou, e pelo som parecia sorrir de um jeito nervoso e aliviado.
— Eu achei que você fosse voltar a morar com eles. Não que isso tenha qualquer coisa a ver comigo, também. Só que... enfim. É-É bom que foi tudo muito melhor do que o esperado. Sério, tô feliz demais sabendo disso porque sei como isso te machuca.
— Sim! E até sobre o meu irmão eu acabei mudando de ideia. No final, acho que todos nós escondemos uma história e sempre estamos, no fundo, só tentando sobreviver.
— O que tem o seu irmão?
— Ah. Então, você lembra que eu te disse que ele não trabalha há muito tempo e só voltou a viver há uns três anos? Você se lembra disso?
— Sim.
— É que ele ficou internado um bom tempo — comentei. E eu sei como Ben odiava quando eu lhe contava histórias daquela forma, aos pedaços, enquanto ele gostaria que eu fosse direto ao ponto.
— Ele *o quê*?
— Ele ficou internado em uma clínica psiquiátrica por alguns meses. Eu tinha dez anos e eu nunca fiquei sabendo, na época, estava passando uns tempos na minha tia que mora na praia. Mas as coisas que aconteceram pra desencadear a crise dele foram bem sérias.
— O que houve? — se apressou a perguntar, ansioso.
— Ele tinha uma namorada desde que tinha uns quinze. Quando eles estavam pra fazer dezoito, eles combinaram de casar e só meus pais sabiam disso, iam ajudar os dois a organizar o casamento e tudo. Nesse meio tempo, a minha ex-cunhada engravidou e eles ficaram muito felizes, mas, também, tudo isso foi em segredo e eu, um pirralho preocupado em jogar bolinha de gude, não fiquei sabendo de absolutamente nada, ou se soube eu não lembrava. Ela foi viajar pra cidade da avó dela pra contar pessoalmente, mas o ônibus em que ela estava capotou e ela morreu.
— *Nossa...* — Benjamin murmurou, nitidamente tapando a boca em seguida.
— É. Em um dia ele perdeu a futura esposa e o filho. Aí ele entrou em crise e teve que ser afastado pra que pudesse ter o tratamento necessário. Ele tem algumas cicatrizes até hoje, porque ele se machucava muito, sabe? Meus pais tentaram esconder de mim porque era muita

informação e eles já tinham sentido que falharam 100% como pais, tendo o filho mais velho destruído daquela forma. Porque a vida dele nunca mais foi a mesma e esse assunto é um segredo absoluto na família. *Ninguém* fala sobre isso. Ele agora tá com trinta e faz literalmente três anos desde que se formou e só ano passado ele conseguiu arrumar um emprego e permanecer nele.

    Respirei fundo, medindo tudo o que sabia sobre meu irmão, julgando o quanto de maldade existia em alguém bom e o quanto de bondade alguém machucado conseguiria produzir. Continuei:

— Ele foi um bosta como irmão porque ele sempre foi imaturo e queria se divertir comigo, mas não era com a intenção de me machucar de verdade, sabe? Eu acho que, pra ele, ele só estava brincando. Nunca planejou... estragar a forma com que meus pais me viam, como eu via meus pais e o mundo. Meus pais estimulavam sempre a competitividade entre nós e também não foram muito atenciosos comigo durante os anos, mas eu acho que era muita coisa acontecendo ao mesmo tempo. No fundo, eu acho que acabaria dando mais atenção pro meu irmão do que a mim se estivesse no lugar deles.

— Você também merece atenção, Leo — ele lembrou e eu abri um sorriso curto.

— Sim. Eu sei. Mas na época eles não conseguiram me dar essa atenção e hoje eu entendo. As pessoas erram. O meu erro foi não ter conseguido chegar neles em momento algum da minha vida e dizer a verdade, pedir ajuda, mostrar que... que eu gostava deles e que precisava deles. E eu acabei só mostrando o oposto, mesmo sem querer. Aí eles responderam, também não demonstrando muito afeto. Ouvir eles dizendo que me amam realmente me deixou de um jeito que, *putz*, que bom que você não tava aqui pra me ver chorando — brinquei e ri.

— Claro que não! Se eu estivesse aí eu teria te dado tanto beijinho que você não ia nem conseguir chorar! Imagina se eu ia deixar o meu amor chorando! — gracejou e eu continuei sorrindo, agora, quase chorando. — Que bom mesmo que vocês conseguiram ter essa conversa. Até odeio menos o seu irmão sabendo disso e até gosto dos seus pais depois de hoje. Mas, sabe, eles teriam que ser muito idiotas pra não amarem você.

    Ao ouvir as últimas palavras, falei apressado antes que Ben pudesse dizer qualquer outra coisa e antes que eu, abobado, pudesse pensar em qualquer outra coisa. Afinal, Ben queria dizer alguma coisa com aquilo? Então quem não me amava era idiota?

Sinceramente? Benjamin era idiota?

E por que é que eu estava dando tanta importância para aquelas indagações?

— E eles querendo saber das novidades foi mesmo muito fofinho da parte deles, porque eles realmente me ouviram. Eu fiquei um pouco... chocado? Ainda que eu começasse a chorar por nervosismo e... tudo ao mesmo tempo, eles me ouviram do mesmo jeito.

— E o que você tanto contou pra eles? — perguntou Ben.

— Sobre a faculdade. E sobre o apartamento, que eles só entraram uma vez ou outra, e só de passagem, para esperar eu me arrumar quando a gente ia junto a algum evento de família. E também sobre... assuntos do coração — falei um pouco mais baixo, envergonhado.

— Hum, ah, é? — Ele parecia sorrir. — E você falou de mim?

O tom malicioso de voz daquele homem me fez estremecer antes de falar:

— Eu falei que eu estou saindo com alguém.

— Falou que era um cara?

— Falei. — Tentei dar naturalidade à situação, pronto para mudar de assunto.

Porque o que falei para meus pais foi literalmente "estou apaixonado por um cara chamado Benjamin, ele é perfeito, a gente tá saindo, mas acho que não vai dar em nada".

— Você não falou que era eu? — insistiu.

Tive arrepios severos. Benjamin Park, quando foi que você começou a flertar comigo tão tranquilamente assim, seu cara de pau? E como é que ele sabia que eu tinha falado dele? Eu não só confessei como mostrei fotos dele porque eu era um idiota que falava demais e eu sempre acabo falando tudo quando sou pressionado.

— Você ficaria muito chateado se eu disser que mostrei uma fotinho ou outra? Mas, assim, coisa básica, sabe, nada a ver — disse e ri, sem jeito.

— Eu, honestamente, ficaria bem chateado se você não tivesse mostrado — contou e eu, por algum motivo, dei o sorriso mais bobo da noite.

— Tô com saudade de você — deixei escapar, já me arrependendo em seguida e levando minha mão até a testa para me repreender. Que inferno, por que eu tinha que ficar falando aquele tipo de coisa?

Benjamin bufou e ficou em silêncio. Não fazia vinte e quatro horas desde que o vi pela última vez, por que merda eu tinha que ficar dando com a língua nos dentes? Qual seria a próxima coisa que eu deixaria escapar, "eu te amo"? Leonardo, qual é o seu problema?

Mas ele murmurou:

— Eu já tô morrendo de saudade de você.

Sinceramente? *Eu amo tanto aquele desgraçado.*

— Então, sorte a nossa que você tá fazendo academia e tá bem fortinho, aí você pode me pegar no colo assim que a gente se vir na próxima vez, o que acha?

— Você com 1,85m e eu com 1,74m, e você quer que eu te pegue no colo, é isso?

— Eu quero um carinho, só — falei em um tom manhoso e o ouvi respirar daquele jeito que só fazia quando estava cedendo aos meus charmes.

— Que merda que janeiro não chega logo! — resmungou.

— Uh, janeiro é aniversário do meu baixinho favorito.

— Que aniversário o quê, qual a graça disso? Um ano a mais que vivi sem ter feito nada de significativo. Mais um ano desperdiçado e aí vamos lá fazer um bolo pra comemorar a derrota que eu sou.

— Benjamin Park! — ergui a voz para que parasse com aqueles seus discursos pessimistas.

— Ai, papai, ficou sério o negócio, me chamou até pelo sobrenome — ele falou e eu ri muito alto. Eu nunca o vi tão bem-humorado e parecendo tão leve, tão tranquilo consigo mesmo como esteve nos últimos dias.

— Se você não quer celebrar o seu aniversário o problema é seu, ninguém tá nem aí. Mas eu vou celebrar o seu aniversário, seus pais e seus amigos também porque a gente tá feliz porque você existe, então você só cale essa boca, apague a velinha e sorria pras fotos, tá me entendendo?

— Tá bem, tá bem! Só não me faça festa surpresa. É sério. É muito sério, amor, você sabe como odeio. Me deixa ajudar na organização.

— Certo. Estão me chamando pra comer, mas logo a gente se fala, tá bem?
— Uhum — respondeu ele. — Até depois, amor.
Sorri cheio de toda a doçura do mundo.
— Até — falei com o celular ainda junto de minha orelha e consegui notar o movimento que ele fez, provavelmente afastando o celular de seu rosto. Então eu ergui a voz: — Benjamin!
— Ah? Ah, oi, oi. O que foi? — sua voz se reaproximou da entrada de áudio de seu celular.

*Eu te amo* — confessei em silêncio, olhando para o céu abarrotado de estrelas, as folhas da laranjeira de minha avó brincando contra a brisa, as risadas dos meus primos pequenos correndo pelos cantos do terreno, e tudo, apesar da noite, era iluminado por pisca-piscas, com enfeites em vermelho e branco, com gosto do melhor feriado do ano.

Mas eu não usei a minha voz e nem movi a minha boca porque me faltou coragem.

O que fiz foi perguntar qualquer coisa para tentar me distanciar daquela vontade de me declarar para ele:
— P-Por... Por que você é ateu?
Sinceramente? Leonardo qual é o seu problema?
— Por que eu não seria? — rebateu, afiado.
— Você nunca acreditou em nada? Tipo, nunca? — Percebi, só depois da pergunta, que eu realmente tinha curiosidade em sua resposta.
— Ahm, na verdade, já. E foi por ter acreditado e não conseguido provas que desacreditei.
— Uhum, *detalhes* — exigi, porque ele sempre falava como se ninguém tivesse interesse em suas histórias, mas eu tinha, e como tinha!
— Você sabe o que realmente é ser filho único?
— Não — respondi, indo me sentar ao sereno, no banco de concreto a alguns passos dali.

E a experiência de conversar com Benjamin, sem ter os seus olhos para ver, era simplesmente horrível.

Sinceramente? Era eu quem já estava morrendo de saudade.

Mas, pelo menos, alguma coisa dele eu tinha, que era a sua voz. Ele continuou:
— Então. Não estou medindo dores ou querendo vencer em questão de experiências complicadas, não mesmo. Só que as pessoas costumam

ter uma visão de que filhos únicos não passam de pessoas mimadas e cheias de privilégios. Pensam que a gente tem tudo o que quer. Mas, no meu caso, foi uma infância muito mais vazia e silenciosa do que parece e as consequências também são bem chatas. – Ele limpou a garganta. – Não é que eu queira ser grosso e insensível, como muitas vezes pode parecer que sou – falou, e eu senti minha consciência pesar, porque eu mesmo disse aquilo várias vezes. – Mas a verdade é que... eu nunca tive com quem brincar, com quem conversar. O mundo pra mim era eu e os meus pais e fim.

"O que eles dissessem, pra mim era lei. E muitas vezes eu sentia que eram eles contra mim, porque é difícil pra uma criança entender que ela é uma partícula única, pequena e indefesa, mas que outras pessoas, mais velhas, eram da mesma unidade, só que com mais tempo vivido. Não entrava na minha cabeça que a gente era uma família, uma coisa só. Eu nem sei explicar direito, eu só sentia uma gratidão absurda a todo momento, quase devoção, até que isso se tornou algo muito assustador dentro de mim.

"Eles tinham a eles, os adultos tinham os adultos, enquanto eu... não tinha a ninguém e dependia dos meus pais para absolutamente tudo. E eles foram muito, muito superprotetores. Eu não via gente, eu não fazia nada, eu só sabia ficar no meu canto fazendo o mínimo de barulho possível pra não atrapalhar meus pais. Eu não tinha amigos, eu não tinha com quem brincar, eu só, literalmente, tentava fingir que não existia porque meu maior medo era de um dia acabar incomodando-os e eles me jogarem fora. Real."

Ele riu de um jeito bem, bem triste e continuou:

– Não é que eu não queira falar com as pessoas hoje em dia, mas é que até hoje permanece uma dificuldade muito grande de me conectar com as outras pessoas, entender o que elas pensam, imaginar que na cabeça delas tem diversas sensibilidades, e tudo porque eu não aprendi isso desde cedo. Eu cresci completamente sozinho e distante do mundo e isso é uma merda. Então, respondendo sua pergunta, eu não acredito em nada hoje em dia porque eu rezava todos os dias.

"Eu rezei *todo santo dia*, Leo, eu juro, e eu só pedia pra ter um irmãozinho, pra que me colocassem em uma escola em período integral ou, sei lá, que me pusessem perto de outras crianças pra que eu não começasse, desde cedo, a sentir que eu não me encaixo.

Como o irmão não veio, eu continuei rezando pra que eu conhecesse pessoas que ficassem por perto, mas meu tio morreu, depois meu avô, meus amigos mudavam de escola ou de sala... e todo mundo foi me abandonando. Então eu voltei a rezar por um irmão. Mas, como você deve saber, ainda assim cresci sozinho e me sentindo constantemente abandonado."

Senti uma lágrima rolar em meu rosto, ainda que seu tom de voz estivesse normal e invariável como sempre – eram dores que ele estava, honestamente, acostumado a lidar, mas eu não. Respirei fundo, tentando não deixar claro que eu estava chorando.

– Poxa, Leo, olha só que má influência você é, eu falei por quase cinco minutos seguidos sem ser em apresentação de trabalho na faculdade, que merda você fez comigo? – gracejou, rindo em seguida.

– Ei – chamei até que parasse de rir e ficou em silêncio. – Você não tem irmão biológico, mas você tem a mim, sabia? A gente faz tudo o que irmãos fazem também, então vai ver os caras lá de cima só te deram, atrasado, o pior irmão que eles arranjaram. Mas, olha, fazemos tudo que irmãos fazem.

– Mas... o que...? Você tá louco? – ele perguntou tão indignado, que só então fui perceber o que é que ele estava pensando.

– Tô falando de compartilhar hobbies, brigar e ficar de boa, Benjamin, é isso que eu tô falando, pelo amor de Deus para de pensar em sacanagem só por um minuto, eu não tô te pedindo muito – disse cuspindo rapidamente palavra após palavra e então rimos um pouco.

– Então irmãos brigam e ficam de boa?

– Ahn – analisei, porque não era bem assim. – Eu não sei se isso vai te servir de algum conforto, mas eu posso ser sincero com você sobre o assunto.

– Por favor, eu *amo* sinceridade – pediu e, que ódio, eu imaginei perfeitamente a expressão facial que ele tinha e o jeito que unia a ponta do dedo indicador à ponta do polegar, em um dos seus gestos típicos de qualquer discussão.

– Ter irmão também não é assim tão bom, não. Acho que é como ser filho único: depende muito de cada caso. Tem pessoas que tiveram irmãos e relatam histórias *insuportáveis* sobre companheirismo, confiança e empatia, o que você já sabe que não é o meu caso. E, do mesmo jeito, tenho alguns amigos que são filhos únicos e cada um conta uma experiência diferente. O que eu tenho pra te dizer? Você tirou azar sendo filho único, inserido na sua realidade? Sim. E eu fui azarado tendo irmão? Sim. Eu sei que você entende um pouco a minha dor, e eu, ouvindo a sua, entendo e respeito e, sinceramente, se a gente estivesse junto agora eu já estaria agarrado em você, te abraçando e te enchendo de beijos.

— É o meu sonho — ele sussurrou uma brincadeira, mas logo voltou a ficar calado para que eu falasse.

— Acho que a coisa toda é algo de sorte e azar. A gente, infelizmente, deu um azar muito grande de não saber lidar com as condições em que fomos colocados, e acho que o mundo também não ajudou. Mas, sendo bem sincero, tudo o que eu queria na minha vida era ser filho único.

— Sério?

— Sim. Ainda que exista toda aquela história do meu irmão, isso só aconteceu quando tinha uns dez anos. Antes disso, quando eu nasci, meu irmão já tinha uma fama e eu precisava acompanhar. Ele aprendeu a andar com nove meses, então eu tinha que aprender a andar com oito. Ele com dois anos falava perfeitamente, então eu tinha que fazer isso em menos tempo. E aí, eu juro que foi cedo assim, começaram a forçar uma competitividade que fez muito, muito mal pra minha cabeça. Deve ter feito pra ele também, ainda que eu seja oito anos mais novo. "*No sétimo ano seu irmão tirou dez em história*", "*os seus tios disseram que o Leo é muito mais simpático do que você*", e comentários como aqueles eram feitos a todo momento.

"Eu fiquei paranoico, porque parecia que eu nunca conseguiria alcançar meu irmão. Nunca ia ser bom o suficiente pros meus pais e... pra ninguém. Eu dava tudo de mim na escola, e quando eu alcançava bons resultados, era sempre um olhar de 'ah, você também se saiu bem, que bom que cumpriu com a sua obrigação', mas nunca ganhei um *parabéns* ou um abraço por nada que fiz. E isso se estendeu pra tudo, tipo, tudo mesmo. Em um momento a gente não conseguia mais ter uma boa relação, porque até os nossos pratos de comida eram comparados, o jeito que andávamos, tudo o que fazíamos. Eu estava exausto."

Eu estava soltando tanta coisa ao mesmo tempo que estava até tonto. Depois de inspirar profundamente para tentar me acalmar, continuei:

— Não era como se fôssemos irmãos, mas adversários, competidores. O fato de ter esse jeito hoje em dia, de chorar, de perder a cabeça e essas coisas, acho que é muito resultado daquela época. Porque quando eu tinha uma "tarefa" a cumprir, eu não conseguia relaxar até concluir e mesmo depois de concluir, não era mais do que minha obrigação e nunca estava bom o suficiente. E as falhas também eram eternas. Me ensinaram a ser inseguro e insuficiente. Parecia... parecia que eu e meu irmão tínhamos virado entretenimento para os nossos pais e a gente nunca teve uma sensação de conforto, já que todo dia era uma batalha nova.

— Eu sinto muito por isso, Leo — Ben falou com um tom de voz carinhoso.

— Não, não precisa sentir, amor. Agora está tudo bem e já passou.

— Mesmo assim eu sinto muito! Não quero imaginar você, pequenininho, perdendo essa guerra idiota todos os dias.

— É que não tinha a ver só *comigo* e com o que *eu* podia fazer. Meu irmão era mais velho e a personalidade era mais parecida com a dos meus pais, então eu acabei ficando mais de lado, e ainda mais depois da morte da minha ex-cunhada. Foi quase inevitável, entende? Aí eu relaxei e passei a fingir que não ligava pra mais nada, me... escondendo atrás da máscara do cara sorridente pra ninguém ver o quão frustrado eu sou. Mas é que eu cheguei no meu limite e eu não aguentava mais, sabe? Eu me esgotei. Então, pra mim, ter um irmão foi uma experiência bem difícil. Como conclusão de tudo isso... eu acho... bem, eu não posso ser seu irmão e você também não pode ser o meu...

— Até porque seria incesto e nem que me pagassem eu ia querer uma coisa dessas — Ben falou, mas de um jeito que percebi que queria remediar o meu humor, para não me deixar chorar.

— Sim... — Eu ri. — O que eu quero dizer é que a gente teve dificuldades com nossas famílias e que isso, infelizmente, se refletiu em muitos aspectos de nossas personalidades. Aconteceu com você também, de ficar por anos olhando para aquele lugar e esperando uma resposta que não ia vir dali. Você ficou esperando um irmão, eu fiquei esperando vencer a competição e ter a atenção dos meus pais, e os anos foram passando e nenhum de nós dois conseguiu realizar esses sonhos.

"Mas a gente cresceu, certo? E agora a gente tem a oportunidade de tapar esses machucados que foram abertos. Eu acho que esse negócio de amadurecer é basicamente você entender coisas por outros ângulos e tentar se virar como der, viver da melhor forma possível. Tudo bem, não tive tanto cuidado dos meus pais quando era mais novo, mas eu sobrevivi e hoje em dia eu consigo olhar para mim mesmo e entender minhas necessidades. E, sabe, conheço um cara que é filho único e ele calhou de ser muito legal e carinhoso comigo, então talvez eu possa parar de procurar pelo afeto dos meus pais e olhar pra outros tipos de afeto que eu já tenho. Além desse cara, ainda tenho vários amigos, e agora eu tenho a mim! Agora eu gosto de mim! Não muito, também, porque não vamos forçar, né?"

— Acho importante dizer que esse tal cara gosta muito *mesmo* de você — ele disse com tanta sobriedade e certeza, que a única coisa que consegui fazer foi rir constrangido e ele, sem dúvida, percebeu. — Sinto muito pelo que você passou.

— S-sinto muito pelo que você passou também — respondi completamente desnorteado, ainda abalado pelo seu último golpe.

— Agora é a hora que bebemos chá de hortelã e depois te dou vários beijinhos.

— Sim. — Meu sorriso se impediu de fechar.

— E obrigado. Por essas coisas que você diz e que me fazem refletir e por todo o carinho.

— Também tenho que te agradecer. Você me ensina muita coisa e me faz ver uma realidade completamente diferente da minha, mas, ao mesmo tempo, muito parecida.

— Não que eu vá acreditar em qualquer coisa sagrada nesse mundo, mas... bem, você me ajudou a mudar a direção do meu olhar e, é isso, realmente não tenho irmão, mas acho que estou bem com isso. Até porque também aprendi a gostar de mim e sua presença nos meus dias tem sido bem legal. Ter você no meu carro, sozinho lá em casa quando meus pais vão trabalhar... coisa que se eu tivesse um irmão não daria certo, a-há! Filhos únicos acabam de pontuar.

— Filhos caçulas frustrados também pontuam, porque pelo menos tive que correr atrás para ter minha independência e o apartamento, que é o lugar em que a gente sempre fica sozinho. Se ele não existisse, a gente nunca ia ter começado a transar, pra começo de conversa!

— Tudo bem, empatamos — ele concluiu em tom mais morno.

— Certo. Amor, tenho que ir jantar agora antes que me matem, ok?

— Tá bem. Eu gosto muito mesmo de você, cafezinho — disse ele, e meu coração errou a batida.

— Eu gosto muito, muito, muito de você, amor — sussurrei e ele riu baixinho, de um jeito quase apaixonado. Então me lembrei de que ele nunca se apaixonaria por mim e já me adiantei: — Desligando, tchau!

Até voltar à cozinha, acabei caindo na armadilha dos meus três primos mais novos: a mais nova ameaçou pular de cima do muro que subiu e me obriguei a ir correndo até ela, quando me agarrou o pescoço e começou a dizer que tinha capturado a presa. Antes que eu pudesse reclamar, o do meio agarrou o meu braço e ficou pendurado, enquanto a mais velha simplesmente sentou em um dos meus pés e agarrou minha perna, se recusando a me soltar. Então eu, uma presa de 1,85m capturada por crianças com menos de dez anos, obedeci e levei os três caçadores para jantar.

Depois de me servir com um prato cheio e repetir umas três vezes (dá licença, né, era Natal!), conversar até doer a mandíbula e dar risada até os olhos lacrimejarem, meu celular tocou e eu tive que ir lá para fora assim que percebi quem era.

— Alô?

— Leonardo Guimarães! — Benjamin fez suspense, mas parecia bem, provavelmente só fazendo alguma piada boba.

— O que foi?

— Espera — pediu e fiquei quieto, esperando até que disse: — Amor, feliz feriado cristão usado pelo capitalismo para movimentar o mercado econômico!

— É o quê? — questionei, rapidamente fitando a tela acesa de meu celular.

E aí eu vi: era meia-noite do dia 25 de dezembro.

— Feliz Natal, amor — ele disse e meu coração derreteu inteiro. Que droga. Por que ele tinha que fazer tanto esforço para me desejar feliz Natal quando ele obviamente não se importava com a data? Tinha aquela necessidade de me fazer feliz mesmo? SÉRIO? — Você... ficou bravo?

— Não! Não... Achei bonitinho — funguei, afastando a vontade de chorar de tanto amor que senti por ele naquele momento. — Mas, vem cá, você não vai me dar o Brendon Urie de presente de Natal, não?

— Meu sonho ter um Brendon Urie, quem me dera... Mas, sério, eu queria ser o primeiro a te desejar feliz Natal pra, sei lá, te deixar um pouquinho feliz. Será que eu estou ficando muito bobo? — ele gargalhou.

Lá dentro da casa da minha avó, ouvi a sessão de abraços e de "Feliz Natal, tudo de bom pra você!" começar. Mas eu só queria ficar ali. Queria, na verdade, era estar com ele ao meu lado.

— Obrigado, amor. Eu fiquei bem feliz por você ter se importado. E é claro que você está ficando bobo, é o convívio! Por mim, também tô mudando e ficando ranzinza e insuportável.

— Ah, vai tomar no seu cu — ele mandou e eu ri.

— É brincadeira! Mas... Ahn... agora eu tenho que ir, meus primos estão me ameaçando com cócegas e eu tenho que abraçar todo mundo lá — contei, vendo as pestes se aproximarem sorrateiramente, prontas para darem o bote.

— Está bem. Até depois!

— Até!

Desliguei o celular quando o eu te amo ficou pronto na ponta da minha língua. Então só balancei a cabeça, rugi para as crianças que estavam quase me alcançando e fomos correndo para dentro de casa — até porque meu tio logo ia ter que ir até o carro para pegar a fantasia de Papai Noel e eu seria o responsável por distrair os pequenos.

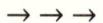

→ → →

Que. Inferno.

Não estou sendo nem um pouco dramático quando digo que quase morri, definhando de saudade e respirando somente por obrigação enquanto o ano acabava lentamente. Ok. Tudo bem. Talvez seja muito dramático.

Só era estranho ter chegado a um ponto da minha relação com Ben em que eu sabia que o amava e ele me fazia muito bem, e ele teoricamente também sentia alguma coisa por mim. Eu só queria adiantar tudo e, quem sabe, poder ficar com ele. Juro que considerei que, mesmo se ele não quisesse contar para ninguém, mesmo que eu fosse só o estepe, o plano B que não daria em nada, mesmo se em alguns anos eles casasse de fachada e me quisesse como amante, eu iria aceitar. Eu só queria ser inteiro dele, seja lá como ele me quisesse. É um absurdo muito grande admitir isso? *Não.*

Até o réveillon, dormi na casa dos meus pais todos os dias. Os dias foram esquisitos, mas gostosos. Eu passava bastante tempo no meu antigo quarto tirando fotos e conversando com o Ben, mas no resto do tempo eu estava deitado na cama dos meus pais, bem no meio, enquanto assistíamos a séries e eles me abraçavam como se eu ainda fosse pequeno.

Joguei xadrez com meu irmão e cacheta com meus pais. Fomos ao mercado juntos e passeamos pelo parque. Cozinhamos também. E tentávamos conversar sobre o máximo de coisas possível e foi bem proveitoso. Eles me fizeram falar *muito* sobre Ben e agora queriam conhecê-lo. Era, realmente, incomum e um tanto incômodo, mas estávamos nos esforçando para ficarmos bem. Para sermos família.

Reunimos a família toda no Ano-Novo, na casa de minha avó, como era o costume, e pulávamos no meio da rua com garrafas de champanhe e taças nas mãos, com roupas brancas, à espera da virada de ano. Não resisti. Ben não acreditava em Natal, mas acreditava em Ano-Novo e foi por isso que liguei faltando três minutos para a meia--noite e ficamos conversando até que fiz questão de lhe desejar um feliz Ano-Novo, antes que qualquer outra pessoa pudesse fazê-lo. Ele era todinho o meu amor, afinal de contas.

No dia 2 de janeiro, quando eu finalmente retornei ao condomínio, para esperá-lo voltar de viagem com seus pais, meu celular já estava repleto de mensagens carinhosas, papel de parede e tela de bloqueio com fotos dele, ou de nós dois – tinha aquela em que eu beijava a sua bochecha e ele sorria, todo constrangido, da forma mais adorável possível, e eu vou amar aquela foto até o fim dos tempos.

Também nunca achei que ia ter tanta foto e vídeo de homem pelado na galeria do meu celular e eu nunca achei que eu fosse gostar tanto disso. Ele acabou com a minha dignidade? Sim. Mas e quanto às fotos de quando acabava de acordar, ou sorrindo enquanto usava os óculos bonitinhos, ou só fazendo beicinho, ou aqueles vídeos em que ele só piscava e respirava? Impecável. E as chamadas de vídeo em que eu não parava de sorrir só de poder olhar para aquele maldito rosto perfeito?

Sinceramente? Eu sou muito trouxa.

Respirei fundo, sentado no estacionamento. Eu devia ter previsto que ia acabar sentindo o que sinto por ele. Eu estava com saudade até do formato redondinho do seu nariz. Do jeito que seu rosto cabia em minhas mãos. Dos seus dentes caninos aparecendo pontudos quando ele sorria. Da bochechinha que apertava seus olhos já pequenininhos quando estava contente. Da orelhinha gelada e de desenho bonitinho. De como ele parecia a coisa mais graciosa do mundo, cheio de pintinhas de beleza e com cheirinho de baunilha. Que inferno!

Vi o carro dele entrar assim que o portão elétrico abriu e me ergui do meio-fio, ficando em pé e completamente em êxtase ao saber que aquele carro, aquela placa, era de Ben e eu finalmente poderia vê-lo outra vez! Fiquei meio que flutuando até que estacionou de ré na sua vaga habitual. O carro desligou e eu estava inquieto. O meu amor estava ali! Seus pais, no banco traseiro, abriram as portas e iam saindo. Eu vi, eu vi o olhar dele me encarando sorridente pelo retrovisor.

— Leo, Feliz Natal e feliz Ano-Novo! — A mãe dele me abraçou e eu nem reparei direito quando foi que chegou até mim. Retribuí o abraço.

— Pra você também! Pra *vocês* também — corrigi, quando seu pai me deu tapinhas no ombro.

— Obrigado.

— Obrigada. Tem como você ajudar a gente um pouco? Pra levar as malas lá pra casa. Digamos que tomamos muita água e precisamos ir ao banheiro, mas já voltamos aqui para ajudar.

— C-Claro, claro que ajudo.

— Ok — ela concluiu e foram os dois se apressando até a porta do bloco vermelho.

Quando retornei minha atenção ao carro, que estava atrás de mim, Ben já estava do lado de fora, apoiado com o braço sobre a lataria, me observando falar com seus pais. E, bem, seu olhar era explicitamente comunicativo. Disse:

— Oi. — E bastou aquele tom de voz, eu já me senti agitado e quase constrangido.

— Oi — respondi, aliviado, me aproximando dele e abrindo os braços para oferecer um abraço.

Em resposta, ele me deu um selinho e permaneceu me olhando de perto, sua mão em meu rosto, um sorriso discreto, delicado, e totalmente lindo em suas feições. Meu coração derreteu inteiro. Ele era a pessoa mais bonita que já pisou no planeta e não havia sequer *um* defeito nele.

— Senti tanto a sua falta, amor — Ben confessou olhando no fundo dos meus olhos e daquela vez fiquei com tanto medo dos sentimentos em mim.
Eu já amava aquele imbecil, o que mais eu poderia fazer?
— Eu pensei em você em todos os santos dias e eu juro que só não te beijo agora porque é perigoso — sussurrei, fingindo olhar ao redor, e depois realmente olhando para me certificar de que seus pais ainda não tinham voltado.
Concluindo, acabei roubando um beijo curto de sua boca rosada e, que inferno, era tão gostoso!
Ele beliscou minha barriga e eu estava pronto para reclamar e me afastar, mas ele só apertou o botão de sua chave que abriu o porta-malas do carro, então segurou minhas costas com um braço e o outro passou por baixo de meus joelhos, me erguendo do chão.
— O que é isso, seu surtado? — me surpreendi, envolvendo seu pescoço com meus braços para evitar que ele me derrubasse enquanto minhas pernas estavam no ar.
— Você não falou que era pra eu te pegar no colo quando a gente voltasse a se ver? — perguntou, disfarçando em sua voz o esforço que fazia para me carregar. Eu sei que peso bem mais do que aparento.
— Você tá louco — ri, ele me deixando no chão outra vez.
— Tava era louco de vontade de te ver, que verdadeira merda — resmungou, erguendo a tampa do porta-malas. — Você pode ajudar meus pais a arrumar as coisas lá dentro? Um dos faróis dianteiros do carro da minha mãe estragou e eu preciso ir a um mecânico trocar antes que ela saia à tarde. Ela marcou de fazer a unha e ainda quer ir ao mercado, então eu vou ter que levar o carro dela pra arrumar. Você se importa? É que... é que se eu for agora enquanto vocês arrumam as coisas, aí eu volto logo e a gente tem um tempo livre mais cedo.
— Pode deixar, eu cuido de tudo por aqui. Mas volta logo — respondi com um meio sorriso e ele sorriu também, vindo me beijar, mas parando em seguida quando se lembrou de que seus pais estavam, literalmente, caminhando até nós.
— Volto logo — ele disse.
Seus passos foram ligeiros até o carro ao lado, ao Ford Fiesta 2014 vermelho, e acho que ele ficou tão nervoso por quase ter me beijado na frente dos seus pais que saiu cantando pneu. Não que estivesse óbvio

aos seus pais, ou para qualquer pessoa do planeta, que ele queria me beijar, mas nos conhecíamos e sabíamos a carinha específica que ele fazia quando queria me beijar. Só ficou constrangido porque não era para ter acontecido, mas ninguém percebeu.

— A luz da frente estragou? — perguntei, sem entender nada de carros.

— Pois é, por isso fomos com o carro dele. Que bom que o Ben já foi ver isso por mim. E que bom que você ficou pra ajudar. — Ela sorriu enquanto eu pegava algumas cobertas enroladas e colocava embaixo do braço, tirando uma mochila pesada e uma outra de rodinhas de dentro do porta-malas do carro do Ben.

Levamos algum tempo para desfazer as malas e acabei os ajudando com a tarefa árdua de guardar as toalhas e os cobertores na parte de cima dos guarda-roupas — eles eram um pouco mais baixos do que Ben, então deveriam ter alguma coisa entre 1,60m e 1,70m de altura. Depois de guardar os cobertores do Ben em seu guarda-roupa, fui até o quarto de seus pais, ajudá-los com isso.

— É isso. Missão dada é missão cumprida! — brinquei, animado.

Só então fui perceber a dona Hyesu em pé, perto de onde parei, seu rosto parecia muito mais cansado e levemente triste do que habitual. O seu Augusto estava sentado na beira da cama, esgotado e sem reação e, de repente, eu percebi que o clima entre os dois não estava muito legal. Havia acontecido algo ali que eu realmente não consegui perceber o que era.

— E-eu posso ajudar em mais alguma coisa? — perguntei, preocupado.

Vi seus olhos se apertando, os cílios tremendo enquanto ela puxava o ar que vibrou assim que encheu o peito. O senhor Fernandes coçou o antebraço e se colocou a observar o jogo de cama.

— Não tem muito o que você possa fazer, Leo. A verdade é que somos péssimos pais e tudo o que já fizemos até hoje é irreversível — ela respondeu, rouca, com a voz baixa, e uma lágrima desenhou sua bochecha.

Meus olhos estalaram. Tinha como eu ir embora ou evitar aquela conversa de alguma forma? Eles ouviram a que tive com Ben na qual ele relatou as coisas ruins sobre sua infância solitária? Uma parte muito grande de mim só pensou em ir embora e fingir que os dois não estavam destruídos em minha frente. Mas a maior parte de mim só queria consolá-los e estava tão preocupada que faria de tudo para vê-los sorrindo.

— Isso não é verdade. O Ben é uma pessoa muito boa, ele é... um verdadeiro prodígio, e isso é tudo graças a vocês. Ele é incrível e está vivo e bem. Como vocês seriam péssimos pais? — Tentei sorrir.

Mas a mulher em minha frente friamente direcionou seus dois olhos avermelhados a analisar dentro do meu ser e imediatamente me senti acuado.

— Você sabia? — perguntou em um sussurro e me senti suar frio.
— Sobre o quê? — fingi não entender, mas seu olhar era tão profundo que não me deixaria mentir.

Seu rosto era absurdamente similar ao de Benjamin, somente com uma linha ou outra mais suave e algumas marcas discretas na expressão, pela idade. Mas seus olhos eram idênticos aos olhos que eu amava.

— Sobre ele ser bissexual. Você sabia?

Prendi a respiração e paralisei de forma que eu consegui sentir todo o meu corpo e até mesmo ouvir as batidas do meu coração. Pisquei várias vezes dentro de um segundo, todos os pelos do meu corpo se arrepiaram e eu não soube como reagir. Não havia uma piada dentro de mim. Não havia sequer uma palavra. Minhas expressões sumiram de um jeito que acho que levaram embora até a cor da minha pele. Minha boca ficou seca e engoli um tanto de saliva que se acumulou dentro de minha boca.

Eu não ia conseguir mentir.
Não dava mais tempo.
Como ela ficou sabendo? Ela sabia sobre nós? O que eles fariam com ele? Meu Deus, o que é que estava acontecendo naquele quarto?

— Eu sabia — acabei confessando em um sussurro.
— Ele te contou?

Olhei para meus tênis, me sentindo sob tortura.
— Sim — respondi. Soou como verdade, mas era mentira.

Ele não me contou. Ele nunca me contou. Ele simplesmente me beijou de repente e foi assim que fiquei sabendo. Eu só... Eu só tinha a certeza de que seus pais ficariam muito frustrados se soubessem da origem da nossa relação e de como fiquei sabendo sobre sua sexualidade.

Ela balançou a cabeça em um pequeno riso forçado e cheio de dor, depois ficamos, os três, em silêncio.

— C-Como vocês...? — tentei perguntar, incerto do que fazer além de ficar agitado e apavorado.

— Eu sempre soube, Leo — revelou a mãe dele e, a princípio, não entendi. Ele vivia dizendo que tinha medo que descobrissem, então ele mentiu para mim? — Ele é meu único filho, é a pessoa que eu mais amo no mundo e é óbvio que eu ia ficar sabendo. Eu não investiguei a vida dele e nem nada assim, mas eu sempre soube.

Ela passou uma mão sob o nariz que começou a escorrer.

— Eu o buscava todo dia na escola, mesmo que fosse perto daqui. Ele tinha uns doze anos na época. Um dia eu avisei que não poderia buscá-lo porque tinha uma reunião com o pai de um aluno meu, mas a reunião acabou mais rápido do que o esperado e eu fiquei livre para poder buscar o Ben — contou, fraquejando e quase chorando para valer ao dizer a última palavra, rouca. — Quando eu não o buscava, ele vinha andando para casa, vinha tranquilo, por ruas movimentadas, tomando bastante cuidado, mas eu quis fazer uma surpresa e apareci no portão da escola. E você sabe o que eu vi?

Congelei. Pela idade, Ben deveria estar com seu primeiro namoradinho, mas balancei a cabeça como se não soubesse de nada.

— Ele estava de mãos dadas com um garoto. Eu estranhei o contato, mas era só um carinho bobo. Então eu o observei de longe e, para minha surpresa, eles se esconderam atrás de uma árvore, olharam ao redor pra verificar se alguém estava olhando. Tinha outros carros estacionados na rua e os vidros do meu carro eram muito escuros, então ele não me viu. E aí eles simplesmente se beijaram. Não foi nada demais, nem vergonhoso e nem nada parecido. Foi só o meu único filho beijando outro menino. Eu fiquei completamente sem chão, mas não que eu fosse contra, eu só fui pega desprevenida. Eu fui outras vezes, fiz o mesmo experimento, e ele sempre estava com esse mesmo garoto.

Arrumou seu cabelo para trás dos ombros tentando relaxar e respirar com calma. Ela precisava muito desabafar naquele momento e eu não sabia o que dizer, então não disse.

— Nós conversamos sobre isso. — Ela olhou gentilmente para seu marido. — E nenhum de nós dois tinha esse tipo de preconceito. Ficamos surpresos, mas não era por acharmos que ele era gay, e sim porque ele nunca confiou em nós para falar sobre aquilo. E nós esperamos que ele falasse alguma coisa, mas nunca falou. Até achamos que fosse uma fase quando o tal menino mudou de escola, então deixamos o assunto morrer. Mas... mas teve outra vez que tivemos mais evidências. Ele deixou o computador dele ligado uma vez quando foi pra aula, isso quando tinha uns dezesseis anos, e eu acabei deixando minha curiosidade falar mais alto. Não que fosse minha intenção invadir a sua vida e o machucar com quaisquer que fosse a verdade que eu pudesse encontrar lá, longe disso. Eu só queria saber como ele estava, quais eram os seus interesses, porque ele nunca foi de falar muito.

Apertei meu punho, já prevendo o que vinha a seguir.

— E aí eu vi que ele tinha deixado minimizado um vídeo... um vídeo de... dois homens — pigarreou, ajeitando a postura. — Eu não fiquei... incomodada... porque tive muitos anos para me acostumar com a ideia de que meu filho era gay e eu só estava esperando ele se sentir confortável para falar comigo, mas confesso que fiquei um pouco surpresa em saber que ele já estava naquele nível de maturidade sobre sua sexualidade. Querer beijar um menino na boca podia ser só ele experimentando algo novo, ou... sabe? Não é a mesma coisa que... que desejar transar com outro menino. Vi seu histórico para entender se era a primeira vez que assistia àquilo e eu acho que só não o chamei para conversar naquele dia porque fiquei um pouco feliz. Tinha sim outros acessos àquele tipo de conteúdo, muitos vídeos foram assistidos. Mas eu descobri, naquele momento, outros hobbies dele, coisas que ele gostava e eu nem sabia. Eu fiquei feliz porque eu percebi que meu filho não era só as ordens que nós dávamos ou um bebê perdido no mundo. Ele tinha criado uma personalidade, ele era uma pessoa em formação e eu fiquei contente em pensar que ele existia, que ele existe e é o meu Ben... É o Ben dele mesmo, apesar de ter saído de mim.

Ela pareceu finalmente se acalmar, desviando o olhar de meu rosto para estalar os dedos e organizar silenciosamente suas palavras dentro de sua cabeça.

— Então ele me mostrou vários indícios de que não se sentia atraído só por garotos, teve uma moça na cidade da minha irmã, teve o namoro com a Helena... Ele teve outras paixões, e eu via que era verdadeiro o seu interesse por garotas também. Mas nada foi dito, nunca. E eu continuei esperando que ele confiasse em mim, mas não aconteceu... Você sabia que ele tem te usado como desculpa para acobertar o que faz?

— O... O quê? — Fiquei completamente perdido na sua linha de raciocínio.

— Leo, isso... na verdade não importa muito se você sabe ou não, você não é nada meu. É só amigo do meu filho e você tem direitos e deveres só com ele, por *ele* ser seu amigo, então eu realmente não vou ficar brava com você se você souber. Mas ele... eu sei que ele está namorando com algum garoto agora. Eu tenho certeza.

— M-Mas... *o quê?* — perguntei na hora certa para soar natural. Não que eu estivesse me fazendo de bobo sobre a informação em si. Mas eu não entendi como ela poderia ter certeza.

— Ben tem mudado nas últimas semanas. Tem me abraçado, conversado mais conosco. Ele parece mais feliz e... está mais doce. Ele tem demonstrado gestos que não são dele, com um ar de apaixonado e tem mudado para melhor e eu sei que isso não pode ter aparecido do nada. Sei que deve ter alguém e que deve fazer muito bem pra ele, mas ele continua mentindo e dizendo que vai dormir na sua casa, que vai sair com você, que vai passar a tarde com você... Fica horas e horas no celular, usando nossos cartões de débito e crédito em lanchonetes, restaurantes e no shopping. Dizia que ia com você e isso é impossível depois de todo o tempo que vocês passaram distantes, eu sei que ele tem mentido e te usado como desculpa para esconder o tal garoto. E sei que é um garoto porque, se fosse uma garota, ele já teria dito. Mas eu sei que tem alguém.

— Nossa, eu... eu nem sei o que dizer. — Dei de ombros em uma risadinha sem graça, abaixando a cabeça. Eu estava surpreso e foi o que ela percebeu.

Não surpreso com o suposto namorado, mas surpreso por ter ficado tão nítido mesmo depois que fizemos de tudo para esconder.

— Você não tem que dizer nada, Leo. Eu só... *Nós.* Nós só ficamos angustiados porque não fomos pais bons o suficiente para que ele confiasse em nós para nos contar. E é algo que não tem mais volta. Fomos péssimos pais e nós erramos muito com ele. Ele acha que é um péssimo filho, mas nós é que somos os péssimos pais e não temos como mudar isso. Nós falhamos com ele, e isso... isso me destrói — contou, se rendendo ao choro.

Não consegui processar todas as informações ao mesmo tempo, mas felizmente seu Augusto a abraçou enquanto ela chorava, e até mesmo ele tinha os olhos avermelhados por trás das lentes dos óculos.

— Isso não é verdade, sabe? O Ben ama vocês — disse e me aproximei, colocando uma mão nas costas de cada um. — Vocês criaram uma pessoa maravilhosa e só de mostrarem essa preocupação já demonstram os pais incríveis que são. Talvez, um dia, ele mesmo conte sobre a sexualidade dele.

Dei um passo atrás, quando pareceu que eles tinham se acalmado um pouco.

— Ele contou, na véspera do Natal, mas disse que não queria falar sobre isso, só contou. E ele tem vinte e um anos e só agora ele contou. No mesmo dia em que ele me escreveu o post-it do "Eu te amo", ele contou aos pais dele sobre ser bissexual?

— Bem... ele levou o tempo dele... mas contou. É um processo dele... e acho que é a personalidade dele ser assim, todo incerto. Mas ele contou e, sem dúvida alguma, ama vocês dois mais do que qualquer outra coisa no mundo. É só que... é um assunto delicado, mas isso não significa que vocês sejam péssimos pais. De verdade. Vocês são bem legais — falei com um sorriso e eles ficaram em silêncio, digerindo aos poucos o que eu disse.

— É uma experiência tão estranha isso, de ser pai — o senhor Fernandes, quieto até então, falou. — É algo muito complexo e que não vem com manual de instruções. Você pode estar fazendo tudo certo, mas também pode estar fazendo tudo errado. Geralmente, as duas coisas, mas sempre vai estar fazendo algo errado e no fundo só torce para que não seja errado demais a ponto de arruinar a vida da pessoa que você mais ama.

— Mas vocês estão fazendo um ótimo trabalho, de verdade — os motivei e eles respiraram um pouco mais aliviados. — Eu realmente só tenho a agradecer e ficar admirado pelas pessoas incríveis que vocês são e pela educação que deram pra ele. Às vezes chega a ser chato o quão bem educado ele é — brinquei e demos um curto riso.

O celular da senhora Fernandes sinalizou uma nova mensagem e ela leu:

— O Ben falou que meu carro vai demorar um pouco e é melhor eu ir com o carro dele, pra não me atrasar na manicure.

Olhou brevemente para o senhor ao seu lado e eles deram um pequeno beijo, confortando um ao outro e me olharam em seguida, quando o pai do Ben disse:

— Obrigado por essa conversa. Você é um menino de ouro, Leonardo.

Sorri, me sentindo realmente contente, massageando seu ombro de leve.

— Poxa, valeu mesmo, seu Augusto. Mas... ahn, você quer que eu te acompanhe até o carro? — me ofereci a Hyesu, que deu um sorriso curto e um aceno de cabeça.

Eu a abracei lateralmente, dando tapinhas em suas costas. Em direção ao carro, ela suspirou outra vez.

— Às vezes, eu acho que no fundo só gostaria de poder abraçar o tal namorado dele e agradecer pelo bem que tem feito pra ele. Ter um filho sorrindo... ter meu único, perfeito e amado filho sorrindo, é uma sensação impagável. É uma alegria que não tem como descrever. Eu nunca achei que fosse amar tanto alguém, parece impossível o quanto eu amo essa coisinha preciosa que ele é — disse, e eu não soube o que responder porque me tocou profundamente. Eu quase pude sentir a sua dor e como ela estava abatida com tudo aquilo. — Se você ficar sabendo quem é, você me conta? — perguntou, parando no meio do caminho sobre os paralelepípedos.

Seus olhos, seus malditos olhos de buraco negro, encontraram os meus e eu não pude fazer muita coisa além de me sensibilizar. Ela estava sofrendo. Sofrendo de verdade. E ver dor naqueles olhos que eram iguais aos olhos que eu amava, me atingia como uma punhalada bem no meio do peito.

Meneei a cabeça, concordando com ela, por instinto.

— Eu juro que não vou fazer mal pra ele e nem ser indelicada. Eu só queria mesmo abraçar o garoto e agradecer. Porque se Ben o ama, então ele deve mesmo ser uma pessoa muito boa que eu gostaria de conhecer — explicou, seu lábio inferior voltando a tremer e suas lágrimas inundando os olhos, sua voz ficando embargada de repente.

— Então me conta, tá? Por favor.

Sequei suas lágrimas, quase que em desespero, e depois deixei minhas mãos em seus ombros, meu coração batendo rápido e eu quase cedendo à piedade.

— Tudo bem — falei.

Ela viciosamente assentiu e foi quietinha para o Nissan March preto. Fiquei vendo-a manobrar o carro para ir embora e acompanhei com passos lentos o carro que ia em direção ao portão que se abria.

Mas meu coração doeu demais e eu não aguentei.
Gritei:
— *Ei, espera!*
O carro freou bruscamente a poucos passos de mim, desistindo momentaneamente de sair.
— O que foi?
Meus olhos abriram e fecharam algumas vezes, mas eu já não tinha mais forças para mentir. Era um peso que não aguentaria carregar. Debilmente, eu disse:
— Sou eu — confessei.
— Quê?
— Sou eu. Eu sou o namorado do Benjamin.
Hyesu me olhou sem realmente me encarar. Seus olhos não diziam nada, ela somente pensava. De repente, começou a chorar enquanto tirava o cinto de segurança com toda a pressa, abria a porta e vinha correndo para perto de mim. Eu ia dizer alguma coisa, qualquer coisa que eu conseguisse pensar, mas ela se afundou no meu peito, do mesmo jeito que seu filho costumava fazer, e apenas chorou. Chorou daquele jeito que faz nossa respiração ter solavancos e picos de trânsito do ar. Eu retribuí seu abraço e meu rosto também se banhou de lágrimas.
— Obrigada — ela disse somente, então choramos naquele abraço apertado por algum tempo.
— Desculpa não ter contado mais cedo, é que... — eu ia me explicar, mas ela balançou a cabeça.
— Obrigada — ela repetiu, então beijou minhas mãos e ficou me olhando, como se fosse a primeira vez que me visse, observando cada detalhe do meu rosto e dentro de minha alma. Mais uma vez, ela falou: — Obrigada.
Depois, ela correu para o carro para não se atrasar.
Sinceramente? Já estava na hora de ser sincero.
Eu precisava pedir aquele baixinho em namoro.

Sinceramente,
Leonardo Guimarães

## Capítulo 19

## Honestamente:

Honestamente: se eu não tive falência absoluta de órgãos naquele dia, nunca mais eu teria.

[02/01 10:33] Leonardo: A gente precisa conversar.

Eu sabia que algo de muito sério estava acontecendo quando via Leonardo Guimarães começar uma mensagem com letra maiúscula e terminar com um ponto. Ele só podia querer me matar com uma mensagem daquela. Quando cheguei no condomínio, já nervoso, o encontrei no parquinho, sentado sozinho em um balanço e ele não sorriu ao me ver.
Honestamente: ali... tive a certeza de que ia terminar comigo.
Não era só um fim de tarde qualquer, parecia também ser o fim do mundo. Fui andando cabisbaixo ao seu encontro e me sentei no balanço ao seu lado, fazendo os metais rangerem pela ferrugem, embalando brevemente ao receber meu peso. Leo estava em silêncio e permaneceu assim. Suspirei, chateado por ter durado tão pouco a felicidade de estar com ele. Eu sabia que havia achado meu post-it, que havia ligado os pontos com a música que enviei daquela vez e, sentindo-se acuado, queria terminar nosso relacionamento. Tarefa difícil se ainda quiséssemos ser amigos.
— Eu achei isso — ele finalmente começou, tirando a capa de seu celular e mostrando o lembrete de papel colado com fita adesiva sobre o metal do aparelho. A minha letra estava ali. A declaração dos meus sentimentos também, e por isso me senti culpado, fingi olhar para a areia. — Quando começou?

— Eu não sei — admiti. — Só aconteceu.
— Isso... isso é verdade? Isso é literal? — Observei sua expressão abalada ao meu lado, sem conseguir entender o que pensava. — Isso é sério? É isso mesmo que você quis dizer?

Eu poderia negar e quem sabe isso ajeitasse tudo, mas eu não quis mentir.

— É... é sério.

— Você contou pros seus pais que você não é hétero? — Ele tinha um tom tão perdido quanto inquisitório.

Mas, se fosse para terminarmos, que terminássemos às claras, cientes de tudo o que houve.

— Contei. Pouco antes de ir até seu apartamento e deixar esse recado lá. Eu escrevi na véspera de Natal.

— Você... Você... Por que você fez isso? O que... o que você tinha na cabeça? O que você quer dizer com isso, *só* com isso?

— Como assim, Leonardo? Não havia *nada* de dúbio no que eu falei, no que confessei.

— Isso não é o tipo de coisa que tem um ponto final e acabou. Essa frase... isso não é *só isso* e fim. "Eu te amo" e ponto final. Eu não sei o que você quer dizer com isso. Você diz que me ama, e aí o quê? O que vem em seguida? Tem um espaço, um claro espaço depois dessas três palavras. "*Eu te amo*, mas não sei se isso me faz bem." "*Eu te amo*, e quero investir nisso." "*Eu te amo*, mas não quero levar isso adiante"... Eu não sei quais são as suas intenções e o que é que você quer fazer, o que quer dizer depois desse ponto final. Além disso, você falou pros seus pais... Nosso acordo era basicamente pra isso não acontecer e eles reagiram superbem, mas você não me disse nada... O que é que você pensa?

Respirei profundamente, entrelaçando os dedos de minhas mãos e olhando em frente, estreitando a postura enquanto fugia de seu olhar.

— Você lembra quando você me deu minha máqu... Você lembra quando me deu o carrinho em miniatura?

— Sim.

— Naquele dia, você lembra que eu te disse que tive um pesadelo?

— Eu acho que sim – demorou a responder.

— Pois bem. Naquele pesadelo nós estávamos juntos e você começou a chorar, dizendo que queria que eu estivesse pronto pra você. E então seu rosto começou a derreter e você simplesmente sumiu do mundo. No início eu fiquei desesperado, mas não durou nem dois minutos e eu só deixei de procurar e segui minha vida. Não fiz nada, nem fiz muita questão e só te deixei desaparecer.

"Na hora eu não dei muita atenção, quando acordei. Mas isso tem voltado à minha cabeça nos últimos tempos. Eu devia ter feito alguma coisa pra você não ir embora, sair correndo e gritar o seu nome, ir até o seu apartamento te procurar... fazer qualquer coisa que te impedisse de simplesmente sumir, mas não fiz. Eu me senti culpado por isso. Só te deixei ir mesmo depois de você ter chorado e me dito que queria estar comigo. Eu não fiz nenhum esforço por você. E então, a próxima coisa que me perseguiu foi o que você disse: que queria que eu estivesse pronto pra você."

Limpei o suor das mãos em minhas calças, tentando focar em afunilar tudo o que havia dentro de mim para colocar em caracteres.

— Tenho sentido isso há algum tempo. Quando admiti algumas coisas para a minha psicóloga, naquela vez, eu assumi que estava apaixonado, e não é algo que realmente esteja sob o meu controle. Aconteceu e foi muito maior do que eu, maior do que minha racionalidade, maior do que meu ceticismo. Eu não... — Ergui minhas mãos na altura do peito, soltando-as em meu colo em seguida, suspirando. — Eu realmente não queria, mas eu não consegui controlar.

Senti minha respiração trepidando, por isso tentei ajeitar meu cabelo atrás da orelha, mesmo sabendo que ele nunca foi grande o suficiente para que o gesto surtisse algum efeito.

— Foi um conjunto de características e acontecimentos — continuei falando e creio que somente embasado em nervosismo, sem conseguir sequer olhar para ele. Que droga, eu nunca tinha me declarado para ninguém e lá estava eu, me declarando para um marmanjo mais alto do que eu, em um parquinho! — E eu não sei!

Minha postura afrouxou e eu somente pude me segurar nas hastes de metal que sustentavam meu assento, me balancei discretamente por impulso e eu estava disposto a falar sobre tudo, mesmo que estivesse mortalmente envergonhado.

— Eu não sei se é o seu jeito de falar, se é a sua voz, o jeito que sorri, o jeito que me abraça... Tem tanta coisa. E também tem seus olhos, a sua boca, o seu queixo, as suas sobrancelhas, o seu cabelo, as suas clavículas, suas costas, suas mãos... acho que foi tudo seu e mais um pouco. As coisas que você fez por mim, palavras que me disse, e até esses ensinamentos não muito didáticos sobre como é importante tentar falar, tentar me abrir e me comunicar, porque isso fez graves e importantíssimas mudanças em mim. E não é gratidão ou só admiração. É uma *coisa*, essa *coisa* que eu sinto sempre que você está perto, fisicamente ou só figurativamente. Quando a gente está bem, mesmo estando longe, eu te sinto perto.

Deixando tudo finalmente sair, continuei:

– Eu quero... eu gosto de estar com você... até porque você me amadurece. Eu odeio a ideia de ter dependência emocional em cima de outras pessoas, e eu adoro como não é isso que você me ensinou, a gente se ensinou o contrário. Você não é a metade que me faltava e você não me completa. Você me ajudou a ver que eu sou completo do meu jeito e você é do seu e... ficar perto é legal. E eu quero ficar perto o tempo todo porque você é uma coleção de coisas que eu abomino, que odeio muito, que me dá raiva e até nojo, mas também de muitas coisas lindas e algumas até perfeitas. Você é você e, droga, eu gosto disso. De você.

"Eu sinto muito não ter conseguido te contar de nenhuma outra forma sobre isso, mas é que eu não queria passar por esse momento... por essa discussão que acaba tudo. Então... ahn... retomando, aquele sonho me deixou vários pensamentos, e um deles era que eu queria estar pronto pra você, por isso eu contei pros meus pais. Não... não assumindo como garantia que você ia querer alguma coisa comigo. Eu só... eu senti que eu precisava fazer aquilo e parar de mentir tanto pros meus pais quanto pro cara que eu amo. E os três pontinhos depois do que está escrito no post-it não sou eu quem tem que acrescentar, é você. E é isso. Você já pode terminar comigo agora", concluí.

Mas quando eu finalmente consegui olhar para o seu rosto, Leo chorava enquanto me olhava.

– Você sabe por que te chamei para conversar em primeiro lugar? – perguntou, a voz toda embargada.

– Não foi pelo recado?

– Não – disse, e balançou a cabeça, enxugando o rosto. – Eu fui ajudar seus pais, e sua mãe me disse que você contou sobre sua sexualidade, mas que eles já sabiam desde que você tinha doze anos. Dona Hyesu te viu com seu primeiro namorado, viu vocês se beijando, e também acabou vendo um vídeo de pornô gay que você esqueceu de fechar no seu computador anos depois. Eles sempre souberam.

Leonardo tirou uma pausa para fungar, mas eu não fiz nada além de arregalar os olhos e me afundar no mais profundo estado de choque. Então ela viu o meu histórico? Ela viu o meu histórico e não me disse? Tudo o que eu já assisti, todos aqueles homens sem roupa, ela... *Ah, merda!* Mas... Então eles sempre souberam que eu não me sentia atraído só por garotas? Como era possível? Eu vivi com medo por quase dez anos e eles já sabiam? Eu não conseguia nem abrir a boca.

— Mas sua mãe falou que agora ela tinha a impressão de que você estava namorando com alguém, porque você tem estado mais gentil. Ela achava que você me usava de álibi ou algo assim, mas ela suspeitava que você estava namorando um cara. Disse que só queria poder conhecer e abraçar o tal cara e eu simplesmente disse pra sua mãe que o seu namorado sou eu.

Outra vez, percebi que estava perdendo a cor.

— Você *o quê?*

— Eu achei que fosse o certo, ainda que não seja exatamente o caso, porque não podia explicar pra ela o que realmente é a nossa relação. Eu sinto muito, de verdade, por ter feito isso, mas você sabe como eu sou quando me pressionam e eu acabei contando, eu sinto muito por não te consultar, mas eu... Naquele momento eu tive a certeza de que a gente tinha que terminar com o Acordo Guimarães-Park.

Ao final de sua frase, voltei a olhar para a minha frente, para o lado, para as varandas do condomínio, e para qualquer outro lugar em que eu não precisasse encarar o seu rosto. As últimas expectativas que eu tinha de ele querer me dar uma chance foram completamente dizimadas.

— Isso é algo que eu tenho pensado há algum tempo, porque a gente precisava mesmo terminar – falou Leo sem qualquer escrúpulo, e me ofendeu de tal jeito a sua frieza que fiquei dividido entre ficar triste ou irritado. – Nunca na minha vida os meus defeitos falaram tão alto e eu percebi tanta coisa ruim sobre mim por sua causa, o que é absurdo. Você trouxe a pior versão de mim à tona e eu nunca odiei tanto me perceber... em mim. Eu nunca menti tanto, nunca chorei tanto, nunca me escondi e fingi tanto, nunca me odiei tanto, nunca reclamei tanto, nunca tive tanto medo, nunca disse tanta coisa que machucasse, eu nunca... nunca fui tão *péssimo*.

"E a loucura de tudo isso é que eu só percebi e fui entender quem eu sou depois de você. Esse meu lado ruim... meu lado péssimo, não foi você quem me deu. Você me ensinou a ver, a aceitar o que já foi feito e fazer o máximo para tentar melhorar. Eu nunca fui nenhum santo, *nunca*. Mesmo assim, eu não esperava conhecer o Leonardo da forma que eu conheci depois de você aparecer. Eu entendi que tinha... ainda tem uma parte em mim que é inteira, todinha feita de maldade, de sujeira, de escuridão. E agora, que eu conheço esse lugar afastado e escuro em mim que eu nunca antes quis visitar, é que eu posso decidir o que fazer daqui para frente.

"Eu não quero que esse canto escuro cresça, eu quero limpar esse lugar e deixar tudo limpo pelo menos uma vez ou outra, e eu sei que não é fácil, mas agora eu também sei o que eu sou. Sei que posso estar certo e errado ao mesmo tempo, que posso ser bom e mau ao mesmo tempo, e sei que se eu não me esforçar diariamente para ser um Leonardo melhor, então o canto escuro vai tomar conta de todo o resto de mim."

Ele limpou a garganta e minha mente andava em círculos sem entender aonde ele queria chegar, mas Leo continuou:

— Eu tive que reconhecer que para ser uma versão melhor eu precisava de esforços e mudanças diárias, precisava me relacionar melhor com as pessoas e deixar que se aproximassem de mim, ouvir o que têm de bom a dizer sobre mim e acreditar. E não me colocar sempre na defensiva, fechado pra qualquer coisa séria que eu deveria encarar, mas fugia. Eu só ouvia e me abalava com todas as coisas ruins, mas nunca pelas boas. Eu ignorava as boas e sofria até não poder mais pelas ruins.

"Eu demorei para admitir isso, que eu não estava me esforçando para ser quem eu queria. Eu não queria ser o Leonardo que tá sempre com medo, sempre fugindo e sozinho, que diz coisas que te machucam, que faz coisas só pra agradar os outros, que finge um sorriso enorme só porque no fundo a única coisa que quer fazer é ser aceito. E foi quando eu percebi quem eu queria ser que comecei a trabalhar na melhor versão de mim mesmo para mostrar ao mundo. Ainda estou trabalhando nessa versão e vou trabalhar até o dia em que eu morrer, mas você me ajudou a encontrar o caminho para a melhor versão de mim.

"Quero ser alguém simpático, mas só quando estiver bem para isso. Quero honrar o que sinto e o que eu penso, mas tentando filtrar racionalmente alguns fatos, respirar antes de agir. Quero conseguir dizer *não* sempre que me convidem ou queiram que eu faça algo, porque não sou obrigado a ficar entretendo ninguém e nem fazendo o que não quero só para que fiquem felizes. Quero conseguir falar sério sem ter medo de que parem de gostar de mim por expressar meus pensamentos. Quero continuar falando do fundo do meu coração o quanto gosto das pessoas ao meu redor e encher todos vocês de afeto. Quero ser alguém muito mais legal, mais tranquilo, mais sincero e, principalmente, quero ser alguém muito, muito mais carinhoso com você."

Honestamente: como é?

Leonardo ficou quieto por algum tempo, como se estivesse tomando coragem para dizer alguma coisa e me obriguei a olhar em sua direção. Contudo, foi a vez dele desviar seu olhar.

– Eu... Ben, você me fez encarar o que há de pior e o que há de melhor em mim e realmente acabei me deparando com muitas outras coisas, inclusive alguns sentimentos que eu demorei à beça para assimilar. – Ele apoiou os cotovelos sobre os joelhos e olhava para os próprios tênis, respirando fundo. – Quando nós nos conhecemos, eu ainda vivia naquela ideia idiota de que, pra gostar de alguém, eu tinha que concordar e apoiar tudo o que a pessoa fizesse. Eu sempre te admirei muito, desde o primeiro dia de aula, porque você não é só incrível, você... você é cativante. É fácil gostar de você e eu gostava a ponto de querer assinar embaixo de tudo o que fazia e dizia. Era mais do que meu amigo, eu quase te endeusava e criava expectativas infundadas de que você seria mais do que perfeito. Você ainda é incrível, mas eu realmente não gosto de tudo o que você diz, não concordo com tudo o que faz, e muitas vezes me dá vontade de, sinceramente, dar um soco na sua cara, mas sem muita força pra não estragar o rostinho. *E que rostinho.*

Leonardo riu baixinho, e acabei rindo um pouco, porque percebi que ele foi sincero. Que tinha feito graça sem querer e que havia feito um elogio em um momento indevido.

– O que eu quero dizer é que, sim, Benjamin Park, eu realmente odeio muitas, muitas coisas em você. Não é papo de adolescente ou só pra fazer gracinha, eu odeio até o jeito que você amarra seus tênis e coloca os cadarços para dentro do jeito mais imbecil possível, e é completamente incapaz de beber água direto da garrafinha sem que antes você precise sujar um copo só pra isso.

Ri outra vez de como ele parecia incisivo sobre as questões, e acho que foi pelos exemplos que deu e pela forma descontraída que narrou, que eu não me ofendi enquanto dizia me odiar. Se ele dissesse que odiava meu jeito de falar ou de me vestir ou algo realmente significativo, teria me machucado. Mas ouvindo as pequenas bobeiras que ele dizia, entendi que haveria sempre pequenos defeitos que veríamos nos outros e não havia problema algum nisso. O babaca tinha uma inteligência interpessoal inegável.

— Os cadarços e os copos são problemas meus — brinquei também. Ele sorriu, mas não me olhou.

— Sim, e é exatamente aqui que quero chegar. Não só sobre cadarços e copos, mas sobre qualquer outra coisa sua que eu odeie ou só não concorde um pouquinho. Eu não aprovo, mas eu iria contra qualquer pessoa e entraria em qualquer confusão se precisasse te defender. Você não precisa estar dentro de cada expectativa doentia *minha* para que eu possa achar que você é perfeito. Você não precisa ser literalmente perfeito para que eu diga que você é.

"Eu só reclamo às vezes porque... bem, acho que é o convívio e acho que ainda vão existir muitos momentos em que você vai olhar pra mim e vai dizer 'vá à merda, Leonardo', eu vou dizer 'não enche meu saco, Benjamin', e depois tudo fica bem. Eu sei que da mesma forma que tô aprendendo a me respeitar e a te respeitar, você também está aprendendo as mesmas coisas. Em termos bem técnicos e literais, nós não somos perfeitos, mas somos completos. Somos pacotes de diversas características, pensamentos, sentimentos e todo o resto. E... e esse pacotinho que é o seu... ele realmente me agrada.

Pensei em intervir e fazer como ele, deixar uma piada invadir e suavizar o seu discurso, mas eu fiz como eu mesmo e só fiquei quietinho enquanto admirava um pouco da lateral de seu rosto que seu cabelo comprido me deixou ver. Ele seguiu:

— Às vezes, nem entendo por que é que gosto tanto de você. Quando nos conhecemos, eu ia devagarinho vendo sua personalidade e te achava o máximo. Já te achava bonito na época também, mas não é como agora... Eu... hoje em dia, eu decorei cada pedaço, cada poro, cada pintinha, cada pelo e fio de cabelo seu. Se eu fechar os olhos eu consigo te desenhar sem deixar *nenhum* detalhe passar despercebido. Eu te decorei inteiro e, mesmo assim, a cada vez que te vejo, você parece mais bonito. E depois, mais um pouco, e mais e mais e mais. Eu conheço o teu corpo inteiro de cor, mas eu não consigo enjoar. Não consigo e me acho um verdadeiro idiota por me impressionar sempre que te olho e vejo todas as suas formas de ser. Seu jeito bonitinho, seu jeito todo sedutor, o jeito resmungão... A cada momento em que te olho, é uma resposta diferente que vejo em você e ainda que eu já conheça tudo, eu sempre quero mais.

"Eu consigo identificar seu cheiro à distância, consigo saber que o toque das suas mãos é seu só pela textura dos dedos e pelo calor da sua pele. Eu conheço a diferença entre a sua respiração de quando você tá tranquilo, pra quando tá agitado, excitado, preocupado, e até quando tá dormindo. E mesmo os resmungos que você dá de vez em quando enquanto dorme, eu sei dizer se você está tendo um sonho ou um pesadelo. Também há uma série de pensamentos seus que aprendi a ler só de te olhar nos olhos, e cada significado que têm os seus beijos só pela forma que se aproxima. E os seus beijos também, *que inferno*, eu conheço a sua boca, eu sei como você beija, e mesmo assim parece que nunca é o suficiente! Eu me vi mapeando muita coisa sobre você e sentindo falta de muitos detalhes seus, e foi de repente e eu nem sei quando, de verdade, que isso começou. Mas, na real, o que é que eu poderia fazer para impedir as coisas de chegarem aonde chegaram?"

Em seguida, eu só consegui ficar em silêncio porque fiquei ainda mais confuso. Não ficou claro com todo aquele falatório se ele estava se declarando para mim ou se iria terminar comigo, afinal de contas. E ele não me olhava nos olhos! Mas ele continuou:

— Eu sinto sua falta quando você não está, e eu sinto saudade até quando você acabou de sair. Eu fico querendo ouvir a sua voz, todos os tons de voz que eu gosto e até aqueles de quando você tá de mau humor. Fico com saudade do seu sorriso, da sua risada, do seu carinho, do seu beijo, e eu também vivo tendo fantasias com você, o tempo todo! Não só pensando em tirar sua roupa, te colocar de joelhos e essas coisas, mas também... também querendo só tirar a sua roupa e beijar cada pedaço da tua pele porque... sei lá... eu só sinto essa vontade de cuidar de você o tempo inteiro e isso tá muito, muito errado.

"Tem dias que já não sei mais desenhar uma linha de limite entre uma coisa e outra. Entre a admiração que tenho por você, a atração física, o carinho, a vontade de falar bobeiras, de discutir assuntos sérios, de te fazer rir, de te beijar, de... Eu já não sei mais dizer se isso tudo está certo e faz uns tempos que eu tenho pensado em terminar nosso acordo porque eu não tenho mais conseguido separar as coisas quando eu só penso em você o dia inteiro. E isso não tá certo porque era para sermos só amigos. E eu... sinceramente? Eu nem tenho certeza se ainda quero ser seu amigo depois de hoje."

— A... a gente não precisa terminar — falei, cabisbaixo, em um impulso desesperado, me levantando e ficando parado ao seu lado.

Eu faria qualquer coisa para que ele não terminasse comigo naquele momento. Qualquer coisa.

Ele ficou em pé e somente disse:

— A gente precisa terminar o acordo, Ben.

— Não precisa. — Encarei seu olhar e meus olhos arderam. Ele continuava irredutível e eu não conseguiria convencê-lo do contrário.

— Benjamin, a gente precisa — repetiu com convicção e meu peito esquentou de tristeza. — Precisa porque o primeiro item dizia claramente que a gente não podia se apaixonar e aí você me vem e me deixa um post-it no meu quarto dizendo que me ama. Precisa porque eu guardei esse post-it comigo e só não tentei conversar com você sobre isso, porque eu queria que o bilhetinho fosse verdade.

Assim que ergui a cabeça outra vez, vi algumas lágrimas rolando em seu rosto e sua voz se alterou também.

— Mas é verdade — afirmei em um sussurro incerto.

— Agora eu sei que é. — Ele entortou um sorriso por baixo das lágrimas e eu não soube como reagir. — Mas quando eu digo que o Acordo Guimarães-Park tem que acabar, é porque a gente já fez tudo o que não poderia ter feito. A gente passou mais tempo de mãos dadas e sorrindo por bobeiras do que realmente transando. A gente transou bastante, graças a Deus, amém, e foi ótimo. Mas a ideia de não ter sentimentos envolvidos foi a coisa mais idiota que a gente já fez. E isso porque, Benjamin, eu sinto muita coisa por você e eu não me sinto bem em um acordo quando eu mesmo quebrei as regras.

— C-Como assim?

— Eu te dei uma pulseira quando completamos um mês desde que... começamos... *isso*. Eu não entendi como passamos a nos chamar pelo nome, depois de gatinho, cafezinho, bebê, até amor, e, por que diabos aquilo me deixava tão feliz? Ver sua carinha de sono e dormir abraçado, sair de mãos dadas, rir de asneiras e sair em encontros... Eu não devia sentir aquela felicidade proibida e é exatamente por isso que eu não sei se quero ser seu amigo, mas tenho certeza que o Acordo Guimarães-Park tem que acabar. Porque não posso fingir que tá tudo bem quando eu mesmo quebrei o primeiro item e eu me apaixonei por você. — Ele segurou minha mão e eu fiquei tão atônito que não consegui reagir. — Eu me apaixonei perdidamente por você e eu não posso continuar fingindo que não tá acontecendo. Eu falei pra sua mãe que era seu namorado e eu fiquei pensando sobre isso... Eu sinto muito *mesmo* por ter mentido de novo, mas é que eu fiquei nervoso e quando ela me pe...

— Tá tudo bem. T-Tudo bem... não tem problema ter falado isso pra ela — falei apressado, em uma agitação absurda e em uma esperança boba de que ele falasse logo o que queria dizer e parasse de se enrolar tanto.

— Eu só... eu só fiquei pensando que eu não ficaria triste se fosse verdade e que eu não posso continuar fingindo que não sinto nada, porque na verdade, eu... Eu amo você. Benjamin, eu admiro tanta coisa sua. Amo quase tudo sobre você e eu não quero mais ficar do teu lado fingindo que quero ser só seu amigo, porque eu não quero. Eu queria ser seu namorado também. Quero acordar todo dia do seu lado, quero segurar sua mão, quero ser sincero com meus sentimentos e quero te olhar nos olhos e te encher de beijos enquanto faço isso. Eu... eu sou doido por você.

Meu coração bateu todo errado e meu corpo inteiro esquentou. Meus olhos estavam arregalados como se eu tivesse acabado de presenciar o apocalipse. Ele... ele disse que me ama!

— V... Você... o qu... *Hã?* — eu quis ter certeza, mesmo sem conseguir formar uma frase sequer.

Ele segurou minhas mãos — e as suas estavam mortalmente gélidas, afinal até mesmo ele ficava nervoso. Seu rosto curvou um tanto para a direita enquanto me admirava com suas feições chorosas, o cabelo seguindo o seu movimento.

— Eu te amo — ele sussurrou como se mais alguém no estacionamento, ou qualquer outra pessoa no mundo, pudesse nos ouvir. E meu coração bateu tão acelerado que eu achei que fosse desmaiar. — Eu te amo tanto, mas tanto, que você nem faz ideia.

— E-Ent... Então a gente não precisa terminar — sugeri, vendo uma lágrima cair de seu rosto e acho que acabei o copiando. — Eu te amo de verdade, então... bem... como o sentimento é mútuo, podemos só nos perdoar pela quebra de regra e fingir que... fingir que nada mudou... que tá tudo bem.

Contudo, nossos choros diziam coisas diferentes. O meu mostrava o meu medo. O dele, com um sorriso curto enquanto balançava a cabeça... dizia qualquer outra coisa que eu não consegui identificar.

— A gente precisa terminar o acordo, Benjamin — repetiu, e só então eu entendi. Nós, então, tínhamos que terminar *o acordo*, e somente o acordo, e não a nós dois.

Honestamente: não dava, mesmo, para continuarmos fingindo que não sentíamos nada um pelo outro, quando até meu olhar me denunciava.

— Mas se você não quer seu meu amigo, então... o que a gente faz?

— Preciso me explicar, pois sei que pode ter soado como a pergunta mais idiota que já fiz. Mas eu só não tinha certeza do que faríamos a seguir pois talvez *ele* quisesse desacelerar as coisas, ou quem sabe fôssemos só continuar saindo, agora sem o acordo, mas sem realmente ser algo sério. Leo era uma caixa muito complicada de surpresas e eu não tinha ideia do que ele poderia querer.

— Se você quiser... a gente pode fazer a mentira que eu contei pra sua mãe virar uma verdade. — Ele deu de ombros antes de tirar o colar que lhe dei de dentro da camiseta e deixá-lo à mostra. Talvez ele tenha entendido que o dei quase como um presente de um mês de "namoro". — Você prefere namorar comigo agora, ou você vai esperar que eu faça uma lista de motivos para ser meu namorado?

Ao ouvir sua voz, somente naquele momento, foi que percebi que eu queria desesperadamente ser seu namorado. Meu rosto esquentou e meu queixo tremeu no choro mais feliz e aliviado do mundo.

— Eu te amo — sussurrei, encarando o fundo do seu olhar enquanto eu chorava. — E não vou esperar lista nenhuma! Eu quero namorar com você agora mesmo!

— Então nós... Nós estamos namorando mesmo, ouviu bem? De verdade — ele falou, também chorando, chorando muito, me acolhendo em seu abraço e me tirando do chão quando sussurrou em minha orelha: — Eu te amo tanto.

— Eu te amo demais, desgraça. Te amo demais — respondi, e ficamos naquele abraço choroso por algum tempo, me devolvendo ao chão em seguida.

Eu sequei suas lágrimas e beijei a ponta do seu nariz assim que segurei aquele rosto lindo entre minhas mãos. Ele riu contido, de um jeito bonitinho. Beijei também a sua covinha quando seu sorriso permitiu que aparecesse, e também a pinta logo abaixo dela, na linha de sua mandíbula com ângulos satisfatoriamente retos. Por debaixo de seus cabelos, tateei as suas orelhas que tinham aquele formato que eu não achava muita coisa além de serem as coisas mais delicadas e singulares do mundo, ainda que com os alargadores, e só fiquei ali admirando aquele rosto, com um sorriso no meu.

— Vai tomar no cu, eu tô namorando o cara mais bonito do universo — falei baixinho, em tom de riso, e ele tentou esconder o rosto de meu olhar.

— Aaaah! Para de falar essas coisas que me deixam com vergonha!

— Desculpa! Desculpa... é que eu te amo... Mas você deveria mesmo ter vergonha! Tá me deixando todo choroso logo no parquinho do condomínio.

— Então pedir por um beijinho seria pedir demais? — Leo tinha um olhar, *aquele* olhar manhoso que me fazia querer ceder a tudo que ele quisesse.

— Só um — respondi, cheio de um falso orgulho, obviamente falhando em mantê-lo porque lhe dei muito mais do que só um beijinho.

Foram no mínimo três, separados por algumas risadas.

E sua boca na minha e suas mãos em meu corpo eram, honestamente, a coisa mais gostosa desse mundo de merda.

Honestamente,
Benjamin Park Fernandes

# Capítulo 20

## Com amor

Honestamente: ainda teríamos muitos diálogos e desentendimentos pela frente, dificuldades diversas, e o futuro decerto nos reservaria momentos bem difíceis.

Sinceramente? Ainda que tenhamos essas adversidades todas, teríamos muitos beijos, abraços, noites de amor. Ou de só dormir de conchinha depois de assistir a algum filme até pegar no sono.

Honestamente: também teríamos vários momentos na cozinha. Você lavaria a louça enquanto eu faria o jantar.

Sinceramente? Acho que deveríamos adotar um gatinho. O que acha?

Honestamente: um passo de cada vez. Mas se eu puder chamar o gatinho de Leonardo, então aceito.

Sinceramente? Tenho bastante certeza de que ainda choraríamos muito por causa de todo o resto do mundo que nunca iria tanto assim ao nosso favor, certo? E também choraríamos um pelo outro. Porque amor é um sentimento que exige muito altruísmo e generosidade, mas também é composto por momentos em que teríamos que discordar e provavelmente acabaríamos chorando. Eu choraria mais, com certeza.

Honestamente: você sabe que eu te traria chá de hortelã e vários beijinhos em seguida. Somos como peças de quebra-cabeças que não se conectam, mas permanecem grudadas, tentando sempre se encaixar da melhor forma. Somos adultos, conhecemos muito um ao outro. Sabemos que devemos nos comunicar. Confiar, debater, dialogar, resolver. Inevitavelmente, em alguns momentos, também teremos que ceder.

Sinceramente? Que saibamos ceder.

Honestamente: que saibamos aprender com a nossa história. Que dizer, em alguns minutos, um punhado de palavras difíceis de dizer, é mais fácil do que carregar sentimentos pesados que nos machucariam por meses.

Sinceramente? Que saibamos falar. Sentir, ponderar, pensar e articular. Quem sabe se tivéssemos feito isso mais cedo já estaríamos completando alguns meses de namoro. Mas não importa o passado, e sim o ensinamento. Todos nós escondemos uma história e ao menos um pouco dela precisávamos falar, ainda que fosse difícil, ainda que parecesse que só faria mal. As coisas sérias, do fundo do coração, merecem ser colocadas em palavras para que a vida seja mais doce.

Honestamente: não é fácil. Nada fácil. Mas tem seus frutos quando você percebe que, talvez, o que te separa da pessoa que você ama é somente uma boa conversa. O que te separa do seu melhor amigo. O que te separa do seu amor, da sua família. O mundo com certeza não está pronto para ouvir a sua voz. E é exatamente por isso que você precisa falar. Não são só pessoas e armas que mudam os cursos de uma guerra – são palavras. Então tínhamos mesmo que as usar em nosso favor.

Sinceramente? Livros de história, poemas, cartas de ameaça, de demissões, currículos e declarações de amor em forma de post-its ou listas também são todos feitos de palavras, e o poder que um amontoado de letrinhas juntas consegue reunir é incrível!

Honestamente: é por isso que temos que aprender a dizer.

Sinceramente? E também calar. Pois se palavras têm essa força que pode mudar tanta coisa, elas também têm poder de destruir nossos dias, semanas, meses, anos. E até o final da vida. Mas sempre vão existir mais palavras para que a gente arrume tudo o que der pra arrumar.

Honestamente: algumas coisas são irreversíveis.

Sinceramente? Nem todas as coisas são.

Honestamente: a tentativa é sempre válida.

Sinceramente? Talvez as coisas não voltem a ser como eram antes. Mas é que talvez as coisas de antes já estivessem tortas e desmoronando, só esperando por um sopro para se destruírem. E aí, com algumas palavras, nós tivemos que tentar, e ainda tentaríamos eternamente, construir algo novo, mais forte, mais justo.

Honestamente: uma amizade mais sincera.
Sinceramente? Um amor mais honesto.
Honestamente: é tudo sobre saber *quando*, *como* e *onde* falar. Assim como, também, calar.
Sinceramente? Uma sintonia perfeita entre palavras e silêncio.
Honestamente: também chás de hortelã, passeios noturnos, máquinas do tempo e carneiros em caixas. E convívio. Maturidade. Empatia. E amor.
Sinceramente? Eu amo você
Honestamente: eu amo você.
Sinceramente? Você podia morar comigo, não podia?
Honestamente: o que acha de comprarmos um jogo de panelas em que a chaleira combine com a frigideira e todo o resto?
Sinceramente? A ideia de viver ao seu lado me parece tão gostosa.
Honestamente: será mesmo que morar junto vai dar certo?
Sinceramente? Deixa o tempo dizer.

Honesta e sinceramente: o importante é que temos amor e agora vamos aprender a cuidar.

Com amor,
Benjamin Park Fernandes e Leonardo Guimarães

# AGRADECIMENTOS

Antes de dizer adeus a essa história, eu gostaria de comentar sobre a criação dela.

A ideia inicial era narrar ex-melhores amigos que descobriram que se sentiam atraídos um pelo outro depois de uma festa e fim. Era o enredo cru, e acabou.

Mas sempre tive meus problemas com comunicação e minha antiga psicóloga soube me ajudar com isso: percebemos que tudo o que eu conseguia fazer para me expressar era escrever, já que falar sobre o que sinto, pessoalmente, cara a cara, ainda é difícil para mim. E o exercício proposto por ela foi escrever uma história que mostrasse a importância de conversar. Então pensei: certo, esses dois caras que se odeiam são bons protagonistas para essa ideia.

E então eu usei de meus dois demônios, que também me servem de estados de espírito, para criar a base da personalidade deles: a parte de mim que é pessimista, cética e racional, que não tem energia para tentar ser socialmente aceita e não abre a boca; e a parte de mim que ensaia uma extroversão que não é minha só para fingir para mim mesma e para o mundo que sou mais feliz do que realmente sou. Honestamente: se ninguém me alcançar, ninguém me machuca e nem me abandona; Sinceramente? Se eu der motivos para ficar, ninguém me deixa sozinha.

Não que seja saudável, mas percebi essas posturas em mim, e só enquanto escrevia, dolorosamente, foi que comecei a repensar tudo isso.

Foi um exercício e tanto! Saber que os dois estavam certos e errados, que eles tinham muita coisa que precisava ser dita e que uma boa conversa poderia resolver tudo aquilo em um dia só foi quase tortura, mas me fez aprender. Agora, para a vida, sempre que eu penso em grandes conflitos eu digo a mim mesma "é só ir lá conversar e resolver" e isso acabou me ajudando a viver com mais paz.

Por isso, meu primeiro agradecimento vai para a Gláucia, psicóloga, que me ajudou a aprender com essa história. E à Daniele, também psicóloga, que tem me ajudado a aprender a me respeitar.

Agradeço aos leitores que acompanharam essa história enquanto ainda era só mais uma fanfic e se engajaram em discussões inofensivas sobre se identificar com o Ben ou com o Leo, e quem iriam proteger, capítulo a capítulo. Foi muito divertido perceber como conseguiram se identificar. Todo o processo de ter postado essa história foi muito satisfatório, e eu devo isso a vocês, bebês.

E falando em fanfic e dos leitores que me acompanhavam, agradeço também ao EXO, grupo de kpop que conheci em 2012. Desde então tive o prazer de conhecer outros fãs, que tornaram minha vida muito mais divertida. Foi incrível conhecer pessoas parecidas comigo por causa do fandom, especialmente as ligadas às fanfics, e só eu sei o bem que isso fez para a minha vida. Então, agradeço ao EXO, às EXO-Ls, ao Chanyeol e ao Baekhyun (meus amorzinhos), e à toda a comunidade fanfiqueira que me faz tão feliz e me acolheu desde que passei a usar meu codinome, jayuussi. E sempre fui muito amada e acolhida como Yuu. Obrigada, galera! Eu "ama" vocês!

Por causa de tudo isso, pude conhecer duas das minhas melhores amigas, a Barbs e a Kel, que são meu porto seguro, minhas pitiquinhas.

Também sou muito, muito, muito grata à Babi Dewet, minha mentora, que me acompanhou e me deu a oportunidade de publicar meu primeiro livro e ajudou a realizar o meu maior sonho. Babi, você mudou a minha vida, e eu gostaria mesmo que você pudesse receber todo o amor e carinho do mundo, porque você merece. Obrigada por tudo, você é muito preciosa e espero que se lembre sempre disso, e de como você muda positivamente a vida das pessoas!

Também quero aproveitar para agradecer as editoras, principalmente a Paula, que foi sempre tão atenciosa e gentil. Trabalhar com vocês foi incrível e me fez feliz em todos os momentos.

Obrigada a todos vocês por acreditarem em mim. Por me estenderem a mão e por tornarem meus dias mais doces. Obrigada por tudo, do fundo do meu coração!

Com amor,

*Bruna Zielinski do Nascimento*

Impressão e Acabamento:
GRÁFICA E EDITORA CRUZADO.